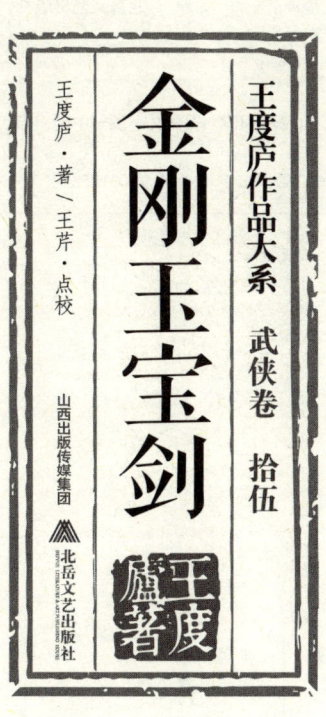

图书在版编目（CIP）数据

金刚玉宝剑 / 王度庐著． — 太原：北岳文艺出版社，2017.3
（王度庐作品大系）
ISBN 978-7-5378-5088-9

Ⅰ．①金… Ⅱ．①王… Ⅲ．①侠义小说－中国－当代 Ⅳ．① I247.5

中国版本图书馆 CIP 数据核字（2017）第 031252 号

书名：金刚玉宝剑	点校：王 芹	责任编辑：刘文飞
著者：王度庐	策划：续小强 刘文飞	书籍设计：张永文
		印装监制：巩 璠

出版发行：山西出版传媒集团·北岳文艺出版社
地址：山西省太原市并州南路 57 号
邮编：030012
电话：0351-5628696（发行部） 0351-5628688（总编办）
传真：0351-5628680
网址：http://www.bywy.com E-mail：bywycbs@163.com
经销商：新华书店 印刷装订：山西人民印刷有限责任公司

开本：890mm×1240mm 1/32 总字数：294 千字 印数：1-5000
总印张：10.375 版次：2017 年 3 月第 1 版 印次：2017 年 3 月山西第 1 次印刷
书号：ISBN 978-7-5378-5088-9
总定价：42.00 元

本书版权为本社独家所有，未经本社同意不得转载、摘编或复制

出版前言

王度庐(1909—1977)，原名葆祥(后改葆翔)，字霄羽，出生于北京下层旗人家庭。"度庐"是1938年启用的笔名。他是中国现代文学史上著名的武侠言情小说家，独创"悲剧侠情"一派，成为民国北方武侠巨擘之一，与还珠楼主、白羽(宫竹心)、郑证因、朱贞木并称为"北派五大家"。

20世纪20年代，王度庐开始在北京小报上发表连载小说，包括侦探、实事、惨情、社会、武侠等各种类型，并发表杂文多篇。20世纪30年代后期，因在青岛报纸上连载长篇武侠小说《宝剑金钗》《剑气珠光》《鹤惊昆仑》《卧虎藏龙》《铁骑银瓶》(合称"鹤-铁五部")而蜚声全国；至1948年，他还创作了《风雨双龙剑》《洛阳豪客》《绣带银镖》《雍正与年羹尧》等十几部中篇武侠小说和《落絮飘香》《古城新月》《虞美人》等社会言情小说。

王度庐熟悉新文学和西方现代文化思潮，他的侠情小说多以性格、心理为重心，并在叙述时投入主观情绪，着重于"情""义""理"的演绎。"鹤-铁五部"既互有联系又相对独立，达到了通俗武侠文学抒写悲情的现代水平和相当的人性深度，具有"社会悲剧、命运悲剧、性格心理悲剧的综合美感"。他的社会言情小说的艺术感染力也很强，注重营造诗意的氛围，写婚姻恋爱问题，将金钱、地位与爱情构成冲突模式，表现普通人对个性解放、爱情自由和婚姻平等的追求与呼唤。这些作品注重写人，写人性，与"五四"以来"人的文学"思潮是互相呼应的。因此，王度庐也成为通俗文学史乃至整个中国现代文学史研究中绕不过去的作家，被写入不同类型的文学史。许多学者和专家将他及其作品列为重点研究对象。

王度庐所创造的"悲剧侠情"美学风格影响了港台"新派"武侠小说的创作，台湾著名学者叶洪生批校出版的《近代中国武侠小说名著大系》即收录了王度庐的七部作品，并称"他打破了既往'江湖传奇'（如不肖生）、'奇幻仙侠'（如还珠楼主）乃至'武打综艺'（如白羽）各派武侠外在茧衣，而潜入英雄儿女的灵魂深处活动；以近乎白描的'新文艺'笔法来描写侠骨、柔肠、英雄泪，乃自成'悲剧侠情'一大家数。爱恨交织，扣人心弦！"台湾著名武侠小说作家古龙曾说，"到了我生命中某一个阶段中，我忽然发现我最喜爱的武侠小说作家竟然是王度庐"。大陆学者张赣生、徐斯年对王度庐的作品进行了大量的整理、发掘和研究工作，并给予了很高的评价。徐斯年称其为"言情圣手，武侠大家"，张赣生则在《王度庐武侠言情小说集》的序言中说："从中国文学史的全局来看，他的武侠言情小说大大超过了前人所达到的水平"，"他创造了武侠言情小说的完善形态，在这方面，他是开山立派的一代宗师。"

此次出版的《王度庐作品大系》收录了王度庐在不同时期的代表作和有影响力的作品，还收录了至今尚未出版过的新发掘出的作品，包括他早期创作的杂文和小说。此外，为了满足不同领域的读者的需求，此版还附有张赣生先生的序言、已知王度庐小说目录和王度庐年表，以供研究者参考。这次出版得到了王度庐子女的大力支持和密切配合，王度庐之女王芹女士亲自对作品进行了点校。可以说，他们的支持使得《王度庐作品大系》成为王度庐作品最完善、最全面的一次呈现。在此，我们表达最诚挚的谢意。

在编辑过程中，我们依据上海励力出版社，参考报纸连载文本及其他出版社的原始版本，对作品中出现的语病和标点进行了订正；遵循《第一批异形词整理表》（GF1001-2001），对文中的字、词进行了统一校对；并参照《现代汉语大词典》《汉语方言大词典》《北京方言词典》《北京土语辞典》等工具书小心求证，力求保持作品语言的原汁原味。由于编辑水平和时间有限，难免有疏漏之处，敬请广大读者批评指正！

北岳文艺出版社
二〇一五年六月三十日

总 序

　　王度庐是位曾被遗忘的作家。许多人重新想起他或刚知道他的名字，都可归因于影片《卧虎藏龙》荣获奥斯卡奖的影响。但是，观赏影片替代不了阅读原著，不读小说《卧虎藏龙》(而且必须先看《宝剑金钗》)，你就不会知道王度庐与李安的差别。而你若想了解王度庐的"全人"，那又必须尽可能多地阅读他的其他著作。北岳文艺出版社继《宫白羽武侠小说全集》《还珠楼主小说全集》之后推出这套《王度庐作品大系》（以下简称《大系》），对于通俗文学史的研究，可谓功德无量！

　　王度庐，原名王葆祥，字霄羽，1909年生于北京一个下层旗人家庭。幼年丧父，旧制高小毕业即步入社会，一边谋生，一边自学。十七岁始向《小小日报》投寄侦探小说，随即扩及社会小说、武侠小说。1930年在该报开辟个人专栏《谈天》，日发散文一篇；次年就任该报编辑。八年间，已知发表小说近三十部(篇)。1934年往西安与李丹荃结婚，曾任陕西省教育厅编审室办事员和西安《民意报》编辑。1936年返回北平，继续以卖稿为生，次年赴青岛。青岛沦陷后始用笔名"度庐"，在《青岛新民报》及南京《京报》发表武侠言情小说(同时继续撰写社会小说，署名则用"霄羽")。十余年间，发表的武侠小说、社会小说达三十余部。1949年赴大连，任大连师范专科学校教员。1953年调到沈阳，任东北实验中学语文教员。"文革"时期，以退休人员身份随夫人"下放"昌图县农村。1977年卒于辽宁铁岭。

早在青年时代，王度庐就接受并阐释过"平民文学"的主张。他的文学思想虽与周作人不尽相同，但在"为人生"这一要点上，二者的观念是基本一致的。

从撰写《红绫枕》（1926年）开始，王度庐的社会小说（当时或又标为"惨情小说""社会言情小说"）就把笔力集中于揭示社会的不公、人生的惨淡，以及受侮辱、受损害者命运的悲苦。

恋爱和婚姻是"五四"新文学的一大主题。那时新小说里追求婚恋自由的男女主人公面对的阻力主要来自封建家庭和封建礼教，作品多反映"父与子"的冲突——包括对男权的反抗，所以，易卜生笔下的娜拉尤被觉醒的女青年们视为楷模。到了王度庐的笔下，上述冲突转化成了"金钱与爱情"的矛盾。

正如鲁迅所说：娜拉冲出家庭之后，倘若不能自立，摆在面前的出路只有两条——或者堕落，或者"回家"。王度庐则在《虞美人》中写道："人生""青春"和"金钱"，"三者之间是相互联系着的"，而在当时的中国社会里，金钱又对一切起着主导性的作用。他所撰写的社会言情小说，深刻淋漓地描绘了"金钱"如何成为社会流行的最高价值观念和唯一价值标准，如何与传统的父权、男权结合而使它们更加无耻，如何导致社会的险恶和人性的异化。

王度庐特别关注女性的命运。他笔下的女主人公多曾追求自立，但是这条道路充满凶险。范菊英（《落絮飘香》）和田二玉（《晚香玉》）付出了生命的代价；虞婉兰（《虞美人》）终于发疯，生不如死。唯有白月梅（《古城新月》）初步实现了自立，但她的前途仍难预料；至于最具"娜拉性格"，而且也更加具备自立条件的祁丽雪，最终选择的出路却是"回家"。

这些故事，可用王度庐自己的两句话加以概括："财色相欺，优柔自误"（《〈宝剑金钗〉序》）。金钱腐蚀、摧毁了爱情，也使人性发生扭曲。人是"社会关系的总和"，他的社会小说正是通过写人，而使社会的弊端暴露无遗。

在社会小说里，王度庐经常写及具有侠义精神的人物，他们扶弱抗强,甚至不惜舍生以取义。这些人物有的写得很好,如《风尘四杰》里的天桥四杰和《粉墨婵娟》里的方梦渔;有些粗豪角色则写得并不成功,流于概念化,如《红绫枕》里的熊屠户和《虞美人》里的秃头小三。

上述侠义角色与爱情故事里的男女主人公一样,也是现代社会中的弱者。作者不止一次地提示读者,这些侠义人物"应该"生活于古代。这种提示背后隐含着一个问题:现代爱情悲剧里的那些痴男怨女,如果变成身负绝顶武功的侠士和侠女,生活在快意恩仇的古代江湖,他们的故事和命运将会怎样?这个问题化为创作动机,便催生出了王度庐的侠情小说,这里也昭示着它们与作者所撰社会小说的内在联系。

《宝剑金钗》标志着王度庐开始自觉地把撰写社会言情小说的经验融入侠情小说的写作之中,也标志着他自觉创造"现代武侠悲情小说"这一全新样式的开端。此书属于厚积薄发的精品,所以一鸣惊人,奠定了作者成为中国现代武侠悲情小说开山宗师的地位。继而推出的《剑气珠光》《鹤惊昆仑》《卧虎藏龙》《铁骑银瓶》①(与《宝剑金钗》合称"鹤-铁五部")以及《风雨双龙剑》《彩凤银蛇传》《洛阳豪客》《燕市侠伶》等,都可视为王氏现代武侠悲情小说的代表作或佳作。

作为这些爱情故事主人公的侠士、侠女,他们虽然武艺超群,却都是"人",而不是"超人"。作者没有赋予他们保国救民那样的大任,只让他们为捍卫"爱的权利"而战;但是,"爱的责任"又令他们惶恐、纠结。他们驰骋江湖,所向无敌,必要时也敢以武犯禁,但是面对"庙堂"法制,他们又不得不有所顾忌;他们最终发现,最难战胜的"敌人"竟是"自己"。如果说王度庐的社会小说属于弱者的社会悲剧,那么他的武侠悲情小说则是强者的心灵悲剧。

王度庐是位悲剧意识极为强烈的作家。他说:"美与缺陷原是一个东西。""向来'大团圆'的玩意儿总没有'缺陷美'令人留恋,而且人生本来是一杯苦酒,哪里来的那么些'完美'的事情?"(《关于鲁海娥之

---

① 这里叙述的是发表次序。按故事时序,则《鹤惊昆仑》为第一部,以下依次为《宝剑金钗》《剑气珠光》《卧虎藏龙》《铁骑银瓶》。

死》)《鹤惊昆仑》和《彩凤银蛇传》里的"缺陷"是女主人公的死亡和男主人公的悲凉;《宝剑金钗》《卧虎藏龙》《铁骑银瓶》里的"缺陷"都不是男女主角的死亡,而是他们内心深处永难平复的创伤;《风雨双龙剑》和《洛阳豪客》则用一抹喜剧性的亮色,来反衬这种悲怆和内心伤痕。

王度庐把侠情小说提升到心理悲剧的境界,为中国武侠小说史做出了一大贡献。正如弗洛伊德所说:"这里,造成痛苦的斗争是在主角的心灵中进行着,这是一个不同冲动之间的斗争,这个斗争的结束绝不是主角的消逝,而是他的一个冲动的消逝。"①这个"冲动"虽因主角的"自我克制"而消逝了,但他(她)内心深处的波涛却在继续涌动,以致成为终身遗恨。

李慕白,是王度庐写得最为成功的一个男人。

有人说,李慕白是位集儒、释、道三家人格于一身的大侠;这是该评论者观赏电影《卧虎藏龙》的个人感受。至于小说《宝剑金钗》里的李慕白,他的头上绝无如此"高大上"的绚丽光环——古龙说得好:王度庐笔下的李慕白,无非是个"失意的男人"。

在《宝剑金钗》里,李慕白始终纠结于"情"和"义"的矛盾冲突之中,他最终选择了舍情取义,但所选的"义"中却又渗透着难以言说的"情"。手刃巨奸如囊中取物,李慕白做得非常轻易;但是他却主动伏法,付出的代价极其沉重。他做这些都是自愿的,又都是不自愿的。出发除奸之前,作者让他在安定门城墙下的草地上做了一番内心自剖,这段自剖深刻地展示着他的"失意",这种心态可以概括为三个字——"不甘心"。

在本《大系》所收"早期小说与杂文"卷中,读者可以见到王度庐用笔名"柳今"所写的一篇杂文《憔悴》,其中有段文字,所写心态与上述李慕白的自剖如出一辙。读者还可见到,《红绫枕》里男主角戚雪桥为爱

---

① 弗洛伊德:《戏剧中的精神变态人物》,张唤民译,载《二十世纪西方美学名著选》(上),复旦大学出版社,1987,第410页。

人营墓、祭扫时的一段内心独白,其心态又与柳今极其相似。于是,我们看到了王度庐、柳今、戚雪桥(还有一些其他角色,因相关作品残缺而未收入《大系》)与李慕白之间的联系——李慕白的故事,是戚雪桥们的白日梦;戚雪桥、李慕白们的故事,则是柳今、王度庐的白日梦。

不把李慕白这个大侠写成一位"高大上"的"完人",而把他写成一个"失意的男人",这是王度庐颠覆传统"侠义叙事",为中国武侠小说史做出的又一贡献。

玉娇龙,是王度庐写得最为成功的一个女人。

玉娇龙的性格与《古城新月》里的祁丽雪有相似之处,但是她的叛逆精神更加决绝、更加彻底。为了自由的爱情,她舍弃了骨肉的亲情。同时,她也舍弃了贵胄生活,选择了荆棘江湖;舍弃了城市文明,选择了草莽蛮荒。

对玉娇龙来说,最难割舍的是亲情;最难获得的,是理想的婚姻。她发现自己选择罗小虎未免有点莽撞,所以又离开了他。她获得了自由的爱情,却在事实上拒绝了自由的婚姻。这与其说反映着"礼教观念残余""贵族阶级局限",不如说是对文化差异的正视。尽管如此,这位"古代娜拉"并未"回家",而是毅然决然地踏上一条不归路。这条路是悲凉的,同时又是壮美的。

玉娇龙和李慕白都是"跨卷人物"。《剑气珠光》里的李慕白写得不好,因为背离了《宝剑金钗》中业已形成的性格逻辑。《铁骑银瓶》里的玉娇龙则写得很好,她青年时代的浪漫爱情,此时已经升华为伟大的、无私的母爱。她青年时代的梦想,终于在爱子和养女的身上得以成真,但是他们携手归隐时的心态,也与母亲一样充满遗憾。

王度庐的上述成就,都是源于对传统武侠叙事的扬弃,这也使他的武侠悲情小说拥有了现代精神。

王度庐又是一位京旗作家。

清朝定都北京之后,即将内城所居汉人一律迁出,由八旗分驻内城八区。王度庐家住地安门内的"后门里",属于镶黄旗驻区,其父供职于内务府的上驷院。内务府是一个由满洲上三旗(镶黄、正黄、正白旗)内"从龙包衣"①组成的机构,专门管理皇家事务。由此可知,王氏当属编入满洲镶黄旗的"汉姓人",这一族群不同于"汉人""汉军",满人把他们视为同族②。

满人崛起于白山黑水之间,性格刚毅尚武,自立自强,粗犷豪放。入关定鼎之后,宴安日久,八旗制度的内在弊端开始呈现,"八旗生计"问题日益突出,以致最终导致严重的存亡危机。王度庐出生时,恰逢取消"铁杆庄稼"(即旗人原本享受的"俸禄"),父亲又早逝,全家陷于接近赤贫的境地。他的早期杂文经常写到"经济的压迫","身世的漂泊,学业的荒芜",疾病的"缠身",始终无法摆脱"整天奔窝头"的境况。他的许多社会小说及其主人公的经历、心境,也都寄托着同样的身世之感和颓丧情绪。这种刻骨铭心的痛楚,蕴含着当时旗人不可避免的噩运,汉族读者是难以体会这种特殊的苦痛的。

同时,王度庐又十分景仰旗族优秀的民族精神。他的作品,明确书写旗人生活的有十多部;他所塑造的许多旗籍人物身上,都寄托着他对民族精神的追忆和期许。

从这个角度考察玉娇龙,首先令人想到满族的"尊女"传统。满族文史专家关纪新认为,这一传统的形成,至少有四点原因:一、对母系氏族社会的清晰记忆;二、以采集、渔猎为主的传统经济,决定了男女社会分工趋于平等;三、入关之前未经历很多封建化过程;四、旗族少女在理论上都有"选秀入宫"机会,所以家族内部皆以"小姑为大"。③玉娇龙那昂扬的生命力,正是满族少女普遍性格的文学升华。《宝刀飞》可能是第一部把入宫前的慈禧,作为一位纯真、浪漫而又不无"野心"的旗族姑娘加以描绘的小说。作者以"正笔"书写入宫前的她,用"侧笔"续写成为"西宫娘娘"之后的她,沉重的历史

---

① "包衣",满语,意为"家里人",在一定语境下也指"世仆""仆役";"从龙",指从其祖先开始就归皇帝亲领。王度庐在一份手写的简历里说:父亲在清宫一个"管理车马的机构"任小职员,这个机构即内务府所属之上驷院。
② 按:"满人"专指满族;"旗人"这一概念则涵括满洲、蒙古、汉军三个八旗的所有成员,其内涵大于"满人"。
③ 参阅关纪新:《多元背景下的一种阅读——满族文学与文化论稿》,辽宁民族出版社,2013,第219页。

感里蕴含几分惋惜,情感上极具"旗族特色"。

在《宝剑金钗》和《卧虎藏龙》里,德啸峰虽非主人公,却可视为旗籍"贵胄之侠"的典型。他沉稳、老练,善于谋划,善于掌控全局,比李慕白更加"拿得起、放得下"。他的身上比较完整地体现着金启孮所说京城旗人游侠的三个特征:一、凌强而不欺下,一般人对他们没有什么恶感。二、多在八旗人居住的内城活动,没什么民族矛盾的辫子可抓。三、偶或触犯权势,但不具备"大逆不道"的证据,故多默默无闻。①铁贝勒、邱广超和《彩凤银蛇传》里的谢慰臣都属此类人物。

进入民国之后,由于政治、经济原因,京中旗人的精神状态呈现更趋萎靡甚至堕落之势(《晚香玉》里的田迂子即为典型),但是王度庐从闾巷之中找到了民族精神的正面传承。《风尘四杰》实际写了五个"闾巷之侠"——那位"有学有品而穷光蛋"②的"我",也算一个"不武之侠"。作者清楚地认识到:虽然早非"侠的时代",但是天桥"四杰"③身上那种捍卫正义,向善疾恶,刚健、豁达、坚韧、仗义、乐观的民族精神,却是值得弘扬光大的。这已不仅仅是对旗族的期许,更是对重振中华民族传统美德的期许。

凡是旗人,都无法回避对于清王朝的评价。王度庐在杂文里认为,"大清国歇业,溥掌柜回老家"④乃是历史的必然,人民期盼的是真正实现"五族共和"。他更在两部算不上杰作的小说中,以传奇笔法描绘了两位清朝"盛世圣君"的形象。《雍正与年羹尧》里的胤禛既胸怀雄才大略,又善施阴谋诡计。他利用"江南八侠"的"复明"活动实现自己夺嫡、登基的计划,又在目的达到之后断然剪除"八侠"势力。但是,他对汉族的"复明"意志及其能量日夜心怀惕惧,以至"留下密旨,劝他的儿子登基以后,要相机行事,而使全国

---

① 参阅关纪新:《老舍与满族文化》,辽宁民族出版社,2008,第80页。
② 语见王度庐早期杂文《中等人》,原载于北平《小小日报》1930年4月5日"谈天"栏,署名"柳今"。
③ 民国初年,"天坛附近的天桥大多数的女艺人、说书人、算命打卦者都是满人"。转引自关纪新:《老舍与满族文化》,辽宁民族出版社,2008,第122页。
④ 语见王度庐早期杂文《小算盘》,原载于《小小日报》1930年5月20日"谈天"栏,署名"柳今"。

恢复汉家的衣冠"。书中还有一位不起眼的小角色——跟着胤祯闯荡江湖的"小常随",他与八侠相交甚密,又很忠于胤祯。"两边都要报恩"的尖锐矛盾,导致他最终撞墙而殉。作者展示的绝不限于"义气",这里更加突出表现的是对汉族的负疚感和对民族杀伐史的深沉痛楚。王度庐对历史的反思已经出离于本民族的"兴亡得失",上升为一种"超民族"的普世人文关怀。《金刚玉宝剑》中的乾隆,则被写成一个孤独落寞的衰朽老人,这一形象同样透露着作者的上述历史观。

满族入关后吸收汉族文化,"尚武"精神转向"重文",涌现出了纳兰性德、曹雪芹、文康等杰出满族作家,其中对王度庐影响最大的是纳兰性德。"摇落后,清吹那堪听。浙沥暗飘金井叶,乍闻风定又钟声。"[1]纳兰词的凄美色调,融入北京城的扑面柳絮和戈壁滩的漫天风沙,形成了王度庐小说特有的悲怆风格。

旗人的生活文化是"雅""俗"相融的,王度庐继承着旗族的两大爱好:鼓词(又称"子弟书""落子")和京剧。他十七岁时写的小说《红绫枕》,叙述的就是鼓姬命运,其中还插有自创的几首凄美鼓词。至于京剧,据不完全统计,仅在《落絮飘香》《古城新月》《晚香玉》《虞美人》《粉墨婵娟》《风尘四杰》《寒梅曲》七部小说中,写及的剧目已达九十六折[2]之多!作为小说叙事的有机内涵,王度庐写及昆曲、秦腔、梆子与京剧的关系,"京朝派"(即京派)与"外江派"(即海派)的异同、"京、海之争"和"京、海互补",票社活动及其排场,非科班出身的伶人、票友如何学戏,戏班师傅和剧评家如何为新演员策划"打炮戏",各色人等观剧时的移情心理和审美思维……他笔下的伶人、票友对京剧的热爱是超功利的,而她(他)们的社会角色和物质生活则是极功利的——唯美的精神追求与惨淡的现实生活构成鲜明反差,映射着

---

[1] 纳兰性德:《忆江南》——当年王度庐与李丹荃相爱,曾赠以《纳兰词》一册,李丹荃女士七十余岁时犹能背诵这首词。
[2] 由于现存《虞美人》和《寒梅曲》文本均不完整,所以这一数字是不完整的。而未列入统计对象的《宝剑金钗》《燕市侠伶》等作品中,也常含有京剧演出、观赏等情节,涉及剧目亦复不少。

人性的本真、复杂和异化。他又善于利用剧情渲染故事情节和人物情感,例如《粉墨婵娟》中,凭借《薛礼叹月》和《太真外传》两段唱词,抒发女主人公不同情境下的不同心绪,展示着"戏如人生、人生如戏"的微妙契合,极大地增强了小说的诗意。

入关以后,旗人皆认"京师"为故乡,京旗文学自以"京味儿"为特色。王度庐的小说描绘北京地理风貌极其准确,所述地名——包括城门、街衢、胡同、集市、苑囿、交通路线等等,几乎均可在相应时期的地图上得到印证。《宝剑金钗》《卧虎藏龙》主人公的活动空间广阔,书中展示清代中期北京的地理风貌相当宏观,又非常精细。玉娇龙之父为九门提督,府邸位置有据可查,作者由此设计出铁贝勒、德啸峰、邱广超府第位置,决定了以内城正黄旗、镶黄旗(兼及正红旗、正白旗)驻区为"贵胄之侠"的主要活动区域。李慕白等为江湖人,则决定了以"外城"即南城为其主要活动区域。两类侠者的行动则把上述区域连接起来,并且扩及全城和郊县。《落絮飘香》《古城新月》《晚香玉》《虞美人》等社会小说中,主人公的活动空间相对狭小,所以每部作品侧重展示的是民国时期北平城的某一局部区域:或以海淀—东单—宣内为主,或以西城丰盛地区—东单王府井地区为主,等等。拼合起来,也是一幅接近完整的"北平地图"。上述小说之间所写地域又常出现重合,而以鼓楼大街、地安门一带的重合率为最高。作者故居所在地"后门里"恰在这一区域,在不同的作品里,它被分别设置为丐头、暗娼等的住地。这里反映着作者内心深处存在一个"后门里情结",他把此地写成天子脚下、富贵乡边的一个小小"贫困点",既体现着平民主义的观念,又是一种带有幽默意味的自嘲。

王度庐小说里的"北京文化地图",是"地景"与"时景"的融合,所以是立体的、动态的。这里的"时景",指一定地域中人们的生活形态,包括节俗、风习。无论是妙峰山的香市、白云观的庙会、旗族的婚礼仪仗、富贵人家的大出丧、"残灯末庙"时的祭祖和年夜饭、北海中元节的"烧法船",乃至京旗人家的衣食住行,王度庐都描写得有声有色,细致生动。这些"时景"与故事情节融为一体,成为展示人物性格、心理的重要手段;同时也颇具独立的民俗学价值。王度庐在小说里常将富贵繁华区的灯红酒绿与平民集市里的杂乱喧闹加以对比,而对后者的描绘和评论尤具特色。例如,《风尘四杰》里是这样介绍天桥的:"天桥,的确景物很多,让你百看不厌。人乱而事杂,技艺丛集,藏龙卧虎,新旧并列。是时代的渣滓与生计的艰辛交织成了这个地方,在无情的大风里,秽土的弥漫中,令你啼笑皆非。"他笔下的天桥图景,喷发着故都世俗社会沸沸扬扬的活力和生机,嘈杂喧嚣而又暗藏同一的内在律动;它与内城里的"皇气""官气"保持着疏离,却又沾染着前者的几分闲散和慵懒。这又是一种十分浓厚、相当典型的"京味儿"!

"京味儿"当然离不开"京腔"。王度庐的语言大致是由两部分组成的:叙事以及文化程度较高角色的口语,用的是"标准变体",即经过"标准化处理"的北京话,近似如今的"普通话";底层人物的语言,则多用地道的北京土语,词汇、语法都有浓厚的地域特色,比一般的"京片儿"还要"土"。故在"拙""朴"方面,他比一些京派作家显得更加突出。

由于众所周知的原因,王度庐的作品散佚严重,这部《大系》编入了至今保存完整或相对完整的小说二十余种,另有一卷专收早期小说和杂文。

笔者认为,1949年前促使王度庐奋力写作的动力当有三种:一曰"舒愤懑";二曰"为人生";三曰"奔窝头"。三者结合得好,或前二者起主要作用时,写出来的作品质量都高或较高;而当"第三动力"起主要作用时,写出来的作品往往难免粗糙、随意。当然,写熟悉的题材时,质量一般也高或较高,否则,虽欲"舒愤懑""为人生",也难以得到理想的效果。是否如此,还请读者评判、指正。

徐斯年

二〇一四年十一月于姑苏香滨水岸

凡 例

1.《风雨双龙剑》

本书初稿共十七回，连载于1940年8月16日至1941年5月9日南京《京报》。载毕即由报社刊行单行本，列为"京报丛书"之一。1948年又由上海育才书局印行单行本，改为十八回；回目与《京报》本略有差异，内文稍有删改。本版采用十八回，内文据连载本印行。

2.《彩凤银蛇传》

本书最初连载于1941年5月10日至1942年3月1日南京《京报》。未见单行本。本版即据连载本印行。

3.《纤纤剑》

本书初载于1942年3月1日至10月31日南京《京报》。未见单行本。本版即据连载本印行。

4.《洛阳豪客》

本书初稿连载于1943年1月23日至1944年1月8日南京《京报》，原题《舞剑飞花录》。1949年2月上海励力出版社印行单行本，改题《洛阳豪客》，章次、章题均与连载本不同，内文差异亦大。

一

本版以连载本为底本,书名仍用励力版名,附励力版目录如下:

> 第一章　江水滔滔少年侠士　隐凤村中少女动相思
> 第二章　绛窗外试剑对名花　洛阳东关娇娥战五虎
> 第三章　苏小琴闺中戏女伴　为防腾云虎夜夜虚惊
> 第四章　巨案惊人轰动洛城　酒楼掷花轻薄遭鞭
> 第五章　镜后捉贼小姐施威　月夜鏖战见少年洞穿底细
> 第六章　绸巾绣鞋惹起狮子吼　楚江涯追踪看把戏
> 第七章　云媚儿酒店发雌威　于铁雕率众为师兄报仇
> 第八章　苏老太爷客舍忏从前　楚江涯仗义救衰翁
> 第九章　家中女子太可疑　夜深,村外,惨变
> 第十章　"竟被爸爸识破了吗?"青蛟剑找不到仇人
> 第十一章　斜阳惨黯晚风徐起山中逢"女鬼"清晨吊祭探
> 　　　　　询李姑娘
> 第十二章　楚江涯力战群雄　李国良老迈发忿语
> 第十三章　素幔低垂,怪贫妇半夜击棺　美剑侠扬剑捉凶
> 第十四章　夜战高岗宝剑斗金鞭　人言可畏名闺蒙羞
> 第十五章　雨天,老英雄跌死街头　河边柳畔会情人,心
> 　　　　　碎美剑侠
> 第十六章　闻说有人刎颈死　古都三访,洛阳豪客尽余情

5.《大漠双鸳谱》

　　本书最初连载于 1943 年 1 月 23 日至 1944 年 7 月 3 日南京《京报》(1944 年 2 月 1 日改名《京报晚刊》)。未见单行本。本版即据连载本印行。

6.《紫电青霜》

　　本书初稿 1944 年至 1945 年连载于《青岛大新民报》,原题《紫电青霜录》。1948 年 7 月由上海励力出版社印行单行本,改题《紫电青

霜》。本版以励力版为底本。

7.《紫凤镖》

本书初稿连载于1946年12月至1947年7月《青岛时报》,署名鲁云。1949年由重庆千秋书局印行单行本。本版以千秋书局版为底本。

8.《绣带银镖》

本书初稿连载于1947年5月至1948年9月青岛《大中报》,原题《清末侠客传》,署名鲁云。1948年上海励力出版社印行单行本时分为二册,书名分别改题《绣带银镖》《冷剑凄芳》。本版以励力版为底本,合为一册印行。

9.《雍正与年羹尧》

本书初稿连载于1947年7月至1948年4月《青岛时报》,署名鲁云。1949年上海励力出版社印行单行本,更名《新血滴子》。本版以励力版为底本,书名恢复原名。

10.《宝刀飞》

本书初稿连载于1948年4月至1948年9月《青岛时报》,署名鲁云。同年11月由上海励力出版社印行单行本。本版以励力版为底本。

11.《金刚玉宝剑》

本书初稿始载于1948年9月《青岛公报》,1949年2月改载《联青晚报》。1949年由上海励力出版社印行单行本。本版以励力版为底本。

按"金刚玉"当作"金刚王"。参见丁福保主编之《佛学大辞典》:

【金刚王宝剑】(譬喻)临济四喝之一,谓临济有时一喝,为切断一切情解葛藤之利剑也。《临济录》曰:"师问僧:有时一喝如金刚王宝剑,有时一喝如踞地金毛狮子,有时一喝如探竿影草,有时一喝不作一喝用,汝作么生会?僧拟议,师便喝。"《人天眼目》曰:"金刚王宝剑者,一刀挥断一切情解。"

又:【金刚】(术语)Vajra 梵语曰缚罗。……译言金刚,金中之精者,世所言之金刚石是也。……又(天名)持金刚杵之力士,谓之金刚。……

【金刚王】(杂语)金刚中之最胜者,犹言牛中之最胜者为牛王也。……

目录

第一回 夜带柳梢春少年人梦
楼迷钗影艳倩女离魂 〇〇一

第二回 舞剑飞刀深邸惊怪侠
集龙会虎孤掌斗群英 〇〇九

第三回 试场来香车珠帘望断
交锋出素手贫女扬威 〇一八

第四回 沽酒助豪情招啼惹笑
登门贻厚礼起浪兴波 〇二七

第五回 嘱避锋芒西陵思丽影
飞腾绣户宝剑溅腥光 〇三六

第六回 窗黑室暗惊遇锦绣球
钗坠花残忍窥薄命妾 〇四六

第七回 脂粉英雄轻鞭驰小寨
山陵风雨宝剑伴佳人 〇五三

第八回 夜半叩门声惊人恶语
雨中腾剑气绝世娇姿 〇六五

第九回 素手屠狼山间初展技
　　　 侠情换剑松下乍相思 〇七四

第十回 单骑追车途中逢鬓影
　　　 双侠探府夜半战蛟龙 〇八二

第十一回 金臂飞侠大闹和珅府
　　　　铁爪蛟龙恶霸挥飞鞭 〇九五

第十二回 绣帐轻遮惊雷催绮梦
　　　　飞车宵遁小店晤英雄 一〇七

第十三回 旅夜聚英雄钗喷剑恨
　　　　风尘重拼斗鞭舞锤飞 一一六

第十四回 热泪交流短街偷侠骨
　　　　幽情千种双剑订良缘 一二九

第十五回 怅望街头伊人无片影
　　　　追逐车骑利剑斗三雄 一四四

第十六回 剑起孤鸿单身施绝技
　　　　人如双璧连夜走风尘 一六五

第十七回
河畔烧骨灰永思仇恨
雨中访侠客倍起猜疑 一八四

第十八回
夜发悲歌 尔岂真侠士
重归故里 谁识旧邻娃 一九四

第十九回
炼狱三年磨煞豪杰骨
金刚又闪惊见伊人来 二〇三

第二十回
织布编蓑隐身行侠义
长江小镇把盏待豪雄 二一五

第二十一回
屡斗冲天侠画儿恼怒
相逢扬州府老少齐欢 二二三

第二十二回
匕首投桅杆豪强坠水
青锋刺轿舆奸相丢魂 二三三

第二十三回
铁爪蛟龙逞凶砸酒店
绣球侠女履险入深宫 二四四

第二十四回
御宫歌舞突惊短箭来
高殿荒凉半宵群侠至 二五二

第二十五回 大闹和珅府恶奴授首
人坠翡翠楼美妾忏情 二六一

第二十六回 和珅势败抄家且丧命
易水春寒搏虎复盟鸳 二六九

附录一 为《王度庐武侠言情小说集》而作 二七七

附录二 已知王度庐小说目录 二七九

附录三 王度庐年表 二八二

第一回　夜带柳梢春少年入梦
　　　　　楼迷钗影艳倩女离魂

　　"金刚玉宝剑"这个名词见于佛经，原是一种象征及譬喻。但是据说在乾隆年间，就曾出现过一口锐利的钢锋，名字叫作"金刚玉"，由此剑又曾引起过一件慷慨激昂、缠绵悱恻的故事，其中包含着许多侠客豪杰、美人淑女，而在故事的中心，却又以距今一百五十年之前最大的豪门，乾隆朝的宰相和珅，作一个"枢纽"式的人物。

　　和珅的住宅，当年是在北平什刹海附近的"三座桥"，后改为恭王府，现在听说是某大学的女生宿舍；占地很大，朱垣围绕，里边真是画栋雕梁，并有极为幽美的花园。据北平的一些老年人说，那就是《红楼梦》里的"大观园"。自然，经过了一二百年的世事演变，其中的"旧观"多已更改，当年里边到底是什么样子？曾经住过什么样的人？有过什么事？也很难加以详细考证了。

　　这住宅附近的"什刹海"，是北平城里风景最清秀的地方。杨柳绕堤，像绝世的佳人在那里排队，个个细腰，做出不同的娇态，临着春风，掠动着她们那毵毵的绿发，理她们的晚妆。灿烂的云霞铺展在帝京的天空，印在水面上，越发的绮丽。水流动着，灵活得又好像少女的眼睛。成群的乌鸦飞掠而过，渐渐地云霞变紫，水也发昏，又好像是美人要睡了。暮色就如一幅淡青色的罗幔，徐徐地低垂。

　　在这美丽的什刹海湖滨，此时——当年的某一天——有一个少年沿着柳堤来回走着。他的躯干长高,穿着元色软绸的长的夹袄,显得挺拔、英俊;他的辫梢挽在腰间的一条丝绦上,而这条丝绦——即是一条丝织的腰带——又挂着垂着丝穗子的一口宝剑。

这个少年不住地向西边去看,神情很是着急,可又不敢向西边靠近"和中堂"的宅第去走。他只能在这里徘徊,有时宝剑的鞘碰到柳树干上了,发出吧的一声响;他把剑稍微抽出来一点,剑光立时与天上的星光相映,闪闪夺目,他赶紧又收入鞘里了。天已经黑了,这堤上除了他,哪里还有一个人?

堤当中有一座板桥,桥下有闸,水哗哗地直响;听不见更声,更望不见人家的灯火。不,有灯光的,那是在西边那"三座桥"头,不断有火球儿似的圆形灯笼的光飘过,飘过去一个,又飘过去了一对,那是轿子上和大鞍车上的灯光。轿子上和车上的都是往和中堂的宅第里谒见的官,不然就是送金珠送宝物的人。

少年想起和珅来,他就发恨,但他目前所焦急等候的那个人,也就在那显赫、富贵、森严而绮丽的宅第之中。他急也是没有法子,他还得站住,仰着脸望着天上的星星驰思、幻想,想着他前两天在"护国寺"庙里遇见的,那个令一个仆人传话来,嘱他今天此时——还许再得晚一点吧——在这里等候的人。

他可还不认识那个人,虽然当天就跟着人家的车,送到了人家的家门,也大略猜出那个人的身份来了,可还不知道叫他今夜来是有什么事。不过他是愿意来的,真愿意来,因为这是一件奇遇,"身无彩凤双飞翼,心有灵犀一点通"。在和中堂的宅里,此时大约正是绮筵方开,灯红酒绿,笙歌未散,翠绕珠围,不定有多么热闹而豪华了。那个人在那里是干什么了?想必他也是同样的在着急,在等待。

夜愈深了,少年按剑,隔着柳丝去望远处那"三座桥",桥影模糊,渐渐的那车轿上的灯光又一个一个、一对一对、先后地飘回去了,大概是上和珅宅里去的那些官儿和送礼的人等这时候才散净。和珅宅里的一些人也都该睡觉去了吧?可是那个人为什么还不来?

如此又等待了许多时,夜露已湿了他的衣裳和宝剑。忽然他望见由黑乎乎的桥那边远远地晃晃悠悠地来了一粒极小的灯光,跟个萤火虫一样。他可立时就兴奋百倍,急急地掠起来衣襟,手按着剑柄,飞快地跑着迎上去,真如箭一般。霎时间,他就到了那提着灯笼的人的临近,把这人吓了一跳,几乎要连灯笼一起掉在堤旁的水里了。

这人就是那天传话的那个老仆人,牛角灯的光照着他那惨白的胡子,他的身躯佝偻着,好像是趴在地上走。他先高高地举起灯笼来——他得先把少年的模样儿弄清楚了呀!一看,真没有错,他就像怕有老虎要来似的,压着苍老的嗓音说:"大爷!这可是能够要命能够掉头的事情呀!您的命、她的命,还有我这条老命。大爷!您可要说真话,您真是苏州葑门里的人吧?您是姓伍吗?"

少年说:"我还能够跟您说假话?前天在护国寺,你一问我的时候,我就告诉你了。我名字叫伍宏超,浪迹大江南北,走遍陕豫燕赵,我的姓名跟籍贯从来没有改过。我们本来素不相识,是她叫你找的我,又不是我找的她,我隐瞒什么?"

老仆人回答着说:"是,是,是是!我叫王忠,以后您就叫我王忠好了!我伺候我们那位女主人多年了。咳!早先的事,现在我也不能跟您细说,我就告诉您吧!我们那位女主人现在要请您去。可是您也明白,她是和中堂府里的人。府中的内院,除了我——是因为和中堂特别的恩典,许我进去——其余的就是三尺童子,非呼唤也不准进去;进去被知道了,就得活活打死。您这么大的一位年轻小伙子,现在这么半夜里,她可就要请您进去,究竟要干什么,我也想不出来,好像她是早就见过您,也许跟您有什么要紧的话要说。现在就问您吧!您到底是敢去不敢去?"

少年微笑着说:"我为什么不敢去?再厉害一点的地方我也敢去。"这老仆人王忠就把脚一跺,说:"好!您既豁出去了,我也豁出去了!那么,就请您跟着我走!"少年伍宏超跟着这王忠就往西走去。

这老王忠走得真慢,半天才走到了"三座桥"——这其实是一座桥。噗的一声,王忠就把灯笼吹灭了,由他带着走进那"和中堂"宅第的正门。这广亮的大门,气势真比得过王府,门只关了半扇,悬着的四只大灯笼都没有灭，人可大概都歇着去了，没看见一个。更声已经敲到四下，声音离着好像很远，可见这宅院太深。

又走了半天，进了一条胡同，才到了宅子后的一个极小极狭简直看不出来的旁门。王忠大概就是管这个门的，他一推门就开了，他就揪了伍宏超的衣裳一下，两人一同走入，随之，他又把这门儿给锁上了。他慌里慌张，好像全身都抽动着，只拉着伍宏超走、走、走。过了一个长条形的院子，登上游廊，又转过一个方形的院子；再穿过一间黑乎乎的小过厅，又登上一座假石山，盘下去，钻进一个瓶形的门，斜着又上了廊子，下面有假瀑布的淙淙流水声；由此又进了一个亭子，而由亭子又进山洞，曲曲折折，忽高忽低。

老王忠毕竟在这地方熟了，所以他仅仅跌倒了三次，把头碰伤了一回，他没有出声，幸亏没遇见一个人，房子里也都没有灯亮。老王忠喘喘吁吁的，由山洞爬出来却又得上楼，上了一个楼，还得上一个楼。转过去，另外有一座像亭子又像楼的建筑，里面没有人，可有家具，还有发光的，那大概是穿衣镜；又有叮当乱响的，那大概是奏乐的自鸣钟。

出了这个半亭半楼的建筑物，就都是走廊，楼上的走廊越发的萦迴、弯曲。走到尽头，可就看见了灯光，灯光是淡紫色的，浮在左边一段楼廊上敞着门的一间室内；室内的里间有一个圆形的"冰炸梅"式的小窗，灯光就是由这里透过来的。这时，老王忠就悄声嘱咐伍宏超在这里站着等一等，他便先一人走入了内室。

伍宏超头也有点晕了，他真不明白这些房子是怎么盖的，为什么要盖这样令人不爽快的房子。他的宝剑幸亏是摘下来在手里拿着，不然连鞘都许磕坏。他把剑放在这楼廊的栏杆之上，楼廊下面有郁郁的花木，弯弯的发亮的"月牙河"，可见这里是花园。他将掖在丝绦上的衣襟抖落下来，辫梢也揪开，似乎最好这时找一面镜子来照照，他好像有点自惭形秽似的，有点怕见那淡紫色灯窗里的美人。

不多时，老王忠佝偻着腰走了出来，向他说："快进去！快进去！可是别谈得工夫太长，快点出来，我还要在这儿等着把你领出去呢！要不然你绝走不出去。"伍宏超却摇头,说:"用不着,路径我早就记住了,待会儿我自己会走,你请便吧!"老王忠又拉住了他,悄声地说:"你今晚可千万回你的住处,你明白吧?别害了她,也别连累上我!"伍宏超点头说:"我都知道了!"说着,他就走进了那敞着门的室内。

这室内的里间,垂着紫色的绸帘,比那窗上灯光的颜色稍微深着一点儿。而那"冰炸梅"式的细巧窗格上,糊的大概是紫色的绫子,里面的灯光很亮。此时窗上映出来婀娜的人影,螺发如雾,凤钗摇摇,正是前天在庙会上遇见的那位艳妆的华丽的绝色的女子。

"咳!"伍宏超先轻轻咳嗽了一声,遂即掀帘走了进去。就见室中的四壁金碧辉煌,而这女子穿的却是一件极素净的白绸罗衣。她的发型是巧妙的梳挽着螺形的双鬟,所以看不出她是少妇抑或是处女。她有着轮廓极好的清瘦的脸,皮肤是那么细腻皓洁,并施了淡淡的胭脂。或许是灯光的反照,她的芳颊上有着像晨曦那么微红的颜色。她的眉像春风里的柳叶,眼如晴空下的湖波,她的鼻梁和小口安置得都那么恰当,叫人见了就爱,就像经过推敲而成的美丽诗句而让人永远回忆,没有法子忘记。她的美貌,总括起来是:"彩笔不能描,香辞何易咏?"尤其是她左眉尖上,有粒极小的红痣,这更增助了她的娇妍。

她苗条的身躯傍着灯旁的紫檀茶几,婀娜地俏立着。见伍宏超进来,她只是轻轻地嫣然带笑,客气地微微点头。伍宏超不能太往近走了,就拱拱手,庄重地说:"小……"——只好叫她"小姐"吧——"小姐,你叫人找了我来,是有什么吩咐?"

女子说:"您是不是苏州葑门里伍家的三少爷伍宏超?"

伍宏超吃了一大惊,心说:她怎么连我在家里的排行全都晓得?便问说:"那么,小姐,我听你说话,还带着点苏州的口音,想必我们是同乡了?我家里的亲戚朋友,女眷中的姊妹本也不少,可是我从十二岁就离开苏州,今年的新年是第一次回去,我真忘了,想不起来小姐跟我是几时见过面的?"

女子亲热地微微一笑,说:"我只见过您一回,那时候我八岁,才跟着我父亲从乡下搬到城里,跟您住在一条街上。那一年,听说您就跑啦……"她又赶紧改口说:"走啦!那条街上的人全都知道。后来,第二年我父亲死了,我也就……"她低下了头去,悲戚若不自胜。

伍宏超真想不起来,幼年的时候附近居住的人家里有什么女孩子,便又问说:"小姐贵姓?"女子拭着泪说:"姓吴!"伍宏超又问:"那么小姐的芳名呢?"

女子哽咽着说:"后来就改了名字,叫卿怜……"伍宏超一听,这可不是什么大方的名字,以为她或许是这里的丫鬟,遂就说:"现在,小姐是在这里……服侍人吗?"卿怜摇头说:"不……"她索性抽搐着痛哭起来了。伍宏超也不禁心中酸楚,便进一步地问说:"你是怎么到的这里呢?"说时,他面带愁容去看,只见卿怜已经泣不成声。

眼前,真如一枝梨花春带雨,伍宏超十分作难,就忿然地说:"你也不必再哭了,你的事,不用细说,我也知道了。我告诉你,今天你就是不找我,早晚我也是要到这里来的。我十二岁离家,在外习文学武,至今又是十二年了,此次来到北京,我不为别的,只是为找和珅来报仇;遇着你更好,我要连你的仇去找和珅一齐报!"

卿怜赶紧收住眼泪,走过来把他阻止,一手揪住了他的胳臂,两只眼睛惊慌地不住东瞧西望,说:"你千万要小声点儿说话!叫人听见了可了不得!"

伍宏超冷笑着,摇头说:"也没有什么,我并不畏惧和珅,不过既有你在这里,我确实觉得有些投鼠忌器,不如明天我就设法先送你回家?"

卿怜擦擦眼泪,摇头说:"现在我可还不愿意……"又嫣然地微笑说:"我也不知道是为什么,一见了熟人,本来想喜欢喜欢,可是现在又哭了。其实我也没有什么太多的为难的事,得啦!都不用提啦!今天我请三少爷来……"

伍宏超说:"你不要这样叫我。"

卿怜说:"那么……"脸红一红,又说:"那么我叫您哥哥?我也应当这样叫。小的时候在苏州,我常在您家的大门前玩,可是因为您不常出门,所以我只见过您一次,我就永远也没忘。今天,我喜欢极了,我要托您去办一件事……"

伍宏超问:"什么事?"

卿怜说:"慢慢再说吧!先不忙,您现在住在哪儿?"

伍宏超说:"我就住在护国寺街茂兴和花厂朋友的家里。"

卿怜点点头,说:"以后要是有事,我就派王忠去请您;您可别自己来,因为这地方路太不好找,我又不在这屋里住。现在我们见了面就得啦,总算我也有了一个亲人,天也不早啦,我叫王忠把您领出去吧?"

伍宏超摇头,说:"不用,我会自己走。"

卿怜仰着脸儿,似乎又要流泪,说:"我真胆子小,不敢留您在这儿多待,可是我一定不能忘您,您跟我的……哥哥一样。我还有几首诗……"她赧愧地低着头,又笑着说:"作得不好,将来我还要送去,请您改一改……"

伍宏超实在是不愿意听她再向下说了,她这样忽啼忽笑,找了自己来又催着自己走,又谈到作诗,真不知她是什么脾气,遂就说:"我现在要走了,以后有什么事情,你就叫人去找我吧!"

卿怜点了一点头,然而她微带泪痕的美丽脸庞上,尤其是那凝滞的目光,确实含着留恋不舍之意。她用手又拉住伍宏超的胳臂,伍宏超这时才注意到她那皓洁的手腕上有一只晶莹的白玉镯子。

灯光也不像刚才那样的亮了,淡紫的窗棂显着有点发黑。卿怜掀开那门帘,送伍宏超出了外面那没闭的门,来到了楼廊上。此时已经看不见老王忠了,天也不知是什么时分,伍宏超就说:"你不必送了!我会自己走。"卿怜却说:"没有人领着路,您怎么能够走得出去呀?"

伍宏超微微一笑,先把衣襟掖好,自栏杆上拿起了宝剑,登上了栏杆。卿怜一手仍然揪住他的衣裳,惊慌着说:"您是要干什么呀?"伍宏超说:"我就从这儿跳下去,方便又省事。"卿怜紧紧地揪住他,声音颤抖地说:"不……不行!那不要摔了?"

伍宏超微笑着说:"一点儿摔不着,难道你还没看出来我是个什么人?现在我只劝你,若有事,赶紧就去找我,你不要在这里甘心受罪,那和珅算不了什么。"卿怜悲声说:"是,我知道,哥哥……"伍宏超低头看着她那模糊的俏影,问说:"你还有什么事?"卿怜却仿佛不能说了。

这时远处更声已交了五下,天快明了,伍宏超就轻轻地将揪着他衣裳的那只柔细的手抬开,说了声:"再见吧!"便身如鹰隼,跳下了高楼,只听上面"哎呀"一声,那是卿怜的娇声惊叫。

伍宏超脚已踏到平地,仍恐卿怜以为他是摔死了,便将宝剑抽出,光闪闪的,举着向上晃了几下,为的是叫上面的人看见,好放心。不料他正晃着,却听得嗖的一阵风声,像是一支弩箭,正从他的肩旁擦过去;他疾忙将身下伏,觉出又有第二支箭从左侧射来,他一下用手将箭捏住,心里就说:不好!这里原来有能人!

第二回　舞剑飞刀深邸惊怪侠
　　　　集龙会虎孤掌斗群英

伍宏超当时将得来的短箭衔在口中,剑鞘挂于丝绦,身躯就地斜伏,胸仰眼视,剑口向下,准备着对方来到,便即横击。然而等了一会儿,并不见对方前来,箭也不再射了,他心说:这可奇!莫非是有意戏耍我?

此时他最不放心的是卿怜,恐怕那射箭的人已经上了楼了,卿怜可必要遭受欺侮,于是他立即嗖地跃起,足尖在地轻点,跃步又奔向那楼廊。这楼廊的下面,本来有一棵小树,他以"灵猿盗果"之式,攀上了小树,再向上一蹿,就又翻过了栏杆,重到了那楼廊之上。但见那刚才不关的门,此时却已经关上了,用手推,也没有推开,扒着门缝向里瞧,淡紫色的灯光早已一点儿没有。

他正在想主意,仿佛只有再见一见卿怜才得安心。然而,下面有一个人也直蹿上来,登着栏杆,旋刀向他就砍。他疾忙撤步,左脚用"寒鸡缩爪"之式,剑却随腕倒挂,先护住了身。对方的模样儿,他还没有法子看清,只仿佛是一个小胖子,头上包着许多布。那小胖子砍来一刀没有够着,便在栏杆上一跺脚,推刀扑奔了下来,刀如闪电,向下挥转,其势甚猛;这地方太狭,伍宏超只得紧贴墙壁,用连珠步向旁边避开。他让开了对方的刀,同时又用"怀中抱月"式,剑花自前放出,唰的一声,反取小胖子。这小胖子似乎敌不住伍宏超的浑厚腕力,不得不疾速地将两腿一绞，用绞花步变换了方向，又腾身上了栏杆，预备着要跑。

伍宏超用舌一拨口衔的短箭，咬得紧紧的，然后噗地猛力一喷，这支箭便一直喷出。那小胖子似乎没防到这一手，立时身向后仰，一片秋叶似的就掉下了楼。伍宏超却仍不放过，碾步提身，嗖地又跳出了栏杆，再落于平地。他掌剑护身，向四下里一看，那小胖子也真可钦佩，受伤不受伤倒不知道，可是早已踪影皆无。伍宏超不由暗觉着诧异，可也没见小胖子再勾什么人来，他更觉着奇怪。此时东方渐露曙色，夜幕渐渐地卷起，这花园的一切景物渐如淡墨画的似的，现于眼底，原来那旁边还有没盖完的楼呢。鸡声已起，他不能再在此地停留，遂就飞快地奔向了近处的一段高墙，翻了出去，离开了这和珅的巨宅。

伍宏超在这晓烟弥漫之中，收剑抖衣，打着哈欠，一步一步地走往他的住处，心里想着：从哪里来了这么一个小胖子？此人又是和珅家里的什么人呢？他越想越纳闷。和珅的家，简直像是一个又大又坏又奇怪的闷葫芦，这一夜，没想到在闷葫芦里转了半天。他现在身体实在疲倦了，可是仍不服气，愿意那个小胖子再来！他的心里又很难受，像是认了一个亲胞妹，更像是见着了髫龄之时订下的多年也没见面的未婚妻，而她又正被困在那"大闷葫芦"里。他想挥剑把那"葫芦"劈碎，她可又拦阻，暂时还不叫劈。"咳……"伍宏超一边走着，一边又打哈欠又叹气。昨天这半夜过得真太离奇，他的脑子乱得很，一方面想着：鼠辈！小胖子！你再来呀！一方面感觉十分难过，恨不得再劝劝吴卿怜：妹妹！你不要哭了！

回到住处，他什么东西也不吃，先倒头睡了一个大觉，直到过午方才起来。他回想昨夜的情形，简直像是一个怪梦，心想：江湖上的怪事虽有，然而不如和珅家里的多，和珅我倒真得会一会。

伍宏超的这个住处，是他朋友开的一个花厂子。他的这个朋友姓冯，名字叫茂兴，所以花厂的字号就叫"茂兴和"。这冯茂兴先前往来陕甘与北京之间，是个贩皮货的。有一次他在黄河岸边遇着了强盗，货物被劫了个精光，他也身受重伤，幸亏伍宏超游至该处，闻说此事，非常的愤怒，便仗宝剑往寻那些个强盗；刀剑相拼，恶斗了一场，将货物全都追回。伍宏超保护着冯茂兴在那里养了一个多月的伤,伤愈之后,又送到了直隶省的境界内,二人方才分手。临分手之时,冯茂兴要把金银送给伍宏超作为谢礼,但伍宏超正色拒绝,并且还直生气。冯茂兴感恩戴德,只说:"没有别的,将来您几时到了北京,千万去找我,我们算交个朋友吧!我这辈子也忘不了您!"

冯茂兴这个人是很诚朴的,自被救回到北京,就再也不敢出外做买卖了,便改了行,开设花厂。因为他本来就住在护国寺的附近,这里的花厂又很多,一些人家都到这里来买花,所以他的买卖很兴隆。这几天又来了伍宏超,他乐极了,请伍宏超在他的家里住着,极力地殷勤招待。听说伍宏超想在这里长住,他更是喜欢,便去托人,想给伍宏超活动个官什么的去做;譬如捐个"候补知县",或捐个不用做事光领俸禄的"郎中"。冯茂兴也能筹划出来那笔钱,无奈伍宏超完全不肯干,就是给他个"尚书""侍郎",他大概也不肯干。但他要干什么呢?原来他是专专地要去那由和珅和中堂兼管的"神箭营",其实那里就是为选拔他宅中的家将之用的。

见伍宏超睡醒了,冯茂兴就摆上了专给他预备的午餐,有红烧鸡、白煮肉、烩三鲜、酱汁鱼、海参汤,还有八宝饭——因为得有一件甜菜;另外还有从"老便宜坊"叫来的一只又肥又嫩又有油的大烤鸭,预备着"玫瑰露"和陈绍酒"状元红"跟"莲花白";小菜就不用说了,海蜇、虾仁、变蛋、鱼松一切俱全,另外还有干鲜水果,只是没有"燕""翅"。

伍宏超就不大高兴,说:"冯兄,你是怎么了?你这样是对我下逐客令吗?我们是至交,我在你这里住着,彼此应当随随便便的,何必要这样?"

冯茂兴一面给他斟酒,一面赶紧解释,笑着说:"不能天天这样,今天我是给老兄弟你贺喜。"

伍宏超一听,不由得倒脸上直发热,心里觉着奇怪,就听冯茂兴说:"老兄弟你有了喜事啦!哈哈!"伍宏超说:"你瞎说!"冯茂兴说:"怎么是瞎说呀?是真的,和中堂的府里,您快进去啦!"伍宏超更为惊讶,赶紧问:"是谁跟你说的?"却听冯茂兴说:"谁跟我说的?昨晚上,人家就给我送信儿来啦！可是我怎么找也找不着你，一夜你也没回来，我就猜出你一定是上八大胡同什么楼什么院，找美人儿去啦，花钱儿去啦……"伍宏超听了，更不明白。末了，冯茂兴才说出来，原来是神箭营明天要在北箭亭"挑缺"，人家已经来下了通知，叫已经由冯茂兴替报了名字的伍宏超务必前去应考。

冯茂兴说："因为老兄弟你旁的事儿都不干，偏想干这个事嘛！其实神箭营的差使虽低，可是也有前程，和中堂现在是专要在神箭营里挑选出一个武艺超群的英雄，去给他府里护院……"

伍宏超说："护院我也愿意干！"

冯茂兴说："给和府里护院可有好处，和中堂富可敌国，金银成山，给他干事，还能少挣金银吗？和中堂位极人臣，跟乾隆老佛爷是儿女亲家，在驾前是说一不二；给他护院，他若看中了眼，保举一下，还发愁不能做官吗？不过，可也难！听说此次和中堂要选拔出来精通十八般武艺的，每样只要一位，十八般武艺全是什么呀？"

伍宏超说："是刀枪剑戟、斧钺钩叉、镋棍槊棒、鞭锏锤抓、拐子、流星。"冯茂兴点头，说："我看你一定能行！你平日出来进去的永远带着宝剑，剑一定是你的拿手，能占一样儿，就准挑得上！"伍宏超说："其实我十八般武艺件件精通。"

冯茂兴喜欢得跳起来，说："那更好啦！可是听说明天去挑缺的英雄多极啦！全是各路的镖头、武师、豪杰、好汉，都愿意进和府去发财，倒不是为在神箭营当那份苦差。昨天来送信的人，说了一大套那些人的名字，是关照咱们，叫你好有些预备。他说你一定能够都认识，他都跟我说了那些人的名字，简直是一大骡车，个个好像是天神下界、魔王临凡；我真记不住，就叫他当时抄了一张单子，留着好给您看，一共是十八位，别的人我还没叫他写。他说，到了时候，和中堂一定叫来一场大比武，所以你先斟酌斟酌，看看单子上的人哪个不好惹，咱们就想法儿，到时躲着他。"说时，从桌子抽斗里拿出来一张红纸单，递给了伍宏超。

伍宏超就一边饮着"玫瑰露"，一边去看。只见上面写列着：

使刀者，赛云长胡帆；使枪者，猛翼德韩进；

使剑者，小专诸陈悠；使戟者，病吕布刘灼；

使斧者，亚咬金郭扬；使钺者，无敌卫士赵永才；

使钩者，狠窦墩常奉；使叉者，开路天王保一杰；

使铩者，推山虎焦定；使棍者，火眼悟空唐二雄；

使槊者，短无霸庞飞；使棒者，老雄信单彪；

使鞭者，金尉迟张恭；使锏者，银叔宝冯琼；

使锤者，博浪椎今世岳云张广仲；使抓者，黑存孝李褒；

使拐子者，跛神仙程三杵；使流星者，金臂飞侠凌万江。

伍宏超看了，不住地哈哈大笑，笑得肚子发疼。他说："这些人都是瞎凑的，绰号也是临时编的，原来他们不定姓什么呢？一定都是些江湖道上的混子，凑上一些人，请一位先生来，给他们每人另起一个名字；再根据古人或找个说书的人，迁就着使的那一把家伙儿，起一个厉害的绰号……"

冯茂兴摇头，说："不！那金臂飞侠凌万江，就是北京城有名的老英雄，无人不知，我跟他还沾着一点亲戚呢！"

伍宏超说："那也许只有他一个人的名字是真的。"

伍宏超把单子收在怀里，照旧泰然地吃酒夹菜，但想一想，他就忍不住地又要笑，说："这所谓的十八般武艺，原是俗称，如今江湖道上的人是这样讲，其实不对。在陕西紫阳县，我跟我师父习学武艺的时候，他老人家告诉我，十八般武艺乃战国时孙膑、吴起所传，分为九长九短，九长是枪、戟、棍、钺、叉、铩、钩、槊、环，九短是刀、剑、拐、斧、鞭、锏、棒、锤、杵。今春二月，我在江南又拜会了著名的拳师郝燕翎，他讲的十八般武艺是：一弓，二弩，三枪，四刀，五剑，六矛（矛即是槊），七盾，八斧，九钺，十戟，十一鞭，十二锏，十三挝，十四殳（殳就是竹杖，一丈二尺长，有棱而无刃），十五叉，十六耙头（耙头也跟藤牌差不多，射猎的人用它藏身），十七绵绳套索，十八白打——就是不持寸铁，白手相搏。"

冯茂兴简直都听怔了，说："哎呀！我的老兄弟，你难道全都会吗？"

伍宏超摇头说："虽说全会，但旁的兵器，我都不喜欢使用。我也并非骄傲，可是那些人我实在看不起，我想，只我这一口青锋宝剑就能将他们一一打服！那一些人的十八般武艺、三十六般武艺，我全都毫不畏惧。"

冯茂兴说："不过我们那个亲戚金臂飞侠凌万江，你要关照他点儿！可也得小心他点儿！"

午饭用毕之后，伍宏超也没有出门，他躺在冯茂兴给他收拾得很干净的屋里的床上，就把那张会使十八般武艺的十八位豪杰的名单翻来覆去地看。这些人就是他明天的对手，然而，他真是没有放在心上。他只是凛惧地想：和珅现在既要选拔英豪，可见以后他那宅子防范得更得严密了，我要不趁此时进他的宅中，以后再想进，可就更难了！由此，他便又想起十二年之前和珅与他家所结下的深仇大恨，不由得气愤填胸。对于那被难的昔日的邻女吴卿怜，他更感觉是非去救助不可，得叫她逃开那地狱一样的似海侯门；更得去找一找那小胖子，看他到底是和珅家里的一个什么东西！事不宜迟，明天非得施展身手，压倒那些人，叫和珅选中我，当他的随身护卫。隔窗吹来了一阵阵花香，令他又不禁想起了昨夜相会的那个美人，尤其留恋她那眉尖的一颗红痣。

这夜漫漫地过去，他把精神养得十分充足，到次日一清早，就听冯茂兴隔着窗叫他："该走啦！老兄弟！你今天更得打扮打扮，因为挑缺也得论相貌，老兄弟，快着点儿呀！"

他兴奋地起来，梳洗完毕，换上了一身青绸子的裤褂，外罩藏青色"宁绸"的长袍，腰间仍系丝绦，佩带上今天他要力敌万人的青锋宝剑。冯茂兴给他雇来了一辆小骡车，并且陪着他，一同走去了。天晴无云，太阳升起来了，像个火团，越发振起来豪杰的意气。

北箭亭在北平的内城里，皇城的东北角，是琉璃瓦盖成的一座亭台（现时早就全都拆除了）。还有一块平坦的广场，是为什么"神箭营"

及其他的营官们在此练习弓矢或选拔擅长骑射的人才的地方。今天来参加选拔的有一些是贵族子弟，他们早就托人情补上了名字，现在来应试不过是"官样文章"，反正一定能取中，而取中了就可以一辈子有钱粮，可以永远不摸弓箭。他们平日就只会提着鸟儿笼子清晨上茶馆，今天不过是暂时把鸟笼放下，各自拿上一份锈箭残弓，所以早就都来了，聚在一块儿谈闲天。此外，就是那十八位"大英雄"，有老有少，有的是面带刀痕，有的是连串麻子，长得没有一个好看的，打扮得也都差不多：小辫扎顶，敞胸露怀，腰系着板儿带子，下蹬"抓地虎"的靴子。这都是些镖头、好汉们，如今也是应征前来，希望"中堂"录用。

十八般武器都已预备齐全，摆在四座兵器架子上。这些家伙儿，除了刀枪棍棒，很多都是不常见的，所以围了一大群人，女人跟小孩也不少，卖吃食的也赶来做买卖。差官们很多，他们头戴红缨帽，身穿马蹄袖的箭袍，挎着腰刀，足蹬薄底官靴，驱逐着闲人，喊着："闪开！闪开！中堂可快来啦！"

靠近西首的几棵小槐树的旁边，停着十几辆簇新的骡车，车上坐的都是今天这里的试官或差官的女眷。她们都是"旗妇"的打扮，梳着两板头，也是来看热闹的。

亭台上已经到了不少的官员，他们时时把怀表掏出来看一看，都很着急地说："中堂怎么还不来呀？"

伍宏超腰挂宝剑，到此下了车。冯茂兴先引着他去见一个差官，就是这一次给伍宏超报了名，托了人情准许他来应试，并且前天去送信儿的那个人。冯茂兴说："见见！这是赵佐领，人家很帮咱们的忙！"伍宏超就拱手，表示谢意。

赵佐领年有四十余岁，很是和蔼，他说："都是自己人，用得着客气吗？今天挑缺是破例，汉人也可以，只要有本事，一样能被录用。因为中堂是存着一个私心眼儿，大家也都明白，所以，今天弓箭倒在其次，主要的是……"手指着那边的兵器架，"那十八样儿家伙儿，能够拿得起一样儿来，就行！"

冯茂兴说："我们这位老兄弟，宝剑是耍得好极啦！"

赵佐领说："这真好极啦！待会儿,我一定尽先叫他的名字。反正,我敢说一句,准能叫他考得上！你们二位先上那边歇一歇去吧！"

伍宏超转身,跟着冯茂兴往"挑缺的人"应站的那地方去走。忽然,冯茂兴又看见了他的熟人,他向南指着,说："快看！那边来的就是金臂飞侠凌万江,我们是亲戚,咱们过去先打个招呼好不好？"

伍宏超却拦住他,说："何必？何必？"虽然冯茂兴跟那金臂飞侠据说是亲戚,但是大概平日走得也不怎样近,所以,他远远招呼了一下,人家并没理他。

金臂飞侠凌万江是一位身躯雄伟的人,年已五十多岁,可是没留胡子。看他那走路时的轻便强健,就知道功夫不浅。跟他来的是一个十八九岁的大姑娘,穿着一身蓝布衣裤,好像是他的女儿。对于人家的女子,伍宏超不好意思特别地去注意,何况又离着很远。凌万江往那"十八位大英雄"的群里走去,那些个人都对他显出来恭敬。而那位穿蓝布衣裤、衣裳上有几块补丁的大姑娘却走向那看热闹的人丛之中去了。当然,冯茂兴也得往那边去,别处是不许他站的。

人是越到越多,车也来了不少辆,突然听见"嗤！嗤……"许多位差官嘴里全都这样响着,这是叫人该回避的快回避,该肃然的即速肃然,还有人悄声地互相警告着："来啦！来啦！和中堂来啦！"可以望见南首起了一片滚滚的烟尘,越来越近,这是"对子马"先来打通知。两个差官到临近一齐下了马,红缨帽的下边淌着汗,他们把马交给别人,吩咐着："戒备！"

伍宏超此时也是在"挑缺的"人丛中站着,但距离亭子并不远,所以他看得很清。台子上的一些官员,大多数是戴着顶儿、翎子,一齐下了台阶排立着,恭谨地迎迓。

这时,先来到的是几辆特别新的大鞍车,都用"菊花青"的大骡子挽着,赶车人的衣服也十分的华贵。车子咕噜咕噜地一直赶向西首小槐树的旁边去了,把那边先到的一些眷属们坐的车逼得直向后退,而它们占据了最"眼亮"即最容易往这边看的地方,好像是戏院的包厢。伍宏超不由心里一动,知道这必定是和珅家的眷属了,他赶紧注目去看,可是那边的几辆车全都挂着嵌着一块方纱的车帘,什么也看不见。

此时,这么多的人,几乎没有一个敢大声说话,尤其是那边的"十八位英雄",个个摩拳擦掌,跃跃欲试,显出来加倍的紧张。

第三回 试场来香车珠帘望断
　　　　交锋出素手贫女威扬

伍宏超此时尤其兴奋，因为说不定那几辆车里就有前天夜里与他相会的那位呼他为"哥哥"的美人。他恨不得走过去，掀开那一个个车帘去看，这当然是不可能的。

又有两匹对子马飞驰来到，待了一会儿，就听见远处传来铛铛铛连续不断的开道锣声。渐渐可以看见，锣一共是两对，敲锣的人都穿着号衣，头戴高高的红毡帽，好像是娶亲的。后边是一对对红漆木牌，上面当然要按照着和珅的官衔写了什么"赐同进士出身""侍卫总管仪仗""军机大臣上行走""尚书大学士""晋封一等公爵"，大概把他的履历全都写上了，只是没写他的儿子娶了公主。卤簿越来越近，锣声震耳欲聋，差官们齐都弓上弦，刀出鞘，保护着过来的一顶八抬的绿呢大轿。

抬轿的八个人全戴着绿缨帽，生得也好像一般高，他们一致地抡着胳臂，平平稳稳地将轿抬到那亭子的阶下，抽了轿竿。官员们一齐趋近轿前请安，有人就把和珅扶了出来。伍宏超气愤填胸，强自忍耐着；想起他家与和珅十二年前结下的深仇，想起吴卿怜被这"伧夫"占据和污辱不定多少年了，他恨不得这就拔剑近前。

和珅是一个细身材的人，他弯着腰，两条腿患着软脚症，所以得一半用人搀扶。他有着稀稀的两撇八字黑胡子，年纪五十来岁，脸是又白又瘦;眉目倒还端正,年轻的时候也许是一个美少年,小眼睛露出聪明的样子。他头上戴的是"头品顶戴"宝石顶子,插着一根"双眼大花翎",蟒袍黼挂,下襟的前后都是金线绣的"海水江淮",脖子上挂着大串珊瑚的朝珠,手上戴着翠玉的扳指。跟班的还给他拿着玳瑁眼镜和金水烟袋,前呼后拥的,他就上去坐到了亭子的当中。

下面的人全都在着急,应试的人是恨不得当时施展身手,夺得锦标;看热闹的人是都直着脖子,急待着:"为什么还不快着点呀?"独有伍宏超只是注意那几辆车的车帘,可是人家的车帘又总也不卷;车里的人隔着那块纱可以把外边人都看清楚,但从外向里看,尤其是这么远,却真难!

这时,伍宏超又看见了那个跟着"金臂飞侠"来的大姑娘。这姑娘年虽已将及笄,却不是那么高大粗壮,而颇为窈窕,背后垂着一条大辫子。她一会儿跑到看热闹的人群中,一会儿又去找那"金臂飞侠",好像那虽是她的长辈,却又不像她的爹爹。"金臂飞侠"是两个高颧骨,在那里正对着别人说话,露出仿佛是"山陕"的口音。而那姑娘呢,最显眼的是一双天足——大脚,可见她是旗人。她虽然衣裳穿得破旧,却是兴致勃勃地走过来走过去,好像是一只穿花衣的蝴蝶,仿佛只有她认识的人多,也只有她能干。最特殊的是她的一双大眼睛,从老远就能看得清楚,就好像在那里撩人。其实,她与别的清秀的女子没有什么不同;假若说有,那就是她的身体发育得挺匀称。这也许是因为她穿的衣裳紧瘦之故,且她常往"十八名英雄"的群里钻,总之,她在这里是很引人注意的。

忽然,上面传下话来了,又听见有金器——不是锣——铛铛的清脆紧敲之声。有人便在很远之处安设上了箭靶(鹄),先请那几位"大爷"来表演。箭靶子是木头框,当中用纸糊的,上中下涂着三个红色的圆光。一位身穿青马褂、脸刮得十分干净的贵族大爷,就站在六七十步以外,拈箭拉弓。这不容易,弓虽不算太硬,也够瞧的。像这样的贵族大爷,平常在家里一点力气都懒得用,现在只为挑上这个"缺",事先也得经过练习,受过点儿苦;那方法是将两只膀子吊平了,下面用两根木棍支着,为免得两臂痛苦难忍,口里还得唱着歌。这样至少得练半个月,如今才敢上场,这是因为在拉弓的时候先得有个样子。

这位大爷用牛角的"扳指"扳住了弓弦,只这么一拉,虽然将弓拉得不算"饱",但那种挺胸、张臂、瞪目的样子也很可观。旁边站着的差官,明中虽为监视他射箭,其实早就托好了人情,或本来就是老亲旧友。那人清亮的喉音喊了一声:"一发"箭就带着响声嗖地射了出去,但及至落了地,离着那箭靶子还有四五步远,没有射着。再来第二支,于是这位"贵族大爷"再拈雕翎,那差官又高喊着:"二发!"这支箭倒是射出很远,可是那边的箭靶子依然无恙。

这位大爷犯了贵族脾气,说:"今天倒霉!"他挂上了气儿,弯弓三射,那差官又喊:"三发!"这支箭射得真准,差点没射伤了给他喊着的这位差官,离着那三个红光,至少还差着五丈。可是噗的一声,在最下面的红光上被打了一个大窟窿,同时箭靶子也倒了;原来在那箭靶子的近处早已安设下了人,等着这位大爷三箭射不着了,就抛上一块砖头。差官就喊起来:"三箭中!"旁边的人虽多半都已看出来了,可是也不足为奇,向来"挑缺"射箭就是如此,于是这位大爷就算中了。

亭里的和珅戴着玳瑁眼镜虽没看清,可是他猜得出是这么一回事,就摆手说:"算了吧!叫他们都歇会儿去吧!别再糟践我那好纸糊的箭靶子啦,就算他们全都中啦!"他气得两撇小胡子都撅了起来。又传下话来,说:"叫那些会武艺的,都在我的面前施展施展!嘱咐他们彼此都别客气,只要别弄出人命来就行!"

对于今天这事,他倒真是关心。他令人搀着他,将一把太师椅又往前挪了挪,又叫人给他点着水烟,一边呼噜呼噜地抽着,一边观看人比武。当时就仿佛好戏上场了,围观的人齐都瞪大了眼睛。

只见一条黑大汉子舞着"青龙偃月刀",跳跃到场子的当中,脚踢臂扬,大刀闪闪地映着阳光。这个人当然就是那"赛云长",他练了十来下,练得还真不错。另有一个瘦小的人,抖动着很长的一杆扎枪,奔了过来。这是"猛翼德",可是并不猛,他与赛云长枪来刀往,跟戏台上的武戏似的,耍了几个花招儿,然后两人相对着一亮相儿,这一场就算完了。

小专诸是一个年轻的、长着满脸红疙瘩的人,穿的裤褂倒很干净漂亮。他手抢一口"铜活儿"簇新、穗子五颜六色的宝剑走到场中,就剑舞身腾。这时赵佐领过来催着伍宏超,说:"你还不快过去练?这时再不练,待一会儿中堂可就走啦;中堂要是看不着,你再有好武艺,也是没用!"

其实伍宏超早已将长衣裳脱去了,一听这话,就锵然地抽出了青锋剑,同时怒气直向上涌,更有一种好像要对谁夸耀似的心理鼓舞着他。他手捧宝剑也走到场中,一手捏定"剑诀",一手展剑挽半花透出,紧接着翻背高击,换足点地而进;形如飞鹭,迫近了那个小专诸。

小专诸正一个人练得很得意,忽见又上来一个使剑的,他也不认识,不知是奉中堂之命,还是自己来的。他就稍收剑势,把眼一瞪,说:"怎么着?你是要来比一比吗?"伍宏超也不言语,自己依然在舞剑,青锋闪闪,剑到身随,鹤舞鹰翻,姿势美妙之极;砍撩摸刺,抽提横倒,变幻莫测,剑法步步加紧。此时没有人看那小专诸了,而全都把目光集中于他,并且有人喊着:"好!好!"

那边,小专诸的一些朋友们全都气了,扬鞭的扬鞭,晃戟的晃戟,槊棒叉锤,好像都要过来。小专诸向伍宏超怒骂一声:"孙子!你他妈的是成心来搅我吗?要想比剑,陈大太爷不含糊你!"说时,一个箭步跃到伍宏超的跟前,抢剑就砍。

伍宏超却身形侧闪,青锋剑自怀透出,向他就刺。小专诸退步将剑一撩,伍宏超斜跃着更加进逼。小专诸跳旁一步,换了剑法,腾步劈来;伍宏超却反舞以迎,取敌下腕。小专诸抽剑不及,就显出慌张了;伍宏超却又将剑翻转,只听吧的一声,一剑就平击在小专诸的头上,虽没有出血,可击得发晕。

小专诸脸上的疙瘩全都气得要裂,他晃了晃头,瞪大了眼一喊,索性将剑胡抢了起来,直扑伍宏超。伍宏超一面轻快地跳闪,一面寻他的空隙,突然他一探剑,剑尖直扎到小专诸的左胯,小专诸疼得一条腿跪下了,当啷一声,剑也撒了手。

四外有人齐喊："好！……"而那边持刀枪戟斧、挡棍钩叉各样兵器的十五六个人，一齐愤怒地奔来，嚷嚷着说："你这叫挑缺？简直是他妈的瞧不起我们兄弟！"他们蜂拥而来，大小长短的兵器如林似雨，齐向伍宏超。只见伍宏超蹲耸跳跃，剑舞如飞，直打得亚咬金扔了大斧头，推山虎抛了雁翅挡，短无霸失了枣木槊，老雄信折了狼牙棒，开路天王吓得自己把叉撒了手，病吕布更是曳戟便逃。这些人纷纷大乱，受伤了好几个，四下里的官人们都喊着想拦阻，可是没有敢走到近前的。官眷的车离得那么远，也惊得都往后退，看热闹的人更是一齐嚷嚷着。

伍宏超的剑光仍在紧紧挥抖，但这时，突见有流星锤飞来，这是那老英雄金臂飞侠凌万江。他一只手连连摆动，向那些人说："你们胡打乱打什么？也不看看这是什么地方？用得着吗？叫我来领教领教他！"同时，另一只手振抖起来流星飞锤。这是两个茶碗口大小的铜锤，以坚韧的皮绳分系两头，而自中间抖起。这锤就左右翻飞，好像魔王的两只眼睛，在伍宏超的眼前瞪着，又毒辣辣地打来。

伍宏超急忙以剑去迎，然而对方这兵器变幻不测，他只得以"后驰步"向右后方连连驰退，让开了那一群乱哄哄的人。伍宏超引诱着金臂飞侠舞锤前来，他就再换步法，冲向前去，宝剑让过流星，顺势迎门倒斫；其势极凶，令金臂飞侠措手不及。

但在此刻，突由金臂飞侠的身后斜驰来了一人，手中持的也是宝剑，一句话也不说，向着伍宏超就砍。伍宏超不由得一惊，疾忙翻身回避，只见来者正是那个"天足"大姑娘。这姑娘用牙咬着辫子，剑来得极速又极狠。伍宏超顺势一挑，不料两口宝剑立时撞在一起，只听当啷一声，有若龙吟。姑娘人虽纤弱，腕力却浑厚，剑法更是凶猛，她身如飞鸟，剑似落虹，与伍宏超一往一来。

这姑娘素手捏剑诀，娇躯凝步法，先以翻身回马剑，身向右旋，剑从下落，一双瘦小的天足腾跃飞旋；待伍宏超前来，便即换式反挑，剑锋距离伍宏超的咽喉不过数寸。伍宏超顿吃一惊，撤步收剑，待这姑娘的剑再刺来时，他便以剑拨挑，旋又变式反斫，力透中锋。姑娘用剑一拦，当啷又一声，剑尖相击，姑娘的腕子也不颤。她大眼睛一瞪，小嘴把散了的辫子又一咬,猿步纵跃,寒光抖起,呛呛呛一连三斫,一剑紧一剑,一步紧一步,如连珠一样地击来。只见姑娘的大辫子与剑影齐飞,破补丁的衣裳无碍于她的娇娆及猛勇。伍宏超赶紧先护上顶,转身削剑,以连环剑之姿势顺势迎杀,铛铛铛,剑又对击了第三次。

姑娘以"大鹏掠翅"再来进取,伍宏超闪步避开,此时转守为攻,以"雪花盖顶"之式,自上来取姑娘。姑娘却玉臂展钢锋,横迎复竖挡,处处敏捷,时时紧凑,而且剑法绰然有余,气力全不松懈,她的步法、剑式、身形没有一丝凝滞,全是活泼地翻腾。伍宏超可小心极了,几乎将全力尽皆使出,如此相斗了十余回合,却仍与这位姑娘不能分胜败。旁边的人全看得发昏了,那金臂飞侠想拦也拦不住。

幸亏这时,亭子上又传下话来,由四名差官齐声地大喊:"停止!快停止吧!"

伍宏超急忙收住剑势,向后退了半步,不料姑娘森森的宝剑又自中刺来,只听凌万江大喊了一声:"算了吧!这个地方哪里许你来动手!"姑娘方才止住,但仍用那特别大的秀丽的双眸厉害地、不服气地盯着伍宏超,说:"您凭什么敢欺负我的姑父!"

伍宏超这时才知道,这姑娘原来是金臂飞侠凌万江的内侄女。此女子不但盖过了那胡抡十八般武艺的十八名"好汉",胜过金臂飞侠,她简直是自己的一个劲敌。他觉得有生以来头一次,今天才算是遇着了对手,真正旗鼓相当。伍宏超不由得直了眼,惊讶地看着这个武艺好,而又有着鲜花一般容貌的姑娘,十分倾心地喜爱。

姑娘说:"你别以为你不错!来到这儿欺负人!哼!什么破剑法,瞎逞能!"纯粹的北京腔,漂亮流利,令人听了真感到有点儿轻飘飘的,比吴卿怜的那"吴侬软语"又好像格外受听。伍宏超持着宝剑,只是发怔。姑娘还要挺剑向前,她的姑父凌万江却愤怒地呵斥一声:"画儿,走开吧!"原来她的名字是叫"画儿",她确实像一帧妙笔的持剑美人画儿。

那边的一些好汉们又拾叉捡槊,扛起来了狼牙棒跟大斧头。他们中有七八个都已身受剑伤,幸而倒都不重。现在,他们这里出来了个女将,还仿佛是把伍宏超吓唬回去了,于是他们威风重振起,一齐乱喊:

"杀了他,别放开这小子!姑娘!你替我们杀了他!"姑娘却把宝剑扔还给了那小专诸,半跑半颠地就走了。乌黑的大辫子在她的背后掠动,她的背影儿真美,可怜的是她却穿着带补丁的衣裳。伍宏超还扭着脖子盯着那姑娘的背影,姑娘却已跑往那杂乱拥挤的且都在争着看她的人丛中去了,伍宏超倒觉得好像失掉了些什么。

这时有一辆官眷的车,垂着车帘,咕噜噜地绕了个半周,把车倒了过去,就走了。临走的时候,车中的人略掀着车帘,扒着头向外看,正跟伍宏超眼睛对眼睛地互相瞧了一下。车走了,伍宏超像是又丢了一条魂,车上帘里艳影一瞥的正是那吴卿怜;她今天打扮得特别华丽而近于妖冶,似乎还向伍宏超笑了一笑。可还没看清楚那一点红痣在眉间,她就先走了。她已经把刚才的事都看到了,她走吧!伍宏超这时候对她也没工夫再留恋。

亭子上那和珅的两只软脚也已立了半天,这时候他才摘下了玳瑁眼镜,又传下话来:"叫那个第一的来!"这时候赵佐领赶紧跑过来拉伍宏超,带着笑说:"你考上第一啦!中堂在那儿要传见你啦!快去!快去!一定有赏!"又悄声嘱咐着说:"你见了中堂,可是得屈下腿儿请安,别拱拱手儿就算了,因为做大官的都有脾气!"

伍宏超倒很作难,见了和珅,还真要屈膝行礼吗?那是绝不能做的,我岂能够向仇人请安磕头?

他将剑插入鞘内,穿上长衫,被领到了那在太师椅上坐着的和珅前,他的心头勉强地按着怒火。忽听和珅在上面大声说:"谁要的是他呀?我叫你们带的是那考第一的,上年纪耍流星的!这个小子,今儿我不办他,就是便宜他,叫他快滚蛋!我不要这唱小旦似的小白脸,叫他快滚!"

当下一些差官齐声喝道:"嗻……"伍宏超的肺都要气炸了,立刻就想抢剑跳到亭子上去,然而他不能这样去做,赵佐领在他身后也直拉他,他还怕连累了人家冯茂兴。没法子,他只得低着羞颜,忍着怒气,退下了台阶。听和珅在上面还说:"岂有此理!什么人今儿都来这儿挑缺来啦,成心混搅吗?一点儿体统不知,还有点儿风流自赏,这是谁给保举的？来！你们给我查一查。"

赵佐领战战兢兢的，推着伍宏超，说："你快走吧！你快走吧！"

这时候已另有一个差官领着金臂飞侠凌万江上去了。伍宏超被气得脸上发紫，就觉得四下里无数的人都在对他讥笑。那边那十几个"好汉"，有的称心大笑，有的还在那里耍双钩、抢单鞭，有的更是在指着他谈论他，差官们的闪闪刀光也都对着他。他这时手都不敢摸一摸宝剑，就深深地低着头，走出了这"试场"。

他气得失迷了方向，迈着大步，一直走去。走了一段路，忽然觉出，我往南走干什么？我要往哪里去呀？忽听得身后有嗒嗒嗒的马蹄之声，他急忙回首，只见追来一个骑着马的差官，问说："喂！喂！你是叫伍宏超不是？"伍宏超忿然地说："你问我的名字干什么？"

马上的差官说："因为今儿中堂对你很不高兴！你刚才不该跟那些人乱打，还招出一个泼辣的大丫头跟你直拼。得啦！老哥们儿！你就请吧！没别的事儿，我不过是问一问你，待会儿，中堂要把你忘了，我们自然也不愿意找麻烦；可是他要还记着你呢，那我就先关照你一声，你可要小心！"说完了话，拨马又回去了。伍宏超不禁觉着一阵胆寒，旋而不住地嘿嘿冷笑，他心里决定了，今天夜里就到什刹海去杀和珅。

他现在站的这个地方，地名叫北河沿，有一条浅浅的河流，春水荡漾，这水也是自什刹海那边引来的。这里柳树稀稀，人家倒不少，卖江米粥的人挑着担子，正在这里吆喝。伍宏超饿了，他就叫住这个卖江米粥的，盛了一碗很热的糯米熬的稀饭；担子上有咸菜，是腌萝卜切成的细条，可以就着粥吃，还有北京最好吃的小吃马蹄烧饼和"油炸鬼"（油条）。他就大吃特吃，仿佛不但要用这些吃食来充饥，还用之解气。

太阳已升得很高，天气有点儿发热。这时候，忽见那金臂飞侠凌万江独自一个从北边走来。伍宏超不由得扭着头直看他，因为没有看见他的内侄女跟着他，心里觉着有点儿奇怪。但凌万江一看见他就疾忙地走过来，未到临近就拱手，说："朋友！刚才对不起！真对不起！"伍宏超只冷淡地摇了摇头，表示没有什么。

凌万江却到近前说："第一本来应当是你的，却算是我的啦！我干什么要掠人之美?再说,我这么个半老头子啦,在江湖混了半辈子,名也有啦,利我又不贪,要个第一,又有什么用?今天弄得我很觉无颜,跟人家比武,得单打单个,一群人都上手,就是不合规矩;连我的内侄女都出了头,那更招人见笑。和珅给我第一,跟骂我差不多,我当时是不能推辞就是啦。"伍宏超微微地一笑,照旧喝粥、吃烧饼。

凌万江拍一拍他的肩,说:"朋友!你是自外省新来的吧?要不然,你那么好的剑法,我不会不认识你。今天我虽在大家跟前丢了一回人,我内侄女帮助我,就更是给我丢人,可是叫我认识了一个朋友。好朋友有缘千里来见面,我的流星,你的宝剑,那就是咱们的引见人。你净吃这个不行,这种东西还能够当得了咱们的饭,弄半斤酒咱们谈一谈,交一交,你要是肯点头,那就是看得起我金臂飞侠凌万江!"伍宏超说:"改日吧!"

凌万江索性揪住了他的胳臂,说:"改日干吗?咱们走江湖的朋友,今天见了面,明天还说不定见得着见不着哪!是好朋友就交,有酒就喝,何必推三推四,你要是客气,那你就是看我不够朋友了!"伍宏超只得放下半碗残粥,咽了一口烧饼,掏了几十文钱给了,就跟着凌万江一同往南走。

凌万江说:"我这大年岁啦,你当我还是争强斗胜,想谋个差事来考这么一个破第一?和珅,狗奸臣!我甘心给他当家奴?这也是没有法子!我还另有用意。"伍宏超仍是不言语,跟着他走,想要看看他到底是怎么个人。

走了不远,就到了他的家,这个地方名叫"马神庙",离着和珅的儿媳、公主的赐第不远。他家在一条小胡同里,有一个"花墙子"的小门楼,两扇没刷油漆的旧门板,铁门环。因为门没有关着,所以凌万江带伍宏超就走进去了。里边的院子、房子都很狭小,还很杂乱,住着不止一户人家。凌万江拉开一个东房的门,向伍宏超笑着说:"请吧!请吧!这就到了我的家啦!"

第四回　沽酒助豪情招啼惹笑
　　　　登门贻厚礼起浪兴波

　　伍宏超却看屋里，婀娜的影子一闪，敢则画儿姑娘已经回来了。原来她就在她的姑父家里住，屋子又这么小，刚跟她打过架，比过武，现在怎么就跑到人家的家里？这岂不无聊而冒昧？伍宏超很犹豫，凌万江却用力拉了他一把，说："走吧！朋友，难道你还疑惑我在屋里设着什么埋伏？"伍宏超只得走入屋里。

　　凌万江进屋来便哈哈大笑，说："我这个屋子，早先的一些朋友多半阔了，他们早就不到我这儿来啦！他们都说我倒了霉，减了当年的锐气，我也不理他们。现在还是有看得起我的朋友，一请就到，画儿！"

　　这时他那内侄女刚要掀门帘往里间去躲，却被她的姑父叫得止住了步，凌万江说："我给你引见引见，这是……大叔！刚才你不懂场子的规矩、江湖道理，不等我向人家讨教完，你就忽然蹿出，硬跟人家动手，人家现在找你麻烦来啦！"

　　画儿姑娘看着伍宏超本来是有点羞答答的，一听了这话，她突然的又动了气，蛾眉——这么秀丽的眉毛可以称为"蛾眉"——当时就直竖了起来。她小嘴要动仿佛是要争辩，她的姑父却又哈哈大笑，说："我是瞎说着玩了！人家能够跟你一般见识吗？不过……"他又沉下脸来，说："快向这位大叔赔罪！"但是画儿姑娘才不听这话哩，她转身一摔帘子，带着气进了里屋，弄得伍宏超非常难为情。凌万江也只好说："这个孩子！"就不再说了,好像他也是没有办法。

屋里,墙上挂着刀,门后竖着扎枪,桌子底下还有石锁,却没有什么陈设,桌子凳子也都很是破旧。凌万江就说:"请坐！请坐！你要是客气,下次我就不叫你来啦！我愿意朋友到我家,有吃就吃,有喝就喝,不分彼此,好！你先请坐！"又扭头向着帘子说:"画儿,给我打酒去！"

里屋的画儿姑娘低着眼皮走出来,连看伍宏超一眼也不看,弄得伍宏超简直在这里坐不住。恰巧酒瓶子又正搁在一个小饭橱里,紧挨着伍宏超所坐的地方,画儿姑娘非得到这地方儿来取。伍宏超赶紧站起来,眼珠儿也不敢有一点斜视,姑娘却大大方方地拿了酒瓶子。凌万江又说:"给你钱哪！"他在口袋里掏了半天,只掏出来了一张"当票"、几张手纸和几个小铜钱。他把钱放在桌上,说:"你就拿这钱去买吧！打一斤酒,买点儿熏肉,顶好再烙两斤大饼。"画儿姑娘一皱眉,说:"这一点儿钱哪儿够呀？"

凌万江仿佛有点儿不乐意听,沉着脸说:"不够,可以叫小铺记上账,再不然跟邻居去借,你不会斟酌着去办吗？难道你姑妈不在家,我就不用请客了？"

伍宏超赶紧摆手,说:"不用买什么东西！我们谈一谈就行了,不然,我可真不好意思在这里打搅了！"

凌万江摇头说:"你就是不来,我也得叫她去打酒！我凌万江命都可以不要,酒却不能不喝,朋友却不能不交。这孩子是才进城,她不会去赊账,就凭我凌万江这三个字,漫说附近的几家小铺得信服我,就是千八百万,在北京城一转弯,也借得到;我可就是不借,因为没钱还！"

姑娘一个一个地拾起来桌上的小钱,就拿着酒瓶子,皱着眉,轻飘飘地走了。凌万江又指着姑娘的背影,说:"这孩子不是我们家里的,要是我的女儿,我早就管教她啦！譬如今天的事情,就不对！"

伍宏超倒是笑着说:"那没有什么！今天我到北箭亭,原也不是想非得挑上缺,第一倒是想跟诸位前辈领教领教。令亲的这位姑娘,既有那样的好武艺、好剑法,原也应当在场子里施展施展。"

凌万江说:"她有什么好武艺、好剑法？她不过是跟江南的郝燕翎学过几年剑法,又跟陕南的冲天侠练过一些功夫。"

伍宏超一听,不禁大吃了一惊,因为郝燕翎是当代江南首屈一指的拳剑名师,自己曾拜访过他,确实功夫深湛;那冲天侠,二十年来更负盛名,高来高去的功夫,世间无二,他们还能教得出次等的徒弟来吗?这样想着,他就不禁有些发呆。

凌万江又说:"我这内侄女,我真替她发愁。她是一个汉人家的姑娘,可自小在旗人的家里长大,落得两只大脚;旗人家不要她,汉人家也不娶。今年十九啦,还没法子给她说婆家,媒人一看见她那两只脚,就先摇头,你说将来怎是个了局?可惜我老啦,又还有一碗饭吃,要不然,倒可以带着她跑江湖去卖艺,那我凌万江的名头儿可也完啦!"说着又哈哈大笑了一阵儿,想要给伍宏超斟酒,却才想起,酒还没有买来呢!

他忽又一拍桌子,说:"朋友!你大概还不知道我。我金臂飞侠闯了三十年的江湖,保镖的时候,打过南北豪强;教拳的时候,收了弟子无数。我现在虽说是穷,可是不能够给和珅去当家奴,挣他那几个不义之财,今天我不过是想赌一口气罢了!因为和珅平素作恶多端,所结的仇人甚众,他又有偌大的家私,所以非得有几个武艺出众的护院的不可。十几年来,他家里就仗着一个铁爪蛟龙毒霸王胡腾雨。那个人是绿林出身,武艺确实没遇见过对手,有他给和珅护着院,和珅的家真是草木不惊,晚上和珅可以开着屋门睡觉。但胡腾雨也骄横无比,和珅每个月送他五百两银子,上上下下都恭敬他,呼他为"爷";他就花天酒地且倚势凌人,作的恶不少,我有几个朋友跟徒弟全都栽在他的手里了。我早就想去找他较量较量,拼一拼,可是我的老婆总拦阻我,怕我吃了亏,其实……"

他一拍胸,又说:"我也这么大年纪了,英名也享够了,跟他拼一下,也值,何况还不知鹿死谁手呢!但不料,前两天忽然胡腾雨跟和珅闹翻了,听说是为了和珅的一个小老婆。乱七八糟的事,咱们也不犯上去打听它。只是胡腾雨不辞而别,和珅从此着了慌,夜夜疑鬼又疑神;这才假借神箭营挑缺之名,其实是为选拔英雄,去补胡腾雨的缺。有朋友为此事来邀我,我才拿定了主意去给他干,倒不是想给和珅保护那些小老婆跟家私,我是专为气一气铁爪蛟龙,叫他看一看:你别拿搪,你走了我来,你有本事夜入和珅家,我就有本事把你捉住,咱们两人今日才得较一较雌雄。我得替我的朋友、徒弟出口气,为这个,我今天才去挑缺!"伍宏超一听,他这个赌气的办法,可真有点儿离奇,不过江湖上确实都是这样。只是他那内侄女……

这时听见院中有细碎的脚步之声,伍宏超还以为是那画儿姑娘打了酒买了菜回来了。但不想屋门一开,进来的却是一个三十来岁的妇人,细高的身材水蛇腰,头上戴着许多包金的首饰,擦着一脸厚粉,描眉打鬓,贴着"头痛膏"。她穿着青缎子的小袄,豆绿绸子的夹裤,绣花小鞋,一扭一扭地走了进来,谁也不理。金臂飞侠凌万江就对她说:"我给你引见引见,这是我新交的朋友,这是……"指这妇人说:"她是我的家里!"

伍宏超觉着这妇人不像个好人,她做凌万江的妻子配不配且不管她,但她却实在不配当画儿姑娘的姑母。他对这妇人没有好印象,就微微欠身,虚作客气,妇人却把他不住地上上下下地打量,并说:"我在街上遇见画儿啦,画儿对我说了,我才知道你……"指着她的男人金臂飞侠,似笑又似轻视地说:"我听说你不但挑缺挑了一个第一名,你还又巴结上了一位阔朋友,给拉到家里来啦!没他妈的钱,可叫我侄女去买菜打酒!"她斜瞪着三角眼,并瞪了伍宏超一下。金臂飞侠凌万江很显出来难为情,就摸着他那白胡子茬儿,低着声说:"别理她,她的外号儿叫二摆风!"

凌万江连他老婆的外号儿都说出来了,这才想起来问伍宏超,说:"朋友!我还没请教你,到底贵姓?"

这时,画儿姑娘回来了,只打来半瓶酒,买来一包盐煮花生。伍宏超就回答说:"我姓伍,名叫宏超。"凌万江立刻就斟酒,并笑着说:"宏超,这个名字不错……"他点了点头,又问说:"府上在哪里?"伍宏超说:"鄙处苏州。"

凌万江泛想了半天,忽然吃惊似的说:"苏州姓伍的?我倒想起了一个人,在十几年前,有一位苏州伍御史,为人颇为正直。因为愤恨和珅,有一日跟朋友聚宴，他只道了一句：'我要参奏和珅。'不想当日回到家里就死了，人都知道是被和珅派人给毒死的。此事曾经轰动京师，连我们镖行的人全都愤愤不平，想要给和珅一个教训，不过因为顾忌有铁爪蛟龙，没人敢去下手。伍爷，你跟那位忠直的伍御史可是一家？"

此时伍宏超的脸色已经阴沉起来，显出来一种凄惨、一种愤恨。他默然良久，便说："那就是我的父亲！十二年前，先父在京被和珅所害，灵运回家，家里的人全都不敢举丧，草草地给葬埋了。我就在那时被我家里的一位仆人领出，送我去投师，学习武艺。"

凌万江站起来，伸着大拇指头道："好！"他又把伍宏超仔细地看了看，忽然大笑着说："我明白了！你今天去挑缺应试，原来是为要找和珅报仇呀！啊，我可明白了……"他说话的声音很大，那画儿姑娘便赶紧拦住他，悄声向她姑父说："您别叫邻居们听见！"凌万江却摇着头，依然大声说："不要紧！就是叫和珅听见了，也不怕！我虽考了一个第一，那使我害羞，但交了这一位忠臣的孝子，使我荣耀！画儿你别拦我，你得向这位伍大叔起敬，你也会武艺，我也是个老英雄，咱们帮助这位伍宏超，今夜就往三座桥，割和珅的脑袋！"

他的老婆二摆风却奔过去，说："喂！喂！大概你的脑袋是不想要了吧？"

顾画儿只说了一句："姑妈，您是不知道，您别管！"

这二摆风当时就抡圆了沾着红胭脂，戴着包金戒指的手掌，吧地打了她一下。画儿低着头赶紧躲，二摆风追着又是吧吧地打。她扭动着屁股探着头，指着顾画儿骂说："小骚精！贱货！你给我走吧！你赶紧给我滚吧！滚回西陵你那臭狗窝去吧！跟你那疯子干老儿去鬼混吧！你也敢提和珅中堂和大人？你不想想你爸爸是怎么死的？"

这时伍宏超更为惊讶，更为关心，更是义愤，真想要过去安慰画儿姑娘，向这老婆子打去。

二摆风却又骂着说："你还想弄得我们也坑家败产吗？你还想叫我再改一回嫁吗？死不了的小骚精，你看你那身破衣裳，你看你那两只没人要的脚，你还觉得怪不错的哪？你这老混蛋、穷不死的姑父就够瞧的啦,来的这个丧门客也就够我生气的啦,你还在旁边点火?我知道你的心,你是捧场、架弄事,你要人家御史的少爷看上你,可是你先别认你这姑妈!"说着又追过去,把顾画儿又狠狠地拧了几下。她又一摔,把个旁边放着的筛米用的簸箕给摔在地下直滚,然后就气愤愤地掀帘进里屋去了,在屋里还砰砰地拍着箱子,说:"我这儿有的是好衣裳,休想拿出来给你一件!"

因为这些话已经把伍宏超牵扯上了,所以伍宏超虽然气愤,虽然对画儿姑娘同情,可也实在不好说话。顾画儿躲在门后头,背着身儿,拿衣襟在擦眼泪。金臂飞侠凌万江这时倒勇气全消,小声地说:"没法子……得啦!咱们还是喝酒吧!"

但这个酒,伍宏超如何能喝得下去?他又仿佛僵在这儿了,走也不行,坐也不好。凌万江坐在他的对面,持杯自饮,说:"清官难断家务事,我们家里天天是这样,伍爷你别笑话!正经……"他压下些声音,又说:"你今天挑缺没挑上,这是枉费了一番心机呀!我看和珅虽奸,人却真是聪明绝顶,他一看你,立刻就说不要,可见他是已经把你看出来了。你走的时候,又是带着气走的,和珅直叫人查你的名字;当时虽碍着官的体面,他不能显出量小心狭,没有把你怎么样,我可不是吓唬你,你已经是大祸临了头呀!"伍宏超却只是微微地冷笑。

凌万江又悄声地说:"你要用到我,我豁出命去也给你帮忙!"

伍宏超仍然不言语,偷眼去看那画儿姑娘,见她永远背着身藏在屋门后,不把脸来对着人。又待了一会儿,就见她使力地用衣襟擦擦眼睛,也不知道她是怎么一转身,就要走出屋,所能够看见的还是她脑后垂着的大辫子和肩膀上的补丁;她大概是要躲出屋去,自己找个地方去伤心。

但是她还没有迈出门槛,就听院里有人大声叫着:"凌万江!凌万江!凌万江是住在这儿吗?"伍宏超一惊,凌万江也是一怔。画儿姑娘开了屋门,对外面的人说:"找凌万江干吗?"

这时从屋里就可以看到外面,院中是来了两名戴着红缨帽的差官,还有一个四十来岁、小帽青衣、缎子坎肩、穿着得很干净的人,像是大宅门里的仆人。这人抱着一个很沉重的白布小包,向着画儿姑娘说:"你叫凌万江出来,他今天挑缺挑了个第一名,我们是中堂派来的,给他送钱来啦!"

画儿姑娘沉着脸,脸上确实有几块红印,她连一句话也不回答,只回首看了看她的姑父。

凌万江依然拿着酒杯坐着,摇着头大声地说:"不收!"

画儿姑娘刚要照着话去回答,却见她的姑妈二摆风急急地自屋里跑出,又是着急又似央求地悄声向她的老头子说:"你是怎么啦?你不收人家的钱,为什么今天又去考呀?中堂派来的人,还跟着差官,找到家门口来给你送银子,这是多大的面子呀!"凌万江摇着头,愤愤地说:"我不要奸臣给我面子!"二摆风急得直用手背拍手心,喘着气说:"咳!我看你简直是疯啦!这可怎么好……"

和珅派来的那个仆人跟两个差官不等着让,就都一直进屋来了,两个差官都不住地瞪着眼睛向伍宏超看。那仆人先把白布小包袱放在桌上,说:"我拿着这觉着怪沉的!先搁在这儿,你们收不收,待会儿再说。我叫常庆,今儿不但是我们府里的大总管汪四爷叫我来的,还是中堂亲自派我来的。中堂和大人向来是礼贤下士,觉着应当把聘礼给人送到家里去,我又不认识这个门儿,今天北箭亭挑缺的时候我也没去,这才烦了韩头儿、崔头儿,带着我来!"

那一个年长些的差官韩头儿沉着脸,望着凌万江,说:"你就收下吧!中堂是看得重你,才先送你钱,你收下,不用害怕!"

二摆风连连笑着说:"好啦好啦!收下啦!收下啦!"

凌万江突然大拍桌子,怒声说:"谁叫你收?知道他这是什么钱?"

常庆也沉着脸说:"这钱还有别的?这一共是一百两纹银,不信你可以称一称。汪四爷指明,五十两是你的,因为你挑上了缺,挑的还是第一。由今儿起,那会使十八般武艺的各位壮士,就到府里上班儿去了。你是一位老壮士,中堂特别赏识你,你更得换换衣裳,当时就去。"

凌万江却摇头一笑,说:"我没有衣裳可换!"二摆风说:"你不是有那件灰大褂吗?我给你进屋里开箱子拿去!"说着,她就转身要进里屋去。凌万江却大喝一声："回来！"他噢地立起来那雄伟的身躯，说："我的那件灰大褂，还留着我死的时候在棺材里穿呢！为见和珅就穿它，那对不起我那件好衣裳！这个钱……"他向常庆说："你照样拿回去交给和珅，就说别给我，给我，我还是拿它去周济穷人。我凌某人今天上北箭亭练练武，那不过是为消遣，他要是请家奴招护院的，那叫他别找我！"

常庆着急地说："不是！你听我说，这不是招护院的！是中堂特别看得重你，五十两是给你，另外五十两送给姑娘。"

凌万江哈哈狂笑几声，便气愤地说："和珅真是瞎了眼！跑到我这儿想要买姨太太？你回去快告诉他，这姑娘……"他指着靠着里屋门帘站着的已经生了气的画儿姑娘，说："这是我们亲戚，不是我的女儿，要是我的女儿，我倒可以带着她到你们那府门跟和珅去讲讲买卖。可惜人家姑娘姓顾，我姓凌，相差有八丈多远；姑娘又会武艺，和珅要想买她，先得问问她的武艺答应不答应！"

常庆笑一笑说："你老哥不必起疑心！中堂就是因为今天在北箭亭看见了这位姑娘的好武艺，这才想连你带姑娘都聘到府里去。"

凌万江摇头说："我做不了主意，姑娘早已许配人啦，你问问他吧！"说时，就向旁一指伍宏超。

伍宏超这半天本来连一句话也没说，他只在观察着顾画儿对这件事是什么态度，却不料凌万江突然来了这么一句；也许凌万江是恨他在旁不帮忙，故意把他拉上？也许是喝醉了？顾画儿姑娘此时疾快地就躲进了里屋，二摆风却气得指着她老头的脸，说："你真是疯了吧！"又向常庆说："三位老爷！别听他满嘴胡说八道！那姑娘是我娘家的亲侄女，她还没有人家儿，她的事情我能做主意。"又指着伍宏超说："这是我们这儿今天才来的客，早先谁也不认识谁，是老头子给招来的！"伍宏超本来就脸红了，此时竟要变得发紫了。

常庆跟两个差官更是注意他，那韩老头儿说："我也认识他，今天北箭亭挑缺，他去挑，没有挑上，还招得中堂很不高兴。"

那崔头儿又抢前一步，轻轻拍着桌子说："我就明说了吧！我虽是在中堂府里当差，咱们现在说自己的话，你们可别恼！我还没见过把银子往外推的,把中堂那么大的官给的面子,竟会一点儿也不要的。中堂府里,娇妻美妾成群,可以拿鞭子赶。今天在北箭亭,你们没看见那几辆车吗?那都是。里边有一位名字叫卿怜的如夫人,在北京城属第一,天下也没有第二个,嫦娥见了她也得低头,比你这位姑娘漂亮千万倍。你们就疑惑中堂拿五十两银子要买姨太太?那太笑话了!还有这位朋友,我知道你是伍宏超,今天你搅闹试场,还负气而去,你这个罪名就不轻,事情还没有完哩!我好意关照你,你趁早走,北京城你待不住啦,明白吧?"

伍宏超忿然而起,握着拳头说:"这话叫和珅当面来跟我说!"

凌万江把那白手巾包的银子抄起来,吧的一声扔出屋门,怒嚷说:"谁拿你们贼官的钱!快快滚蛋!我凌万江是光棍,光棍的眼里不揉沙子!"顾画儿姑娘又自里屋忿然走出来,指着常庆说:"快走!告诉和珅把眼睛大着点,看清我们是什么人,还叫他提防着点!"二摆风也嚷嚷了起来,说:"喝!你们真都横啊!都变了老虎啦!"又跺着脚说:"你们都不收银子!你们都不上府里!我去上府里!"

常庆一边往后退,一边冷笑着说:"这件事好办!不收银子,不识抬举,这有什么难办的呀?"

顾画儿赶上前去,美丽的大眼睛射出怒火,脸儿下沉,怒声说:"你还在这儿说什么闲话?快滚!"凌万江把伍宏超的宝剑抄起来,连鞘都递给了顾画儿,画儿姑娘就将剑呛啷地一抽,这才把那常庆跟那韩头儿、崔头儿都吓得赶紧跑出了屋。画儿姑娘手挺宝剑,还往屋外去追,凌万江嚷说:"你自管放开了胆!闯出祸来是我的!"那常庆从地下拾起来银子包,跟着两个差官就跑。

屋里,二摆风却大哭大闹,把头向着宝剑去撞,说:"好丫头!我倒要看你有多厉害?你先杀了我吧!"顾画儿赶紧把剑高高举起,递给了伍宏超。伍宏超收在鞘里,二摆风却又指着他,跳起脚来大骂,说:"你,你是什么东西?谁认识你,你就到我们家里来?没有你,这老东西也不能这么逞能、发疯!这不要脸的丫头也装不出来这么厉害!都是你,野小子,叫我们把中堂都得罪啦!叫我的老头子闯了祸,叫我的侄女邪了心!……"

第五回 嘱避锋芒西陵思丽影
　　　　飞腾绣户宝剑溅腥光

　　伍宏超自有生以来,也没叫女人当面这样大骂过,现在虽然生气,虽然脸红,可也是没有一点法子。他既不能发怒去争辩,又不能负气而走去,因为现在已经闯了这样大祸,待一会儿和珅就许派许多人来抓走凌万江,抢走顾画儿,拆了这个家庭,自己岂能够坐视不管?岂能事先躲避?

　　顾画儿怒气稍息,羞容又起,脸是深红,她抬起眼皮来看了伍宏超一下,就轻快地跑进了里屋。她的姑母二摆风没把伍宏超骂出火来,便又扑到屋里,喊叫着说:"会使宝剑的大脚的丫头精!你不是有本事吗?你为什么不杀我?你姑父给你找了男人啦!你就跟着他走吧!在我的家里干什么?还衲你那些破鞋底子,由乡下拿到城里来卖干什么?跟着你野男人拿宝剑当强盗去吧……"又听见吧吧地打,咚咚地捶。

　　伍宏超站起来要进里屋去救,凌万江却摆手,说:"我们这些家务事你别管,连我这么大的一位英雄全没办法!我这老婆就是个二摆风,我不怕和珅,可是不怕老弟笑话,我有点儿惧内。得啦!朋友,你也请吧!今天招待多有不周,可是也叫你看见了,金臂飞侠我是一条好汉子!待会儿,就是和珅来了,我也是照样把他踹出门;一千两一个的金元宝,抬八筐来,我也是一个不收。我的内侄女,你更看见了,衣裳破,人却是里外干净到底!"

伍宏超将剑挂上，拱手说："那么，我现在就走了，我在这里真是坐立不安，我也不能再说什么话。假若这里再有什么事，你就随时叫人去找我，我就住在护国寺街的一家花厂，字号叫茂兴和。"说着话提步要走，凌万江却又站起来拦住他。

凌万江这时显得又是诧异，又是喜欢，说："喂！你别就是在河南救过我们那亲戚冯茂兴的那位侠客吧？"遂急忙进了里屋，向他的老婆说："喂！别打啦，外屋伍老弟原来是咱们的熟人！"

他大概是向他的老婆说了半天，二摆风果然就不再打她的内侄女，并且又出来了。虽然她还直喘气，可是态度和平多了，就指手画脚地说："冯茂兴，他的前妻是我的亲胞姐。他在河南被你救的时候，我那姐姐还活着，提说过你。去年春天我那姐姐才死，他又续娶啦，他的花厂子也发了财啦，就跟我们仿佛是断啦。劳你驾，你回去告诉他，画儿这丫头可也是他的内侄女，和中堂拿五十两派人接她都不去，还抡宝剑把人家吓走，你叫他看看这架子有多么大？这样儿的千金小姐，我可不敢招惹她啦，叫冯茂兴把她请了去吧！跟你在一块儿去吧！"这话又仿佛带着刺儿，伍宏超只好不言语，又向凌万江拱了拱手，就走出去了。凌万江大概还在家里捣麻烦，所以也没往外送他。

伍宏超这时的心里倒很觉痛快，因为反正和珅已经认识他了，以后更可以正面为敌，为报父仇，为警奸臣，自无客气。并且，今天一天之中又发生了这么多的奇迹。最令他钦佩的就是顾画儿，长得与卿怜不同，秀丽中含着一种英气，武艺又比那"小胖子"还高强得多，而品行又是那么可爱可敬。并且他今天知道了卿怜是和珅的"如夫人"，而画儿姑娘又是冯茂兴的内侄女，这可真得赶紧回花厂去细问一问。

他走了不远，就路过马神庙那座"公主府"，只见门庭显赫，奴仆出来进去的十分众多，而且护卫得极严，连闲人都不许在门前走。他已经知道，和珅的儿子"丰绅殷得"，娶的是乾隆皇帝的小女儿"和孝固伦"，就同住在这座府里，由此更可以知道和珅的威风和势力。

出了地安门，又走到什刹海。此时已过了晌午，天渐热，杨柳也无力地摆弄着春风，细草野花生满了堤旁，艳丽如少女的小蝴蝶翩翩游戏，春水也是那么撩动人的情意。伍宏超故意从"三座桥"和珅的门前走过，按剑侧目，向门里愤愤地望了一眼。他顺着那高垣走了半天，又回首望了望那里面高耸起来的楼阁和露出墙头的假山，心里又有一些惆怅。

回到花厂子一看，冯茂兴在屋里又预备了一个大圆桌，今天可有鱼翅、海参、燕窝，并有一只叉烤小猪。看见他回来了，就大声说："你怎么才回来呀？叫我好等！你要再不回来，我们都要饿死啦……来！快摘下宝剑，坐下吃吧！你看我今儿预备的这好烧酒，这是真原封，不像街上卖的那往里兑凉水又掺鸽子粪，这是真的。今儿还是没有外人，就是给你压惊消气，也给赵佐领道谢答情，快解下您的宝剑吧！"

当伍宏超将宝剑摘下手握剑柄的时候，却又不禁想起来，刚才画儿纤手抡起来这口宝剑，剑影衬娇姿，清音发怒语，豪侠而婀娜，刚烈无双，清贫可敬。那一刹那间的情景，印在人的脑海里，真是永生也难忘。

赵佐领原来就在里屋躺着啦，现在出来，跟冯茂兴伍宏超在一起饮酒吃饭。他的精神十分的颓废，皱着两道愁眉，说："我劝伍爷还是走一走吧！在京里又没什么事，何必跟和珅种下这毒儿？我们惹不起他！刚才有好些人都抱怨我，因为你算是我给保举的。今天招了中堂生气，中堂几时想起你来，好像我还得把你交出来似的……"

伍宏超说："这么一说，我更不能够离开北京啦，我走了，岂不要连累老兄？"赵佐领嚼着烧小猪肉不住地摇头，含混地说："不能！不能！"又把筷子向桌上一摔，说："顶多我辞了差事，还有什么呀？你又不是贼！"

冯茂兴说："我看今儿会十八般武艺的那几个才都是贼呢，除了金臂飞侠。"

伍宏超就问说："金臂飞侠的那内侄女是不是也是你的内侄女？"问出这话来，又仿佛有点儿不好意思。

冯茂兴赶紧摆手，说："千万别提那姑娘！她乳名叫画儿，早就过继给旗人，她大姑妈活着的时候，她也永远不来看我，走在街上我也不认识她啦。听人说她学着练武,还没想到练得还算不离儿,只是比老兄弟你,差得天上地下了!"

伍宏超摇头说:"不!她的武艺一点儿也不在我以下,我非常钦佩她!"

冯茂兴笑着说:"我还怕她今天把你气着了呢!原来你还夸奖她,也许因为我是外行,我看不出她的本事来。不过一个姑娘家,会耍宝剑有什么用?更没有人敢给她说媒啦!她就住在西陵她的干爸家里,那个地方虽穷,可是风景真好。有工夫时我雇一辆车,带着你去找她,你们谈谈,你收她做你的一个女徒弟也好!"

赵佐领忽然插话说:"西陵要有地方住,为什么不叫伍爷到那儿去躲一躲呀?躲过这个劲儿,叫和珅把今天这事儿忘了,再回到城里来,也就没有什么啦。"

冯茂兴也问说:"怎么样?你要愿意,我就雇车送你到西陵,也省得你在这儿,我们佐领赵大哥老替你担着心!"

伍宏超虽然心里一动,勾引起来一点幻想,但旋即又连连地摇头,说:"不用!不用!我料和珅不能对我怎么样。假如你们二位若是怕因我而受连累,那我当时就可以将行李搬到客店,反正,我是不能因一个和珅就离开京城!"他说出了这话,冯茂兴就不言语了,赵佐领也摇头说:"不必谈啦,不必谈啦,我原也是一番好意。"

伍宏超刚要再说话,忽有个花儿匠进来,向冯茂兴说:"掌柜的,现在外边来了一个猫着腰的老头儿,说是我们这儿住着一个伍三少爷?"伍宏超听了一怔,遂说:"是找我的。"放下筷子赶紧出屋,一看,来的正是老王忠。

老王忠把伍宏超拉到花窖的后边,看了看四下里没有人,这才悄声地说:"伍少爷,我们女主人请你今天晚上再去一趟。"伍宏超不假思索地答应说:"好!我一定去的。"老王忠更低声地说:"府里,听说招了一大群人,拿的那些家伙都特别;今儿还没都把铺盖搬了去,不能全上夜,明天可就不行啦!连我也不敢来请你啦!"

伍宏超说:"你回去告诉卿怜,不必来请我,我什么时候想去,什么时候就能够去,那里边的院子我也记得了。好啦!你回去告诉她,二更天,仍在那屋里等候我吧!我必不爽约!"说毕又转身进屋来吃饭,这些事他一点儿也不提,但心中已决定了主意。

吃毕了饭,那赵佐领就走了,临走的时候,还向伍宏超谆谆地嘱咐,叫他躲几天。总而言之,他认为伍宏超今天在北箭亭把和珅招恼了,假若是不走,必将有大祸临头,但他还不知道刚才在凌万江家里的事情。

冯茂兴本来是想着:大人还能见小人过吗?伍宏超虽是一位少年英雄,但无官无职的,总算是一个"小人",和珅乃当朝宰相,岂有工夫跟他作对?可是听赵佐领屡次三番地这一说,弄得他的心里也不由有点儿打鼓,但又不能向伍宏超下逐客令,好在伍宏超自己已表示:明天或后天,他就要离开这里了!

这一明一暗的两间屋,如今赵佐领走了,伍宏超就躺在里屋的床上,想睡也睡不着,他就又取来剩下的酒痛饮,可又想:我若是喝醉了,忽然在这时和珅派人来捉我,那我岂不是要吃亏?于是又赶紧放下了酒杯。他的心里是十分不宁,直到傍晚时,方才睡了一觉。醒来时,就差不多有二更天了,他疾忙起来,赶紧将身上扎束利便。今晚他也没有穿长衣服,将丝绦在青绸的短夹袄上绕成了十字,下穿青绸瘦裤,脚蹬软底鞋,宝剑不用鞘,只用一块青布缠裹就走了,于繁星微月之下,直奔"三座桥"。

来到此处已近三更时分,那大门前不见轿子和骡车,却添了几只大灯;有五六个人,其中还有戴红缨帽的差官,挂着腰刀,来回地踱步。伍宏超虽没有往那边去走,但从远处也望得很清楚。听里边有梆梆铛铛的巡更之声,也比前夜的情形严紧,但仰面去望,里边那些比墙还高的楼阁都有明亮的灯光。

伍宏超将剑插在背后,来到高墙之下,看看两旁无人,他就将身一耸,上了墙头。这时他不由想道:不知道那剑法精绝、婀娜多姿的顾画儿是否也有这种本领?那华艳无比而身世可怜的吴卿怜又在眼前了,这也使得他兴奋;想着今夜就要为父报仇,心情不禁更是激动。但那小胖子的冷箭却也得时刻地提防。

站在高墙上细看这座巨宅,依然是望不到边。不过前面那些像是居住的房屋、宴客的厅堂、仆人、护院、把式以及他家用的差官们值班的处所;还有许多连窗户也没有的房子,大概是收藏珠宝金银的仓库。那边前宅,有灯光的窗户很多;后宅大部分是花园,却依然花木阴郁,除了高处的楼阁,还有华灯方明、纤歌未散的处所,其余的假山、鱼池、回廊、花厅等等,依然浸在黑暗的夜色里。

伍宏超下了高墙,就先飞快地奔到那边楼廊之下。他这一次用不着攀登那株小树,因为今晚没有带着剑鞘,而且身上扎束得利便,所以他一耸身就蹿上去了,抓住了栏杆一迈腿,就上了那楼廊;这也就是前夜小胖子与他刀对剑,而卿怜揪住他不叫他往下跳的那个地方。他这时心里更觉得紧张了,看了看那屋门真是没有关,而里边那"冰炸梅"的小窗棂,淡紫色灯光又在微微地染着,但是灯光不似前夜那么亮。

他走进去,第一步落得很轻,几乎没有声音,并随手将门轻轻带好,门上有一个插关,他就给插上了;第二步他却故意放重了些,为的是使里屋的人听见。这时他眼前也如浮现出了那亭亭玉立、绰约如仙,左眉尖上有一颗红痣的娇妍的伊人。他将脚步向着楼板上咚地跺了一下,心说:里屋的人还能听不见吗?还不出来迎接吗?但是,不但里边没有声息,小窗上也不见现出人影和钗影。

他不由得要笑出来,心说:卿怜今晚是故意拿架子吧?但又暗暗地叹息,心说:我今夜原不是专为你才来的,我是决定要在今夜杀和珅,以报父仇!可是我若不先将你救出此地,投鼠忌器,怎能叫我放心地去下手呀?他走到了那窗棂前,用手指就向那冰炸梅花形的窗格上,弹了两下,并向里面轻声叫道:"卿怜!我来了!"可是窗里依然没有回答的声音。

他心里着急,忍不住就猛掀起了那紫色绸门帘,迈步进了屋,同时一手高扬,预备只要看见屋里有什么怪异的情形,当时就自背后拔剑。可是,将目光向四下一扫,屋里竟不见卿怜,只见紫檀木的长桌上放着一盏银制的灯台,上面的灯碗里只燃着一根灯草,还用一个小鸡形状的银的东西把灯光压得极低。桌上平放着一册绯色绫子的书本,上粘黄色"虎皮宣"的书签,秀媚的小楷写着:"卿怜吟草";翻了一翻,见里边全是"连史纸"印着朱丝栏,诗只写了十几首,全用"赵体"的小字誊写得工工整整。伍宏超知道,这一定是摆在这儿预备叫他看的,然而此时,谁有工夫看她这吟风弄月的一些诗?

伍宏超见靠里竖着一扇屏风,转过了屏风,见又有一个小门儿,这个门却怎么推也推不动;伍宏超就拔出剑来,用剑尖去撬。门缝本来很紧,但被他锋锐的宝剑撬了几下,那油漆和木屑纷纷落下,就成了一道宽缝。他再用剑尖一拨,这个门就呀的一声开了,同时听到里边有扑扑扑、叽叽喳喳的声音。原来是这屋内有几只鸟笼,有什么鹦鹉、黄鹂,还有些外面不常见的小小的珍禽,这时全都被惊醒了,在笼里乱飞乱叫,鹦鹉还叫着:"有人!有人!"这间屋很宽大,摆着许多盆花,清香扑鼻,外首有垂着薄纱的窗棂,隔着纱帷可以看见天边淡淡的新月,可见窗外的下面就是院落。

这屋里没有灯光,但里边还另有密室。此时密室的门也开了,先现出一闪灯光,照出的是玉立亭亭的吴卿怜。她穿的是银红色"摹本缎"的瘦长的旗袍,绣着大朵的花,脚上的凤头绣鞋也是银红色的,衣领上还有个金珠发光的项圈,并佩戴着晶莹的香串及绣花嵌着玻璃镜的小荷包。她的乌云仍梳挽着螺形的双环,除了垂珠镶翠的凤钗之外,两边都簪有绫绢制成的比鲜花还美丽的花朵。她今天是盛装,也是浓妆,她的芳颊上施的脂粉是特别的红,眉尖的红痣也似经过了点染,更为显著,愈见娇娆。她戴有白玉镯的皓腕纤手发颤,持着一只金色灿烂的小烛台,那红烛光也一动一动的。

吴卿怜隔着门缝用烛光看清了是伍宏超,就立即低头将烛吹灭,回手将烛台放在屋里。她急遽地走出,紧拉住伍宏超的手,用极小的发颤的声音说:"今夜可不像那次,我叫你来……通知了你之后,我又后悔了!可是我知道你……"她仰着脸说:"我知道哥哥你一定来的,但这里可危险,不像那天了!"

伍宏超冷冷地笑说:"这里不过是招来那十几个人给他护院罢了,

有什么可怕的?"

卿怜摇头说:"不,以后想到这里来是一天比一天难了!所以我才赶紧叫你来,不然以后更难见面。往常这时候中堂都已安寝了……"

伍宏超不禁忿然地说:"什么中堂?和珅奸贼,他干吗安寝?今夜我就不许他安睡!"卿怜越发的战战兢兢,摇晃着他的两只膀子,说:"哎哟!你可真别大声地说话!今天夜里这儿有很多的人都不睡,和珅也没睡,待一会儿,他还许叫人来召我呢!"伍宏超心里不由一阵妒忌,心说:原来她打扮得这么花枝招展,并不是为等我,却是预备和珅半夜里叫她。便说:"和珅这时候不睡,正好,我这就见见他去!"

卿怜却更紧紧地将他揪住,说:"你千万别说这些叫我害怕的话!你拿着这口宝剑,更叫我担心!你听我说,今天早晨在北箭亭,我不是也去了吗?你没看见我在车里?"伍宏超点头说:"我看见了。"卿怜又说:"你因为跟那个姑娘比武,招得中堂和珅很发脾气。"她缓了口气,又仰着脸儿低声说:"那姑娘是谁呀?她怎么也会武呀?你早先认识她吗?"她仿佛对此很关心似的。

伍宏超回答说:"早先并不认识,今天我才听说,她的名字叫顾画儿,是汉人的女儿,在旗人家中长大了的。她的父亲跟我的父亲一样,都是被和珅所害而惨死,和珅是我们的仇人。今夜,即使你不叫我来,我也一定来的,我来此就是为杀和珅……"才说到这里,一只带粉香的柔润的纤手伸过来就把他的嘴捂住了。他将脸躲了躲,又说:"我在杀和珅报父仇之前,必须先救你离开此地!"

卿怜颤颤地说:"我暂时还不能……真不能,我真还不能够离开这儿……"不容伍宏超发问,她又央求似的哀声说:"哥哥,你真千万要可怜我!"伍宏超说:"不是可怜你,却是我义所当为!你跟我的亲妹妹是一样,我岂能眼看着我的亲妹妹被和贼所霸占,做他的侍妾?做他的宠姬?何况他也未见得怎么宠你!"卿怜含羞低头,说:"早先,倒是对我不错,自从会作诗的长二姑跟会吹笛的贾丽琼来了,他就……"

伍宏超愤怒地说:"你不要说这些话,就是和珅宠你,我也要杀他!你不愿意走,我也不能勉强。你等一等我吧!我去报完了父仇,再来同你说话。"说着将卿怜向旁一推,提剑忿然就走。

然而,卿怜的双臂却将他紧紧地抱住,同时双腿一屈,向他跪倒。这个娇艳华丽的女人,就低着声,婉转哭啼地跪在他的膝前,满头的绫花贴住他的腿,头油香、粉香搅和着花香冲来。他的那只没拿剑的手一放下,就触到了那丰满而柔秀的头发和花枝颤动的双环。笼中的小鸟也呢喃着,似替着卿怜来哀求,似向着他来婉劝,窗外的新月也似隔着纱帷向里来窥视。

但就在这时,忽见有一人自外飞上了那窗,向里踢开了窗户,撕开了纱帷,扬起了闪闪的宝剑。伍宏超吃了一惊,疾忙推开了卿怜,扬剑要去迎敌。那突然而来的人站在窗上,冷笑着说:"好吗?我就知道……"他的话尚未说完,便"啊呀"一声,连人带剑全都摔到窗里来;他似是中了由他的身后、由外边射来的暗器。他受伤跌在这屋里,正在翻身、挣扎,伍宏超跳过去就一剑挥下,立时这人连叫也没叫出,血花随剑飞溅起。卿怜已经站了起来,避到屋角,双手紧紧捂住了脸,上下牙齿哆嗦得都击出声音来,笼中的鹦鹉又怪声叫着:"有人!有人!"

伍宏超身边带有取火之物,掏出来一抖,当时火光突突地起自他的手中,照着七八只梁上挂着的鸟笼,鸟儿们越发地乱扑乱噪。地下——楼顶上——仰卧着一个十分强壮、年约二十岁的汉子,瞪目不动,胸膛的血水还直往外流,已经死了;旁边扔着他携来的武器,也是一口宝剑。他的脖子后面中了一支短箭,因为他刚才向后一躺,所以箭入肉中更深。卿怜这时微微露出脸来一看,她就更是哆嗦,说:"哎呀!这人是这儿护院的,铁爪蛟龙的大徒弟!"伍宏超便放下自己的宝剑,弯身将这人抱了起来,走到窗前,就向外向那很远之处用力地一扔,把个死尸就扔在楼外去了。

这时,卿怜就慌张地跑进了那里边的密室。伍宏超拾起来自己的宝剑,就往里边去追卿怜。这室中原来还点着两盏灯,照着卿怜鬓花凌乱,娇躯紧抖,仿佛连气都喘不过来的样子。伍宏超就提剑走近前去,说:"这时候你还能在这里待吗?还不跟着我走吗?你不要疑惑我是叫你嫁我,我没有那心,我是要送你回你的家苏州啊!"卿怜却又如要摔倒似的,身子整个投于伍宏超的怀中,哭泣得泪似涌泉,抖颤得身难自持。她大哭着说:"我嫁你!我嫁你!我八岁的时候见过你,心里就想着,我长大了一定嫁你,将来,我更得……嫁你!哥哥……"伍宏超摆了摆手,这时他仿佛倒怕被人听见了。

楼外,此时梆梆梆、铛铛铛的梆锣之声已经惊震起来,更有许多人乱喊起来。伍宏超赶紧又把卿怜推开,先出去将那窗户紧紧闭上,纱帷遮住,将那人的剑藏起,门都关严。他再回到密室,见卿怜把两盏灯全都挑得极亮,她又在对镜修整妆饰,拿着象牙篦子的手仍然紧抖,另一手向伍宏超急急地摇着。伍宏超走近前,见镜里的她越发的娇艳可怜,而那一粒眉尖的红痣更为显著。

她还在用粉掩泪迹,用手扶金钗,整头花,理耳环,又喘着气低声说:"铁爪蛟龙毒霸王胡腾雨,十几年来是和珅的膀臂,给和珅镇住这个家,欺辱里里外外的人;他若在这里护院,无论是谁来这儿也不行!我见他太凶恶了,又因为遇着了你,我想叫你来这儿找我,就在和珅的跟前给他编了个坏话。和珅真听信了,就把他给打发走了,可没想他还留下个徒弟,刚才死的那就是……"

伍宏超扶住她,怕她哆嗦得跌倒了,说:"你想,今天在这里我不但给你闯下了祸,你还已经跟那铁爪蛟龙结下了仇,你在这里早晚也得被他们杀害。我已看出,这里不但有铁爪蛟龙留下的徒弟,有和珅今天选来的那些勇士,另外还有别的人呢!那个人还不知是善是恶,总之,这个地方你不可再待,我凭这口宝剑,立时救你离开这里!"

卿怜点头说:"好吧!我也想,不离开这儿是不行啦!我太命苦,遇着哥哥你,我恨不得当时就跟你走,可是没法子……"她又痛哭着说:"我就是死,也得在这儿再住一年!"伍宏超大声问说:"为什么?"卿怜仰在伍宏超的怀中,泪水又冲褪了新敷上的脂粉,她面容惨淡,似是极度的痛心,说:"我不能告诉你呀!"伍宏超叹息了一声,只好不再问她了。

外面,梆锣倒是不响了,可是闪闪的灯笼火把的光亮,都扑上了楼窗。

第六回　窗黑室暗惊遇锦绣球
　　　　钗坠花残忍窥薄命妾

这"密室"其实也就是卿怜的卧室,所以陈设得特别绮丽、奢华。室内四壁的墙裙和窗棂,全都是极精细的刻工,所刻的图案是"百鸟朝凤",漆着各种的颜色,尤以赤金的颜色为最多,所以格外显着光辉灿烂。天花板和窗帷的颜色一律粉红,灯光一照,柔艳动人,而在粉红窗帷以里,另有一层白纱,所以并不刺眼。这种布置,按俗称应名之为"桃花洞"式,其余的陈设,因为过分地求其奢侈,反倒与这种"色调"不相调和。木器全都是紫檀木,嵌有发光的银色贝壳,桌面及椅子心都镶着烟云出岫纹理的大理石,摆的是种种古玩;除了金鼎、翡翠珍珠的盆景、玛瑙花瓶、西洋精致的座钟、碧玉嵌金的长柄如意之外,都是古砚、玉笔架、金镇纸,宋瓷哥窑的墨水盂、笔筒等等的文房用品。这是外屋,地下铺着图案是裸体美人抱着许多花朵的西洋地毯,壁上还有四幅檀木屏,用金银的细丝和象牙,嵌出来的是这花园的全景。

隔着几扇能关能开、雕刻精致的嵌着一幅一幅小字画的隔扇,里边就算是里屋;地上铺的是极厚的像一层雪似的白纸。桌上多是梳妆的用具,镜子也极多,有圆形的如满月,有方形的如池水,还有长形的立在床的对面,那是穿衣镜。床里也有镜子,檀香木的床栏杆,垂着桃红色绣着大朵白牡丹花的床帐,床上的锦被、绣枕等等也完全与床帐是一样的色调、一样的绣工。除了琴桌上一张古琴,圆几上一座二尺多高的玲珑象牙塔之外，比较显明的就是一个小佛龛，供着一尊白玉刻的小小的"观世音大士"像，金质的小香炉里飘散出来袅袅的香云。在床的左侧另有一个小小的门儿，通着外边的过道，也许还通着别的居室。

卿怜把伍宏超一推，给他一把黄铜小锁，叫他去把那门儿快点锁上。那个门儿一锁，卿怜的惊慌稍减，看这样子，如若有人来，还都是得叫这个门。后面那两间屋子和外面那楼廊，全都没有楼梯，所通的是花园那些没人住的亭台和回廊、山洞，大概还不会有人从那边来。然而，卿怜还是叫伍宏超快把后边屋里冰炸梅窗前的那盏灯吹灭了，将那本原预备给伍宏超看的"吟草"也快一点儿拿来，她又匆忙地对镜再理妆。

伍宏超手提宝剑，又自后门走出这"密室"，这就是摆着花养着鸟、刚才杀过人的那间。不料这屋子原来竟有个人！他吃了一惊，疾忙一手横剑，一手又掏出怀中的取火之物，那是一个很小的火折子，点亮了。他惊讶地照着一看，只见是一个丫头，拿着一把扫帚、抹布和一个水桶，她也不点灯，只趴在楼梯上急急地擦，用抹布擦净了刚才那"铁爪蛟龙"的徒弟流的鲜血；连刚才伍宏超藏在花盆后面的那口敌人遗下的宝剑，也不知哪儿去了，当然是被这丫头另给搁在别的地方了。但，是谁吩咐这个丫头叫她如此做的呢？奇怪！

这丫头可也不抬头。伍宏超举剑向前，往近迈了两步，抖着火折子，低身细看这丫头，他就不由得一笑，点点头说："行啦！这里倒不必麻烦你擦了扫了，快到后面那屋里把那盏灯吹灭，把桌上那本书拿来吧！"不等这丫头应声，他即收起了火折，提剑又走入"密室"。

卿怜自镜前转回身来，低声问说："你去把灯吹灭了吗？把那诗稿拿来了吗？"

伍宏超不慌不忙地说："我已叫人替我去办了。"卿怜惊问着说："叫谁？"伍宏超说："叫你那个年纪不大、胖胖的圆脸丫鬟去的，因为她正在外屋擦楼板。"卿怜更是惊讶，又颤抖起来，说："你……你叫她看见了吗？"伍宏超说："不要紧，我们认识。"

卿怜说:"她是去年冬天才买来的,名叫绣球,是个要饭的花子的女儿,被这里花了两吊钱给买来的。先伺候三夫人,又伺候过长二姑,可是人家都不愿要她,因为她半夜里常常做梦,起来满处走,糊涂极啦,什么事也不会做,这才拨到我这儿来。我也不喜欢她,因为我更怕人半夜里搅我。一到二更天,服侍我的几个仆妇,她们必须回到她们的下房去睡觉,我好一个人在灯下作诗,到窗前望月。我喜欢的是清静、沉思,尤其夜间,不愿别人在我的身旁。这丫鬟一定又睡糊涂了,你别看她在那里擦楼板,她是睡着啦,她心里并不明白。待会儿她还回她的床上去睡觉,明天你问她,她是一点儿也不记得,这是一种病,你怎么可以叫她去拿诗稿,吹那盏灯?"

伍宏超说:"她既是有个梦游病儿,那更无妨了,今天她看见了我,明天一早她就不记得你你屋里来过外人啦!"

正说着,那个丫头绣球就推开门,晃晃悠悠的,真跟睡着大觉似的走进来,把那本"卿怜吟草"扔在一个桌上,连头也不抬,回身就走,还几乎在地毯上跌了一个跟头。但是,伍宏超已把她的模样看得很清楚,她只有三尺多高,可是宽就有一尺,粗眉大眼圆鼻子,胳臂、腿、脸、脑勺,一切都是圆的。她的头发倒很多,辫子可挺短,穿着蓝布衣裤,很脏,脚也像没怎么缠好。她出屋之后,卿怜还发愁说:"我真也不想要她了!"伍宏超却郑重着说:"你这里倒确实应当要她!"卿怜想了想,就点头说:"对啦!反正今天你叫她看见啦!谁知道她是睡着呢还是醒着呢?我若不要她,她就许把这事去告诉别人。"

伍宏超点头说:"就是,你千万要记住,你既不愿意跟我走……"卿怜摇着头又流泪,说:"我并不是不愿意跟着你走……"伍宏超就说:"好啦!这话也不必再提啦,以后我对你在这里也放心了,这个和珅的家,我更可以随便来去,毫无顾忌。"

他这时非常的喜欢,但猛然就听那已经锁了的前门之外过道上由远而近传来许多脚步之声,卿怜就惊慌地推了伍宏超一下,悄声说:"有人来了!有人来了!"伍宏超本来要持剑去开门,他是毫无畏惧,但惊惊慌慌的卿怜几乎又要跪在地下向他央求。他暗暗地叹气,只得又避到那有花有鸟的屋里。

那个名叫"绣球"的胖丫头已经没影儿了,楼板上的血迹倒擦得很干净,连扫帚带水桶、抹布和那口宝剑全不知哪里去了。窗外楼下还有许多人纷纷地说话、搜拿,大概他们也许终究要经过花园那条曲曲折折、忽高忽低的路径来这间屋。伍宏超这时倒并不在意,他将耳朵贴着"密室"的门缝向里面去听,就听来找卿怜的人不少:粗音的是婆子。细嗓音的大概是丫头,七嘴八舌的,有五六个人。

这些人都是才奉了和珅的旨意,所以说话都很横,一个说:"中堂叫你去哩!你的楼外边出了事,难道你不知道吗?"卿怜回答说:"我真不知楼外有什么事?我叫服侍我的人都去睡了,我正在这儿作诗哩!"又有一个似乎是很有权势的大丫鬟,说:"快走!快!中堂把别人全都问过了,说等着问你啦!因为知道这几天你常常自己出门,你住的这个房子后面又通着花园!"卿怜说:"我后边的两间房子白天也不常开,天不黑,就上了锁……"婆子丫鬟齐声说:"走吧!走吧!你有话见了中堂再说吧!中堂今天本来就生气极了!"又一阵脚步声音渐渐远去,待了一会儿,就连这"密室"里,也一点儿声音都没有了。

伍宏超持剑开门又走进去,见灯依然点着,室中却没有一个人;梳妆盒里的东西都散着,桌上还扔下了卿怜刚才擦泪的红手绢,但卿怜已经被逼着见和珅去了,如羊入于虎口之中。

伍宏超忿然提剑,开了那前门去追,但他仍不能明着去追,只能在后面尾随。走过了这过道,连尾随也不可能了,因为穿过了这间屋又到另一间屋,而由那另一间屋再穿过别的屋。这里原来是屋连着屋,楼连着楼,伍宏超还怕撞着人,所以得时时停步。他再也追不上卿怜和那些婆子丫鬟了,也找不着和珅住的屋究竟在哪里。他倒想起来一个主意,想去找那"梦游者"胖丫头,烦她来给领路,然而他现在已经走乱了头,想回那卿怜的卧室,都回不去了。

他手持着宝剑干着急,忽然听得铛铛铛铛,原来巡更的已敲了四下,天快亮了。他走到一间没有人又没有灯、只有家具陈设的屋子的窗前,开窗向下去看,见月光已转过了楼角,灯笼火把都走往花园,巡更的四个人是往前院去了。他就嗖的一声蹿出了窗，跳下了楼。到了院中，他就仰面去看，想找那灯光最亮的窗户，他想那和珅必定在里边。但灯光亮的窗户，楼上和楼下也太多了，要找和珅依然跟海里摸针似的。

伍宏超将剑隐藏在背后，伏着身，向着楼下几幢大屋子的窗前去走，隐隐地听得屋里全都有人说话。他正想要找一个人少的屋子，索性就闯进去，逼问逼问哪里有和珅，有卿怜。就在这个时候，忽然听得"哎呀"一声，是女子惊惨的喊叫，像是由卿怜的口中发出的声音。

声音是由前面那灯光惨黯的大屋子里发出的，伍宏超急忙跑几步，到了那窗前，见窗上遮蔽着很严很厚的深颜色的帷幔，里面的情形是一点儿也看不见，他真恨没有劈开窗户闯进屋里去的勇气。他心神紧张地站在窗外，向里听了一听，更可疑的是里边什么声音也没有了。他更吃了一惊，赶紧到门旁用力去推，门从里边锁着了，也推不动；他就用剑尖向门缝去撬，木屑和油漆纷纷地向下落，发出咔嚓咔嚓的响声。这时，才往后花园去的那些人和那些耀耀的火光又转向这院里来了，人声喊着："在哪儿啦？找找！再搜搜！绝不能叫他跑了！"声音已到了他的耳畔，火光已照到了他正在拨着的这个门，

他是又想回身去迎杀，又想劈门而闯入，忽然门呀的一声开了；不是被他的剑拨开的，是有人从里边给开了的。他倒不禁一惊，剑向前挺，迈步遂即走入。里边的人随手又把门关上，而且锁好了。他借着这里昏暗烛光一看，对面是短短的、粗粗的、圆头圆脸的一个人站在眼前，正是那胖丫头"绣球"。这个丫头莫非是又犯了"梦游病"吗？她来到这屋里可干什么？

这真是可怕的一个屋子，墙壁上挂着烛台，同时又挂着竹板、绳子和一种名叫"懒驴愁"的极厉害的皮鞭，此外什么东西也没有，是一间空屋子。然而，伍宏超低头一看，惊得他几乎要喊出来，心痛得他几乎晕了过去，又愤怒得他要跳起来。原来在地下僵卧的正是吴卿怜，她的双鬟已经蓬乱，凤钗掉在了一边，头上的绫花全都稀烂，脸冲着下面，还在微微地抽搐着，她并没有死。

伍宏超立时就跳了过去,蹲下了身,想要把她抱起来;可是那丫头绣球比他来得快,抢步跳过来,就把她的"主人"背起,往里边的一个门走去。伍宏超提剑在后,紧紧追随,追到了一个昏黑的楼中的过道里,他也不问卿怜是受了多重的伤,只问:"和珅在哪里?"更愤愤地问说:"你快告诉我!和珅住在哪一间屋?"他手中振动着宝剑,恨不得即时就去杀和珅。但这丫头绣球却是连半句话也不回答,脸也不转,一直背着卿怜上了一座昏黑而又曲折的楼梯,敏捷得如飞一般。

伍宏超又急急地跟着上了楼,穿过两间也似乎无人住的屋子,就又回到了卿怜的那间卧室。绣球就把卿怜平平地放在床上,然后关严了前后的门,并将烛光全部压低。她搬过来一把椅子在床前,似是为叫伍宏超坐下,然后她自己却走到那外屋,站在桌子旁,很悠闲地玩弄桌上放着的金镇纸和玉笔架。

伍宏超也顾不得去理她,只站在床前低着头,细细地看着卿怜,就见卿怜睁开了眼睛。她必定是被那"懒驴愁"或是板子打伤了,但伤得倒不太重,并没有损伤她的容颜。像这类事情,她可能遭受的已不止一回了,所以也不怎么伤心,她只伸出那倒也没有鞭痕的手,急急地推伍宏超,说:"你怎么还不快走?快走吧!"

伍宏超摇头,说:"今天我不走了,我非得跟和珅见面!你快告诉我,他住在哪间屋子?"

卿怜急坐起来,叹着气说:"今儿在我的窗外楼下,已经死了铁爪蛟龙的徒弟!和珅刚才叫了我去,就是因为他已经疑惑我这屋里有了人啦!"

伍宏超说:"你这屋里本来有人,人就是我!我还有宝剑,我的人跟剑,今天都要叫他瞧瞧;把你所受的虐待,跟我家十二年的仇恨,笔笔账都要跟他算清!"

卿怜说:"咳!你可怜我,我不能再下床去跪着求你了!你就……"她哽咽不胜地说:"你叫我在这儿再待些日,再活些时,还不行吗?"伍宏超忿然地说:"我不明白你为什么还要在这儿待?为什么不叫我替你去出气,为我去复仇?你难道糊涂了?或是天生的下贱,宁愿在这里受欺,可不跟随我走?"卿怜惊慌地指指窗户,说:"外面、楼下,他们有很多的人呢,你小点儿声儿说话!"

伍宏超说:"我还要嚷嚷!我不怕那些鼠辈家丁跟护院,除非你这就跟我走,不然我立时就去与他们厮杀,直到杀死和珅为止!"

卿怜忽又翻身下了床,婉转娇啼地向他又跪下。他伸手去搀,卿怜却哭着不起,只是抽搐着哀求,说:"哥哥!你快点儿走吧!我也愿意跟着你出去,谁叫现在还没到时候?顶多一年,因为我在这儿还有一点儿事……哥哥,你暂时先走吧!你不要再责备我,再问我了,你可怜可怜我这颗心!"

伍宏超觉得真没有法子,长长地叹了口气,就将她搀扶起来,送到床上,叫她躺好;又给她身上盖上了那桃红色绣着大朵白牡丹的锦被,并且用被角替她拭了拭脸上的泪。她又低声说:"你回去不要太挂念我,我要有事,还叫王忠去找你!"伍宏超也没有言语,转身提剑,这时就觉着一口宝剑拿起来仿佛都费力气了,心里真是万念俱灰。

他走到外屋,见那胖丫头正给他开那后门,谁说这胖丫头绣球患着梦游病?她那张圆脸很精神地面对着伍宏超,伍宏超回手指指那床,说:"请你多多关照她吧!我们话也不必说了,再会!再会!"他还向这胖丫头拱拱手,就走出这间"密室"。虽然他的脚步很轻,可还是把几只鸟儿惊得叽叽喳喳地叫了几声,而那纱窗帷之外已没有了灯火之光。

他又走出那有"冰炸梅"窗户的屋子,来到了楼廊上,见天已发晓。这座花园,刚才确实曾经过嚣闹地查找了一番,但现在那些家丁、护院、巡更的等人全都走了,一个人也没有了,伍宏超就轻如鹤鹭一般地飞出了这座宅第。然而他的身躯虽轻,心里却感觉很沉重,他一边走着,一边不住地长叹,觉着遇着了吴卿怜实在不好,恐怕要因她阻碍了自己十二年来报仇的大志,还消磨去了雄心。

第七回　脂粉英雄轻鞭驰小骞
　　　　山陵风雨宝剑伴佳人

他走回到护国寺街,离着冯茂兴的花厂还远,这时天还没有十分亮,突然由路旁的一棵老树下奔出来一个高身的人,伸臂就将他拦住了。伍宏超吓了一跳,但立时就看出来,这人正是金臂飞侠凌万江,他不由得更为惊讶,问说:"凌老英雄!你到这儿有什么事?"

凌万江说:"什么事?昨天晚上闹塌了天!和珅派了许多名差官,还有那叫常庆的,领着一些家奴到我那里,不捉我,单单要捉你伍宏超!我说伍宏超是我的朋友,有什么官司我去打,他们不听,说是往别处也能捉得着你。我一听这话里有话,他们里边必定有人知道你住在花厂子,所以我半夜里就来啦。我把冯茂兴由被窝里叫醒,他万也没想到,我这见了面都不理他的老连襟忽然半夜里来啦;我就问他你在哪里,他摇头说不知道,还说你时常出去一夜也不在家,今儿又不知上哪儿去啦。他说有个赵佐领也劝你应当出城躲几天,只是你的脾气太硬。

"我们正在谈着话等你,那时就有两点钟了,却忽有大批的差官围了那家花厂,口中喊着捉拿在和中堂府里杀伤人命的伍宏超。冯茂兴赶紧跟他们去解说,说是你不过是在花厂浮住,跟他也没有什么交情。又有那赵佐领也在那儿啦,算是还没打他的嘴巴;我是蹬着花窖,越墙飞身而逃。我知道你要是从和珅的府里回来,必定由这儿走,所以我就在这儿等着截你。老兄弟!好汉不吃眼前亏,脚底下抹香油,此时不溜,还等到何时？"

伍宏超冷笑着说："这是什么话？我伍宏超岂能临难而逃，叫朋友替我受累？和珅的人现在都在花厂，这正好！我就去！"说着迈步就走。

凌万江却将他用力拉住，说："老兄弟，你这就不对啦！咱们的命，跟铁爪蛟龙还手得过，跟和珅可合不着，因为他不跟你一刀一枪，他跟你用的是势力，那你有多么冤？快些听老哥哥我的话，你就快些走吧！冯茂兴的熟人多，他有办法，绝不能为你受累。天都快亮了，你就走吧！我送你去往西陵！"

伍宏超一听说"西陵"，他的心里就不由得一动，因为那里是顾画儿的家。他就又赶紧问说："那么我走，你家里可怎么样？如若出了事情，可怎么办？"

凌万江说："我的家里有什么呀？和珅还能够把我那二摆风的老婆抢了去？那我才更乐意呢，送到他的府上去给他骂街，去拉老婆舌头，可只怕他不要。那和珅也不是个小奸臣，跟我他大概还合不着，他抓的就是你。"

伍宏超只是没法子问他那"画儿"现在何处，然而，以她那样的武艺，又何用自己为她担心呢？正如吴卿怜现在身畔有一个胖丫头绣球，自己再担心，就是多此一举。总而言之，女的都有本事，自己这十二年的武艺是白学了！仇既报不了，身也无处安，现在还跟凌万江逞什么强呢？所以他又长叹了口气，说："好！你叫我上哪儿去，我就上哪儿去吧。"

凌万江先劈手将他的宝剑拿过去，说："老弟，你这剑先交给我替你存一个地方儿吧！你不拿着剑，谁也不会认识你是伍宏超。"

伍宏超却还想要把宝剑要回来，因为这口剑虽不是什么奇品名器，却也相当锋利，自己给它起名叫"青锋"，相伴十二年，如今岂可交给金臂飞侠这么一个有点儿荒唐的老头儿之手？他要给弄丢了，那有多么可惜！所以他就说："我这剑，不能离开我的手，还是由我自己拿着吧！"

金臂飞侠却用手指头铛铛地把这宝剑弹了两下，说："我看这也不是什么特别的家伙儿！你要爱宝剑，想要开开眼，看一看那价值连城、削铜剁铁的钢锋，你还是得跟着我到西陵；别看我内侄女，给咱们拿瓶子打酒的那穷丫头，她手里可真有好货，比你这口剑强得八万倍。走不走？要想去看，你就得跟着我走！"这使得伍宏超很是吃惊，顾画儿确实是个武艺出众的美人儿，怎么还有名剑？现在全都在西陵了，这还不得赶快去一趟？于是他高兴起来，凌万江也兴奋得高声大叫，说："伍宏超！咱们看看那宝剑去吧！"于是两人转身就走，把和珅派人现在正捉他们的事反倒像是忘了，都不再提。

二人往东转南，兴奋地走得很快，太阳出来时，他们已经走出了广安门。凌万江忽然站住了，叫住了伍宏超，说："喂！喂！我可没带着钱！"伍宏超摸摸身边，说："不要紧，我身边还有些银子。"凌万江笑着说："这就好啦！我们已经走出城了，就不用着急了，先去喝点酒儿吃点儿饭，然后我们还得雇车；拿腿跑着去可不行，你别以为西陵是个近地方！"于是就在这广安门的关厢找了一家酒饭店，金臂飞侠凌万江拿着宝剑在前，伍宏超随着走入。

这铺子里饮酒吃饭的人很多，其中认识凌万江的也不少，都站起来招呼着："凌大叔，您今儿怎么闲在呀？"凌万江把剑放在一张桌上，也向他们都点头。又有一个瘦子走过来，说："听说凌大叔挑缺考上第一啦，我这没得工夫去给你贺喜，以后你可还得多提拔提拔呀！"

凌万江却当时就生气起来，说："我提拔你什么？你偷鸡摸狗的，不是很发财吗？谁告诉你我考了第一？和珅他贴出榜来了吗？我还没当官，你就先来求差，怪不得你老是这么瘦，太用心机啦！你去告诉别人吧，和珅就是叫我爸爸，我金臂飞侠也不去端他的饭碗！"那个瘦子被说得直赔笑，说："大叔怎么还是这个脾气？"很没脸地就走开了。

凌万江骂完了人，恍若无事，又向伍宏超说："老兄弟你坐下，反正和珅纵有天兵天将，也是拿不着你啦。你大概跟我一样，一夜也没睡觉，我们先叫伙计，来给我们打一盆洗脸水！"

少时，这里的伙计就给打来了盆温水，凌万江叫伍宏超先洗，然后他用剩下的水洗脸又洗脖子，同时盼咐伙计，说："先来半斤酒，把你们那酒菜全拿出来！烙大饼两斤，炒白菜，猪肉加粉条，快着做！我们吃完了还要上西陵呢！"

伍宏超坐在那一边凝思，又想着昨夜间的事。待了一会儿，酒跟菜全都摆上了，他只斟了半杯酒。凌万江却过来给他添得酒都溢到了桌上，说："喝吧！我就是不理不喝酒的人。这个饭馆，十多年前我就常来，那时我还保着镖，这广安门是出京必经之道。当年我把元宝搁在桌上，跟人打赌，一喝就是五斤烧酒；喝醉了，抽刀躺在车辙里，截过阿桂阿大人的官车，因为我是醉鬼，在镖行又有名，阿大人竟没办我。那是当年啊！自从我弄了个二摆风的老婆，我可就完啦……"伍宏超由着他说，自己却想自己的心事。

少时饼来了，两斤大饼叫凌万江吃了有一斤十二两，他还添了两个大馒头，菜也多半叫他吃了，酒壶也变成了空壶。他先叫伙计出来给他雇车，讲好了是雇到西陵，然后就叫伍宏超"会账"，好快走路。会过账出了这家酒饭铺，宝剑还是由凌万江拿着，二人就上了一辆专走长途的双骡子拉着的敞篷儿的车，离开了关厢，奔向了西去的大道。

这股大道，往来的行人车马很多，尤其是骑着驴行路的，几乎走几步就要遇着一个。有的小驴跑得很快，凌万江就大声喊着："好啊！好快的小驴呀！"其实他也并不和人家认识，他只是这么个人，大概有点儿喝醉了。他又说："他们骑驴，谁也骑不过我那内侄女！"

伍宏超本来坐在车上已昏昏欲睡，一听凌万江提到了他那内侄女，不由得当时又有了些精神。就听凌万江夸赞着说："我那内侄女，就是画儿，她的本事，说实话连我也佩服！她还会骑驴，她是每半个月必要在京城与西陵之间，走一个来回，为的就是衲好了鞋底子，给京里的鞋铺送来，好得点儿手工钱，帮助家用。她每次总是骑着小驴进城，把驴寄放在那鞋铺的后院喂着，她就到我那儿，看看她姑妈跟我。她那头驴，其实也很平常，可是她会骑，骑起来就跟飞似的；一清早要是离开西陵，傍天黑的时候，就能进城了，你说她那驴有多么快？简直是个飞驴。我可没有她这么大的本事。那个孩子真不错，只可惜叫两只大脚给耽误了，我想给她找个婆家，可总怕人家讨厌她那一双大脚。"伍宏超本想为顾画儿的一双脚争辩争辩，但又实在说不出口，他心里为此不禁觉得不平，并有一种惆怅。

车过了卢沟桥，便往西南去走。他们这两个骡子拉着的车，走得也不慢，将日落时，就到了涞水县境。正要找店房投宿，却见凌万江用手指说："喂！你快来看！她已经早就来到这儿了！"伍宏超倒觉着很诧异，因为只看见在一家卖饼铺子的门前，系着一头小黑驴，那驴正在那里低着头吃草料。

凌万江下了车，说："咱们问问她，咱们今天走后，京里还有什么事情没有！"正说着，就见由饼铺里走出一个姑娘，正是顾画儿，手里拿着一只包袱，大概就是做鞋底的材料。她可能是路过这里，到熟识的这家饼铺喂喂她的驴，自己到里边歇了歇，或是上厕所。她将包袱放在驴上正要走，凌万江就问说："我走后，家里没有什么事吗？"

画儿姑娘摇摇头，她那大辫子也跟着摆动，就说："才一点儿什么事儿也没有呢！"说时看了伍宏超一眼，没说话，也不问她的姑父同着伍宏超是要往哪儿去，只是解下她的那头小驴。

饼铺里有一个抱着孩子的中年妇人，送她出来，跟她笑着说话，她也微微笑着，说："李大婶，再见！我还得赶紧回家，十天后我再来！"她穿的依然是那带着补丁的蓝布衣裤，但姿容真是清秀超俗，眼睛大而妩媚，并且有威。她并不看伍宏超，只向凌万江问说："姑父！你还有什么事情吗？"

凌万江说："也没有什么事，只是，你先回去叫白二爷或是你干爹给我们预备个地方，我们到他那儿至少得住上十天半月，等我到了那儿再细说吧！"画儿姑娘点头答应，遂就骑上了驴，向那李大婶笑笑，又向她姑父看看，就挥着小皮鞭子，驴儿嘚嘚地往南去了。虽看不出驴是怎样特别的快，但不一会儿，伍宏超就看不见姑娘和那小驴的影儿了。

这时天上霞光已变为深紫，鸦群自空中飞过，是逼近黄昏了。凌万江回首向发着怔的伍宏超说："咱们别管她，她也不用打灯笼，大概二更天，她就回到西陵啦。咱们可犯不上那么赶命，先在这儿找店歇一宵再说。"于是他就找了一家熟店房，跟伍宏超住在一间屋里，他喝酒、大吃,吃喝完就呼呼地睡了。

伍宏超虽也疲倦,却是睡不着,他只是想着那顾画儿:如今天黑路静,她一个女子,此刻小驴儿如飞一般必仍在行走;强人不敢劫她,歹徒不敢侵犯,而她身着敝衣,自甘清贫,这是一位多么可钦可佩的侠女呀!我十二年学艺,至今却一事无成,既报不了父仇,又救不了卿怜,如今还被和珅逼得逃命,与她相比,我可太惭愧了!客邸孤灯,他不禁地嗟叹,宝剑就在酣睡的凌万江身旁放着,然而这口宝剑,他也真羞于再用手去动了,他觉着自己连顾画儿那么一个女子都不如,还自觉着是什么英雄!

次日,凌万江先在店里吃喝饱了,方才叫伍宏超付店饭钱,叫赶车的套骡子,这才又动身上路。伍宏超才知道西陵那地方,离着京城可真不近。越走地越荒,竟看见了高峰峻岭,伍宏超知道那也算是太行山的支脉,心说:怎么走到这儿呢?

凌万江躺在车上又睡着了,伍宏超生怕赶车的走错了路,他就问了问,赶车的却笑着说:"哪会有错?西陵那地方,我跑了也不知道有多少趟啦!"车又顺着地下那深深的车辙滚动着前行,走到下午三点多钟,方才到了西陵。

原来西陵是属于易州,战国时,侠士高渐离击筑,荆轲高歌"风萧萧兮易水寒",便是在这附近。这里有一座永宁山,原是太行山脉五回岭的东麓,山下便是清朝皇帝的坟地,雍正皇帝(清世宗)的坟就在这里,名曰"泰陵"。这清朝各皇帝的陵,修筑得却比历代都更讲究,陵基完全是用石灰砌成的扁圆形,好像是个大馒头,前面建有"飨殿",殿中燃着据说是永远也不灭的香油灯;四周松柏参天,占地方圆有三四里。在这里设有专管皇陵事务的几十个人,都是旗人,带着家眷住着这里的官房,多一半是等于在此落了户。其中最大的一个官吏,名叫"掌稿",掌稿之次是"掌案",都是属于宫廷内务府直接管辖的。这些事都是现在伍宏超随凌万江来到这里之后,听这里的"掌案"白二爷说的。

白二爷年有四十余岁,自称是汉军旗人,人很和蔼,跟凌万江很熟识。凌万江带着伍宏超一来到,就先去见他。他住的这地方,也像是一个小官厅,凌万江就说:"白二爷!我们是来打搅你来啦!"一指伍宏超,说:"这是我的伍老兄弟,也是镖行的,因为在京里遇见点儿麻烦事,特来到你们这儿躲一躲!"

白二爷用一双小眼睛把伍宏超打量了半天,才说:"这位伍爷,我是第一次见,可是凌老哥你金臂飞侠给带来的人还能够有错儿吗?不过,我这地方儿可窄呀!还告诉您,我只是一个人住在这儿啦,家里连孩子半个月前就都进京里去啦,因为不敢在这儿住。这山上有狼,听说有四五只,眼睛都像是小灯笼那么大,天一将黑就出来,吃了好几只羊,还咬死了一匹马。"

凌万江说:"别说是有狼,就是有老虎,我们这位伍老兄弟也不怕,你看见这口宝剑了没有?这就是他的,他的武艺超群,我们镖行的人全都佩服他。他来到这儿,白二爷你放心,并不是在京里闯了祸,跑到你这儿来躲,只不过是跟同行惹了点儿气,他要跟人较一雌雄;我怕他跟人弄得两败俱伤,所以才把他带了来。我原想是把他送到你们老大那里,可是你们老大,第一那儿地方是真窄;第二有我那内侄女在那儿住着,不大方便;第三……白二爷我是对你说,我宁来求你,也不求你那老大哥。因为你还懂得交情,懂得人情世故,你那老大哥,只有我们那亲戚画儿姑娘,还说她的干爹好,除她以外,连我凌万江都觉着他是个疯子,比我还疯,我干吗叫我这朋友到他那儿去找麻烦呀?"

这白二爷听了,却仍然不表示到底可不可以叫伍宏超在这儿住,他只扯一些闲话,谈这地方的风景,又谈这地方的历史。他的书倒似乎读得不少,同时水烟可也抽得真多。凌万江就发急了,说:"你倒是说一句痛快话呀!到底我这伍兄弟能不能在你这地方住?我把他在这儿安置好了,我还得回去呢!不赶紧回去,我还怕我家里的老婆跟人跑了呢!"

白二爷却笑着说:"不至于!你家的大嫂子是一位贤德的人,不过……"他又磨烦了半天,才不急不慌地说:"我想还是让这位伍爷到我哥哥家里去吧!我这儿夜里还有人来值班,更不方便,再说也没有地方容留闲人。"

凌万江一听当时就气了，说："白二爷，你要是早说明这话，我们何必在你这儿白耽误半天工夫！"说着，带着伍宏超就走。

他们坐着来的那辆车还就在松树边停着，伍宏超就说："不必这么麻烦了，我哪里不可以去？本来到这里躲避，也是你的主意，现在你就不用管了！"

凌万江却几乎跳起来，说："那怎么成？因为咱们是朋友，你眼看着就要遭和珅的毒手……"伍宏超冷笑着说："那倒未必！"凌万江接着说："我才替你想法子！因为西陵这地方，和珅就是知道你在这儿了，他要捉你的时候，也得先斟酌斟酌，他绝不敢为捉你而担上惊扰皇陵之罪。不过白老二不懂得交情，我是因为先认识他的哥哥才认识的他，现在没法子，只好再去找白大爷吧！他们哥儿两个的脾气可不一样。白大爷早先是这陵上的掌稿的，因为有一次内务府的堂官到陵上来，他给得罪啦；一位王爷到陵上来，他也给骂啦，因这就革了他的差事。他可仍是在这陵上住着，疯疯癫癫的，没有人理他，就仗着他的干闺女，就是我那内侄女，一个月跑两趟北京，揽上一些鞋底子，整天整夜地纳，手指头都叫麻绳子给勒肿了；挣上那么一点儿钱，养着他们老两口。我本来不愿带你去见那疯子，可是他兄弟这里既不留你，只好去找他了！"他叫骡车仍在那里停着等候，他就带领伍宏超穿越松柏树林，再往西去。

走了半天，大概已经出了这皇陵的范围了，便看见两三间茅舍、一堵石垣，几棵又高又细的榆树。有几只大鸡带着一群小鸡在石垣的柴扉外乱跑，狗望见人来了，也不住地汪汪乱叫。凌万江此时又嘱咐着，说："你见了那老头子可别多说话！他说出什么话，你可也别恼。"伍宏超这时却精神奋发，并且未见那位白大爷，他已先肃然起敬。

凌万江高声喊着："看狗来！"柴扉里有女子的声音答应，跑出来的正是顾画儿，手里还拿着正在缝纳的麻绳和鞋底。凌万江说："看着狗！别叫狗咬着你伍大叔，把这些小鸡也赶一赶！是你养活的这么些个刚从蛋里孵出来的小鸡吗？你看有多么绊脚？我要踏死你可别心疼。你干爹在家里没有？"

画儿姑娘摇了摇头,说:"我昨儿晚上回来,就没有见着他老人家,大概是又到山上庙里跟老和尚下棋去啦!"

凌万江说:"你干爹不在家更好,我真怕跟他见面。我本想送你伍大叔到白二爷那里住,可是没想到那家伙,一个树叶儿掉下来,都怕把他砸死,只好不去求他啦!我告诉你也不要紧,你这伍大叔在和珅的家里弄出了点儿事,来这儿躲避几天才算妥当。你也跟你伍大叔见过,这是咱们自己人,你别拘束;等你干爹回来,你就给他引见,叫你伍大叔在哪儿住都行。好啦!我走啦,我还得赶紧回京,要不然,你那姑妈又得闹翻了天!"

画儿姑娘一边看着狗,赶着鸡,一边答应着,手里可仍然纳着鞋底。凌万江就向伍宏超说:"我本想陪你在这个地方住上一两天,可是这儿也没有什么地方住,我又急着回京里去看看。你想想,你还有什么事没有?"

伍宏超说:"我也没什么事,不过如果和珅还要逼我,或是因为那件事连累了冯茂兴,或是和珅的家宅中出了什么惨事……"

凌万江说:"他家宅中出什么事,我没法儿知道,可是冯茂兴要是受了欺负,那还有我!反正我回去看看,如若有要紧的事,我一定还来,过几天画儿她也还进京去送鞋底。得啦,你就安心在这儿住着吧!没事时指教指教画儿的剑法,或是跟白二爷谈谈天。安心等着,养足了精神,将来找着那铁爪蛟龙,咱们还得跟他去斗一斗呢!好啦!我走啦!"说完了话,他便将宝剑交给了伍宏超,遂转身走去。

这里只留下了画儿姑娘与伍宏超,狗已经不咬了,小鸡仍在唧唧地叫。顾画儿说:"伍大叔进来吧!"伍宏超就拿着自己的青锋剑,忧郁地又有点不好意思似的走进了柴扉,被姑娘让进屋里。

进屋一看,真是四壁萧然,只是放着不少卷旧书,墙上一个钉子上挂着一口宝剑。这口剑很旧,带着鞘,剑柄上连穗子都没有,然而伍宏超恨不得当时就摘下来看看,自然他还不敢这样冒昧,可是他知道此剑必如画儿姑娘一般,看着虽穷,可是绝不平常。眼前这宝剑钢锋、佳人侠女,恐怕都是千古难逢、世间无二。

顾画儿又说:"这屋子我也没工夫打扫。我干爹在家里时就在这儿住,有了客来让客住,前年我师父来的时候,就住这屋。"伍宏超将自己的剑放在炕上,就很恭谨地说:"我来这里打搅,也自觉着不对,可是我冒昧地说,我跟姑娘实在不是外人,姑娘的令师江南郝燕翎跟我也是朋友!"他说出了这话,自觉着是套了个近,却不料人家姑娘竟然不理,只说:"请伍大叔随便歇着吧!"就转身出屋去了。

这时天色已经不早了,屋子里渐渐昏暗起来。伍宏超坐在炕边不能动,因为这里白大爷既没在家,只是顾画儿,或者还有她的义母,但绝对没有一个男人,真是太不方便。他觉着在这里住着实在不大合适,因此就想要离开,心说:谁能就听凌万江的指使呢?我这时候就是回到北京,只要不在那花厂里住,也连累不着朋友,随他和珅对我如何,我全都不怕!这么一想,他就站起身来看着窗外,顾画儿这时如在院里,他想就向她告辞,当时就走,反正人家这里没男子,自己是不能在这儿住的。

此时,就听顾画儿在院中把鸡和狗唤进来喂食,还有一个嗓音极细的人帮着她。伍宏超隔着门缝去看,见院中有一个十岁上下的小男孩,梳着个小撅辫,衣服也很褴褛。他管顾画儿叫"姑姑",咬着舌说:"姑姑!咱该做饭啦!这儿不是还来了个客人吗?咱饿着,别叫客也饿着呀!做点儿什么好吃的呀?你不是从鞋铺拿回钱了吗?我给你上张家小铺买点儿白面,吃面条好不好?我也馋啦!我在你家里做伴儿,不能白做伴,你得请我吃面条!"

顾画儿说:"人家客人不嫌咱们吃得坏!等一会儿再做饭,我爹还许回来呢。"说着话,她手里还时时在纳着鞋底。外面的天色也十分阴沉,好像是要下雨的样子。

伍宏超只得又坐下,因为他听说顾画儿的"爹",当然是那位白大爷了,等一会儿就许回来,总是跟人家见过一面再走才好,不然来得匆匆,去也匆匆,也太不磊落。白大爷不是寻常之辈,顾画儿更是钦奇的女子,我岂可显出来太拘谨太迂腐太小气了?所以,他暂时又不走了,只是这么枯坐着,也太烦闷。

又过了一会儿,屋里差不多全黑了,窗外也暮色渐深,从山陵那边吹来的风呼呼的,一阵比一阵发紧,雨声也沙沙地响起来了,淋得窗上的纸都湿了。伍宏超就暗叹:走不成了!但又想,只要那白大爷回来,我跟他见面谈几句话,我还是要走。他不回来,待一会儿我也要走,别的倒都不说,只是不能在这里麻烦人家时时刻刻在纳鞋底谋生的顾画儿。

他心里正在这样想,坐立仿佛都不安,忽听窗外有人说:"怎么这么大的雨呀!"是那咬着舌头说话的小孩儿的声音,接着开了屋门,外面的风和雨全都吹了进来,人也进来了。进来的却是一高一矮两人,矮的是那小孩,高的其实也不算怎么高,虽然模样儿还看不出来,可是隐隐绰绰的,也知是窈窕的顾画儿。伍宏超就站起身来要说话,也不知道说什么才好。

只见顾画儿随手就把屋门给带上了,那小孩的两只手里腾腾地直冒热气,还说:"真烫手!真烫手!"顾画儿随把火儿打着了,点上了手里预备着的一个陶制的烛台,上面有半枝羊油制的烛,就放在炕边。那小孩把端着的一大碗热汤面跟一双筷子也放在炕上了。伍宏超便皱着眉说:"这样,我的心里真不安!我来了就给姑娘多添了这些麻烦!"顾画儿却什么话也不说。

小孩又仰着脸问她说:"还是我拿去吗?"顾画儿只把头微微点了点,小孩就出了屋去了。这里,只是伍宏超跟顾画儿,烛光颤颤,热面还冒着气。窗外风雨响得更厉害,伍宏超嘴唇动了动,可是什么话也没有说出来。

他又见顾画儿的衣服已有些被雨淋湿,那乌云似的头发上都沾着水珠,鬓边还有几丝粘在脸上。她的脸秀润如奇花,如美玉,那双美丽的鼻、口,尤其是眼睛,却并不对着人。

她走到墙边去摘那挂着的宝剑,钉子太高,她毕竟是一个女子,伸着胳膊也够不着。伍宏超刚想要替她去把剑摘下,可是见她已经脱了一只鞋,就把一只脚蹬在炕边;脚并不肥大,只是天足,布袜子上也有补丁,她就摘下宝剑又下炕穿上了鞋。

伍宏超非常注意这口宝剑,顾画儿只是把剑取下来,连鞘拿着,也不知道是要做什么。伍宏超就微微带笑地问说:"这口宝剑一定很好!"

顾画儿只郑重地回答说:"这剑就是金刚玉。"

伍宏超吃了一惊,虽然并不知道金刚玉宝剑究竟是怎样一件利器,但在顾画儿的手里这样珍重地拿着,还能是普通之物吗?他不禁激动了,景仰钦佩之情万难忍抑得住,就拱拱手说:"姑娘真是今世第一奇侠女,我得侥幸与姑娘见面,尤其姑娘的高超武艺,我也领教过了,我真……我真是自愧弗如……"

顾画儿却仍然是什么话也没说,脸既不红,也不笑,使得伍宏超倒不禁脸上发烧,因为自觉着是碰了一个钉子,自讨了没趣。

此时外面的风雨越大,烛光才点了一会儿,仿佛就要灭了。

第八回　夜半叩门声惊人恶语
　　　　雨中腾剑气绝世娇姿

　　此时那小孩在院中喊嚷："姑姑快开门呀，都淋湿啦！"顾画儿赶紧一手拿着剑，一手去开了屋门，见那小孩抱着一床被褥跑进屋来。这时伍宏超可忍不住要说了，他说："这是干什么？是给我预备的吗？不用，我这就要走！"那小孩说："走什么呀？外头的雨下大啦，天也黑啦，外头有狼，又有鬼，离着城又远，你走什么呀？别走啦！"他把"走"字说成为"肘"，因为他是咬舌。

　　伍宏超笑了笑，说："你们费了半天的事，煮的这碗面，我是一定要吃完的，我可不能在这里住。本来我是想见一见这里的白大爷，因为我想着他一定是一位不同凡俗的老人，但是看这样子，他今晚未必回来了；我也不能再多等候，我住在这里也不方便。"

　　顾画儿就正色地问说："有什么不方便的？"

　　这话问得伍宏超倒难以回答了，迟疑了半晌才说："不方便是因为我在京里与和珅结下了深仇！"

　　顾画儿说："不就是因为这事，我姑父才带着您到这里来躲吗？"

　　伍宏超叹息着说："躲？我当着姑娘可以说，这并不是我骄傲，我实在不怕和珅！"

　　顾画儿反问着说："那么伍大叔就觉着我们怕吗？"

　　伍宏超笑着说："姑娘自然更是不怕，不过……我实同姑娘说，自从前天我们在凌老英雄的家中得罪了和珅家中的奴才,那件事情还不算太要紧,那夜里我却又往和珅的宅里去了……"

顾画儿不等他说完,就点头说:"我都知道!因为昨天,是伍大叔跟我的姑父先离开京,我后走的,京里要是有什么事,我还不能够就放心回来呢!我跟伍大叔说吧,你就是在和珅的家里闯出天大的祸,来到我们这儿住,也不要紧,我敢担当;因为就是不为伍大叔的事,将来总有一天,我也得去找和珅,我得报父仇……"说到这里,她娇细的语声略显得悲伤,美丽的双眸也带着愤恨。

伍宏超也慨然说:"我也知道,姑娘与和珅也是有杀父的大仇,所以我更……引姑娘为知己,但是这里是白大爷的家……"

顾画儿说:"你还不知道,我干爹比我们更有肝胆!你见一见他你就知道了。其实伍大叔现在你一定要走,我也不能拦,可是你顶好等着我爹回来。他虽是一个旗人,但他自小将我养大,教给我读书,使我知道了忠信仁义;他并延请了江南郝燕翎、陕南冲天侠,教给我了一点武艺……"

伍宏超连连地点头说:"是!是!"他此时似乎连头也不敢抬,又说:"我也想到了,郝燕翎老拳师名震江南,哪能够随便到这里来收一位女弟子?冲天侠更是汉中首屈一指的侠客,他能够到这里来,自然因为白大爷的为人太可钦敬,姑娘又太值得造就了!我实在觉着惭愧……"

顾画儿也淡淡地笑了笑,说:"既是这样,伍大叔就可以放心在这儿住啦!等我爹回来的时候再说。"

伍宏超只得又连声答应着:"是!是!"

那小孩在旁边也笑着说:"你干吗这个样儿呀?你倒成了个小孩啦,面也凉了,还不吃?这被褥是我白大爷爷盖的,给你盖,还不是跟你好吗?"他咬着舌儿讥笑着,伍宏超又连声答应着:"是!是!"招得顾画儿也忍不住笑了。她一笑就赶紧转过了脸去,等她再转回时,却见她的脸上是微微地布上了一层红晕。她又爽快着说:"伍大叔快吃面吧,快歇息吧!"又向那小孩说:"铁儿!咱们也快上那屋里吃饭去吧!"遂就又开了门,还哎哟一声,笑声儿说:"雨真大!"小孩铁儿就跟着她出了屋。这时顾画儿站在屋外,一只手拿着那金刚玉宝剑,一只手在头上遮着雨,叫铁儿把屋门带好了,他们就脚步声在雨地里响着,似是半跑着回另一间屋里去了。

伍宏超一个人在这里是又羞惭又后悔,又发着怔。本来,这样豪爽的姑娘可譬作人中之龙、女中之凤,又是郝燕翎跟冲天侠的女弟子,手中还有金刚玉宝剑,要说住在这儿"不方便",那是自己心邪,态度太不磊落,同时也是可笑又可鄙。不错,她实在美丽,但是也严正,凛若冰霜,谁敢对这样的姑娘生一点别的心呀?既是不敢生别的心,那么又有什么不方便?若说怕给这里惹祸,更是过虑了,什么祸能够加得到这样侠女的身上呀?这侠女就是泰山石,就是去邪除恶的女神,在这里,要是再说什么不方便的话,那就是轻视了这位女侠。

当下,伍宏超端起碗来吃面,决定是在这里住了,然而这实在等于是求人家保护,求一个年轻的女子保护,并且还吃着人家辛辛苦苦纳鞋底挣来的饭,这总是觉着害羞!

面是一种黑面,汤里只有一点盐,没有醋也没有油,更没有一点肉,这还是待客的饭,可见人家平日是多么清苦了。我是个什么人呢?我虽也自幼就离家学艺,但我离开家的时候就带走了不少的钱,十二年我在外并没吃点苦;今年回家,又带出来了不少钱。我是一个无能的纨绔儿、奢华卑劣的浪子。我在那奸臣和珅的迷楼中、金屋里,留恋着那么一个仇人的宠妾吴卿怜,我还没有一点胆量与勇气;我与人家穿破衣裳吃粗饭的侠女比一比,我真不像个人!假使我知道羞耻的话,我就应当拿宝剑自刎才对!但是我的这口宝剑,也连一分一厘都比不上人家的那口金刚玉宝剑呀!

面吃完了,蜡也点干了,盖着这半新不旧倒很厚的一床被褥,可还觉着寒冷。他自愧、自恨,又仿佛对顾画儿还有些不服气,得想个什么方法才能胜过她,但想来想去,又觉着实在无方法。山陵的风,自万木林中吹来的风,呼呼地响。这是春天呀,但竟似秋夜一样的凄凉,雨声倒渐渐地停止了。

他大概是睡了一个觉就惊醒了,听见院中有人吵吵嚷嚷地说话,并有火光在纸窗上闪动着。他惊得赶紧下了炕,开了一点门缝,向院中一看,见站着有五六个人,手中全都举着用火燃着了的树枝。其中正有那位白二爷,他急得什么似的,说:"可费了大事啦! 柴又没有干的,点了半天才点着;没几根火把拿着,要是遇见狼,可有什么办法呀? 幸亏今儿晚上我们那儿值班的人多,我又邀上了韩二叔、庆大爷、广三哥、文四哥来跟着我壮着胆,我才来的,我们的鞋袜子走了这么半天也都踏湿了。这都是你那姑父金臂飞侠那家伙给带来的祸,他把祸给带来,他可当时就走啦! 我告诉你,画儿,你们这儿千万别留那人住! 那人,我今天看着他就是一脸的凶气跟丧气,他原是前天夜里在和中堂的府里杀了人,杀的还是那府里护院老师铁爪蛟龙胡腾雨的门徒,这祸可不小! 刚才州衙门里的徐头儿特意来告诉我,他也是今天才从京里来,他都知道那人名字叫伍宏超,是逃到西陵来了。和中堂的人今夜不来,明天一早也准追到,来了一看,虽说那人是在你们这儿住,可这也是我哥哥的家呀,还能够不连累上我吗? 快点! 快点叫那姓伍的走……"

顾画儿这时已经出了屋,她说:"二叔,你不用着急! 这件事,就是万一出了祸,也绝连累不上你。"

白二爷急得直跳,说:"怎么会连累不上我呀? 灭门! 灭九族! 我是你干爹的亲兄弟,他要是因为窝藏凶犯杀了头,我……反正我的差事得砸锅! 我也是有一大家子的人呀……"

旁边几个人都说:"画儿姑娘,你就叫那姓伍的出屋来吧! 他也一定是个好汉子,或者他敢作敢当,自己去投案,或者他赶紧逃到别处。姓白的跟他无冤无仇,他不应该在这儿等着连累人……"

白二爷又气得大骂说:"你干爹没在家,留个野小子在家里住,也不像事呀? 你爹不管你,我可要管,快点叫那个野小子滚出来!"

此时伍宏超已经昂然走出了屋,摆着手说:"不要嚷嚷! 叫我当时就走都可以,但你们不要胡说,不要侮辱这里的姑娘!"

白二爷把手中将要灭了的一根松枝又抖了抖,借着火光照着,向伍宏超看了看,他就说:"好啦! 伍爷! 只要你出了头就行啦! 咱们都有交情,看你也像是一个读书的人,这儿不能住,西陵这一带全不许你住,你还不明白吗？我们现在来,可也不是来捉你,只是好意来关照你一声,你趁早儿请！"

伍宏超点头说:"走我是一定要走的,不过我还要等着见白大爷一面。"

白二爷却把嘴一撇,说:"白大爷是我的哥哥,你今天见着了我,就跟见着他是一样了,我不叫你在这儿住,他回来也是更不能叫你在这儿住。旁的话都不用提啦,人家家里没男人,只有一位十八九的没出阁的大姑娘,你想想,你在这儿住着合适吗？"

伍宏超心里生着气,但实在又无话可说,只好点点头说:"好！我这就走好了！"说着便回身进屋,将自己的宝剑取出来。那白二爷一看他拿着宝剑,倒吓得往后退了几步。伍宏超转头望望顾画儿,就拱了拱手,说:"我走了！因为这里既然不能容留我暂住,我自然也不能再打搅,只是未得见着白大爷,我很遗憾,只好改日再来拜访吧！"顾画儿站在那边,正在对着她那"干叔父"白二爷生着气,听了伍宏超的这话可也没有说什么。伍宏超就走出了柴扉,门前的狗又向他乱吠。

白二爷却又跟了出来,他倒显得和气了,说:"伍爷！你可别就从此记恨上我呀！这是没法子的事,我们也不愿意。因为我们是当官差的人,你在京里,在和中堂的府里,听说弄得事情也太大了;我们住着官房,吃着官饭,对你实在是不能够收留,这很对不起！"

伍宏超摇摇头说:"没有什么！"

白二爷又说:"现在跟我来的这几位,也都是自己人,你走后,和中堂就是派人来问,我们也绝不会说你是上哪儿去了,可是你以后要是遇着什么人,也千万别说你曾到这儿来过,因为咱们都有交情,是不是？"

伍宏超说:"你放心！我既是走了,就是因为怕连累你们,不然,无论你说什么,我也绝不走。因为我与凌万江是道义相交,与白大爷是慕名的朋友,与这里姑娘的师父郝燕翎也是旧识,我若在这里住,原也没有什么不便！"

白二爷说:"得啦得啦！这话就不必再提啦！你就请吧！路太黑,你要火儿不要？"伍宏超摇头说："不要！"这时那孩子铁儿也出来了，他咬着舌头，大声地嚷嚷说："不拿个火儿可不行，遇见狼可就叫狼吃了！狼是什么也不怕，就怕火，你快带上一根火把吧！"还没容伍宏超说什么，白二爷就把那孩子连狗都给呵斥到门里去了，同时他也赶紧回到院里，而把柴扉紧紧闭上了。石垣里，火把的光亮渐熄，说话的声音都没有了，大概是都进屋里去了。

伍宏超在外边站了一会儿，天并不太黑，还往下落小雨点，风也还一阵阵地刮着。他四顾茫茫，一腔的怒气，此时实不晓得应当往哪里去才好，漫步走着。他倒真愿意有狼来了，先杀它几只；更愿意和珅派的人来到，杀他一阵，只是现在连一只兔子也没有看见。他穿过了一片松林，没看见一只松鼠，也没听到一点动静，只觉着衣裳湿了，提着剑的手也有点发冷；雨气连着夜色，森林接着草径，高陵倚着茫茫的山岭，更没遇着一点灯光。他就想：快些走吧！在这里还留恋什么？真要招顾画儿也轻视我吗？我这次来，总是太听信了凌万江的话，以致招得没趣，还显得我懦怯无能，现在我还是得回北京，索性去找和珅！

他放开脚步，急急地愤愤地向东走着，走出约有半里路，可还没有走尽这西陵的树林。忽然听见身后似有脚步声，把他吓了一跳。他赶紧回首，见来人隐隐绰绰的，正是姑娘顾画儿；她的手里提着一个寒光闪闪的东西，就是那金刚玉宝剑。

伍宏超回过身来，只听顾画儿说："伍大叔不要生气！我爹的那个兄弟，就是那么一个人，他太胆小怕事，又不懂得帮人的忙！"

伍宏超说："我在和珅的家中杀死了铁爪蛟龙的徒弟，原不想逃避到这里来，都是你姑父的主意。我也不是来到这里求谁帮助，我的武艺虽然不行，可是生平除了姑娘以外，我还没遇见过对手，我更非胆怯的人，来到这里求保护。"

顾画儿点点头说："我都知道！可是伍大叔现在还要往哪儿去呀？"

伍宏超说："请姑娘不要再称呼我是什么大叔！我只是伍宏超，令师郝燕翎算来也是我的长辈。姑娘自非江湖女子可比，我的事也不敢请姑娘操劳，可将来我们还许能一同在郝老师傅的门下见面，我不敢自居是你的长辈。"顾画儿似乎沉吟了一会儿,伍宏超又说:"我现在就打算回北京去!冯茂兴和凌万江,你那两位令亲,我都不想再与他们见面了,可是姑娘如在京里有什么事,我还能去办。"

顾画儿说:"我在京里没有什么事!伍大叔……"说到这里,她又笑声说:"我还得叫您伍大叔,因为您是我姑父的朋友。可是,我跟您是一样的人,我的爸爸跟您的老人家全是为和珅所害。您的老人家是叫和珅给毒死的,我的爸爸顾昆杰生前本来也是个会武艺的人,开过镖局,因他好喝酒,好管闲事打不平,所以把买卖做亏了,关了门,落得很穷。他也是一个脾气古怪的人,早先跟我的干爹白大爷因为喝酒,交了好朋友。我三岁的时候我妈死了,他就把我交在我干爹的家里寄养。他没有续娶。我那两个姑妈都是他的胞妹,大姑妈嫁的是冯茂兴;二姑妈先嫁过一回,居了孀,后来才又嫁的凌万江。我爸爸可与他们全不来往,他只是跟我的干爹好。我干爹搬到这西陵来住,那时候我就七岁了,他就送来这口金刚玉宝剑。这口剑据说价值万金,他穷到极时也没有卖,和珅那时就用势力逼着要买这口剑,他也没卖。郝燕翎与冲天侠他们也是闻说这口宝剑在西陵,为了剑才来的;又久闻我爸爸的名声,更钦佩我爸爸的为人,才肯收我为徒弟,教给我武艺,也是为叫我永远保护着此剑,免得落在和珅或铁爪蛟龙胡腾雨之手。

"我的爸爸因为恨和珅作恶多端,就永远想跟和珅去拼命,他打过和珅手下的家奴汪四,撞过和珅的轿子。他还把巡抚王亶望送给和坤的贿赂,是很多的珍珠金银,都在半路上劫了,周济了贫妇孤儿。他跟铁爪蛟龙胡腾雨是死对头,要没有胡腾雨给和珅护院,他早就把和珅杀了。他曾被顺天府大兴县、宛平县画影图形捉拿,可没拿着他;他在这里我干爹的家里藏过,后来又乔装改扮,隐在蒋侍郎蒋锡荣的宅里,当一名更夫;这话是在四年以前了,那蒋锡荣原来也是巴结和珅的。那时浙江巡抚王亶望因贪赃犯罪,被皇上降旨抄家,正法在苏州。他有一个妾,名吴卿怜,本来是一个好人家的女子,年纪才十几岁,能诗善画……"

伍宏超听到这里,便忍不住问说:"这个女子后来又怎么样了呢?"

顾画儿说:"这吴卿怜当初给王亶望做妾的时候,就是买去的,她就不愿意。因为她长得好看,王亶望特为她在西湖畔盖了一座迷楼,听说楼栏杆上、窗上都嵌着宝玉,那都是一些造孽的钱。王亶望死后,她就到了蒋锡荣的手里,蒋锡荣又把她献给和珅;那时她哭着,宁可寻死,也不愿意去,是被和坤给强抢了去的。我爸爸当时正在蒋宅打更,看见了,就觉着不平,夜间就往和珅的府中想救她;不料在那夜里,就被鹰爪蛟龙胡腾雨杀死了,还将头挂在什刹海的柳树上,我姑父凌万江将头偷去葬埋了。这些事,我后来才知道!"说到这里,她显出无限的悲哀与愤恨。

松风簌簌,细雨滴滴,在这静夜荒陵里,听了顾画儿一遍叙述,柔语哀声活绘出了顾昆杰的烈烈侠气和和珅的种种恶行,并且由此知道了吴卿怜的详细身世。伍宏超是又钦佩又惊奇又感慨,尤其看着眼前的这口金刚玉宝剑,他恨不得拿过来细看一看,最好能够试一试,只是顾画儿将剑总不离手。他原想把自己与吴卿怜是同乡,这次在和珅宅里惹了祸,为的也是她;而且她做过王亶望的妾,又做了和珅的妾,但现在又唤自己为哥哥,又要嫁给自己的这些事据实说出,无奈他在画儿姑娘的面前,真真的是说不出口来。

这时顾画儿又忧郁地说:"可惜我干爹太老了,他恨恶人,最恨和珅,却又无拳无勇。并且他守法安分,怕我因会武艺而去为我爸爸报仇遭了不幸,就时时地拦我,劝我。他老人家是一位义人,是一位高士,是我的恩父,我纵有急切的报仇的心,可是我不能不暂时忍受委屈,就是因为不忍得违背了他老人家的嘱咐!"她说到此处,竟哭了起来。

伍宏超长叹着说:"姑娘你现在放心吧!你的父仇,我替你去报,这也是为报我的父仇!"

顾画儿当时没再言语,停了一会儿,才又说:"现在,伍大叔,你就去见一见我干爹,好吗?"伍宏超赶紧问说:"他现在哪里?"顾画儿说:"他现在就在山上武通寺里,因为他跟那里庙里的老和尚是好朋友,常在一块儿下围棋,一盘棋要摆四五天才能够终局,他就在庙里住四五天。他这些年来,也不常喝酒了,只是好下棋解闷。"

伍宏超说:"天色大概快要亮了,山又高,姑娘又一夜没有睡眠,我不愿又烦姑娘领着我去,我想只有改日吧!等我这次到北京,找和珅报了我的父仇,倘若我还能生存在人世,那时我必要再来专程拜访!"

顾画儿说:"可是,伍大叔现在你要不去,我也得上山去把伍大叔来过一次但被他兄弟白二爷赶走了的事去告诉他老人家,不然他老人家能够怨我。因为他老人家一向最敬重江湖之间的侠客,所以郝燕翎、冲天侠一来到,便和他老人家交成莫逆,尤其是有肝胆有骨气、敢与和珅作对的侠烈之士,他更为敬佩。伍大叔要是不见他就走了,日后他一定以为是我怠慢了你啦!"

伍宏超听了这话,却更是自觉着害羞,因为自己怎敢与郝燕翎和冲天侠相比呢?哪配称"侠烈之士"呢?但如今顾画儿既是这样尊敬我,我又怎可以这么扭扭捏捏,一点也没个爽快的样子?难道我是不敢上那座山?……于是就点着头说:"好!那么,姑娘就领着我去见见白大爷,我来了这一次,若是不见着他,心里实在有一种怅恨。"

当下,顾画儿在前说:"我们走吧!"她就在前边领着路,伍宏超跟着她,穿越着树林往北去走;林子里上面既滴答着雨水,下面又是湿泥,黑暗得什么也看不见。半天,才走出了这片树林,只见天色已渐亮,雾气茫茫,细雨还在下着,顾画儿的娉婷俏影,看着也有些清楚了。她正用手中的宝剑向前指着,说:"就在这座山上!"伍宏超仰面去看,见远处高山上雾气腾腾,而近处顾画儿手中的"金刚玉"闪动着光。

又往前走,少时就来到山坡上,只见一股向上去的山路,山有多高,迷迷茫茫的也看不清。顾画儿就在前边向上去走,并时时回过头来嘱咐着说:"伍大叔可千万紧跟着我走!"伍宏超不由得诧异,问说:"为什么定要这样的小心呢?你放心在前面带着路好了,我绝不会跟不上你。"顾画儿又回过头来说:"不是怕你跟不上我,是因为这山的狼很多;白天还不大出来,可是一到晚间,尤其在这刚下过雨的早晨,就常常三只五只的出来咬伤牲畜,也吃过人。"

第九回　素手屠狼山间初展技
　　　　侠情换剑松下午相思

　　伍宏超在北方也走过不少地方,听说过狼,可是还没有遇见过狼。自然,现在不用说有顾画儿这样的侠女同行,就是没有别的人,手中既有宝剑,便不怕猛兽。不过知道狼虽不是像狮虎一样的猛兽,可是只要一出现,至少也得是三只五只,那可实在有点叫人难以提防,现在连顾画儿都是这样时时小心,可见狼也是很难惹的。所以,伍宏超也不敢大意,就不住地随走随回头去看。

　　两个人向这岭上走了有好一会儿,已经转过了一道山坡。再往上走,山路就渐渐崎岖难行,两旁还生长着许多酸枣树,绊着脚,挂着衣裳。云气更为浓厚,湿雨淋淋,风吹来很冷。这时,忽然顾画儿在前边一回头,说:"伍大叔可小心着,真有狼在你的身后边了!"

　　伍宏超听了这话,吓得身上不禁打了一个冷战,急回头去看,就见自己的身后边,也可以说是脚底下,不过有一丈多远,真来了一只比狗大的东西。伍宏超将剑一抡,这个东西不但不跑,反倒向着他凶猛地嗥叫起来——这个东西自然就是狼了,龇着一嘴的长牙,样子十分可怕,并且后面原来还有四只,全都做着扑食的样子,慢慢往近来了。伍宏超将剑急急地挥舞着,他这剑虽也是白光闪闪的,可是不行,狼并不怕,狼是只怕火,一点也不怕宝剑。伍宏超此时恨不得从哪里寻来个火把才好,可是身边连一点取火之物也没有,天上还在下着雨。

他急得没有法子,只好抡剑要与狼去拼命,这第一只却像是人似的,站起来要扑他,他吓得赶紧向后退步。这时,顾画儿走了过来,抡起了金刚玉宝剑,伍宏超赶紧说:"姑娘可要小心!"但他才说出了这句话,却见顾画儿婀娜的身躯高高跃起,一道寒光砍了下来,这狼还要向前扑,却被一剑砍在了腰上,这狼就一声怪叫,叫的声音很短促,立时腰断两截。伍宏超不由得更是惊讶,心说:好锋利的宝剑!

　　后面的那四只狼回头跑了不远,却又都回过头来了,还都龇着牙,大声嗥叫着。顾画儿就又猛勇地逼近,金刚玉宝剑频挥,当时又杀伤了一只狼,那三只便一齐向山上跑去了。顾画儿忽将金刚玉宝剑飞起,像投梭镖一般地飞了去;准极了,宝剑又插在一只狼的身上,到了山道间,它连滚都没滚就死了,其余的两只狼却已经跑得无影无踪。顾画儿跳将过去,从狼的身上拔下了她的宝剑,这时却又听得有狼叫之声,原来是刚才逃走的那两只狼由这一段山坡下又转爬到山上去了,似乎还在那里呼叫它们的同伴,借着山岭的回音,嗥声十分的可怖。

　　这山虽不是特别高的高峰,却也有一座悬崖,山腰间荆棘丛生,仰面去看,也有五六丈之高。但见顾画儿手舞着剑,将身向上一跃,伍宏超正要说:"算了吧!就放那两只狼跑它们的去吧!"然而转眼前已不见了顾画儿,她竟已蹿到了这"悬崖"之上去了。

　　伍宏超更加钦佩顾画儿的武艺,觉得除了冲天侠教出的女徒弟,绝不会有这样好的跳跃功夫。可是又想,这顾画儿也未免太逞能了,在我的眼前这样施展身手,大概是专为给我看的,她这样一来,更显出我是不行了!在北箭亭的试场上,我虽与她可以说是打了一个平手,但如今一看,她这武艺,我就是再学十几年,也是跟不上,完了!我以后真不能再向他人显示我是会武的了!

　　等了一会儿,就听咕咚咕咚,两只死狼都从悬崖上扔了下来。接着,顾画儿也手持着金刚玉宝剑,似一位天上飞来的仙女,随着跳将下来,并无声音,身形依然俏立。她把躺在山道上的五只死狼全都看了看,就笑着说:"大概都杀绝了!以后这山上住的人不必再怕狼了。我是因为一向没有工夫,所以才等到今日。伍大叔!咱们再往上走吧!"遂就又向上跑了几步,赶上了伍宏超,又笑着说:"也是因为我这口宝剑好,要不然也不能就这么容易叫这几只狼死了。"

伍宏超心中对这姑娘怀着一些敬畏,但口中也不由得不夸赞,就说:"姑娘的武艺实在是好,身手也矫捷绝伦,这五只狼,要是叫我一个人去对付……"又叹了口气,说:"我实在对付不了!我这是第一次遇见野兽,我还没想到狼竟这样凶猛,不怕人,也不怕剑。幸亏有姑娘,姑娘的武艺可称世间无双,宝剑恐怕更是天下无二!"

顾画儿听了这话,却好像是赧颜一笑,说:"这算什么的?伍大叔把我夸得也太过了!我这点武艺,杀死几只狼,能算什么?我也杀不了和珅!"说着,她的声音又显出来悲哀,并且用袖头直擦眼睛,大概是又流出眼泪了。

这时的雨落得十分的微,云气仍然弥漫着,不过天色确实显着亮,已经看得出来顾画儿雾里的娇容。她鬓边的发都贴在脸上,那身旧蓝布的补丁衣裳全都湿得贴在身上,两只鞋全是泥,但这姑娘比那珠围翠绕、眉梢上有红痣的吴卿怜是百倍地使伍宏超心生爱慕,只是这爱慕在他心中深处隐藏着,不敢表现出来一点。伍宏超就又说:"姑娘不必难过!反正我们两人必要寻找和珅,同报杀父之仇。这一次我先回去,我若是得不了手,那只有请姑娘去帮助我了;但如若杀死和珅之后走不脱,那都由我一人担当!"顾画儿也没再说什么,只擦了擦眼泪,同着伍宏超迎着晓雾,再往岭上去走。

又走过一座山头,果然看见有一座很小的庙,正殿三间,两旁的配殿只各有一间;红墙和山门倒还都很整齐,也许是接近皇陵之故,历来总有人给重修。山门紧闭,墙并不高,顾画儿来到这里,她不跳墙进去,却偏要轻轻去叩打门环,显出十分的谨慎。伍宏超就赶紧将自己的衣服也揪得平展了些,并把头上的辫子也揪了揪,剑真不知道搁在哪儿才好。

顾画儿叫了半天的门,里边才有人给开门,是一个四十来岁的和尚,也不说一句话。顾画儿回身点点手,就叫伍宏超跟着她进去了。直眉瞪眼的和尚把伍宏超拦住,不许他多走一步,顾画儿却手提宝剑,就进了那间西配殿。她进去了半天才出来，同她出来一个又干又瘦、白胡子也没有几根、穿着的长袍也很旧、弯着腰的年有七十多岁的老人。伍宏超赶紧将剑轻轻放在地下，肃然起敬。

顾画儿搀着这老人的胳臂给介绍着，说："这就是伍宏超，这就是我干爹！"伍宏超赶紧深深地打躬，仿佛是连头也不抬。白大爷慢慢走过来，温和地拉住了他的手，诚恳地说："伍义士，失迎！失迎！"伍宏超真没想到，人都说是脾气古怪的白大爷，原来竟是这么一位和善的老人，他更恭敬，而且钦慕。

白大爷因为牙齿都没有了，说话的声音既小而且不清，伍宏超用心去听，才听他说："我听我干女儿告诉我了，伍义士是苏州伍御史之郎，令君被和珅所害之事，我也知道。和珅权奸小人，害国害民，害了不少忠良之士。我自己其实与他无仇，并且我是旗人，但二十年来我就看着他可恨，我恨我不是像冲天侠、郝燕翎那样的人，我更比不了像伍义士你这样的勇武、年轻……"

伍宏超又鞠躬说："老伯父过奖！我至今不能为父报仇，也很是羞愧。昨天是凌万江凌老义士把我领来的……"

白大爷摆着手说："别提他！他虽是个直性男子，可是凭着他绝办不了事，你将来要找和珅去报仇，还是得同着我这干女儿，她行！不过，须待等着我死了之后！"伍宏超一听了这话，却又觉得奇怪，实在摸不透这白大爷到底是怎样的一个人。

但听白大爷又声音低哑，态度却慷慨激昂地说："伍义士！你现在要去找和珅，为令尊报仇，我也拦不住你，因为和珅确已恶贯满盈；不过我这干女儿，暂时我还不愿叫她去。我自己没什么，我已活到这年岁了，只是我活在世上一日，我还不愿我这干女儿为剪权奸身陷法网，所以我恨不得快些死去，那就什么也不管了！"

伍宏超说："老伯也不要为这事难过，眼前的事，暂时还用不着画儿姑娘，只我一个人就行。我昨天来到这里，原为拜晤尊颜，今日既已经见着了，我很荣幸，现在我就要告辞了！"

白大爷把他拦住，说："你先不用忙着走！我这个人，向来是最爱交朋友的，不然如何能够结识了画儿她的爸爸跟她那两位师父？我原也是有一腔的壮志雄心，可惜现在老得要死了，倒变得什么都怕了。这庙里的地方太窄，我也不能让你，我现在送你下岭去吧，再到我那儿去待一天。"

伍宏超摇头说："我不去了！"

白大爷却怒气冲冲地说："你不要听我那兄弟的话！他昨夜将你赶走的事，画儿已告诉我了，不要听他的。你再到我那儿去坐坐，咱们谈一谈，我今天为你再开一开酒戒，我还要把酒送荆轲！伍义士你在这里往下看，易水就离此不远哪！"

伍宏超的胸中滚涌着慷慨之情，由地下拾起来了宝剑，白大爷却向他义女说："把你的'金刚玉'跟伍义士的剑换了吧！"画儿姑娘当时就要换，伍宏超却退步连连摆手说："不用不用！我去杀和珅，倒还用不着那样锐利的钢锋！"

这时，白大爷就去跟那直眉瞪眼的和尚说："等你师傅醒来，就说我送朋友去了！那一局没下完的棋，等过些日我再来的时候，再接着下吧。"顾画儿是因见伍宏超不肯跟她换剑，像碰了一个钉子似的，觉着十分难为情，脸都红了，斜着眼睛看了看伍宏超，一只手仍搀着她的干爹。白大爷就说："走吧！伍义士先请吧！"于是就一同走出了庙门。

白大爷虽然走得很慢，身体倒还显出来硬朗，精神也充足，并且又说了许多话；只是因为声音低，伍宏超又不断地想着心事，所以多半没有听清。

天已经晴了，烟霞也消散了，朝阳射到山上，小鸟各处跳跃着；岩石经过了宿雨的冲洗，跟玉一样的晶莹，顾画儿的宝剑更时时闪耀着光芒。这位一夜未眠的女侠，精神还很大，眼睛还是那么明丽，而露出一种不可侵犯的侠气。

走了半天才到了平地，在这里就可望见那边的石垣、小屋。可是忽然顾画儿的面色现出惊讶，同时伍宏超也看见了，那门前原来站立着许多的人。白大爷的眼神也很好，他也看见了，当时就止住了步，向他的义女和伍宏超说："你们先在这儿等着，别往那边去！我先过去问问他们是有什么事。"顾画儿说:"我跟着您过去吧!"白大爷说:"那你可不能拿着宝剑过去!"顾画儿听了这话,当时就将"金刚玉"交到了伍宏超的手中。

伍宏超这回可不能不接了,他接过宝剑,却昂然说:"不如我去问问那些人都是做什么的吧?"白大爷说:"现在伍义士你千万要听我的话,千万不可以鲁莽。"伍宏超焦急地说:"如果是和珅派了人来捉我,我躲避也不行,不如我去见他们,任凭他们把我带走。"

白大爷说:"那也是由我家里把你捉去的呀!"

伍宏超一听这话,便哑然无语,心里仍在气愤,却也不愿意连累了白大爷,怔了怔又说:"那么我就自这山上走吧!"白大爷说:"过了这道山,你要往哪里去?如真是和珅派人来捉你,那就早已在四面八方布置好了罗网。"伍宏超紧皱着眉说:"总是我离开这里好!"又愤愤地说:"他们在别处就是把我捉住,可也不致使白老伯父和画儿姑娘因为我受累!"顾画儿听了这话,当时就沉下了脸,向他说:"这叫什么话呀?"又瞪了他一眼。

白大爷说:"你别以为我怕连累,我若真为英雄义士受了连累,送了我这条命,我还正是求之不得!"又喘了喘气,说:"伍宏超!你要是尊敬我,你千万就听我的话,再往山上去站会儿,靠着石头藏着一点最好。我跟画儿先过去,看他们是什么事,若是捉你的,我去跟他们说'你早走啦';若不是捉你的,那等到他们走后,我叫画儿来请你。你再到我家里,咱们饮酒盘桓,因为我还有一件很要紧的事情,要跟你商量!"说着,也不等着伍宏超点头或是摇头,他就叫画儿搀着他向那边走去。

伍宏超此时是又气愤又羞愧,又觉着为难。白大爷带着画儿姑娘已往那边走去了,那边的人若是向这边一看,恐怕就能看见他;他倒不怕那些人来捉,只是真不愿意连累人。所以,他不得不回身,又向山上走了几步,而躲避那边的视线。他站在一块岩石的旁边,直着两只眼往那边去看,已影影绰绰地看见了那边几个都是头戴红缨帽的差人,他想:这还能够是别的事吗?一定是和珅的爪牙前来捉我!我应当挺身而出,这样躲避,有多么不"英雄"?画儿的"金刚玉"也交给了我,我拿着有多么羞煞!

　　看见白大爷跟顾画儿已渐渐走到了那边,石垣门外的一些人赶上几步,把白大爷义父义女二人团团围住,仿佛正在说话,也不知说的是什么话,更不能清楚地看出那边的情形。伍宏超十分的焦急,想着:只要那边的人一乱,就一定是打起来了,我便奔过去,挺剑救助。

　　可是待了半天,那边也没有打。又待了一会儿,那些人都蜂拥地往东去了,少时人影都为东边那一片树林所遮掩;白大爷的那个门前连一个人也没有了,不知那义父义女是进门回家了,还是随那些人走了。伍宏超更是惊疑更是忧虑。

　　他就忿然地手提着两口宝剑,急急向那边走去。到了那石垣前,见榆树还在风中摇动,地下的小鸡乱跑,那只狗却不见了。那小孩铁儿在柴扉里探着头,是又着急又害怕的样子,一见了他,就要哭似的咬着舌头说:"你还不快追去看看吗?我白大爷爷叫那些人带走啦!我画儿姑姑也跟着去啦!"

　　伍宏超一听大惊,一句话也顾不得说,向东就跑。才跑到那树林前,忽见顾画儿正在一棵松树下用胳臂在擦眼泪。伍宏超赶紧走过去问说:"怎么样了?是不是和珅派人来捉我,没见着我,就把白老伯父带了去啦?"

　　顾画儿流着泪点了点头,说:"现在是往州衙门去了!我本要跟了去,可是我干爹生着气把我骂回来,叫我看家,不许我上别处去!"

　　伍宏超面色肃然,摇摇头说:"姑娘不必发愁!和珅要捉拿的原是我,我到州衙门一出现也就完了,姑娘暂且先回家,我这就走!"说着,他就要将金刚玉宝剑交给画儿。

　　顾画儿却摆了摆手,擦擦眼泪说:"伍大叔请先拿着!我回家去取一件东西,待一会儿就来!"说着,她转身就跑,大辫子一颠一颠的,跑得飞快。

　　伍宏超在这里又觉着惊疑,并且着急万分。待了一会儿,就见顾画儿又从她的家里跑出来,手里拿的原来是金刚玉宝剑的那只剑鞘。她跑到了这里,眼角仍带着泪,就向伍宏超说:"事情已经到这地步了,刚才来的那些官人，有的是易州州衙门里的熟人，有的是和珅自京派来的，其中还有一个，就是那天在京里往我姑父凌万江家里强迫着叫收下银子的。我家里，他们已经搜过了，只是没搜出来您。我干爹刚才见了他们，就说：'伍宏超我不认识，可是我知道他是一位义士。他昨天到我这儿来过，因为我没在家，他就走了，至于是走往什么地方去了，我可不知道。你们要搜就随便搜，要带人就把我带走！'州衙门里的官人因为跟我干爹认识，本来没肯带人走，可是和珅派来的那些个人商量了一下，就把我干爹锁上了。我干爹被他们锁走的时候，倒也没害怕。我跟着走了不远，他老人家一回首看见了我，就大怒着叫我回来，并嘱咐我几句话：叫我回来好好看家，不许犯法，还叫我换……剑！"说到这里，泪如雨下。

顾画儿双手捧着剑鞘，交给了伍宏超，悲痛而带着点害羞的样子说："我干爹为什么一定要叫我跟您换剑，我也不知道，想是为使您去找和珅复仇，容易得手，您就收下吧！事情已到现在，我虽不能不遵我干爹的话，可是我也得替他老人家想法子，您走吧！将来再见……"说着，她便身倚着松树痛哭，伍宏超把自己的那口青锋宝剑交给了她，她也伸手接过。

伍宏超知道白大爷屡次主张换剑，临被官人带走之时，还以此事向着义女谆谆相嘱，其中必定是还有别的意思的。画儿姑娘斩狼斗虎、越壁蹿山这样的一位英雄，如今竟宛转娇啼，态度楚楚，她的一身技能、一腔怒气与热血全都被她义父的几句话给限制住了；我得了人家的金刚玉宝剑，不能够就认为这是人家姑娘跟我换了定亲的定礼，我得即时凭仗此剑去救白大爷，并为人为我报仇，去杀和珅。

他于是拱拱手说："我走了！姑娘放心。"顾画儿又说："您还是去回北京好了！我干爹这儿的事倒不大要紧，他们也许能够给放回来。"伍宏超却不答话，他把金刚玉宝剑收入鞘中，转身就走了，头也不回。

第十回　单剑追车途中逢鬓影
　　　　　双侠探府夜半战蛟龙

　　离了西陵,伍宏超倒很愿意碰上几个和珅派来的人,就凭仗这口"金刚玉"与他们杀斗一番,索性自己把祸闯大,再昂然自首,或是由他们"画影图形"地去捉拿,反正得把白大爷给洗刷出来。他将剑挂在腰带子上,愤愤地去走,在路上也曾看见几个戴着红缨帽的官人,但都像是在"陵上"当差的,人家并没有理他,他也不能怔去找对头。

　　易州的城是在西陵的正东。走了不远,先到了梁各庄,这里是一个镇,就听街上有人谈说着:"西陵的白大爷被衙门人锁走了,不知是什么案子?"伍宏超略略地驻足,想要听一听,然而人家谈话都很密切,仿佛都知道这次白大爷的案子是和京里的和中堂有关。白大爷虽已闲散多年,也不常到京里去,但他时常结交一些江湖豪客,常骂和珅,这是人所共知的。所以,现在都晓得这件案子不小,谈上几句便要向旁边看看,尤其伍宏超这样面生的人,只要他站住了,别人当时就不说了,而且对他很注意。

　　他搭了一辆骡子车再往东去走,车上还坐着两个人,也都是当官差的,一路上听他们也在谈说着这件事,说是:"和中堂派来的人昨天就到了,不过因为案子是在皇陵上,恐担上惊扰皇陵之罪所以才不敢怎样大搜大索;可是把白大爷抓了去也就够了,反正他不冤屈。他的那干女儿独自骑着一头小驴常从京里来来往往,又会武艺,多半就是一名女贼。"

伍宏超的神色很不像样,坐在车上,打了一阵盹儿,又直着眼睛发了半天呆。他年轻力壮,宝剑随身,本来是要遭人注意的,可是车上的两个同行的官人,倒没有对他怎么留心。赶车的人是把他当作了保镖的,还向他打听:"镖行的生意现在好做不好做?往紫荆关去的路上平安不平安?"

进了易州城,同行的那两个官人都跳下车办事去了,伍宏超一直坐着这辆车进了一家车店。车店就是为这些走长途的骡车预备的,不但可以停车喂骡子、住人,他们还管招揽顾主。当下这个赶车的人,就向伍宏超问说:"大镖头!你是还想往别处去吗?"伍宏超说:"我在这里歇一会儿就去北京,你这辆车能够把我拉去吗?"这赶车的说:"只要你肯出钱,我哪儿不能够去?"

正在说着,车店里就有人说:"喂!你要有买卖可赶快地走,州衙门里正在抓车啦!刚才就到这店里问过,抓去了两辆啦,也是去北京,听说是解大案!"赶车的一听,脸上就吓得变了颜色。

伍宏超更是吃惊,赶紧问说:"是什么大案呢?"此时有一个刚从街上回来的人,也是这车店里的伙计,就说:"你们是才从西边来的,怎么竟会不知道?那案子是今天早晨由西陵办来的,午间才到,立刻就要解往京里去!"伍宏超一听更惊更愤,心说:白大爷不过是被我所累,他是一个安分守己的老头儿,哪至于这么严重呢?和珅派来的人竟这样办理,可见他们的横行,这样看,白大爷还许性命不保……

他急躁、愤恨,真是忍不下去了,就向这赶车的说:"你拉我去吧!送我到北京,应该给多少钱,一个也不能够少的。可是今天就得走,最好是那件差在前头走,咱们就在后边跟着,因为有官车给咱们开路,不至于半道出事。"

赶车的答应了,并说:"你放心!往北京去没有什么强人,没有官车在前,大概也不能出事。顶多也就走三十来里路,别忙!也得先叫骡子吃饱了,我还得歇会儿呢!"

其实伍宏超现在也饿了,他就叫来面饭,在这车店里吃了。同时他又听由街上回来的人说："那差事已经解走了，犯人是个老头儿，姓白，当过西陵的掌管。这案子是和中堂派人来办的，案子小不了，那老头儿大概活不成！"伍宏超听了，心痛得几乎落下眼泪，赶紧催着那赶车的快些动身。赶车的照例是又先得支借点车钱，并且磨烦了好半天，这才走。

离开易州城之时，日已西斜。伍宏超就催着车快些去追前面的官差，他说的理由就是追上了，好在路上有个伴，免得出事。但赶车的却不听他的，反说："大镖头，咱们都是整年东奔西跑的，在外边是为什么？你只管催我，我也明白了，你是心里有事，你为的是朋友，可是我为的是什么？我这个骡子跟这辆车，就是我们一家子的饭碗。你也知道，我这辆车跑了一天了，要不是看你是镖行朋友，将来图个照应，你出的价钱又不低，我还真不能应你这号买卖。现在咱们得按着站走，反正比不了人家押着差事的官车。"

这赶车的分明是要挟着得多给他加钱，当时伍宏超就应得给他加了二两银子的酒钱。赶车的一听，立刻兴奋起来，可又问："你怀里方便不方便？方便顶好再借我点钱。你放心我，因为我要是借了你的钱不把你送到家，早晚这条道上你还能碰得着我，我能够为几两银子就卖了这条道？可是你们保镖的大爷，你又是叫我去追那解差事的车，我知道你大爷什么时候就没影儿了呢？"

伍宏超听出这赶车的对他的企图已经明白了，当时也不多费话，遂就取出身边的现银，把应给的钱全都预先给了。这时，赶车的才加紧挥鞭，他的骡子也仿佛是因为多给了钱就特别的卖力，当时就加速地拽着车飞跑。轮声辘辘，马蹄嘚嘚地走到天黑，仍然往下走，约二更时就过了拒马河，到了房山县。车却绕过了城，到了北关，赶车的就回首悄声说："追上他们啦！这北关有三间官厅，向来过往的案子都是在那儿歇。你那个朋友的案子不小，你要想打听，我给你去打听，你可别自己干；干出漏子来，连我也跑不了！"

伍宏超一听，这赶车的可真是一个"老江湖"，于是就全都托付他了，又给了他有四五钱银子，并说了许多"交朋友"的话。赶车的现在是心满意足，遂就替他找了一家店房。这店房的斜对过就是那官厅，说是三间，其实后面还有院子和小房，也许是因为今天有差事寄押在这里，所以门前早就支起了"气死风"的大灯笼，一共四只，戴着红缨帽、挂着腰刀的官人们不断出入，气象显得十分森严。

伍宏超现在店房里连饭也吃不下去，他想的主意是今夜必须将白大爷救走。但他又发愁，因为知道那白大爷虽然最恨和珅，虽然喜欢结交会武艺的人和江湖义士，但他本人的脾气却是很固执，救了他，他一定不愿意走，那时可怎么办？

正在忧虑，那赶车的又悄悄地进了屋，向他说："我都打听明白了，那差事现在是押在那官厅里，案子也确实是和中堂派人到西陵去办的，本来是不要紧，那白老头儿并不是真正犯法，也用不着这么急就起解。但是和中堂派了人来之后，紧接着又派来了三名。这三名不是当官差的，却是中堂府里的护院的，两个是什么铁爪蛟龙的徒弟，叫飞鞭赵、滚刀徐，另外一个叫什么跛神仙程三杵。"伍宏超一听，就觉着这"程三杵"的名字有点熟，大概是那次北箭亭挑缺，会使十八般武艺的"英雄"之中的一个，当下他对这几个人并不介意。

赶车的又悄声对他说："您要是今儿晚就办事，我给您预备着车，您说什么时候走，咱们就什么时候走。"伍宏超沉思着，并没有言语。

赶车的笑了笑，又悄声说："就这么办吧！我的车就永远给您预备着吧！反正咱们是为交个朋友，以后我的车要是路过宝山，或是在别处遇着什么事，还得向你借路，求你帮忙呢。"伍宏超一听，这赶车的现在又不说他是保镖的了，竟把他看作了绿林中人，他倒不由得觉着可笑，但又想：今夜倘能救出白大爷，就即时乘车遁去，确也是一件爽快的事。

他拿定了主意，休息了一会儿，就出了店门，也没带着宝剑，就装作是在门前眺望似的。此时夜色已经深了，街上冷冷清清，一个人也没有，铺户也全都关了门板。只有斜对过的那三间官厅，不但门外的四只"气死风"灯点得比刚才更亮，窗里也有很明亮的灯光，窗上人影摇动，可知屋里的人很多。

他才站了一会儿,就见由官厅里面出来了两条大汉,头上全都盘着辫子,手里全都提着钢刀,二人在"气死风"的灯前,就把钢刀飞舞起来。忽又由里边走出一人,手里拿的是三尺多长的一根铁拐,这个人大概就是绰号叫作"跛神仙"的程三杵。他嚷嚷着说:"二位哥们儿!自己就别跟自己练啦!留着点儿精神,待一会儿好应付姓伍的!"

两个练刀的之中一人就发急地说:"等着他,他不来,你说叫人多着急?"

程三杵说:"一定来!胡老师傅料得绝不会错,他说只要把这老头子捉来,在半路上一定有人来劫,这叫作'捉来兔子引鹰'。"

练刀的人说:"兔子倒是捉住啦,鹰不来,可怎么办?"

程三杵说:"你别着急,你得等着呀!不过咱们都得预备着十足的精神,因为姓伍的那小子,我在京里北箭亭挑缺的时候见过他,我还跟他比过武艺。他虽说抵不过我的这把铁拐,可是我知道那小子颇够厉害的,他真要是来了,你二位可真得加点劲跟他干。还有这老头子的干闺女,凌万江的内侄女,别看衣裳破烂,剑法可是真高,那丫头要是来了,咱们更难。你既得使尽了全身的武艺,还得小心着别伤了她;因为咱们那位老爷和中堂,看那意思,还想要她哩!"

那两个练刀的人——飞鞭赵和滚刀徐,听了程三杵这话却不住撇嘴。一个就说:"管他什么姓伍的跟什么丫头,来一个咱们就杀一个,只怕他们一个也不敢来!"

那程三杵又说:"我给你们出一个主意,你们要依着办,那姓伍的跟那姓顾的丫头一定就能出来。如若还是不出头,那就是他们都没在这儿,咱们趁早儿吹了灯笼睡大觉。要是真在这儿,他们一男一女要是齐都出了头,那可也实在够咱们对付一阵儿的。"

飞鞭赵和滚刀徐两个人就齐声问说:"你有什么法子,就快点说吧!"

程三杵却先向四下里看了看,然后他说:"在街上说,还是不大好,你们二位先请进来吧!再听我的这一条妙计。"当下,那两个人就都又提着刀,摇晃着肩膀逞着威风,同着那程三杵走进官厅去了。

此时伍宏超虽就站在斜对过的店门首,但有半扇将要关闭的店门遮蔽着他的身子,他所站的地方又没有灯光,很黑。因此,街道虽不甚宽,那边三个人虽说了半天的话,但全都没有看见他。他十分的愤愤,又着急万分,想那程三杵一定有极毒辣极坏的主意,大概就是要把白大爷拉到街上来侮辱一番,那样,我可真不能够坐视,我索性现在就取剑跟他们拼上一拼。于是,伍宏超疾忙跑回他住的那屋内,拿上了金刚玉宝剑,又忿然地走出来。

店房里各屋中多已没有了灯光,伍宏超拿着宝剑愤愤地就往外走。可是还没有走到门首,忽听见吧的一声,眼前掉下来一个东西,好像是一个很小的石块,是由北边房上掉下来的。伍宏超一惊,停住了脚步,斜仰着脸向北边一看,就见那间北房好像是厨房,屋里不但没有灯,连火也都灭了,房上却隐隐绰绰地站立着一条窈窕的人影;手中现出一道闪闪的剑光,向着下面摇一摇,但一眨眼的工夫,就连剑光带人影俱已无踪。

伍宏超不由得又惊又喜,知道是顾画儿也来到了,可不知她现在住在哪里;又不知道她把宝剑向我摇了一摇,是什么意思。难道她是拦阻我,叫我不可以鲁莽地去救她的干爹?可是她却不知事情已经危急万分,那飞鞭赵、滚刀徐和跛神仙程三杵不定要施行什么毒计!

伍宏超到底又出了店门,虽没见那飞鞭赵等人从官厅里将白大爷揪出来,但见那三间官厅的窗上人影更多。街上仍是没有人,那四只"气死风"的灯旁也没有人,伍宏超就跑过了街,来到那官厅的窗前,只听里面正有许多人在说话。这个说:"你就实招吧!那姓伍的人到底是上哪儿去啦?是不是你那干女儿跟姓伍的小子,有点说不清道不清?"

另一个人又说:"你要是把那姓伍的都有什么去处告诉我们,或是你现在就写个帖儿,叫我们拿给你那干女儿看,叫她顺顺溜溜、老老实实地骑着她那小驴进城去见和中堂,就准保没你什么事,你还能够升官发财。我们因为关照你才告诉你这些好话,你要是不听,可也没有法子!"

另外有一个人的声音却很厉害,说:"反正你替姓伍的瞒也瞒不住！我们就是捉不住他，他早晚也逃不开铁爪蛟龙胡老师傅的手心。你这老头子虽不会武，可是大概你也知道，铁爪蛟龙又有个外号叫作毒霸王，就是这位赵爷跟徐爷的老师，那伍宏超，十个也不行！你干女儿的武艺也没有用！胡老师傅一动手，他们都得完。何况和中堂既是看上了你那干女儿，你们就是怎么躲，怎么藏，也是跑不了，现在不过是因为你们住在皇陵，和中堂也不愿意硬办。可是你也这么大的年纪了，怎么不懂得世故人情？放着福不去享，可愿意受这个罪？"

这时就听是白大爷的低哑而愤慨的声音，斥着说："你们不必说这些废话，我都不听！我只要去见见和珅，他就是杀死我，我化为厉鬼也得向他索命！那伍宏超是一位义士，漫说我不知他往什么地方去了，即使知道，我也不说。至于我那干女儿……"说到这里，声音变为凄惨，说："我虽是嘱咐她要忍耐，可是你们如若欺得她太甚了，可得知道，她的武艺也不是好惹的呀！"

这时飞鞭赵大嚷起来，说："啊！这老小子真不知好歹，跟他说好的他不听，来！先把他拉出去，叫他吃一顿鞭子，看那姓伍的小子、姓顾的丫头到底敢不敢出头？"

这时又有别的人给劝说："不必这样，绝不会激出什么人来。这老头子又是旗人，早先他也当过差，半路上若是把他打伤了，到京里不好交代！"

飞鞭赵却暴躁地说："什么叫不好交代？我飞鞭赵不管那一套！我就是得先出一口气，不但得叫这老小子知道，还得叫人都知道知道，只要惹了我们铁爪蛟龙门下的师弟师兄，他就得受罪、砍头！"说时，屋里脚步声就乱起来，大概是就要将白大爷揪出来毒打。

伍宏超胸中怒火难忍，他现在已经听明白了，白大爷所受的这些冤枉，还是因为他在和珅家中杀死了铁爪蛟龙那徒弟，这怎可叫人家一位正直的老人无辜为己受累，自己却在这里缩尾缩头？此时那飞鞭赵揪着身带锁链的白大爷，刚要往外走，还没有出屋门，伍宏超已将金刚玉宝剑直挺向前，准备着只要是飞鞭赵一出屋，自己这里便戳他一剑。

就在这时，忽觉着身后有人用力地拉他，他惊得一回首，见明亮的灯光正照着顾画儿；她手中也拿着一口宝剑，脸色却是很着急的样子，急急地向他摆手。他怔住了，同时心中义愤难忍，就想：我岂能听你的拦阻？我救的不只是你的义父，我是不能眼见无辜的老人为我受屈！这样一想，他就忿然地将顾画儿一推。不想没有把顾画儿推开，反倒被顾画儿一拉，把他拉下了台阶去，险些把一只"气死风"的灯笼撞倒。

这时就听那官厅里，大概是又有官人把那飞鞭赵拦住了，说："这可实在不可以！无论是多么重案子的犯人，哪有半夜里拉在街上打的呢？再说这老头子两下就许给打死，打死了，我们可真难交代！"

飞鞭赵还暴躁地说："打死他，有我哩！我担不起，我师父铁爪蛟龙也担得起！"

又听那程三杵说："我们这样办，为的是激那姓伍的小子出头。因为我们奉命前来的时候，铁爪蛟龙老师就料到。倘若办了案，一定有他们的人在后追随，因此我们倒得激出那跟着他来的人，斗上一斗。崔头儿，你别管！"

伍宏超这时忽然地又要往台阶上去跳，但是顾画儿仍然用力拉着他，并把他直拉到店门那边。伍宏超喘着气，同顾画儿站在这里又向那边看了半天，那边的飞鞭赵倒是始终没把白大爷拉出来打，大概是被那崔头儿给劝阻住了。这里，伍宏超却不由得指着顾画儿说："你空会一身武艺，想不到你这个人竟这样软弱！"顾画儿发愁地说："你是不知道我干爹的脾气！"伍宏超依然愤愤地说："无论那老人家是什么脾气，他为我受了冤屈，我就得救他！"

顾画儿低着头沉思了一会儿，又发愁地低声说："这两个人也不是好斗的，何况铁爪蛟龙胡腾雨又已料到必有人跟随，他们这样，是为激怒我们出头。咱们自然可以抵得过他们，但是，倘若不等到咱们救了我干爹，他们一急，先害了我干爹的性命，那时可怎么好？那两个人那么凶恶，程三杵也很坏，他们都能下那毒手呀！"说着，发出了悲哽之声。

伍宏超一听，觉着她所忧虑的也对，这样鲁莽的举动不但是救不了人，反倒足以促白大爷速死，于是他也很发愁，说："那么，你说应当怎么样办？难道就这么眼睁睁地看着？"顾画儿又拉了他的胳臂一下，低声说："咱们进来再想法子吧！"于是伍宏超就暂时带着顾画儿到了他住的那间屋里。

这屋里，放在桌上的一盏油灯发出极微的光焰，照着顾画儿的褴褛衣裳、手中的宝剑和脸上的愁容。伍宏超就说："姑娘！你是郝燕翎的女徒弟，郝燕翎不必说了，我知道他也是个谨慎的人。可是你那另一位师父冲天侠，却是在江湖赫赫有名，并且是绿林豪杰，我想今天他若是在这里，绝不能够就眼看着白大爷受罪，而不去救！"

顾画儿说："我是想，他们即便把我干爹解到京里，押在刑部，大概不至于判什么罪，因为我干爹本来没犯法。"

伍宏超说："他虽没有犯法，他却得罪了和珅，和珅在十二年前就能把我父亲毒死，如今他就不能够要你干爹的命吗？"

顾画儿咬着嘴唇，持剑站立，愁容更深，涌起了愤恨，仿佛也要立时出去。忽见有一个人拉开门探头进来，惊惶惶地说："快！快吹灭了灯吧！"说毕这话，立即把头又缩回去了，并慌张地关好了门。顾画儿不禁惊讶，赶紧问："这人是谁？"伍宏超说："这是个赶车的，我就是坐着他的车来的！"遂就噗地一下，将灯吹灭，这时外面明亮的灯光已照到这窗户上。

只听是那飞鞭赵到这店里来了，他问说："你们这店里没住着一个姓伍的吗？跟着他的是一个骑驴的姑娘。"

店里人回答着说："没有！没有！在我们这店里住的都是老主顾！"

飞鞭赵没再言语，可是哗啦哗啦的，大概是他的一杆飞鞭在手中耍着。伍宏超听见了，就不由生气，向顾画儿说："我们出屋去吧！岂能受这东西的这般凌辱？"顾画儿却依然胳臂一拦，说："那样又给这店家招事了！"伍宏超只得又强自忍耐着。

飞鞭赵在院子里转了半天，给他打灯笼的是那程三杵，说："赵爷，咱们回去吧。说不定有人趁着这个时候去救了那老头子，那边只是徐爷跟那几位头儿，恐怕抵不住呀！"

伍宏超在屋里一听，觉着这程三杵所想到的，连自己都没有想得出来!当时,他趁着窗上的灯光一逝过去,就赶紧出屋,飞身上了房,顾画儿也紧跟着出了屋上房。但这时那程三杵打着灯笼,飞鞭赵摇晃着那十三节连着的链鞭,都已走出了这店门,店家也把门紧紧地关闭,并且锁上了。等到伍宏超与顾画儿踏着屋瓦到了门前,再张望时,却见那四只大"气死风"的灯笼都换了新蜡,比刚才更亮了,且有人在街上铛铛铛铛打起了更,官厅里面的官人两两三三地出来瞭望。那程三杵并且很高兴地在屋里唱起了"二黄",嗓门很大,喊着:"夏侯渊!你不来便罢,如若前来,中了老夫拖刀之计也!"伍宏超看到这里,不由叹了一声,说:"我们真没有用!连这么一点事也办不成!"他一灰心,就下了房,又回到住的屋里去了,顾画儿却没再跟着他进屋,弄得他心里又觉着惆怅难过。

他关上屋门,睡了一个觉,不觉着窗外的天色就亮了,那赶车的又来叫门,这才把他唤醒。他开了门,赶车的就低着声儿说:"大爷!昨晚上那事幸亏你没办,办了可就糟了,你跟一个姑娘儿共事哪能行呀?现在她也没有影儿啦。可是刚才,对门官厅里押着那件差事,一清早就由京里又来了几个。"伍宏超赶紧问:"都是什么样子的人?"赶车的说:"我都替你打听得明白了,来的几个,一个叫小专诸陈悠,一个叫开路天王保一杰,一个叫什么今世岳云张广仲,这全都是和中堂的护院;另外还有四个差官,全都是恐怕这里的差事有舛错,赶来帮着押送,现在都已经起程进京。我想你老哥要是有什么打算,还是到京里去,再想法子吧!"

伍宏超听了,倒不由怔了半天,觉着和珅办事确实厉害。小专诸、开路天王等人虽都不配称为什么英雄,可是要想在路上救白大爷,一定是更难办到了,他真觉着发愁。赶车的又说:"天可是不早了,现在要吃点东西,就赶紧走,也得下午四点钟才能够进京城,倒是走不走呀?"伍宏超点头说:"走!现在就走!"

当下,赶车的就赶忙出去套车,这里伍宏超叫来店家,到外面买来一碗粥吃过,遂就付清了店钱,出了门;见对过的那官厅这时倒是很清静,他就上了车。骡车离开了这里,又往北去,既没有追着飞鞭赵、滚刀徐和小专诸等人押解的那车辆,也不知顾画儿是往哪里去了。伍宏超就手握着金刚玉宝剑,卧在车里,他也不睡觉,只是休养着精神,由着车走去。

下午,日向西斜的时候,便回到了京城。现在他也不能再到冯茂兴那里去了,就叫这赶车的把他送到南城一条小巷里的一家店房。赶车的现在是诸事已毕,伍宏超又多给了他几钱银子,赶车的很是喜欢,并问他说:"大爷你还有什么事儿叫我办吗?我在京里虽说不太熟,可是在这儿还有些老乡。反正我们都是出外跑江湖的,将来谁还都见得着谁,我再给你帮忙,就一个钱也不要了。"

伍宏超想了一想,说:"我倒是没有什么事再叫你办,只是昨天在店里你看见过的那位姑娘,如再见了她,你还能够认识吗?"

赶车的点头说:"认识,我早就见过她骑着个小驴儿来来往往,她那个驴,可比我这骡子快得多了!"

伍宏超说:"她姓顾,你如见着,就告诉她,我现在住在这里。"

赶车的答应着,又问:"大爷你到底贵姓呀?"伍宏超说:"我姓伍。"赶车的说:"伍大爷!好啦,我们算是交了朋友啦,我叫小张三,你记住了,只要是跑长趟子赶车的人,差不多全都知道我。现在我做了这档买卖,也得歇几天了,还想在北京玩玩;么你的那件事,那件差事到底交在什么衙门了,我还想去给你打听打听,效效劳,我们索性交个朋友。"伍宏超点头说:"好好,拜托拜托!"赶车的小张三就高高兴兴地出去了。

这里伍宏超又在想着他今天要做什么事,对于白大爷的事倒可以暂时不必焦虑,却必须得再到和珅的宅内,凭着金刚玉宝剑去取和珅的头,但是绝不再与吴卿怜见面。

晚饭后,天已黄昏,他就携带金刚玉宝剑进了内城。二更时,他就又到了和珅宅第附近的什刹海。今夜,天空中悬着圆月,柳丝似比昔日更长,天气也比那夜温暖。四周静静的,没有人,远处的"三座桥"上仍然有车和轿上来往的灯光。

"和珅!今夜就叫你死呀!你若不死,我也不活!"伍宏超口中还愤愤地低声说着，心里又想：今天还告诉赶车的，叫他见着顾画儿就说明自己的住处，其实那是多余的，因为今夜我必定要跟和珅拼命！杀死他，我也不逃，有了我这正凶，我又绝对要说，我和白大爷并不相识，那时不就把白大爷的冤枉全都昭雪了吗？而且，杀和珅是用我的手，又用了顾画儿的金刚玉宝剑，可以说是为我的父亲、她的父亲全都报了仇，这是一举数得！我今夜是得做这豪侠的快举，不能够再像前两次那样，因循地迷恋着女色和柔情！

他手提金刚玉宝剑，就往和珅宅第那边走去，尚未走出这湖堤，却听身后有人大声地喊："伍宏超！你现在就要往和珅的府里行刺去吗？不行！天还早哩！"虽然伍宏超当时就已听出，身后是金臂飞侠凌万江在嚷嚷，可是也不由吓了一大跳；因为这堤上虽没有别人，可也不应当这样大声喊嚷呀！他就疾忙回头，借月光一看，果然是凌万江手拿着流星锤，昂然地走来。

凌万江一边走，一边仍然大声地说着："伍老弟！你今儿回到京城，为什么不去找我？要不是刚才画儿到我家去，我还不知你们在西陵弄的那些事呢！这两天我本来也气得不得了，就是为铁爪蛟龙毒霸王胡腾雨。上次虽因和珅的一个小老婆，他跟和珅闹翻，不给和珅护院啦，没想到和珅没有他不行，家里当时就出事，所以，赶紧又去请胡腾雨，大概银子也送了不少，还叫家奴汪四向他赔了不少的不是。铁爪蛟龙也因大徒弟死在和珅的家里，他料就是你伍宏超所为，就一点也没拿架子，又回到和珅那儿护院去了；并声扬要为他的大徒弟报仇，还向人直打听我金臂飞侠。哈哈！这可到了时候啦，我姓凌的得跟他干一干了。这两天都是我那老婆二摆风，她不愿意再当一回寡妇，哭着拦阻我，不叫我出来。可是刚才我听画儿跟我一说，好和珅！狗奸臣！好铁爪蛟龙，骄傲的匹夫！他们竟敢将一个安分守己的白老头儿诬为罪人，和珅还想叫画儿到他的家中做妾，他妈的这是藐视我凌万江！

"伍老弟你看我现在连鞋都没穿，我在家，就是怕我老婆拦我，我是跳墙出来的；等会儿我更要跳墙进和府，先斗铁爪蛟龙。伍老弟！我一猜就知道你一定回来啦，并且也一定要往和家再施身手。好啦，咱们遇着了,正好一同行事,今夜这就叫作'双侠夜探和珅府,大战铁爪蛟龙'。老兄弟!你只帮助我就是了,到时还是我先上前,管叫'蛟龙铁爪伤,和珅的狗头落!'……"

他越说声音越大,而且随说随走,已经快到了那"三座桥"了,伍宏超不由得心里着慌,想着:今夜遇着了这凌万江,恐怕他帮不了什么忙,还能够把事情搅得一塌糊涂,结果倒许更坏了!

伍宏超将凌万江拦住,略站了一会儿,就见有两顶大轿,全都是八个轿夫抬着,全都有牛角的灯笼,全都有官人保护着过了"三座桥",往和珅的府去了。凌万江就指着说:"这就一定有和珅那奸臣在内,我拿流星锤先去打破他的脑袋吧?"越说嗓门索性更大了。

伍宏超就说:"老哥你今天来,还不如叫画儿来呢!"

凌万江却怒喊说:"叫内侄女出马,那就更显得我凌万江不是英雄!再说,画儿既跟你换了剑,就算已跟你定了姻缘,她应当蹲在家里等着嫁人,更不应抛头露面了。"

伍宏超听了这话,倒怔了一怔,说:"这是怎么说起?"

凌万江却摆手说:"都别说了!现在虽还不到四更,可也过了三鼓,要等到和珅抽完了大烟,跟姨太太乐够了,恐怕就得鸡叫,那我可等着发急,不如咱们现在就往他的府里去闯!"说着,也不待伍宏超同意,他就抖起来流星锤,往和珅的那大门走。伍宏超真替他捏着一把汗,但也不愿显出来胆怯,就亮出来金刚玉宝剑,也随着他向前走去。

第十一回　金臂飞侠大闹和珅府
　　　　铁爪蛟龙恶霸挥飞鞭

　　此时和珅宅第的正门前，车轿纷集，灯光照耀，官人全都拿着锁、刀、弓，护院的人更是刀、剑、锤、抓，各式的兵器尽有，不断有人出出入入，景象特别的热闹而又森严。大门里更是灯光如海，檐脊接云，处处敲着梆锣巡更，并有纤柔笙歌之音隐隐地随风散漫。然而这里又像是阎罗殿、魔王宫，凌万江与伍宏超就抡动着流星，闪烁着宝剑，奋勇而来。

　　和珅府的大门前人很多，既拥挤又热闹，轿夫们借着门前明亮的灯光，就蹲在一起赌博。有的仆人喝醉了，在吵吵嚷嚷地向管事的人争论赏钱；更有的人在开着玩笑，谈论这府里哪一个丫鬟生得俏，哪一个丫鬟长得好，因此倒都没有注意他们眼前走过去了两个人。只有一个仆人看见了凌万江耍动的流星锤，就惊讶地说："那是什么东西呀？这两个人是干什么的？往那边去了！"

　　这个人这样一说，才有许多人扭着头向那边去看——其实这时候伍宏超跟凌万江都已经走过去了，他们连半个人影也没有看见，就说："哪有什么人呀？你是活见鬼了吧？"

　　这人却说："我明明是看见了两个人嘛！前边走的那个手里还拿着个东西，究竟是个什么东西，我可也没有看清。"

　　这时，护院的师傅火眼悟空唐二雄也正在门前跟人谈闲话，他也没看见什么,就把嘴撇了撇说:"哪儿来的事呀？难道半夜里还有人来变戏法吗？再说门前现在有这么些人,里边的人又都还没有睡,贼就是有天大的胆子也不能从这门前走！"旁边的病吕布刘灼、推山虎焦定也都说:"别再瞎嚷嚷了！还是到门房里看看牌九去吧！"

但这时候,那飞鞭赵忽然走了出来,他连问说:"有什么事？"那刚才说看见有人进来的仆人就发誓似的说:"我明明是看见了！有两个人从那边走过去了,一个人的手里还拿着东西！"唐二雄、刘灼、焦定却都斥着说:"胡说！就是你的眼睛尖,看见了？难道我们都是瞎子吗？"

这三个人全都跟那个人直发横,因为那人不过是一个小厮,他竟敢自觉着眼睛尖,多嘴说出这话。尤其飞鞭赵是铁爪蛟龙的徒弟,同他们本来不是一起的,他们这几个以"挑缺"挑来的英雄自夸的人,哪能自认眼睛不行？唐二雄并且使力地拍着胸膛说:"真要是有人从这门前走过去,我没看见,那就挖下我的眼睛！他妈的这是什么事？这是活见鬼啊！"

飞鞭赵说:"唐爷你先不要这样讲,今夜我们的师父已经料到……"说到这里,他顿了一顿,接着又说:"必定有人前来！来者不是伍宏超,必是顾家那女子。诸位帮个忙儿,咱们拿上家伙,就往那边搜去吧！"

飞鞭赵是铁爪蛟龙的二弟子,现在大弟子已死,只有飞鞭赵算是最有本事,这宅里的一切护院把式除了听胡腾雨的话之外,就得听他的。当下,他这么一吩咐,这些人全都振起精神来,有的去拿刀,有的去拿棍,还有几人举着灯笼,乱纷纷地都往北边那胡同里跑去。

唐二雄也拿了他的棍,刘灼持着戟,焦定持着一对雁翅挡(这种家伙又名"锯齿狼牙刀"),三个人也跟着去了,可是都不住地笑。刘灼还说:"咱们跟着他们看看去吧！要真是有个人,才怪？"

唐二雄嚷嚷着说:"公主跟额驸现在可都在府里啦！你们那么瞎闹,惊了驾,降了罪,我可不管！"

飞鞭赵却不听他的,依然抡着十三节的飞鞭,大声说:"一定有人！在房山县北关我们等了一夜,也没等着人。今夜,我们师父他绝不能瞎说,伍宏超跟顾家女子全都不是孬种,无论怎样,他们也得来这儿显几手儿。"说着,一齐来到这胡同里,把灯向各处照了半天。但是,别说没有一个人,就连一只猫也都没有看见。飞鞭赵也有点扫了兴,唐二雄却得意了,撇着嘴说:"哪儿会有人呀?大概是那小厮睡眼蒙眬的,发了糊涂啦!"焦定跟刘灼也笑。

忽然听见高墙的墙头上也有人哈哈大笑,众人就齐都吃惊了,嚷嚷着说:"哎呀!原来真是有人!有贼来啦!"可是因为墙太高,都仰着脸,谁也上不去。飞鞭赵大怒,他手提飞鞭,将身一耸,就想飞上高墙却不料还没有蹿上去。墙上的凌万江抡动了流星锤,梆的一声,正打中了他的脑袋;他立时摔了下来,扔了飞鞭躺在地下,昏晕了过去。旁边的人齐着了慌,有的嚷嚷,有的就跑,唐二雄等人却赶紧跑回府门去大声地喊叫。

那赛云长胡帆、猛翼德韩进、小专诸陈悠等等的一些人,此时也还都没有睡,一听了喊叫,说是有贼进了府啦,就齐都赶忙去抄各人的家伙。赛云长胡帆带着一些人跑出府门又往那胡同里追,可是已经不见高墙上有人了,不知人是跑了还是跑进府里去了。府里是小专诸陈悠等三十多个人往各处去搜找,尤其是后花园,他们找得更是仔细,但吵嚷了半天,还是连半个人影儿也没找着。

本宅新回来的大护院老师傅铁爪蛟龙毒霸王胡腾雨,带着两名徒弟,这时也出了他住的那间仿佛是客厅似的大屋子。他并不慌忙,先走到大门前,一看抬进来的飞鞭赵已经死了;他也没有细看,只摆摆手,吩咐人给送往什刹海旁的小庙里先去停尸,明天再买棺材装殓。他雄健的身躯直直地站立着,把眼睛瞪得溜圆,浓黑的连鬓胡子根根竖起。虽然他的二弟子又死了,他可并没有显露出多么悲哀,回身就往里走,并吩咐一干人说:"不必大惊小怪!因为公主现在这里。"又冷笑着说:"反正人既是已经进到了府中,我料他若不见我的面,他也绝不能走。他既有这份胆子,就必定是好朋友!"遂就一声不语地只带着众徒弟、众护院到各处去查找。

这时就已经到四更天了,由正院里直到大门,那些仆人和轿夫们又是一阵的紧张严肃,原来公主和额驸这时候才离开这里,回马神庙的公主府。铁爪蛟龙赶紧跑了去保护,他要保护的是和珅,但也许是公主贤惠,并没有叫患着很重的软脚症的翁公和珅送出来。铁爪蛟龙等着公主与额驸的两顶大轿走了,这才如霹雳似的大声喊着:"好啊!我早料到伍宏超必然再到这里来!他总够朋友,并且我佩服他的胆子大,连将我两个徒弟全都害死,这是要叫我铁爪蛟龙毒霸王半辈子的英名丢尽呀!好吧!今夜我要叫伍宏超逃得出这座府,我就不姓胡!"更跳起来怒喊:"来!把我的鞭拿来!"

他的三弟子滚刀徐赶紧给他拿来了鞭,他这杆鞭也是飞鞭,一节一节都是纯钢打成,中间有铁链联系着。他这飞鞭一共是十六节,抖起来就像是一杆钢棍,那声音哗啦啦的,也够惊人的,但放下来就是一大堆钢铁,如同一条恶蟒盘在那里一样。这种兵器,是铁爪蛟龙独有的,他以此获得了"毒霸王"的绰号。他绿林出身,闯荡江湖,后来在这和珅的宅中护院,他这鞭下不知打死打伤过多少人,也从来未遇见过对手。除了舞着玩,他也不常动这兵器,原因是他非遇劲敌,轻易也不用。

今夜,他是真真的气炸了肺,他认为有一个"神出鬼没"的伍宏超,似乎就在他的身旁了,于是他又高声地叫骂:"伍宏超!你今夜敢来,自然是一条好汉,但是你为什么不敢出头露面呢?你这胆小的鼠辈!"他一边骂一边又往里院走,身后跟着有三十多个人,拿着各样的兵刃,举着明亮的大灯笼。

这铁爪蛟龙就一直骂到了内院的楼下,那天他那大徒弟的尸身就是在这楼下发现的。这楼上住的是他的主子和珅的宠妾吴卿怜,铁爪蛟龙知道,上一次和珅之所以跟他闹翻,就是因为他曾向那美貌多娇、眉梢有一粒红痣的小娘儿们多看了两眼,那小娘儿们一定是在和珅的面前给他进了谗言。并且他已猜出那小娘儿们常常出门逛庙,必是有了外遇,她的外遇说不定是一个能够深夜入宅、有高来高去本领的人,不然她何必进那谗言?何必叫我走?所以,铁爪蛟龙虽然曾经一怒而去,但他留下了那个大徒弟监视着卿怜楼上的行动,他那大徒弟也是因此才被杀的。

他更知道那杀他大徒弟的,就是北京城新出世的那么一个小伙子,名叫伍宏超,他吩咐二徒弟飞鞭赵等人捉来那白大爷,也只是为激得伍宏超露面。今夜,真没想到,伍宏超还没有露面,就又把他的二徒弟给送了终!他越想越气,当时就高跳起来,向着那楼上大骂:"无耻的狗贱妇!你别再在那里媚人!要有伍宏超在这里,快他妈的出来!老爷拿飞鞭见一见你!"

旁边他的三弟子滚刀徐就悄声地劝他,说:"师父!你老人家骂姓伍的可以,别骂这府里的人呀!"

铁爪蛟龙就又跳起来更大声地骂说:"府里的人,只要是奸夫淫妇,我也要骂!这里十几年来要没有我,连……"他本要说"连和珅也早就掉了头",可是他虽然气急,究竟还不能够把这样的话骂出来。

滚刀徐又悄声地说:"师父您别再骂了,骂了半天,也找了这么半天,漫说姓伍的小子,连姓六的小子也没出头。那个人绝不是没一点火气,我想他一定不是为咱们来的,还是保护中堂那里要紧!"

铁爪蛟龙听了这话,也觉着很对。本来,虽说先后一连死了两个徒弟,这个脸面丢得究竟还小,要是今天让中堂遭了暗算,那可真是十几年的英名尽丧,铁爪蛟龙再也见不起人了!当下他不再向楼上喊骂,并将飞鞭又交与滚刀徐暂时给他拿着,吩咐这些人仍旧在各院落严加搜寻,自管去骂,喊出名来骂他伍宏超;他若是不敢出头来较量,那他也算栽了。

吩咐已毕,这里人影傍着枪刀的影子,灯光对着月光,把各院、花园连楼廊上全都又查找了一番。铁爪蛟龙却抄了一口单刀,离开了灯光和人群。他飞身上了一座楼,顺着楼走进一屋,见到一个丫鬟;这丫鬟他认识,是伺候和珅另一宠妾"长二姑"的,他就问说:"中堂在你们的屋里没有?"吓得这丫鬟浑身打哆嗦,摇着头说:"没有!"又指了指,说:"大概是在丽琼姨奶奶那里了!"铁爪蛟龙于是手提着单刀,穿过了这屋,又往这座楼的更深更隐秘之处疾快地走去。

这四更的时分,虽说今夜府中有盛筵,有欢会,可是各屋里的人也多半已睡去了;有的人被院中的灯光、杂乱的声音,尤其是铁爪蛟龙刚才那一阵喊骂给惊醒了,可也不敢点灯,到处都是黑乎乎的。铁爪蛟龙在这里极熟,他虽没到这些屋里去过,但是他也知道各屋里住的都是谁。他在这宅里护院多日,和珅信任他,所以特许他无论日夜,都可以在各处行走。

当下他到了和珅新置的宠妾贾丽琼的屋门前,将刀向门上轻敲了两下。屋里有人惊问说:"是谁?"铁爪蛟龙在屋门外说:"是我!我是胡师傅,我要见见中堂,有紧要的事请示!"屋里没有再言语。铁爪蛟龙可也不敢怔推屋门,只好仍然站在这里等候着,但他时时回首向黑暗之处去望,脚站的是丁字步,手紧紧握着利刃,预备着如有人前来,他就随时格斗。

这屋里虽然没有吴卿怜的卧室那般的奢侈,可也极为华丽。贾丽琼是最爱珠玉的,所以这屋里摆设的珠玉的玩物和陈设很多,并有一支嵌着玉的笛。她会吹出许多宛转清丽的曲子,长得也很娇媚丰腴,颇得和珅的宠爱。今夜,和珅正是在她的屋里,所以她和两名丫鬟、两个婆子全都没有睡。

和珅是因为最近有一个外任官"孝敬"给他了一颗夜明珠,这是世间难得之物,连宫廷大内恐怕也没有。他令这宅里的老夫子给考证过,但他可并没说他已经获得了此物。那位老夫子当时就说:"夜明珠即是古之照乘珠,《史记》上说,魏王与齐威王会田于郊,魏王曰:'若寡人之小国,尚有径寸之珠照车前后各十二乘者十枚。'言其只要有一颗夜明珠,能够使十二辆大马车夜晚行路都用不着点灯。"和珅听了大喜,就把这珠子宝贵地收藏着。

前几日因为宅中出了事,挑缺挑来的那十几名护院全都是"草包",所以这明珠,他连忙在小屋里关严了门,自己也不敢看一看。如今,铁爪蛟龙胡腾雨又回到宅里来保护了,今夜宅中戒备得更加森严,他这才请来他的儿子驸马"丰绅殷德"和儿媳"固伦公主"来此共同赏玩。

这位公主是当今乾隆皇帝的四女儿,也就是和珅的靠山,人极忠厚,今夜给恭请了来,除了备有丰富珍贵的酒筵接待之外,并把他的夜明珠取出来请公主观赏。却不料这个珠子不做脸,大虽是很大,圆也很圆,摆在明亮的灯烛旁边,它确实是发光,但将灯烛一吹灭了,非用手摸,简直就找不到它了,这算什么"夜明珠"? 公主虽然没有说什么,可是他那做了"驸马爷"的儿子有意无意地却说了几句嘲笑的话,弄得他这做老子的也不能够发急、使气,但是心里大不舒服。丫鬟和侍妾们搀扶着他,就到了这贾丽琼的屋,叫贾丽琼给吹了一曲笛,他也觉着无味。

和珅现在正躺在里间的檀木床上,贾丽琼在给他轻轻地捶腿。他眯缝着眼睛看着贾丽琼穿的小鞋,鞋底是碧绿的翡翠制的,上面刻着凤纹。他觉着不大好,认为这鞋只能够在屋里穿,穿到外面被人看见,够受非议的,因为"凤"就是皇后,怎么可以踏在脚底下呀?

他又想他这十年来的荣华富贵,掌着的那些大权和贪的那些赃,他也算不清到底有多少个都是一千两重的大金元宝。但他还觉着美妾过少,更发愁皇上已经太老了;倘若皇上晏驾,那时恐怕他的权势就要减低,这真是一件忧烦的事。此外,看来世上既没有真的"照乘珠",也没有"不死药",并且软腿病也治不好;有些人,尤其是新近出来的那么一个胆大包天的伍宏超,竟敢来到府里捣乱……这些都是使他气恼的事。他睡不着,又想:把卿怜叫来吧,那个贱人!近来很使我生气……更想:盖一座金楼,叫贼来了也抬不动,我住在里边也很好;再养活几只专吃人不咬我的金钱豹,给我看家,也好叫我放心呀……他胡思乱想着,简直没个头。

贾丽琼用媚眼看着他,说:"您还不养养精神?还不闭眼呀,我的亲人?"他挤着眼也不禁笑了,心里这才感觉舒服些。他喜欢贾丽琼,嘴儿甜,很会打情骂俏,使他能够重温年轻时到花街柳巷冶游,跟二三等的妓女在一块胡缠时那种有趣的美梦。

这时,忽然有一个大丫鬟惊惊慌慌地跑到这里间,欲语复止。贾丽琼就说:"什么事?你这么慌慌忙忙的,不知道中堂现在正要歇着了吗?"丫鬟站住,定了定神,这才悄声地说:"现在胡腾雨胡师傅在门外了!他说要见见中堂,有紧要的事情请示!"贾丽琼就把眉一皱,说:"有什么要紧的事情呀?天都这么晚了!说要见中堂,当时就得见中堂,他是有多大的爵位呀？"

和珅这时候也有点生气，觉着铁爪蛟龙这么半夜里来找他，简直太不成体统了！这时却又听那丫鬟更惊慌地说："宅里……一定是又有外人进来了，不然为什么我又听见楼下那么乱哄哄的呢？"和珅不禁打了一个冷战，拍着床沿说："这是怎么回事呀？北京城的这些衙门，什么顺天府、督察院、步军统领衙门，都是管干什么的呀？咱们这儿，连胡腾雨，他还是铁爪蛟龙哩！怎么现在也变成饭桶啦？快去先问问他，到底是有什么事？"

这丫鬟答应了一声，转身走出了这个很严密的里屋，到了外屋。她的同伴、一个丫鬟、两个仆妇都害怕似的向她来问，她只摆了摆手，先隔着门向外边问说："胡师傅！中堂问你，到底是有什么事情呀？"

屋门的木头很厚，她说话的声音太细，外边大概是听不明白，铁爪蛟龙的性情可真急，立时就把门一推，门里的这丫鬟就哎哟一声坐在地下了；幸亏地下铺的是毛绒的地毯，倒没有摔着。但是那手提钢刀、高身躯长面孔、凶神似的铁爪蛟龙就已走进了屋，他先摆了摆手说："你们不要惊慌，我只是问问中堂在这里住着没有。这里得小心点！"丫鬟和仆妇也都不敢言语。

铁爪蛟龙就先走到窗前，用刀尖将窗上挂着的紫红色的窗幔拨开，隔窗见楼下仍然有几处灯光人影，倒是还没显出来乱，可见那伍宏超仍是没有出头。他又将窗推开，他的大手这么一推，就差点把窗户推掉了，侧耳听了一听，下面的更声隐隐地仍然打着四下，别的声音可都听不见。他又将窗关上，转身问说："中堂他到底在屋里没有？"

那才被推倒下的丫鬟，这时候已经爬起来了，就指了指里间，点了点头。铁爪蛟龙就说："中堂既是在这屋里，就得啦！我只是问一问，知道他到底在哪屋里睡觉，我好保护他，旁的事都没有，我走啦！你们都睡觉吧，快点都把灯吹灭！"说毕，他就大踏步地又走出了屋，并将屋门给带好了。

那个刚才跌倒了的丫鬟，因为见那紫红色的窗幔没有遮好，她就走过去，想要给拉平展了。谁知道那两扇窗户原来并没有关严，却见由窗外跳进来一个年纪很老但身躯雄伟的人，手拿一根皮绳拴着两个浑圆的铁球，吧的一声，把桌上的一只白玉的大瓶打了个粉碎。他怒声问说："和珅在哪儿啦？"

两个丫鬟吓得就要向里屋去跑，来的这凌万江也正要往里屋追，却见那屋门又蓦地开了；铁爪蛟龙手持钢刀，忽然又从外边跳回了屋。他大喝一声："你站住！"借着烛光一看，他却很是惊讶，便冷笑着说："啊！我还以为是什么伍宏超，原来是你这个老小子！凌万江，咱们已经久违啦！上次听说你挑缺挑了个第一，我还没得工夫去给你贺喜，又听说你有个什么内侄女，她很有点儿本领……"

凌万江却一手握着一个流星，怒声说："你别跟我说这些废话！我凌万江闯江湖比你闯得广，你这护院的饭咱也吃过，咱可就是没给奸臣当过奴才！自从顾昆杰被你杀了，我就发誓要给他报仇。我埋他脑袋的时候，我就跟他说过：五年以内，我给他报仇！铁爪蛟龙，小辈，今天连你带和珅，全都叫你们去见阎王爷！"说时，流星锤自手中发出，向着铁爪蛟龙的脑门子就打。

铁爪蛟龙当时向旁闪避，单刀振动了寒光，唰的一声，向凌万江的左臂削来。因为椅子桌子全都碍着事，他就一脚将一把红木的椅子踢翻，又一脚踹得一个绣墩满地乱滚，桌上的玉磬也被弄下来了，吓得两个婆子全都跑出了屋，那两个丫鬟却互相拉着跑往里间去了。

金臂飞侠凌万江愈发奋勇，紧紧地抖起了流星，两只圆溜溜的铁球被他抖得满屋子里飞，呼呼地响，有如一股白气。铁爪蛟龙却身手利便，钢刀飞扬，时时想要先割断了流星锤中间的皮绳；但他的刀虽然与那皮绳绞住过一次，可是割不断。凌万江一手抖流星，一手还要来夺刀；铁爪蛟龙却刀法紧凑，不但不许他夺到手，反倒突然将他的一只流星抄住了，紧紧握在左手之中。

这样一来，凌万江就没法子再抖了，他便疾忙用脚向铁爪蛟龙的右腕踢去。他本想把对方的刀踢落，但铁爪蛟龙抽刀甚疾，并翻腕一刀向他的头顶削来；凌万江将身子一伏，刀就削空了，他趁势斜进步，并嚷了一声："出去干！"

铁爪蛟龙狞笑着说:"谁又叫你进这屋来的?老小子!我怕你们找不着,刚才开了窗户,就为的是邀你们进来!可是我想来的必是伍宏超,不料竟是你,我铁爪蛟龙这些年来真没把你放在眼里!因为同是江湖人,刚才我还想在手下留点情,现在你既是来送死,可说不得我要下毒手啦!"说着将刀狠狠地举起。

凌万江却身向旁闪,蓦地抄起来靠墙一张紫檀桌上的金鱼缸,连缸带水带金鱼,全向铁爪蛟龙砸去,啪嚓,哗啦。铁爪蛟龙为了闪避,不得不向旁一跳,凌万江便用力又夺他的流星,嘣的一声,皮绳被两人一夺就揪断了。铁爪蛟龙的手中握着一个铁球,就向凌万江打来,哗啦……咚!这铁球把窗上的玻璃打碎了,但因为有窗幔挡住,没有飞出去,就掉在楼板上了;可是碎玻璃都掉在楼下了,外面因此又慌乱起来。

这时楼上凌万江抖动着一只流星,还不住地在拼打,但是铁爪蛟龙的刀法已经展开。这家伙真是凶猛,凌万江简直有些敌不住。这时却突然由窗外又飞进来了一个人,手持寒光闪闪的金刚玉宝剑,凌万江就大声嚷嚷着说:"兄弟你来了,先别帮我。快去杀和珅!那老贼肯定在里屋,不然这里用不着这小子来保护,你快去报仇,我在这里抵他!"

铁爪蛟龙这时可也急了,他本来身子挡着里屋的门口,这时更加护着门,绝不躲避。他瞪眼看了看伍宏超,说:"啊!原来你这个鼠辈就姓伍?"说时,将刀抡了一个架势,喊嚷说:"若是好汉,咱们跳下楼去再拼斗,在这屋里不算本事!"伍宏超却自窗上向下一跃,同时宝剑向他就砍。铁爪蛟龙用扛鼎的臂力横刀去迎,只听当啷一声,他不禁大惊,原来刀已成了两段。

他惊慌地拿着半截刀,疾快退往里屋,却见烛光含泪,红帐未垂,连刚才那两个丫鬟都不见影儿了,更不用说和珅。他顿然明白了,也放下了心,就飞身又跳到这里屋的窗台,扯下来窗幔向着伍宏超的头上就扔,被伍宏超用剑撩开了。凌万江又赶上来喊声:"屎蛋,你别跑!"铁爪蛟龙一脚踢开了窗户,以半截刀指点了一下,说:"来!来!"伍宏超跃过去挥剑向他就刺,他却飘然跳下了楼窗。

凌万江喘着气说:"别放走这个小子,这小子本事不弱,追他!"伍宏超却收住了剑说:"还是先搜和珅要紧!"凌万江却说:"你看这屋子里哪有个和珅的屁?"伍宏超却说:"但是你看这张床,为什么有些歪斜?"说时,他用手推开了这床,果然见这床后还有一个门儿,刚才是被床和幔帐遮着看不见,现在才完全显露出来了。

这门儿很窄,闭得也很紧,伍宏超就用脚去踹,凌万江说:"不必踹了!里边说不定还有埋伏,咱们还是下楼跟铁爪蛟龙那小子干去吧!杀了那小子,没人给和珅护院了,咱们什么时候想来都行!"

但伍宏超不听,依然用力踹门,并抡剑去劈,三下两下就将这门劈开。他刚要进去,就听外屋吵嚷着进来许多人,原来是什么赛云长、小专诸、博浪椎、今世岳云等几个人也全都跑到这里来了。他们到了里间一看,就齐都不胜惊讶,因为凌万江跟这几个人原都是朋友。赛云长就说:"凌老哥,你是干什么来啦?"凌万江却傲然一笑,说:"我要是跟你们哥儿几个不说真话,那算我跟你们开了玩笑,算我不够朋友;我今夜里来,就为的是送和珅进坟地,因为他已经恶贯满盈了!"

赛云长等人一听了这话,都觉着为难,对方若是别的人,他们当时就要胡抡兵器齐上手,这金臂飞侠却是他们的老前辈,他们哪敢伤了面子?所以赛云长就皱着眉说:"您这是干什么呀?"小专诸也说:"凌大叔!请你给我们一个面子!你现在就赶快请,我们什么话也不说。"那今世岳云张广仲却扬起了他那对甜瓜大小的紫铜锤,发怒地说:"你是专门来砸我们的饭碗呀?你可太不对啦!"

凌万江只冷笑着,他手里的流星这时只剩了一个锤儿,抡着也不带劲了,但一听了张广仲的这话,他就蓦地把单锤的流星撒了手,向着张广仲打去,并乘势抢过来了那一对紫铜锤,双手一抡。张广仲虽然躲开了那一流星,却被这铜锤咚的一声打得腰折背弯,当时就趴伏在楼板上。小专诸拧剑向凌万江就刺,却被那铜锤铛地磕飞。赛云长曳着大刀赶忙跑出了这屋,小专诸也越窗而逃。

外屋的人还在乱嚷,楼下也梆声紧敲。凌万江回首一看,见伍宏超劈开了那门,已经走进去了,他就说:"兄弟你可要小心!好啦,我把和珅交给你啦,我专去斗那铁爪蛟龙!"说时,他手握着紫铜双锤,跳上了窗台。向下一看,只见灯光照得真跟白昼一般,护院、打手密密层层,头戴红缨帽的官人尤其来了不少,刀剑齐举,向着楼上来嚷嚷。

铁爪蛟龙胡腾雨已抖动了他那杆飞鞭,凌万江晓得他这件家伙厉害,江湖上称之为"霸王鞭",人人提起来便皆胆寒。但他稍一踟蹰,便把心一横,向下呼叫着说:"胡腾雨!你小子站好了,等着我,我不怕你那杆霸王鞭忘八鞭,今天我要不把你这铁爪蛟龙打成个没小儿的鳖,我就不姓凌,连老婆都送给你,看着!"说时,手举双锤,将身向下一跳,就跳到了楼下人丛之中。他这老英雄一点儿也没摔着,同时紧抡双锤,乱砸乱打,打得一些人东跑西躲,哪个敢来上手?

铁爪蛟龙此时却哗啦啦舞起了十六节的纯钢霸王鞭,向着凌万江就打,而凌万江猛抡双锤,凶悍地迎杀,这时竟把一座和珅府当作了战场,翻江倒海似的大乱起来。

第十二回　绣帐轻遮惊雷催绮梦
　　　　　飞车宵遁小店晤英雄

　　伍宏超此时是手挺金刚玉宝剑，从床后的那个门儿走进去，急追和珅。过了两间没有人住的屋子，依然看不见那奸臣那仇人的踪影，他心说：和珅这个老贼好狡猾呀！然而我今夜要不搜出你来杀了，决不离开这地方，并不再为人！

　　他愤愤地又去追，又进了一间屋，这屋内却有两个女人，一个手持着烛台，一个急急地向他摆着手。他一看，原来是那胖丫头绣球和吴卿怜，伍宏超当时就很生气，说："是你们把和珅放跑了吗？快些告诉我，他到底逃往哪里去了？你们要知道，我现今跟和珅拼命，不全是为我家的私仇，也是为国家。"

　　卿怜却沉下脸来说："你要怎么样呢？你得知道这是中堂府！你有多大的胆子，敢这么半夜里来这儿胡闹？"

　　伍宏超也把眼瞪起来，说："好！你倒要护着他？我看你真是贱性！我杀和珅与你不相干，你放心吧！绝连累不上你！"卿怜听了这话，却又不住掩面痛哭。她现时穿的是紫红色的缎子长衣，云鬓不整，花枝已卸，似乎是已经睡下又被惊醒的样子。

　　旁边那拿着灯的胖丫头绣球，此时却答了话了，现在她绝不是又犯了"梦游症"，说的话非常清楚。她说："伍少爷你可要想一想，杀死和珅不要紧，这府里由下到上，所有的人都得受连累。这里的仆人也都养着一大家人,和珅待人过苛,平日他们也只能将就吃饱,很是可怜的;府里若出了事,还不得把他们全都锁起来问罪?"

伍宏超听了一怔,扬目看着这胖丫头,露出惊讶,又发出冷笑着说:"照你说,就应当把和珅饶了吗?"

绣球把嘴一撇,说:"反正你要找着和珅,想得手,是千难万难!他是多么狡猾,又自知结下的冤家不少,这房子是彼此相连,暗室极多,他还发愁没有地方藏躲吗?就是你都搜到了,搜着了他,他也一定还有暗器和埋伏,叫你上当!"

伍宏超一听,可不由得减削了锐气,有点犹疑。看这胖丫头绣球如今侃侃而谈的样子,真像是久闯江湖,富于阅历,她说的话必不假;她潜身混到这宅里来,还不定打的是什么主意,和珅要是那么容易找到,容易下手,那大概不必等到今夜我来了。

此时卿怜又过来用柔软的手拉他,绣球也来推他,并都悄悄对他说:"过来!到那屋里再慢慢地商量!"伍宏超便身不由己地就提着金刚玉宝剑,随同她们走去。

绣球把灯吹灭了,拉着伍宏超穿过了几间黑乎乎的屋子,不一会儿就进到了卿怜的那间卧室。这室中灯光也极暗,伍宏超便赶紧走到窗前,掀开了窗帷,并推开了窗,俯着头向下去望;绣球在身后直拉他,他却不动。就见楼下的金臂飞侠正抡动了双锤,与铁爪蛟龙相斗得正紧,旁边的一些官人和护院的在旁看着,全都上不了手。铁爪蛟龙的钢飞鞭真如一条怪蟒似的在空中飞腾,幸亏凌万江还能够敌得过。看他们相斗已有十余合了,虽还没有分出胜败,可是铁爪蛟龙太为凶猛,凌万江也快要支持不住了。

这里,伍宏超刚要抡剑自窗跳下楼去助战,却见丫头绣球自裤腿里掏出了一支袖箭,其实不过是一个细小的竹管。她很快对准了下面,嘭的一声,射出了一支短箭,当时就将铁爪蛟龙射得飞鞭再也飞不起来,凌万江便趁势抡锤逃跑了。一些人都大乱起来,又听铁爪蛟龙厉声大喊:"不要再追他了!搜一搜是谁射的我?姓伍的一定没逃远,姓伍的会使袖箭!"这声音真跟雷响一般,在楼上听着都觉得震耳。

伍宏超还担心着凌万江,恐怕他仍是走不开,自己今天若杀不了和珅,剪除不了铁爪蛟龙,岂不又是白来?他忿然地要往窗外去跳,但又被绣球拉住。绣球这胖丫头的力气仿佛比他还大,动作也很敏捷,吧的一声将窗闭紧,刺啦一声将窗幔遮严。她早已收起了袖箭,用两只胖手将伍宏超推开。

卿怜在旁边说:"绣球这个丫头,我也真没看出来。前天她才对我说明了,她原来也会武艺,她到这府里来,是专为保护我。"

这时,绣球自己又侃侃地说:"其实这卿怜她对我有过好处吗?也没有。我本来姓张,我的父亲叫草底蛇,十年前我们父女就流落到京都,虽然都会武艺,可是绝不偷盗,也不显露出来。我爸爸又闹病,又好喝酒,因此很穷,可是交了一个朋友,就是顾昆杰。顾昆杰自己也很穷,可是还时常周济我们,他也不知道我们是会武艺的。"

伍宏超听到这里,就赶紧说:"那位顾昆杰义士有一个女儿,你可知道吗?"绣球点头说:"我知道!那位顾侠女名叫顾画儿,是两只大脚,人物出众,武艺盖世无双。"卿怜在旁又惊问说:"宏超!她说的那……不就是在北箭亭跟你比过武的那姑娘吗?"伍宏超却没有言语,只管发着怔,听绣球往下说话。

绣球又敬又畏地说:"我可不敢去见那位顾侠女,她的武艺比我高得多了!她一定是跟神人一样。顾昆杰是为来救卿怜,才死在这里。去年我父亲要往江南去找朋友,便把我卖在这里,嘱咐我不要惹和珅跟铁爪蛟龙,只叫我随时保护着卿怜。"

伍宏超冷笑了笑,说:"你的父亲大概是和画儿的干爸一样,他们都是多一步也不走,太老朽了,难道我们跟和珅还拼不过吗?"说着又叹了口气。

这时,卿怜却以双手来拉住他的双臂。伍宏超只是发怔,并极愁烦;同时外边楼下的那些人依然在乱喊,也不知道凌万江到底如何了,伍宏超更是发急。绣球就说:"你们先在这里好好地待着,我去看一看!"说着她出了屋,把屋门全都带严,她就走了。

而这时,外面的五更也没有顾得打,窗帷上可是已经现出来了晓色,天都快亮了。伍宏超就说:"我也不能走了,我就等着和珅吧!反正今天白昼若是见不着他,晚上我还得找他;非得他死,或者我死,不然我就决不走!"卿怜却温柔地对他说:"你听我说……"这女人的确是温柔的,烛光虽已成烬,可是曙色渐升,室中不太黑,她眉梢的那一颗小红痣,依然看得见。

　　伍宏超现在心中完全失了主意,就像个多忧善愁的诗人,他现在顾虑了,和珅搜不着,仇恨也不能够报。看着温柔的卿怜,他就想:虽不能够杀和珅,却也得占据了他的这个宠妾,那心中才算稍稍地泄愤;顾画儿已被绣球视之为"神人",我这凡夫嗣后自然不能对"神人"有何情思和妄想,而卿怜却是一个更可爱的女人。白大爷的官司,大概自然有他那"神人"干女儿去想办法;金臂飞侠那样的骁勇,刚才他也必定没有吃亏,我……就死在这里吧!但是死也要与和珅跟这卿怜一同去死,将情与仇同时消尽……

　　忽然绣球推门跑回屋,悄声地说:"那金臂飞侠已经逃跑无踪啦!这座府里满是官人,连花园都搜遍了,各姨奶奶的屋子也都要搜,待会儿一定要搜到这屋里来!"

　　卿怜听了,当时又惊慌得身体乱颤,伍宏超却挺剑忿然说:"不用他们来搜,我这就出去见他们好了!"

　　绣球却急了,说:"你要那样办,卿怜姨奶奶还能够活?"伍宏超更忿然地大声说:"她是谁的姨奶奶?"绣球急得要来捂他的嘴,并把他用力地向床上去推;卿怜也宛转地劝着,就叫伍宏超上了床,躺在床的尽里边。卿怜自己也上床躺在外首,连人带那口金刚玉宝剑,全都用绣花的缎被盖住,绣球丫头轻轻地将锦帐为他们拉闭。

　　外面搜查的人顺着楼的过道就来了,脚步之声杂沓。绣球先去把门开开,看见来的是几名官人,由五六个婆子带着,来到这里只向屋里探了探头。看见卿怜盖着被睡在床里,似乎是才睡醒的样子,绣球昂然地说:"我们姨奶奶这些日本来就病着,昨儿夜里楼下也不知出了什么事,她又受了惊吓,病得就更下不了床啦!"说时带着很气的样子。

　　有一个官人就说:"我们现在来搜,是奉了中堂的命,护院的胡腾雨也说,旁的屋里都不要紧,这儿是必得细搜一搜。我们不进屋,只叫婆子们进去查看查看,行不行?"

卿怜在床上坐着,锦帐只掀开了一点,她做出病态,并且发起脾气来,说:"行啊!你们都进来搜也行!若是搜不出什么来,我的屋里再短少了什么东西,我也不找你们,我只跟中堂去说!"

屋外的几个官人向屋里一看,这么些金碧辉煌的东西,万一她要短少一件,或是没丢失她可也讹上了,那谁能赔得起呀!所以就都犹豫着。几个婆子因为是一夜没睡,又困又烦,就说:"难道在中堂身旁最得脸的姨奶奶,屋子里还能够藏着强盗吗?咱们来搜什么?胡腾雨要是一定搜,叫他自己来吧!他的本事不行,叫贼闹了一夜,结果把贼放跑了,他还叫咱们在自己家里来捉;你们当老爷的差,听上司的话就得了,还非得听他的话吗?"四名官人互相看了看,就都走了。绣球把屋门敞了半天,看见人都走去,她也出了屋,将门倒带得很紧。

这幽深的密室、绮丽的金屋里,天虽已经亮了,因为窗帷未启,室中的光线依然跟黄昏似的,只有卿怜与伍宏超。卿怜是很温柔的,伍宏超却很是烦恼。他不能拒绝这幼年时的邻女,她虽曾经两次为贵人姬妾,但那不是她自愿的,她是个可怜的多情薄命的女子。伍宏超本是挟剑寻仇而来,却不料今朝竟自弄得英雄气短、儿女情长。金刚玉宝剑闪闪的寒光也似在向他冷笑,他只是长叹。

卿怜又送给他一只白玉镯,亲自给他套在左腕子上,这跟卿怜腕上的那只玉镯是一对。卿怜哭着说:当初嫁王亶望为妾,并非得已。王亶望做浙江巡抚的时候,搜刮了无数的民财,一半献给和珅,一半他自己享受。他极喜吃一些怪东西,爱吃驴肉丝,就专养着驴;吃的时候,叫厨师在活驴的身上去割,他说那样的肉才嫩。他又爱吃填鸭,用绍酒坛子去了底,把活鸭放在里面,用泥封住,坛口外只露着一个鸭子的头,用油和饭填鸭;填上六七日,鸭子就特别的肥,然后宰着吃,据说肉嫩如豆腐。那王亶望的性情就是那样的残忍、奢侈,并且专为她在西湖边建起了十二迷楼,楼阁都嵌着宝玉;现在和珅这里的花园跟这几座楼,也都是依照那迷楼的图样改建的。现在花园里有两座楼还没有修完,和珅却已对她爱衰了。

她在这里给和珅为妾,住的金屋,着的绮罗,可是这些都是一些奔走于和珅门下的贪官们贡献的,和珅自己并不花一个钱。除了接待公主他用盛筵,平常他最宠爱的妾也只能喝粥;当然,连丫鬟、婆子也都不能老喝粥,但无论吃什么,都不能叫他看见。他自己可是天天必要喝燕窝汤。他因为害软脚病,每晚上必要命人宰一只活犬,剥小犬皮绑在他的两个磕膝盖上,这样他才能够上朝,夏天也是这样,可还得时时令人搀着。他爱美色,更爱黄金,令人铸了许多一千两一个的金元宝,都藏在库里;他雇了铁爪蛟龙那些人,是为保护他的性命,也为保护他的那些元宝……"

卿怜又说:"王亶望正法在苏州,我不心痛;和珅现在死了,我也不难过。我留着这一对我妈给我的玉镯,我想将来再嫁人,我还年轻,他们都必不能长久。我想嫁的,就是我小时候见过的你……哥哥呀……"

她细声的陈诉,婉转的娇啼,弄得伍宏超越发不知怎样才保得住自己的英雄气。后来,伍宏超就问她说:"那你为什么不同我走呢?难道你是愿意在这里受罪、受辱吗?"卿怜却说她在这里至少还得待一年,说时哭得更是厉害。伍宏超又问她,并且严厉而急躁,问她到底是为什么,她却只是哭着不说。待了半天还是那句话:"我要是跟你走,至少也得等到一年以后!"

伍宏超很是生气,既惭愧又后悔,他现在倒很恨那老王忠,要不是老王忠那夜把他引来,怎至于如此?现在不但是堕入情障,简直是丧失了志气,成了个荒唐无耻的人了!这若叫顾画儿姑娘知道了,岂不要笑死我?不,还许人家一生气,把金刚玉宝剑要回去,独自去报仇呢?可是谁能面对卿怜这样温柔多情的人而不动情呢?

她的那个忠实的丫头绣球给她和伍宏超拿来了菜饭,并且还不知从哪儿弄来了一壶酒;菜和饭虽然不是稀粥,可是与这室中的诸般奢华贵重的陈设大不相称。

绣球又说:"今天来给和珅压惊、探慰的,头品的官员就不知道有多少,小官儿多得更数不出来,所收的礼物怕是一个车也装不下。可是这些送礼的人全都没有见到和珅,谁也不知他到底是藏在什么地方去了。铁爪蛟龙胡腾雨是被袖箭伤了左肩,并不算重,他现在正在什刹海畔小庙里给他的徒弟设祭,并发誓要请全北京的英雄一同捉拿凌万江、伍宏超。现在统领衙门、巡城御史衙门、顺天府、大兴宛平两县的官人,也都惊动了,都要保护这座府,捉拿贼人。"

伍宏超听了这些话,自己倒不害怕,只是忧虑,不知凌万江昨夜自这里逃出之后,他的家里情况如何?他家里还有老婆呀!大概顾画儿现时也正住在他家,那些官人和铁爪蛟龙还能够不到他家里去捉他们吗?不定又弄出什么事情来了。他们怎么也想不到我却藏在这和珅爱妾的床里……

他惭愧、愤恨,不觉就挨到了天晚。他虽然没有走出这间屋,可是也知道现在这所巨宅,是比昨夜防范得更为严密,要想找和珅,杀和珅,更是难上加难。更因卿怜悲哀婉转的恳求,绣球也劝他说:"不可凭匹夫之勇,自去送死,应当快些离开这里。"

伍宏超没有法子,他只是叹气,只得拿上了金刚玉宝剑,卿怜和绣球送他出了这间密室。这里真是"销魂之窟""丧志之地",他简直不能抬头看人了。穿过那养鸟的屋子,离开那冰炸梅的窗,卿怜至此,不再往外送他了,但仍是百般叮咛。伍宏超也没再说一句话,就由胖丫头在前引路,悄悄离开了这如同撒下了地网天罗般的和珅府。

他与绣球在什刹海畔的柳下拱手作别,伍宏超就说:"你回去告诉卿怜,恐怕我不能再到她那里去了,以后有什么事情,还是求你对她多多照应吧!"绣球问:"那么你现在住在什么地方呢?万一有事情,我好去找你。"伍宏超只是摇头,说:"我现在也没有准住处,两番入和珅的家,仍没报了仇,我很羞愧!再见吧!后会有期!"说完转身就走,又听绣球似乎在那边笑他。

伍宏超疾忙回到前门外小巷里他住的那店房,就见那赶车的小张三正在等着他,而且很急地说:"快走!快走!我的车就在巷口外了,伍朋友你快些逃走吧!"

伍宏超惊愕地说:"什么事情?你叫我上哪里去?"

小张三说:"昨天晚上我就遇见那位顾姑娘啦!她叫我来接你……得啦!这时候我也没工夫细说,天还不太晚,城门大概还没关,趁这时候,你就快坐上我的车,咱们快走吧!"说着就连推带拉。

伍宏超连去跟店家说话的工夫也没有,从昨天下午他来这儿住店到这时候,还一个钱也没给。好在店里这时出入的人正多,也没有人留心他们,他就又提着金刚玉宝剑走出了小巷,就上了车,小张三摇起了鞭子,骡子就又飞快地走了。

伍宏超离开和珅府时是将过初更,现在,二更天也还没到,小张三的车就飞也似的赶到了永定门。这时因为皇帝正住在"海子"(南苑),所以来来往往,当差的人很多,车也多,城门也还没有关严,小张三太为机警,伍宏超坐的这辆车一下子就混出去了。

出了城,只见灯光稀稀,一些当官差的坐的车都是往正南二十里那皇帝射猎游幸之地的"南苑"去了。他们的这辆车,小张三赶得越发起劲,却偏向西去。走了还不到十里,就来到一个极短极小谈不上是个市镇的街上。这里有五六家铺户,凄清无人,微月照着一片土房和几株小槐树。

车到了一个小店门前,咕隆隆的轮声立刻止住了,小店里边当时就出来了人,问说:"来了吗?"这说话的声音很娇细,小张三回答说:"来啦,我给接来了!"伍宏超拿着金刚玉宝剑跳下了车,一看,站在这店门前的正是顾画儿姑娘。他未曾说话,脸上先发起烧来,就问说:"姑娘怎么在这里了?"顾画儿却悄声地说:"请进来吧!"

伍宏超随之走入,到了一间极狭极小的破屋子里。这墙上油灯里有豆子大的青色灯光,照着坐在破炕上的一位胡眉皆白的瘦弱老人,原来正是那位白大爷。伍宏超当时就更为惊愕,觉得顾画儿实在是"神人"了!这么快,才一天多的工夫,自己在和珅府里什么事也没办成,而人家已经把被提到京里的"重案"看守得那么森严的她这干爹这么容易就给救出来了,这实在是本事太大了!而且她与小张三也并不怎么认识呀,还派小张三来接了自己。她的本事不必说了,就是刚才,要是没那胖丫头绣球带着,恐怕这时自己也逃不出和珅府。她们这两个女子,本领都比自己高得多,我伍宏超枉学艺多年,真是何颜再拿着人家的这口金刚玉宝剑?

他只顾了自己羞愧,只是叹气,见了白大爷,却没有一句话说。这时,赶车的小张三又由外面探进头来,紧张地低声问说:"姑娘,不是城里还有人等着接吗?我再去一趟吧?只要是城门有一道缝儿,我就能够想着法儿进去,再想法儿出来。"顾画儿却回身,摇摇头说:"不用啦!你先去歇一歇吧,我想那两个人待会儿能够自己来的。"伍宏超更发着怔,也不知道画儿说的"那两个人"又是谁。

第十三回　旅夜聚英雄钗嗔剑恨
　　　　　风尘重拼斗鞭舞锤飞

　　这时小张三缩头到外边去了，屋里微弱的灯光下，白大爷忽发出愤恨的微弱声音，抡着拳头说："去杀死和珅！你们不要管我，你们快去，不能叫那奸贼再在世上害人了！"

　　顾画儿低声劝慰着说："干爹！我想暂时先把您送到一个地方，您先去住着，我服侍着您，过几个月再慢慢地想法子。"

　　白大爷说："早先我也是想着不忙，善恶到头终有报，只争来早与来迟。你已将武艺学成，我还不放心叫你去为你爸爸报仇，想等到我死后再叫你去。可是现在，我知道早先我是错了，早就应当由着你去将和珅那奸贼杀死！"

　　伍宏超这时在旁忍不住地说："杀和珅很难，他的府倒容易进去，可是处处是迷楼、密室，简直叫你找不着他的踪影！"顾画儿听了这话，看了看他，并没有言语。

　　白大爷喘了喘气，声音更微弱地说："我早就知道，我也活不了几年了！这一次，和珅派人从西陵把我抓到易州城，当日就解我赴京。沿路上，夜间不许我睡觉，将我牵到这里，又牵到那里，似乎是怕有人在夜里去救我。那个绰号叫飞鞭赵的屡次要用鞭子毒打我，幸亏被别的当官差的把他劝住，我才没遭毒打。昨天解到京里，因为我是内务府的旗人，所以把我押在"慎刑司"衙门。慎刑司是最厉害的，常常要将人犯活活打死；但我昨天被送到那里时，天已晚了，也没有过堂。我本想是决心死了，我这样大的年纪，死还有什么足惜？我死了，正好化为厉鬼找和珅，去叫他遭受报应！没想到我这个不听话的干女儿她又把我救出来了。由我这次的冤枉，由和珅那奸贼手下人的凶横，我更知道那贼实在太作恶多端了，伍义士！你快和我的干女儿去剪除和珅，莫使天下臣民再受那贼的欺害！"

伍宏超说："请白老义士暂时安心歇一歇，我们再想法子。本来昨夜，我是同着金臂飞侠老英雄一同到和珅府内……"

顾画儿在旁点头说："我知道，昨天我骑着驴先到的京，见了我姑父。我姑父跟我姑妈正在家里吵架，为的就是我姑父这些日子总是说要去杀和珅，我姑妈怕他闯祸，所以就跟他吵。我去的时候，我姑妈把我赶了出来，我姑父倒是追着我，问我来了是有什么事，还问我干爹怎么样啦？我一说，我姑父当时就气得嚷嚷，叫我去救我干爹，他去杀和珅，一夜之内，两人要全把事情办完。我由那里又走到街上，可还不知道我干爹是押在哪里。幸亏到傍晚时，在前门大街的桥头遇着了赶车的小张三，他已经打听出来我干爹是押在慎刑司衙门。那时我心里主意还没有拿定，小张三就先带着我到那店里，想找伍大叔商量商量，可是也没有找着。我猜出伍大叔一定也是往和珅府去了，我想人家全都是那样英勇……"

伍宏超听到这句话，脸上不由得又发起烧，心说：我到和珅的府里去，能算什么英勇？我做了些什么事情？真是羞死人了……

顾画儿接着又说："难道我因为是一个女子，就至于这般懦弱？我才把心一横，也不管我干爹是愿意不愿意，当夜我就到慎刑司衙门里将我干爹救出，并把他老人家背出城来，送到这儿。我去年在京西道上救了一个因得罪了一个土霸而被毒打的人，他后来搬到这里开店为生，他跟我在城里常见面，所以我知道这地方，就在这儿安置好了我干爹。今天一早我又进城，先到我姑妈的家里看一看，那个地方已经被许多的官人跟和珅家中的几名护院围得密不通风……"

伍宏超听到这里，更急切地追问说："怎么样了？凌万江老英雄！"

顾画儿却不急不慌地说："我姑父他不要紧！他同我的姑妈大概在天还没大亮的时候就都走了，和珅派的官人和护院只围了他那两间空屋子。我姑父在城里的朋友多，后来我就遇见了他的朋友，他悄悄地告诉我说，我姑父昨夜同着伍大叔大闹和珅府，又打杀了铁爪蛟龙的徒弟飞鞭赵，只是还没找着和珅除害报仇。我姑父因为是与和珅府里那些新雇的护院的人全都认识，那些人就不敢太为难他，他就脱了身，赶回家还救走了我的姑妈，听说藏在他的盟弟家里了。我托人去告诉他，叫他也到这里来，只是直到这时候他们还没有来到，我想大概不致出什么岔错。只是白天在城里，我听不见伍大叔的下落；我知道伍大叔的武艺好，也不能在和珅府里吃亏，可是……"

伍宏超听了这话，心里又像被刺了一下似的，脸又热起来。他惭愧地想：我固然是在和珅的府里没吃亏，并且还占了便宜，可是说起来有多么羞惭……

顾画儿又说："我也不放心伍大叔，我才又找着小张三，跟他说，只要您一回到那店，就赶快把您接到这儿来。我不敢在城里多待，没到正午，我就回到这儿来啦，直等到现在，您才来到，可是我姑父还没来到。我的那驴也牵在这儿了，我想求伍大叔先护送我干爹，明天就往南去走。我要回一趟西陵，安置安置我那干妈，然后再赶上您。我再独自，或是伍大叔跟我姑父都陪着我们去可以，送我干爹到江南，到我师父郝燕翎的家里暂避些时。"

白大爷却喘着气，摇着头说："我不要去避！江南那么远，我不愿意去！我也不愿意去依靠郝燕翎！你们就叫我在这儿，不必管了，我大概也活不了几天了。你们应当快再进城，杀和珅，报你们两人的父仇！为朝廷除奸臣，为百姓去大恶！"说着还直摆手，仿佛驱逐着，叫他们两个人当时就去，同时他喘得越发厉害，顾画儿忍不住哽咽着哭了。

伍宏超低着头，紧紧地皱着眉，对于眼前这位义烈的老人和智勇双全的奇侠女只有钦敬。人家把经过的事情都已跟自己说了，自己呢？尤其是昨天从清晨至傍晚，在和珅府中，在卿怜室内的那些事，哪有一句话可以告诉人？真连跟人家在一块儿的颜面都没有了。

顾画儿扶着她的干爹躺在炕上休息，伍宏超也把金刚玉宝剑放在炕边，他就倒背着手儿，抑郁地走出了屋。这小店里，除了那小小的厨房里还有点儿灯光，其他歪歪斜斜的几间小客房都黑暗无光、寂静无人。大约是因为顾画儿在此的关系，这里的店家已把今天所有要来投宿的旅客悉已拒绝。月色黯淡，地下印不出来人影，星光都为浮云所遮。暖风拂拂，四下无声，小张三赶着的车也走了，难道他真是去接迎那金臂飞侠？

伍宏超就在院中徘徊，仿佛是有些不好意思再进那屋里去。待了一会儿，忽见顾画儿从那屋里出来，问说："伍大叔您怎么不进屋里来呀？"伍宏超也不知道答复什么话才好，只长叹了一声："咳……"顾画儿却往近走了几步，似乎现出不悦的神气，问说："伍大叔！您叹息什么呀？还有什么值得发愁呀？"伍宏超又叹息了一声，说："我不是为事发愁，我却是有些……咳……"他顿了一下脚，说："我是不由得不惭愧！"

顾画儿似乎是怔了一怔，借着黯淡的月光，不由得看了他两眼，低着声说："其实我想，我们不能够立时就剪除了和珅，并非是因为我们无能。您想：他是皇上的宠臣，秉政二十多年，他的府宅那样宽深，护院的人又那么多，密室不知有多少，哪里容许外人轻身而入去杀了他？伍大叔您到他的府中去了两趟，虽然没得手，可也未遭他们所擒，我看就算不错啦，您何必要这么着急呀？我与您一样，都是跟和珅有杀父之仇，可是我一点儿不着急。这次，我想先送我干爹到江南，索性等三年五年之后，把他老人家送了终，那时我才去找和珅呢。我觉着，恶人早晚要有报应，等他两年不算什么！"

伍宏超觉着顾画儿不知道他的心事，本来，自己的心事，跟卿怜弄的那些事，人家一个姑娘怎么能够知道呢？

顾画儿又走近一步，说："我看伍大叔您这个人太老实，也太正直了！您只凭着一股勇气去找和珅，虽两次都没有吃亏，但第三次要再去，一定得吃亏，所以我也很不放心，我才主张您也同我们到江南去。江南既是您的老家，我师父郝燕翎又与您是好友，您实在不妨回去一趟。再说，我说实话，我们的本事全都不行，凭我们一两个人斗铁爪蛟龙都许斗不过。我们不应当骄傲,我们顶好到江南,再同我师父郝燕翎讨教讨教武艺,把武艺再练精些,然后我愿同您再北来,一同去除和珅!"

伍宏超低着头聆听着,越听他的头越往下低,简直抬不起来了。顾画儿姑娘把话说得这样近,人家心地诚恳,拿我当人;人家那么好的武艺,还要去练习,我的武艺自然更应当去练一练,可是练好了又济得了什么事?我的人品今朝已经完了,丧尽了!和珅的一个宠妾、王亶望遗下的一个妖姬把我的人品已经毁灭了,我无颜再与侠女对语。

顾画儿见伍宏超永远低着头,不由得就生气了,说:"这是怎么回事呀?伍大叔!我看你怎么一点也没有了北箭亭挑缺时的那股锐气?那时您有多么爽快,现在有多么……闷气、发痴?我真不明白,一个男子汉大英雄,要是这个样儿,我可就看不起啦!"

伍宏超又叹息着说:"姑娘你不知道,我愿同和珅去拼!"

顾画儿沉着脸说:"拼就拼去吧!您与和珅有杀父之仇,您又是一位侠义英雄,您愿意如何,我哪儿拦得住?"

伍宏超又叹息着说:"今天我来,只是为送还姑娘的那口金刚玉宝剑,我已经放在屋里炕上了,请姑娘将我的那口剑还给我。姑娘请自去江南,我在这里要与和珅相拼,只要能手刃奸臣,我甘愿死于他那府内!"

顾画儿又怔了,更显出生气的样子,说:"那口剑是我干爹叫我换的,他老人家是因为敬重伍大叔才叫我那样做,我不能不依从。您要想再换回来,也没有什么不可,但是我不能做主,我不能够反复失信,来来回回地换宝剑捣麻烦,干吗呀?您再去跟我干爹说去吧!他要说是换回来,我立刻就跟您换回来!"

伍宏超赶紧解释着说:"我想将剑再换回,并没有别的意思,我只是觉着,我实在不配使用那么好的金刚玉宝剑,我不配!我愧得慌!"

顾画儿更显出惊疑不解,不由得也叹息了一声,说:"我真不明白您是怎么啦?得啦,有什么话您跟我干爹去说吧!我的事情很多,也没工夫跟您再说话啦!"说着,她转身就要回到屋里。

这时忽听得门外又是一阵咕噜噜的骡车的轮子响，渐渐由远而近。顾画儿便急忙往店门外去迎，说："来啦！"

外面车轮声还没有停止，就听凌万江大声嚷嚷着说："这个车我坐得可真便宜，一个钱也不要！其实，赶车的小伙子，你就是不把我们给拉来，难道我金臂飞侠拿着一对锤，背着一个老婆，就真走不到这儿吗？"

赶车的小张三说："以后就求大爷多关照我点儿！"

凌万江说："你放心！我姓凌的现在又算把脚踏到江湖上来啦！江湖上的那些人都是我的儿子跟孙子，谁要是欺负了你，你就拿我金臂飞侠的名气去吓唬他！"

车轮之声止住，又听见是顾画儿的姑妈二摆风边哭边说着："哎哟！我算是倒霉透啦！连一个少衣没食的平安日子也过不了啦！嫁一个老头子，什么都不叫你省心，整天骂，骂中堂，得罪人，现在可骂出祸来了！连我那一箱子衣裳都扔在家里没拿出来，这可怎么办呀？我的天呀……"

凌万江跳下车来，嚷嚷着说："你哭什么？你要再哭，我可给你一锤！现在出来，可不像在家里了，那时我怕邻舍笑话，不敢惹你。到了江湖上，就到了咱的老家，将来咱占一座山寨，叫你做压寨夫人，皇后吃什么，咱也吃什么；娘娘穿什么，你也穿什么，那不是好造化？省得在城里受和珅那鸟气！"

他忽然看见了伍宏超，就说："哈！你也来啦！昨晚上在和珅府里，我也不知你上哪儿去啦，我还真不放心。果然你是一个少年英雄，竟也冲出了他那铜墙铁壁，可见和珅手下无人，铁爪蛟龙原来也是一个光会吃饭的家伙。"说得伍宏超不由得脸又红了，幸亏没有被人看出来。

顾画儿就说："姑父！您小一点声儿说话行不行？"

凌万江却依然大声地说："在这儿说什么也不要紧，难道和珅的耳朵还能伸到这儿来？我不怕！伍宏超兄弟，咱们在这儿歇两天，可还得进城！妈的，再找和珅，就不再上他的家里去了，他家里十间屋子倒住着九个小老婆，咱们好汉英雄，闯到那种屋子里去，真觉着晦气！"

此时顾画儿去搀她的姑妈,二摆风却仍然在哭着,并且她也看见伍宏超了,简直要赖在车上不下来。她说:"这是什么地方呀?这难道就是你跟你这汉子租的房子吗?要没有你们,你姑父还不致疯成这个样子啦!你们都是贼,要叫我进贼窝,我宁可在城里要饭也不跟你们啦!"

凌万江便大声地威吓着,把一对甜瓜大小的紫铜锤敲得叮当叮当乱响,说:"进去!你要再不进去,我拿锤打死你!反正我连铁爪蛟龙的徒弟都打死啦!"

顾画儿依然劝她的姑父不要大声,赶车的小张三也帮着劝,并帮着把那大哭大闹的二摆风搀到了那间小屋里。二摆风一看见白大爷,她就越发哭吵起来,凌万江又大声嚷嚷,当时就将这寂静冷僻的小店搅得好像起了狂风暴雨。

顾画儿真着急,伍宏超尤其烦恼,觉着这样儿怎么能成呀,这还要上江南去哩,路上得捣多么大的麻烦呀?他越发不能在那小屋里待,就独自在院中徘徊。这地方听不见更鼓,也不知现在是什么时候了。

但,就在这时候,忽然听得嗒嗒嗒嗒外面传来了一阵急促而杂乱的马蹄声音,只见小张三惊慌慌地跑进来,关上了店门,还要搬石头去顶,口里说:"了不得啦!有人追下来啦!"这时那群马的蹄声已经来到了门首。

顾画儿手持着两口宝剑跑出屋来,悄声地说:"不用慌!不用慌!"遂就将一口剑交在伍宏超的手里,伍宏超一看,仍然是那金刚玉宝剑。

外面这时就有人紧紧地捶门,伍宏超挺剑要出去,顾画儿却向他连连地摆手。屋里的二摆风这时倒吓得不再哭闹了,金臂飞侠凌万江手拿着双锤跑出了屋,说:"怎么着?莫非是追着我来的吗?正好!问问他是谁?我来请他喝盅酒!"

外面有人上了墙头,手里使的是一对护手双钩,这人名叫狠窦墩常奉,他说:"凌大爷!没有什么的,咱们全是自家朋友,您出来吧!话好说,我们也绝不能够叫老朋友过不去……"

这个人还没把话说完,却又有手拿短棒的火眼悟空唐二雄也从外边登上了墙头,说:"凌大叔!没您的事,我们要抓的还是伍宏超,这是中堂的旨意。您要是帮助我们把姓伍的捉住,我们跟您是一句话也没有,因为咱们全是老朋友。还有您的那位内侄女,可真对不起,她在慎刑司劫牢,抢去了钦命捉拿的要犯……"

凌万江听了这话,当时就大骂说:"什么叫钦命?难道他妈的和珅成了皇上啦?"

唐二雄又说:"凌万江,你不可辱骂中堂!现在南北衙门的官人都已来到,这怪你刚才跑出城的时候没有跑利落。你也是个老混混,得看看风势,反正你是走不脱啦!可是连胡大师傅给你也还留着点面子,只要把你内侄女交出,就没你的事,也绝不能叫她受委屈。姓伍的也是一条好汉子,什么事都应当由他担当……"

伍宏超这时挺剑高跳起来,说:"我姓伍的在这里!好啦,你们也不用再找别的人,我伍宏超一人担当就是了!"说着,他就要越墙而出,旁边顾画儿却用手将他紧紧拉住。

凌万江铛的一声,把手中的双锤一撞,大笑着说:"哈哈!你们要找年轻的人欺负吗?那算什么能耐?打死飞鞭赵,大闹和珅府,连到慎刑司救出来义士白大爷,全是我凌某一人所为!铁爪蛟龙来了没有?他要是来啦,就叫他快出头,我还嫌你们的脑袋都有点软!"

外面已经有人用沉重的东西向着两扇小店门猛砸,哐哐、哗啦哗啦,门当时就被砸开倒下了,原是铁爪蛟龙胡腾雨已经前来,手抡飞鞭正要往店里来闯。凌万江却喊了一声:"小子你别进来!咱们外头干!"于是他手抡双铜锤,急迎到小店门前,搂头盖顶打下。铁爪蛟龙胡腾雨也手抡飞鞭来打,当时就听得铛的一声,巨响惊人,铜铁相磕,迸出了火星;两个人的手腕子大概都震得麻木了,铁爪蛟龙就向外退了两步。

凌万江追赶而出,他一看,啊呀!这个小地方可真热闹了,人马真来了不少;灯笼的光亮照耀着许多人的红缨帽,个个紧张、严肃,真正是刀已出鞘,弓已上弦。这时院里的伍宏超也上了墙头,与唐二雄、常奉在墙上厮杀起来。凌万江就回头喊道:"画儿!你们快着点儿预备着跑吧!不行!他们来的人太多……"

这时顾画儿在院里倒是沉得住气,她并没有出来,只是连声喊着:

"伍大叔！伍大叔！快下来吧！"伍宏超却不听她的话，先一剑将唐二雄劈下墙去，再抡起金刚玉宝剑往常奉的头顶去削。常奉急架护手双钩去迎，就听得当啷啷响，他的两把护手钩只剩下小段的护手，两个钩头全都像纸做的似的，被伍宏超的一剑一削就都给削落了。常奉大惊，趁势跳到了墙外，摔得两条腿几乎站不起来。

几名骑在马上的官人一齐抡刀来战伍宏超。伍宏超却仍然站在墙头，将剑平飞直舞，寒光嗖嗖，官人们的刀只要碰上，当时就折。这时外面的人可都惊慌万分，乱喊着："小心点！这小子手里的家伙太厉害！"马都向后急退，不敢挨着墙。有一个官人捻箭拉弓，向墙上站的伍宏超射去，但是没有射准，伍宏超反抡剑跃出，剑光抖得更疾。同时，铁爪蛟龙的钢飞鞭哗啦啦地舞动，如山崩地裂，声势惊人，凌万江也越杀越勇，一双紫铜锤毫不躲让。

这个小地方，街短、道狭，地下又坑坎不平，哪里容许他们当作恶斗的场所！多数官人骑着马早已跑远，有的把灯笼都扔在地下了，呼呼地就着起火来。那还没跑的马，见了地下滚着好几团火，一害怕更都惊了，飞似的蹬起了四蹄，奔得不知去向。由马上摔下来的人，红缨帽也丢了，捂着屁股不住地哎哟哎哟直叫。伍宏超用单剑抵住了小专诸陈悠、黑存孝李褒和开路天王保一杰，但那三个人都很畏惧伍宏超的宝剑，不敢以他们自己的家伙来直撞，只是且杀且走。

那聪明的小张三早就把他的那辆骡子车赶出这条街去了，他更乘着空，低着头，像一条机灵的耗子似的跑回来，向着门里喊说："快走吧！我的车可已经赶出街去啦，要是再待会儿，可就走不成啦！"

此时顾画儿在院里没有做别的，只是劝她的干爹白大爷和她的姑妈二摆风急速地跟她逃出此地。二摆风这时已经吓昏了，哆里哆嗦的，说话的声儿比白大爷的声儿还小，直说："快走吧！画儿你快救一救我吧……"白大爷却只是叹息，说："顶好是你们都逃，将来去找和珅报仇，我在这里，看他们怎么办？"画儿却急得泪已流出，说："那怎么能行呀？我为的还不是救您吗？干爹！您千万别死心眼！"

白大爷刚下了炕，这里开店的夫妇二人拿着包袱，拉着一个十二三岁的女孩子,也来哭丧着脸央求说:"顾侠女,您也把我们带走吧!我们在这儿也待不成啦!"顾画儿点头说:"好好好!"她在这时也没有工夫多说话,只叫她的姑妈搀着她干爹,店家的夫妇带着女孩子在后,小张三还直说:"小心着点!他们打得可正厉害啦!"顾画儿就手挺青锋剑,勇敢地保护着老少妇孺走出了这小小的店门。

外面此时,铁爪蛟龙胡腾雨将沉重的钢飞鞭抖起来,如同一条怪蟒,越杀越凶悍。凌万江毕竟是老了,虽然喊骂的声音还是那样大,但双锤抡得已有些吃力。伍宏超已经战退了小专诸那几人,手挺金刚玉宝剑上前来帮助,怎奈铁爪蛟龙的飞鞭太厉害,叫他的剑法施展不开。

顾画儿趁空护送她的干爹等人往西,已将离开了这条街,她又回首向这里高声说:"姑父跟伍大叔!也快走吧……"但凌万江仍在抡锤向铁爪蛟龙去砸,铁爪蛟龙又以飞鞭击锤,并且变式,以鞭梢向着凌万江脚下去扫。凌万江纵身一跳,躲开了,气喘吁吁地再以左手的锤向铁爪蛟龙的胸膛去顶,同时伍宏超的"金刚玉"力透中锋,也向铁爪蛟龙肋间猛刺。铁爪蛟龙却飞鞭绕起花来,哗啦啦响,有若神龙护体,只听得铛的一声将"金刚玉"给磕得飞出了好远。

那边顾画儿看见了,就飞奔回来,疾速地由地下拾起了金刚玉宝剑,猛勇上前。此时伍宏超空着手已经退出了好几步,顾画儿飞快地把青锋剑交给了伍宏超,并嘱咐说:"你可快去保护那边的人!"同时她手握"金刚玉",跃步直扑铁爪蛟龙,并急说:"姑父您快躲开!"

凌万江不但不躲,反倒说:"你们都快走吧!我跟这小子要拼到底!"

铁爪蛟龙哼哼一笑,斜着眼向顾画儿说:"丫头来啦!我看你到底有多大的能为?"说着他双手飞舞钢鞭,扇面似的一扫。顾画儿也顾不得这样沉重的武器,是否能够伤了她的剑锋,就用剑去挑,当啷一声;铁爪蛟龙再翻身抖鞭,猛地来砸。顾画儿用着十分的力,以剑向鞭削去,当时也没听出声音来,钢鞭就立时成了两截。可是铁爪蛟龙仍然紧握半截钢鞭,骁勇倍增,虽然他的左肩昨夜曾被袖箭射伤,但是他不在乎,一手握着七八节的带着铁链的钢鞭抡得更紧。

顾画儿剑法也施展不开，因为她的姑父抡锤只是向前挡住了她。其实凌万江的双锤真有点抡不动了，只是他不肯服这口气，顾画儿急嚷着："您快走吧！"凌万江却一边抡锤一边怒喊说："你们走！我金臂飞侠要跟铁爪蛟龙干定了！"顾画儿奋勇挥剑要救她的姑父，凌万江却仍抡锤直上。突然，铁爪蛟龙一飞鞭毒辣地砸下来，顾画儿就眼见她的姑父凌万江脑浆迸裂，尸身倒地，扔下了双锤；惊得她哎呀叫了一声，她的心也仿佛立时震碎了。

她一咬牙，金刚玉宝剑嗖嗖嗖向着铁爪蛟龙去削，她的身躯连连跃起，她已不顾一切了，誓要即刻为她的姑父报仇。她的锋利的宝剑又将铁爪蛟龙的左手钢飞鞭削掉了好几段，她虽武艺高强，剑法精熟而又凶猛，可是仍然杀死不了铁爪蛟龙。那铁爪蛟龙胡腾雨虽然只舞着半截飞鞭，却仍是勇悍绝伦，他连战连笑，说："小丫头，我要连你都打不过，就枉在和中堂府里逞强十多年！"

顾画儿剑虽利，力气却实有些不抵，而且姑父已惨死，她又不放心那边她的干爹跟姑妈，还有被他们所连累的店家一家人。她就以连环三斫式的剑法，铛铛铛要置铁爪蛟龙于死命。但铁爪蛟龙只是向后退了退，仍然哗啦啦地晃动着半截飞鞭，傲笑着说："我给你找寻婆婆家去吧！"说着向后紧退。

这时骑着马的那些官人又都蜂拥过来，小专诸一些人也大喊说："拿！拿！拿住这个丫头，要活的，中堂还想要把她收房哩！"顾画儿又气恨又悲痛，眼前铁爪蛟龙却已经跑开不见踪影了。剩下这些人，其中多半是连红缨帽都已丢掉了的官人们，在乱嚷乱喊，她真不愿多伤他们，只好晃动着宝剑且战且退，退了十几步，她就一越而上了旁边的房。

官人们都不会往房上蹿，小专诸等人也知道顾画儿武艺高强，尤其是那个宝剑太厉害，所以也都不敢逞能，就都大睁着眼看着，虚张声势地嚷嚷着："别放她跑！别放这丫头跑了，捉住她呀……"有个官人还射出了两箭，但是顾画儿早已踪影全无。

画儿姑娘步履在一座一座的土屋、一条一条的短垣上，看后面已经没有人追赶了,她才跳下来。脚落于平地,这就已经离开了那道短街了,四顾茫茫,天上的乌云遮住暗月,她的心里更是凄惨;想着一世英雄的姑父凌万江竟落得那样的惨死,她不禁心如刀刺,泪水像雨一般地簌簌向下流。她以持剑的手擦了擦眼泪,但是越擦越多。

她把心一横,又想:死的人暂时不必管了,在与和珅、胡腾雨的血海深仇之中,又添了一笔血债和无边的大恨,这些,都只好日后再报吧!此刻还是得先救走活人,老迈的干爹、姑妈、店家妇孺都还在危难之中。她这样一想,遂就顺着向西去的一股土路急速地走去。

行约一里,就见那小张三的骡车停在道旁,伍宏超先迎过来,问说:"是画儿姑娘吗?怎么样了?铁爪蛟龙逃走了吗?凌老英雄呢?还在那边了吗?……"顾画儿见问,心中更为悲伤,连一句话也没有说出来。她喘了喘气,忍了忍心痛,才催促着说:"咱们就快些走吧!"

二摆风坐在车里又骂:"那老头子!那老不要命的!他还不来,还在那边闯祸啦?就叫他死在那边吧,我算是跟他受够了罪啦!从一清早,他就把我由家里拉出来,头也没梳,脸也没洗,在他那个卖羊肚的穷盟弟家里藏了一天。我想回去取我的东西,我那些个积攒了多年的东西,还有我头一回陪嫁的好衣服,弄得全丢啦!家也回不去啦,只要一回去,就得叫衙门的人给锁走,哎哟!我早晚得找个青天大老爷去喊喊冤,我男人得罪了和中堂,我可是一点儿也没有得罪呀……"

顾画儿就在旁着急地说:"姑妈!您还说什么呀?"

二摆风又哭起来,说:"我说的就是我的命苦!我不像你,嫁着了一个又有钱又惜命的好人;人家在这儿又落好儿,又不用打架,那傻老头子在那边儿还不定怎么样啦?刚才我跟着他逃命似的走出城去,在路边我们两人就直吵嚷,后来这辆车在半道上接了我们,我不愿意上车,他就向我抢锤。那时我看他就是一脸的死气,那死老头子准活不成了!画儿!我的又有本事又能干,兴家立业又会找汉子的好孩子,给我娘家增光的好丫头呀!你快给我买两份烧纸来吧,你姑父一份,我一份……"

二摆风这么一哭哭啼啼,唠唠叨叨,骂骂咧咧的,伍宏超最为羞窘难受,而且看见画儿一个人来了,凌万江却没有下落,也实在疑心,他就忍不住又问说:"凌万江老英雄,怎么还不来呢?莫非还跟铁爪蛟龙在那边打着吗?我们应当去帮助才对!"白大爷也在车里叹息着说:"他的性情就是那么骄傲!画儿,你再去那边把他拉来吧!"顾画儿便悲痛地说:"告诉您吧!我姑父刚才在那边已经被铁爪蛟龙的钢飞鞭打死啦!"说出了这话,她不禁哽咽着痛哭。

第十四回　热泪交流短街偷侠骨
　　　　　幽情千种双剑订良缘

　　顾画儿把话一说出来,她的姑妈哭得更厉害了,说:"哎哟!他真死啦!到底是走到死运上啦!天天骂和中堂,放着好差使不去当,银子送到门上,倒给扔出去,闹,逞强,真可把命给送了!抛下了我可依靠谁呀?我的天呀……"连那店家夫妇和那小姑娘也都直哭。

　　白大爷只是叹息,说:"凌万江不愧是一条好汉!可是为什么要叫他那么有用的人死呢?为什么又偏叫我这老朽无用的人反倒活着呢?老天真是不公……"

　　伍宏超此时忿然说:"我们再回去找那铁爪蛟龙,当时就为凌老英雄报仇,怎么样?"

　　顾画儿却收住泪,发愁地说:"我看铁爪蛟龙的力气太大,武艺是另一路,并不是我们只懂些剑法的人能够抵得过的。再说,那边的官人也太多,咱们可有什么办法呢?"

　　伍宏超冷笑着说:"姑娘你这个人太为谨慎小心!我们现在纵不能去杀了铁爪蛟龙,可是也应当急速就回到那里,去把凌老英雄的尸身搬回来。"

　　顾画儿说:"我是想,现在我们应当急速找一个地方,先把我干爹、姑妈他们安顿下来,然后咱们再回到那地方去,再把我姑父的尸身找回来,要不然,也没有地方埋呀!"

那开店的人依然称呼顾画儿是"顾侠女",他说:"我在西边不远倒是有一家亲戚,可以请您几位先到那里去歇息歇息。他们田里也有富余的地方,要想给那位老英雄立一座坟,他们一定没有什么不乐意,还能够帮忙给买棺材、刨坑呢!"顾画儿点点头说:"就这么办吧!"

她的姑妈二摆风却仍然在车里大哭,说:"还立什么坟呀?我也没给他生过一个儿子,有了坟,将来也没人去给烧纸呀?我家里的东西都丢了,他这个老死鬼,就是有什么内侄女、内侄女的汉子,也都给他买不起一口棺材呀!他那老骨头就扔在那儿,喂了狗我也不心疼,反正他是叫别人给害了,我是叫他那老死鬼给害啦……我的天呀!"

伍宏超觉着在这里更待不住了,心想:固然,这里的老弱妇女几个人依然漂流无所,我不能图省事就借辞走开,可是一任凌万江的尸身暴露在那里,我们又都是年轻会武、手中还有宝剑的人,就这样束手旁观,实在是不对。论起这件事的始末,还都是为我一个人,凌万江也算是为我才抛开了家,惨死在外。这半天,并且由昨天起,我是一点事儿也没办,现在无论如何,我也得去抢回来他的尸身。

这时天上的浮云都堆聚在一起,倒把月光露出来一些,照着地面,路旁的田地、坟垒、树木都显出一种惨白。将近暮春的夜风,说是软,却也令人感觉着有些寒冷。也许因为此时各人都怀着悲哀,并且有些困倦了吧,小张三是不住地打哈欠,说:"我才倒霉呢!原想是交几个江湖好朋友,将来彼此有个关照,没想到差点没叫官人捉了去,拿我也当作贼,还……还撞着丧事啦!倒像是我的爸爸死啦,我的这位妈在车上直哭……吁!吁!得儿唔喝!"他叨唠完了,又向他那骡子吆喝,并将鞭子吧吧地抽着。骡车向西走着,车轮吱扭吱扭地滚动,车上的二摆风仍在哭着唠叨着:"我的天哪……"白大爷仍在低声长叹。店家婆跟店家女在车上仿佛是睡着了,都一句话也不说。

那店家是同着顾画儿跟着车走着,原来顾画儿虽然早先救过他,并且还跟他相当的熟识,但是已经忘了他姓什么,后来可也不好意思再问他了。这店家一边走一边说,原来他就是京西李各庄的人,他也姓李,庄里的人都叫他"二老实"。他家里原有几亩地,靠近永定河,并靠近和珅的家奴汪四的侄子的地。

那汪四的侄子在本地被称为汪老虎,最是难惹,那一次李二老实把汪老虎得罪了,要不是遇着顾画儿把他救了,他就得被打死。后来他开了那小店房,本来生意也不佳,房子是赁的,家具也没有什么,现在都扔了,他倒是不心疼。李各庄的家,他当然也回不去了,尤其现在这些一路同行的人,全是和珅的死对头,更不能都到那儿去。因为倘若叫那汪老虎知道了,当时就能够去通报和珅,那就连在那村里住的他的同族、邻舍也全得受连累。现在由此往西,有他一家两姨亲,姓邓,家里的人口不少,向以种田为生;可是去了,至多也只能够住一晚,长了也是不行,并且还不能全说实话,因为那一家人的胆子也都很小。

总之,现在这辆车载着的几个人和车后跟着的几个人,全都如失巢之鸟,漏网之鱼,前途茫茫无归宿,还尽是老的、女的、病的,还有刚守了寡的,而且还都没有钱。顾画儿却依然忍悲耐气,沉着坚毅,手提着金刚玉宝剑,英姿奕奕,俊美无双,可是穿的那身衣裳是越显得破旧了,她可又有什么好办法?

伍宏超跟着走了有一截路,心中想来想去,渐渐就决定了一个办法,遂一边走着,一边向自己的怀里去摸。他头一下摸着了一个光滑的圆东西,这是今天早晨在和珅府里,卿怜给他套在腕上的那只白玉镯。在小张三接他出城的时候,他带着这个装饰品觉着羞愧,就摘下来藏在怀里了;现在他一摸着,心里不禁更羞更悔,要不是顾画儿在眼前,他真能当时就掏出来给摔碎。于是他又摸,就摸着一个相当沉重的一个小包,他拿出来,叫住顾画儿,带着羞颜说:"我这个东西,请……请姑娘先替我拿着!"

顾画儿止住了步,惊愕地问说:"这是什么?"可并没用手来接。

伍宏超又像怕碰钉子似的,急将手缩回来。他临时改了主意,将东西又塞在李二老实的手里,说:"请这位大哥暂时替我拿着也行!你们先走吧,我去办一件事,待一会儿就去找你们。"李二老实用手一掂,那小包儿很重,就问说:"这是银子吗?"伍宏超却不答话,回身就疾快地走了。

他跟跑一样又向东去,走了一会儿没听见后头有人叫他,他才放了心,心说:好了!这件事算是暂时办完了,我把我身边所有的盘缠已经全都交给了他们,总可以帮助他们办点事了。那是我由家中带出来的钱,不是不义之财,我给了他们,也不能算是施惠;宝剑也换回来了,现在我拿的是我自己的。我不但赶紧要去给凌万江收尸,还希望铁爪蛟龙不要走远,我要跟他们再拼斗一场,决一生死。

他手提青锋剑顺着刚才来的路径急急走去,想着凌万江的豪爽、热心和勇敢,他又不禁落泪,他更想把玉镯掏出来,弃于旷野。但是又想:跟卿怜弄成了那样,原是我自己的错,我何必将过错尽诿之于一个薄命的女人!这次,若是我也死在铁爪蛟龙的手里,那自然不必说了,白玉镯正好作为我的殉葬物,我到来生再补报吴卿怜的一片痴情。若是我还不死,当然我要搬回凌万江的尸体,再去见顾画儿。目前我和她是要分别,可是日后,因为同报父仇,去杀和珅,总难免跟她再见面。但有了我跟卿怜的那种事情也好,不管别人怎样说,我总不会对那么纯洁的顾画儿有所唐突,或有何非分之想,那就行了,咳!以后我总不会在我为卿怜的美色所迷,一朝失足,永远悔恨之后,再跟顾画儿有何不能够免的情思呀!

少时伍宏超就又走进了刚才逃出的那短短的街道。这个地方,刚才那样的鞭飞锤舞、剑起刀腾、马嘶人喊,多么热闹!现时,却又变得一片冷冷清清。月光照着死蛇一样的窄街,一座一座的小土房都像是在睡觉。五六家铺户,除了李二老实抛下的那小店房,门全都紧闭,天还没亮,鸡也不啼,小槐树在摇动着模糊零乱的影子。

伍宏超先在街上找,既没有找着凌万江的尸身,也没见着一个人。可是他无意之中一脚踏着了地下一摊发湿发黏的东西,低下头仔细一看,原来是一摊鲜血。他的眼泪又不住地往外涌,怒气更从胸膛向上冒,心说:凌老英雄!请你的阴魂指点我,我去找铁爪蛟龙,立时就给你报仇……

忽然他看见那小店里的一个窗上有一些灯光,当时就挺剑向门里去走。这小店的门刚才已经被砸倒了,一进来,就见小院的地上,斜放着一具长大的尸身，伍宏超认出这尸身就是凌万江，但是这凄惨的血色模糊的死的状态，他实在不忍细看。在南房的墙后，仿佛有一条小过道，也许那边就是毛房，那里拴着一匹白马，还有一个趴伏着的黑色较小些的东西，看不清是马还是驴。几间歪歪斜斜的小屋，连刚才白大爷待过的那间小屋，也全都没有灯光，只有那柜房里，明亮的灯光还映着小窗。

屋里正有人说话，那人说："喂！老程！你别真睡呀！崔头儿派的是咱们两人看着这所房子跟那死尸，你睡着了，就剩下我一个人啦，我可有点害怕！喂！喝茶吧！没有法子，谁不困呀？可是人家都走啦，回家睡大觉去啦，就把咱们两个当小差使的搁在这儿。等天亮了，我还得出门去找找我的帽子，真倒霉！以后我的儿子长大了，我真不叫他干这一行啦，这多叫人提着心哪！这时候那个使宝剑的丫头要是回来，叫咱们两人给她的姑父偿命，那可才糟糕呢……"

伍宏超就知道这里只留下了两名官人，铁爪蛟龙那一些人都已走了。自然，现在也找不着人再拼斗，立时为死者报仇了，只好都等将来再说吧，现在且将凌万江的尸体搬走吧！于是他上前把已经惨死的金臂飞侠抱起来，这位老英雄的鲜血，大概还有脑浆，就流在他的身上了。他本想到那墙根儿牵一匹马来，可又想：那不但是形同盗窃，还得叫屋里的两个官人担不是。我既不能去找铁爪蛟龙与和珅，就不必与这当小差使的作对，现在事情是暂时完了，只有走吧！

他掮着凌万江的尸身，又走出了这个空店，再往西去，就离开了这短街。因为他的宝剑没有地方放，必须用胳臂挟着，所以只能抬着一只胳臂擎着尸身，重量都压在他的肩头。金臂飞侠虽死却还是这样的沉重。伍宏超边走边想：这位老英雄，真义士，他与我相交的日子虽浅，可是他确拿我当作小兄弟。他的为人是那么豪爽，身手是那样的雄健，而且他与和珅无仇，跟铁爪蛟龙也不过是赌气，他竟为我们而惨死了！

伍宏超掮着死尸，努力地向西去走，他此时也真有些累了，困乏了，可是他仍然不肯稍歇，或是换一换肩。夜愈深沉，云又遮住了暗月，风简直有些寒了。他喘着气往前走着，走出约有二里地，就听身后传来一阵嘚嘚嘚的响声。他惊得转回了身,就见有一个黑东西自东边飞快地来了;他看出来是一头驴,驴上的人是顾画儿,因就想:顾画儿可能是在我走了之后,她就也返回到那店里,前后与我只差了一步;大概是我才把尸身搬走,她就去把她的驴儿牵来了。这倒不足为奇,这也不能说她又在我的跟前卖弄本领,然而连我带她,这一位被绣球认作是"神人"、被我敬之为侠女的人,可又都有什么用呢?今夕,都可谓惨败于铁爪蛟龙之手,也可以说就是惨败于和珅之手!

顾画儿把驴赶到了临近,带着哭声说:"伍大叔!您快……快把我姑父放在驴上驮着吧!我姑父,姑父啊!想不到您老人家……"她哭着下了驴,几乎昏晕在路旁。伍宏超将尸身自肩头平平稳稳地放在驴背上,用手谨谨慎慎地扶着,又劝着说:"姑娘!你也不必哭了,我们把仇恨暂时压在心里,反正将来要再去找和珅与铁爪蛟龙,用我们的宝剑去消解!"

顾画儿更抽抽搐搐地哭说:"我不哭别的,我是不禁想起当年我爸爸被铁爪蛟龙所杀,将头挂在什刹海的树上。那时认识我爸爸的,哪一个敢出头?哪一个不躲避?只有我姑父仗义,将他的头偷去葬埋了,想不到现在我们又搬运我姑父的尸身……"

伍宏超却说:"走江湖人的结局,谁能够知道谁将来怎么样。我想,我们将凌老英雄葬埋之后,再将白大爷安顿好了,就也不必再去找郝燕翎了,索性拿性命再跟和珅碰一碰,就完了!"

顾画儿却擦擦眼泪,摇着头说:"不行,那还是无用!我们非得去找我郝师父,再求他指点指点我们的武艺不可。"

伍宏超只好不言语了,然而心中却不以为然,觉着顾画儿到底是一个女人,太为谨慎小心,也可以说是胆子小。并且,她这一点可是跟吴卿怜有点儿相同,办事太不痛快了,叫人觉着憋气!

两个人一左一右,各用一手携着宝剑,一手扶着驴上驮着的尸身,在浮云飘飘、夜色沉沉、春风拂拂、旷野茫茫之下,彼此不再说一句话,只向西紧走。少时就赶上了小张三的那辆车了,车上的二摆风听说是她老头子的尸首已经搬来了,在车上又哭了起来,还带着骂,说:"早就该死呀!你坑的是谁呀?坑的是我呀!你要死在家里我还能给你买一口柳木棺材,现在,连我那樟木箱子全都没有啦,还能顾得了你吗?都是叫你那好朋友跟你那卖骚逞凶的内侄女活活地把你给害啦!我的天呀……"

李二老实说:"眼前可就到了我们那两姨亲邓家啦!人家跟我虽说是老亲戚,可是也有一两年不常来往了;黑天半夜的,咱们这么些个人,还有死人,就要去到人家家里住,可怎么去说呢?说什么呀?要说实话,就得把人吓死,要说假话我又不会……"他很发愁。

小张三说:"我早就想好词儿啦,你就按照我的话去说。既是老亲,他们让出炕来也得留咱们……"于是小张三就教给了大家一套谎话。

他的这套谎编得很妙,妙得还十分离奇,然而不这样还真是不行。于是李二老实就不但是发愁,还十分的发怯,只得点头说:"就这么办吧!没有法子!"

他引着车绕过了一道高坡,坡的后边就有一个小村,村里的几只大狗就汪汪汪地扑着他们咬来了。李二老实大声喊说:"三表弟呀!大嫂子呀!快来开门吧!我们投奔你们来啦……"小张三也帮着喊。人喊嚷,狗又叫,乱哄哄的,车上的二摆风还在不住哭啼,李二老实的妻子和女儿在旁直劝,白大爷又叹息,驴也长嘶。

村里一个较大的人家半天才开了柴门,又放出来两条更厉害的大狗,并有三四个男子全都手拿着木棍,问说:"是干什么的?找谁的?"李二老实赶紧哭丧着脸说:"是我呀!我是二老实呀!三表弟,大侄子、二侄子,你们快救救我们吧!"

对面的几个男子走过来,其中的一个就发出惊诧的声音,问说:"二表哥!你怎么半夜里来了呀?我听说你在甜水井街上开小店啦?"

李老实说:"是呀……"这时他可用上小张三教他的那一套诳语了,他就有些结巴地说:"咳!可别提啦!我在那儿开着好好的店,买卖还对付,想不到着起火来啦!把房子都烧光啦……"

小张三跳下车来帮着说:"把整整一条街的房子都烧光啦!现在火还没灭呢,这是一把天火!"

李二老实又说：“本街上就有一眼甜水井，又没有救火会，谁家也没有汲筒，眼看着火越着越旺……没办法！”

小张三又说：“我们，连车上这位老头儿跟这位姑娘、那位大爷，都是在他那儿住店的，没想到倒霉极啦，正遇着着了火。还有那个，你们看驴上驮的那死人，那是车里那位嫂子的老伴儿，是个卖瓜的。他看见起了火，就上了房，年纪大了，腿脚不利落，火倒没烧着他，可一个跟头摔下了房，把脑袋摔碎了，就这么死啦……众位当家的爷们，你们快行个好吧！我们半夜里来，太打搅你们啦！只要叫我们进去歇一歇，明天我们就都走，永远也忘不了你们的好处！"

这时，柴门里又出来一个老头儿，扶着拐杖，也听明白了这件事。李二老实又上前叫"姨父"，老头儿就说："这有什么法子呀？你们总算都是有命的，得啦！别说还是我的外甥一家人全都来啦，就光是你们几位投到这儿，我也得收留呀！快请进来吧！可是那个死人，这可对不起，我一家子老少十多口人，小孙子是新娶的媳妇，我不能不讲究点儿忌讳。"

顾画儿赶紧上前来说："是啊！我们想借您这儿的一块地，就暂时把他老人家先埋了，因为我们的家也很远，在易州呢！得等将来再来起灵。"

老头儿想了半天，才说："借一块地方埋个人，也没有什么的，可是……你们先进来吧！别在外边嚷嚷了，大半夜的，叫邻舍们听见了，倒像是我家里出了什么事。"

当下，这老头儿叫他的两个孙子在这里看着骡车、驴和死人，他把这一些人全都让进了他的家，在一间屋子内，临时点上了豆油灯，又叫人把他的儿媳妇们叫起来，给大家烧小米粥喝。李二老实的妻子和女儿跟这里是亲戚，所以就都让到媳妇们的屋子里歇息去了。邓老头儿和他的二儿子、三儿子对这几个不幸蒙受"火灾"的人，还直用好言来安慰，弄得顾画儿倒一阵阵地脸红。

伍宏超这时也觉着发窘，李二老实把那小包儿又要交给他，说："这是刚才您交给我的，现在还给您吧？"伍宏超却摆手说："我不要了！

这包儿里是一点钱,现在有多少事全都等着钱花,我这一点钱,应当大家分用。"李二老实还作难地说:"这……这怎么好意思呢……"

小张三却精神百倍地说:"伍大爷既是把钱拿了出来,要帮助咱们,咱们要不收,倒是不对啦!伍大爷人家是一位侠义英雄,银子有的是,要不然我也不能跑这么远来给他赶车。现在死人得买棺材,还得埋;这位大嫂又成了寡妇啦,是回娘家还是住婆家,也是有点钱才好;你这开店的,无缘无故受了连累,遭了天火,带着妻子孩儿将来怎么办?也得有点银子,好再谋生呀……"说到这儿,他扭头看了看,见顾画儿却沉着脸,像一位"姑奶奶"似的,坐在炕上的白大爷又像是一位"土地爷"。

小张三就说:"人家姑娘跟老太爷倒用不着分这笔钱,因为人家跟伍大英雄,比咱们近得多,人家用不着。我可是得沾点光,我为什么呢?我为做买卖呀!我人得吃饭,骡子得吃草料,车得上油。"说着,他嘻嘻哈哈地要过来那黑布小包儿,用手一掂,就觉着沉得很,心说:这么一个小包儿,怎么就会这么沉呢?于是他赶紧放在桌上,打开来一看,原来是黄金两锭,他不禁更笑着说:"哎呀!伍大英雄,不,伍大爷,你可真有钱呀!这是金子!"

二摆风此时一点儿也不哭了,站起来说:"这得给我!都得给我!我老头子都那么死啦,还不是为姓伍的死的?两锭金子,我还嫌少呢!"顾画儿赶紧拉住说:"姑妈……"二摆风却要抓她的脸,又大哭着说:"你,你们还能养活我……快点!你一个赶车的也要分我的金子?我跟你拼命!"说着,她跳着扑过去,就从桌上抢那小包儿。小张三疾忙用双手去按,但他究竟还是不行,二摆风就要咬他的手。这里的邓老头儿也说:"应当给人家这个寡妇,别人都分不着。"

二摆风就把两锭大约四两金子全都拿了去。她也不哭了,还冷笑着说:"明儿,我看着埋完了我的老头子,我就还进城回家。我那箱子里不但有衣裳,还有金首饰呢,官人要是给拿了去,也都得照样儿还给我。我是寡妇,我谁也不怕,我还得找和中堂去呢!他也得给我钱,金锭我还不要,我要元宝,要不然我就去喊御状告他!"

她的这些话,邓老头儿听了也很诧异,小张三是垂头丧气,一声也不言语。结果是伍宏超从身边掏了半天,又掏出来三张银票,恐怕他也只有这一点钱了。他将一张四十两的赠给了李二老实,李二老实推辞了半天方才收下;一张五两的交这里邓老头的二儿子,请为凌万江购买一口"薄材";另外一张五两的银子送给小张三,小张三虽然收下了,可还是不高兴。

　　各人喝了一些滚热的小米粥之后,在此倒是都安安静静地过了少半夜。次日,心里最"打鼓"的是李二老实,因为甜水井街本来昨夜没有着火,现在只要有人往那儿去,就得把谎话全都揭穿。他就说至迟明天,他也要带着妻女到山西去找一个朋友做买卖去。

　　凌万江的尸身是由这村里的人临时用木板钉成一个大匣子埋在土坡后。二摆风又哭骂了一场,叫人给雇下了车,她自己回城里去了,顾画儿也不能拦她这姑妈。伍宏超在凌万江的坟前焚了几张纸,三拜之后,他主张即时动身,于是求小张三套上了车,请白大爷坐着,连顾画儿一起,都向这里的邓老头和儿子、孙子道谢作别。顾画儿与李二老实又说了几句话,她感到很抱歉,可是又实在没有力量帮助。李二老实倒是说:"侠女请行吧!以后我还免不了要跟您见面,免不了求您帮忙。"顾画儿神色黯淡,情绪依依,此时伍宏超已同白大爷乘车走去,她也只得骑着小驴赶上。

　　小张三很机警,他怕再有什么铁爪蛟龙追来,那他就先吃不消,所以他赶着车,专走僻静的路,一直往南。他们是上午十点多钟动的身,午间在固安县的地面找小饭铺打的尖。饭后,顾画儿就与她的干爹和伍宏超分了手,约定的是在束鹿县城里十字街一准见面。因为她得先回西陵,将她的干妈,即白大爷的老妻安置稳妥,也许得耽误两三天,而后,她才能够放心南下。

　　顾画儿扬鞭,骑着小驴向西走去,这里伍宏超与白大爷坐着车再往南,当日晚间到雄县附近的双堂镇找了店房。伍宏超与白大爷同住在一间屋,白大爷虽然年老体弱,说话的声音很低,但谈起话来颇多教训。这位汉军旗人,仁义的老者,是十分可敬可佩,不过他并不了解伍宏超此时此际心里的难处。

伍宏超现在身边只剩了"几百钱"了,所谓"几百钱"实际就是几十文,只是几枚方孔的铜制钱而已(一个当作十文),明天开发店钱饭钱,恐怕还都不够。亡命而出,行李尽无,除了那一只白玉镯以外,是别无长物,金银都已给了人了,在此地又没有半个朋友。自有生以来,他也没为钱发过愁,想不到如今竟至如此,简直可以说是囊空如洗了。客况凄清,床头金尽,自己就是个壮士吧,于今可又有什么办法?

他想跟小张三借一两银子,但这个脸他不愿意丢,并且小张三现在也找不着了。听说隔壁就是一个赌窟,他去赌去啦。这里,白大爷躺在炕上,比死人还难看。屋子小,就觉着天气太热,壁虎都出来了,就在挂着一盏豆油灯、直往下落土的土壁上乱爬。

店里倒很热闹,呼伙计的,叫拿开水的,杂乱得很。还有乞丐进店来,发着悲声:"大爷们呀!大掌柜的呀!赏一口儿饭吧……"店家却呵斥着说:"去吧!人家都快睡觉啦,谁有钱来给你?滚!"伍宏超心里就想:难道我真要落得要饭?

他向来也没有这么发愁过,又一细想:仇既没报,英雄的志气是完了,好朋友金臂飞侠已惨死,顾画儿已回西陵,还不知要出什么舛错,吴卿怜还在和珅那迷楼上穿着锦绣,吃着稀粥,还许要遭和珅的一顿"懒驴愁"。细想起来种种的事,真令人愁上加愁!

他决定要把那只白玉镯卖了,卖了也干净,不过又一想,自己平时也觉着自己是个好汉,现在要拿着一个女人给的"定情物"换钱买饭吃,付店资,虽然别人并不知道,自己可实觉着脸上无光,所以,就是穷死,那只白玉镯也是不能卖。那么,还有什么可卖的呢?只有自己身上的小夹袄和绸小褂了。

现在天气渐热,越往南走,这小夹袄在身上越穿不住,反正是没有用了,里面又全是绸子的,大概也能够卖几个钱。只是这小夹袄上已经沾了凌万江不少的血,卖了它,又跟卖了好朋友的血一样,可是没有法子,只有快些到了江南,再学点武艺,好再来替凌万江报仇吧!

次日早晨起来,白大爷说:"我们现在就要走吗?"伍宏超说:"我想,今天再在这里歇一天吧。"他原是想,像白大爷这样的病老头子,一听说要在这里再歇一天,还能够不乐意吗?却没想到,白大爷竟因此长叹起来,说:"我是恨不得即时就到江南!画儿她去不去,都没甚要紧,我只是想面见郝燕翎,托付托付他;因为我想,要想剪灭和珅和铁爪蛟龙,如没有他,就永远无济于事!"

这话可有一点激恼了伍宏超,因为若按照白大爷这话来讲,除了郝燕翎,其余皆是无用之人了。这简直是连他也看不起,自己的武艺或者差些,但并不是不敢与和珅、铁爪蛟龙去拼。白大爷又长长地叹息,说:"我是真不愿意在路上耽误时日,因为只要见着郝燕翎,托付了他,我就放了心;那时我死了,也无遗憾……"他竟把江南郝燕翎看得这么高!固然,郝燕翎是江南最有名的拳师,为众所钦仰的侠客,然而,也不至于就高成这个样子吧?所以伍宏超听了白大爷的这些话,当时虽然没有言语,心里却实在不服气。

他就说:"那么,我们待一会儿,吃点什么东西之后再走也不晚,我现在先要出去办一点事。"

白大爷却仍然说:"越快些走越好!能立时就见着郝燕翎,是最好!"

伍宏超心里就想:这位老头儿,他的话说得倒很容易,可是现在没有钱,付不了店饭钱,开店的就能够叫咱们走吗?可他抑郁得一句什么话也没有说,就将小夹袄脱下,悄悄地拿着出了屋走了。

将要走出店门的时候,就有一个伙计,迎面笑着问说:"您是要把这件衣裳找人拆洗吗?"伍宏超摇了摇头,说:"不是,不是。"脸上觉得发烧,就赶紧出了店门。

这个市镇本来不大,既看不见有当铺,也没有买卖破烂的小市,街上往来的人也不多。伍宏超走出了很远,手里拿着衣裳,把心一横,就拉下脸来,找着一个像是客商样子的人,说:"我这里有一件衣裳,老兄你买不买?"这人倒一怔,把那件小夹袄看了一下,连伸手摸也不摸就摇摇头走了。

伍宏超又找着第二个人,照旧地问,这人却说:"天气都热了,我有钱也不能够买夹袄穿呀!"哈哈地笑着,仿佛把伍宏超当作一个穷傻瓜。

伍宏超脸越发的热,心里生着气,又去找人买。他见一家油坊前,有十几个人蹲在地下赌钱,便走过去,用大一点的声音问说:"谁要我这件衣裳?我要卖,价钱可以便宜一些!"但是这一些街头的赌徒只顾了赌钱,谁顾得来理他,都连看他也不看。伍宏超看着这些赌徒手里面都拿着不少钱,心里想:他们既然有钱,也许愿意买我的这件衣裳吧!遂就又大声地说:"谁买我的这件便宜衣裳?"

正说着,却有一个年轻的赌徒回身跳起来,抡着拳头就要向他来打,还骂着说:"你他妈的在这儿穷嚷什么?拿着件鸟衣裳……滚你的蛋吧!"伍宏超也还手要打,但又赶紧将手缩回去,心说:我现在是为将衣裳换一些钱,并不是来和谁打架,再说我连和珅、铁爪蛟龙全都不能打,跟这个人来打,又有什么光荣?于是便忍下了一口气,站着发愁。

这时,忽然有一个衣裳穿得很阔的中年人走过来,笑着说:"我来看看这件衣裳!"遂就将伍宏超的这件小夹袄接到手里,仔细地看,说:"衣裳确是很好……"又指着那几点血迹说:"只是脏了一些!"伍宏超说:"不瞒你说,我是盘费花尽了,没有法子,只好脱下这件衣裳来卖!"这人说:"我瞧你就不像常卖东西的,好啦!这件衣裳我要啦,你要多少钱吧?"

伍宏超说:"我想卖二两银子。"

这人一笑,说:"我也不用跟你争什么价钱啦!咱们都是出门的人,你到了这个地步,我也愿意帮个忙,交个朋友,你说二两,就是二两吧!你住在什么地方?"

伍宏超向北指了指,说:"我就住在北边,路东的那家店里。"

这人点头说:"我现在身边也没带着银子,我得回去取,待一会儿见,我拿了银子再到你那店里取衣裳。你先回去等着我吧,待一会儿,我必去。"

伍宏超点头说:"好,好!"那人又把他细细地看了一眼,回身就走了。

伍宏超手里仍然拿着衣裳,如今已经找到主顾了,他心里有一些高兴,就往他所住的店房去走,随走随又想:那个人穿得很阔,倒像是一个做大买卖的,他却又要买我的这件脏衣裳,而且不还价钱,似乎有些可疑。也许他看出了我是一个落魄的英雄,故意借此来周济我?这样好心的人,江湖上原也不少,如今我可算是受人的恩惠了……心里对那人有些感激,同时又为自己慨叹。

回到店里,那白大爷这时似乎又有些精神,他说:"伍义士,你听我告诉你,这话我原是不想跟你说明,想等到见了郝燕翎,我再跟他说,请他做媒;因为我若这时就告诉你,怕你将来与画儿一路同行,彼此倒拘束了!"伍宏超一听了这话,却不由得惊愕。

白大爷本来是躺卧着,此时勉强用力自己坐了起来,说:"当初,我叫你和画儿互相把剑换过来,就有这意思。因为画儿一向视我如同亲父,我待她也如同亲女,只是我还没有为她办一件事,那就是她的终身大事!"伍宏超已经听明白了,反倒觉着十分难为情,赶紧就摆了摆手。

白大爷虽已坐起来,两眼却闭着,似是无力睁开,伍宏超在这里摆手,他就没有看见,依然叹息着说:"她年岁也不小了!早就应当订好了婆家,只是弄得高不成低不就,她的脾气又冷僻,一般青年男子,她全都看不上。前几年郝燕翎来西陵传授她武艺的时候,也说将来要带她到江南,为她在那里物色一位夫婿,她听了可立时就恼了,几乎与她的师父反目。因此,对于她婚姻的事情,我同已故的凌万江全都不敢跟她去提。

"不过据我看,她对伍义士却似乎有些情,她很看重你,我叫她同你换剑,她立时就换了,可见她对你是很好。这原因就是你们的父亲同为和珅所害,全是矢志报仇,遭遇有些相似;你又是一表人才,武艺更为她所敬慕。因此,我已将为她择你为婿的意思暗中告诉了她。她听了并不恼怒,跟你反倒愈觉着近了,我就知道她的心中已是默许了。这件事,趁着我还有这一口气,不得不告诉你。我若能够到得江南,也必告诉郝燕翎,就请他促成你们的婚配。你们成为一对少年侠义夫妻之后,凭着两口宝剑,将来再去找和珅复仇、雪恨!"

白大爷的嗓音虽低,但一口气竟说了这一大套话,说完了,他就不住地气喘。伍宏超听了,却感愧交集,连连地摇头说:"不行!不行!这件事做不得,我并非嫌弃顾姑娘,只是我自觉着不配!望老义士不要再提这事了,见了郝燕翎,也千万别提这事。我只想送老义士到束鹿县,那时我也要另往别处去了!这件事情,老义士固然是一番好意,可是我太不敢当了!"他把这些婉谢的话全都忍痛说了出来,可惜他说的语音不清,仿佛比白大爷说话的声音还小。白大爷是又躺下了,一句话也没有再说,大概是伍宏超的这些话,他全都没有听见。

第十五回 怅望街头伊人无片影
　　　　追逐车骑利剑斗三雄

　　那已经说妥了价钱的买衣裳的人，半天也没有来。伍宏超就想：那人必是后来又觉得不值，不愿意来买啦。好吧！就由他吧！我也不想卖了！

　　但是现在怎么才能够动身呢？伍宏超就想：还是找小张三去通融一下，他的车拉了我这一趟买卖，虽然是走了不少的路，他也颇为出力，可是挣我的银子也不少。我暂时跟他借上一两半两，并请他送我们到束鹿县；只要一到了那儿，会着了顾画儿，然后我们再一同想办法，凑了银还给他，还可以多送他一些钱，这大概也没有什么不可以的。于是，他就叫店伙去找小张三，并且预先拟好了一些话，预备见了小张三说；小张三是一个讲面子的，好交朋友的人，谅他一定能够点头。

　　不想店伙出去找那赶车的小张三，回屋来却说："那赶车的连车带骡子，全都没影儿了！昨晚他在隔壁赌钱，输了一个精光。他又跟人说：'我拉的那个客人，早先是一位阔客人，现在却成了个穷酸啦，他困在这儿，我却不愿意也困在这儿。'他就偷偷地套上车溜啦，隔壁有人还要找他要赌账呢！"

　　伍宏超当时就好像是一块木头似的，呆呆地怔了半天。店伙又说："大爷你要真是盘费不够了，也别作难！有几个钱可以留下几个钱，我们也不押你的东西，你自管走，咱们交个朋友。"这话倒是相当的慷慨，然而伍宏超明白是要驱逐他了,怕他不给店饭钱,还要占这一间屋子,所以才说这话。

伍宏超又想了一想,本来若只是自己一个人,立时就能够走,可是白大爷却非车不可,这实在令人发愁,结果只好说:"我有个朋友,快要给我送钱来了,明天我们一定就走,还准保店饭钱一个也不差!"店伙看了他一眼,面上露出一种慢怠的神情,就出屋去了,这里伍宏超却越想越是没有一点办法,而越是发愁。

黄昏时候,外面有人问话:"今天早晨在街上卖衣裳的那位朋友,是住在这儿吗?"伍宏超就赶紧去开了屋门,见外面正是那要买他的小夹袄的人。他刚要回身去取小夹袄,那人却不等着让,就迈腿走进了屋,说:"朋友!你正在难中,我应当帮助你钱,却不应当要你的衣裳。"

伍宏超说:"你要是不要我的东西,我也不能收你的银子,你贵姓?"

这人很客气地说:"我姓汪!"遂就掏出几块碎银子,交在伍宏超的手里,并说:"这够你的盘费不够?要是不够,你自管说,我还可以多给,你要到哪儿去呀?"

伍宏超说:"我只到束鹿县去,有这些银子,足足的够了,好吧!你将我的这件小夹袄就拿去吧!"

这姓汪的接过了带着血迹的小夹袄,却仍是站在屋子里不走。因为店伙没给送来灯,所以黑乎乎的,白大爷已经抬起头来,但也没看清楚这姓汪的面貌;姓汪的向炕上去看,自然白大爷的模样他也是不能看出,可是在炕边放着的一口寒光森森的青锋宝剑,却似乎颇为引起他的注意,他就随口说着:"不要发愁,以后咱们若再见了面,你们有了什么难处,我还可以帮忙。"

这时院里又有人叫着:"汪爷!"

姓汪的高声答应了一声说:"好!我这就出去!你们先在门口等我去吧!"他拿着那件小夹袄,又说:"再会!再会!我还有朋友在外面等着我,要请我去吃酒。只要你们不走,明天我还来拜访,我喜欢结交不走运的朋友,我生平最喜帮人的忙!"说毕,拿着小夹袄就走了。这里伍宏超对这人倒不禁有些怀疑。

　　店伙把灯给送来了，菜饭还都是热的，茶也很香，他似乎知道伍宏超卖了小夹袄，已经有了银子。伍宏超当时就将店饭账俱都付清，并叫店伙去给讲好一辆往束鹿县去的车，明天清晨是就要由此走。店伙连声地答应了，就把伍宏超才卖衣裳得来的银子，拿去了少一半出屋去了。

　　白大爷现已是一点东西也不能够吃，喘息不止。伍宏超吃毕了饭，就闭紧了屋门，吹灭了灯，青锋剑永握在手，一夜也没有睡得安。这一夜内，倒是没有什么可惊的事，只是当冷飕飕的夜风吹进了门缝的时候，伍宏超身上仅穿着一件绸小褂，别的什么衣服也没有了，实在有点禁不住春寒。

　　次日清晨，在晓雾迷漫之中，另一辆破骡车就载着白大爷和伍宏超离开这里，再往南去，又走了一日的路程，就进了束鹿县城。

　　此时伍宏超的心里紧张得很，他暗想：顾画儿大概已经来了吧？好了，我快点把大爷交给她吧！我得走了。我决不愿跟她到江南去，这倒不是为别的，是不能由着人给我们做媒。我不愿意娶她，是因为我已经在和珅家里做了错事，我不能以我这样一个没志气的人，屈辱人家那位侠女。我也不骗她，可是我跟吴卿怜的事也实在不必跟她去说，我只有走就是啦。我不怕她骂我薄情，我同吴卿怜也宁愿负心，总之，我躲开她们两个人了，我谁也不近，我只去重返北京，到街头去等着和珅，拦住他的轿子要他的命！并到什么茶楼酒肆，去会铁爪蛟龙！至于一切的熟人，不单是顾画儿，只要再分别，就永远不和他们再见面了！

　　他叫赶车的特意将车赶到十字街，这街口很热闹，路却非常的狭隘，两旁对面开设的铺子，这边的招牌，差不多就可以撞着那边的招牌。他在十字路口一站，眼睛注意着往来的人，但是看了半天，也没有看见顾画儿和她的那头小驴的踪影。这使伍宏超不禁疑惑起来，猜想着：莫非顾画儿回到西陵，那里又出了什么事吗？这可说不定！自己恨不得当时就要由这里至西陵的道上去迎，只是这里的白大爷又真离不开人。

当下就在这十字街的附近找了一家店房，他把车钱开发过了，所余的零碎银子，已经无几。白大爷经这一日的颠扑，喘吁得就更厉害，他简直病重得起不来了。伍宏超看着很是发愁，赶紧托店家在附近延请来了一位医生，给白大爷诊了诊脉，开了一张药方，求店伙把药买来。伍宏超自己到厨房里去煎药，他一不小心，把药又洒掉了半碗，弄得他身穿的那件白绸小褂更是污秽不堪。他的胡子也有几天没有刮，一摸就扎手，不摸又仿佛觉着痒痒。

他拿着半碗药回到房间，扶起来白大爷，伺候着请他服下。白大爷却只是对着屋中的一盏惨黯的灯，睁着两只无神的眼睛，口中喘着气，不断地说："郝燕翎！郝燕翎！唯有到江南找到郝燕翎，才有办法……"别的话，仿佛他全都不会说了！这老人病得已经糊涂了。

这个店里很乱，咕隆咕隆地直往院里进车，马又嘶叫。来住店的人好像全都很横，有一个就咆哮着说："开店的！你们站在院里给看着！我们这车上的东西可是要紧，卸丢了一件，漫说你这脑袋，就是把你们这儿县官的脑袋拿来赔，也是他妈的赔不起！"

伍宏超一听，这太足以引起他的好奇心了，心说：这是什么东西呢？竟这样的重要？他于是就出了屋，在黄昏暮色之下一看，原来院中是几辆大车，镖旗还在车上插着，上写"河南同利镖局"。车上全都是些个大木头箱子，有很多人用力地往下抬，都累得哎哟哎哟的，好像是抬不动。

旁边站着两名威风十足的镖头在看着，还骂着，还嫌这些人抬箱子不出力，把箱子往屋里送得太慢，一个是说："这些东西，妈的只要丢了一件，就先找地方官去说，就是直隶总督也叫他坐不住！"另一个拉着一个才把红缨帽摘下拿手巾擦头上汗的官人说："这里的事儿没什么啦，咱们上街喝酒去吧！"于是那官人就跟着这身材矮胖的镖头，一同出了店门走了。

这里的那个个头很小、膀背却很宽、脾气极暴躁的镖头还在大声地喊嚷："妈的！你们倒是快些往屋里去搬呀！要是往你们家里去搬，妈的，也就不能搬得这么慢了！"有一个搬箱子的人就向着这保镖的开玩笑,说:"对啦!要搬到我们家里这么一箱子,我这一辈子可真不愁吃喝了。"这镖头说:"你妈的口气倒真不小!这一箱子就只养活你一辈子,你他妈说这话真不怕折福?八辈子十辈子也足够咱们花的,可是,就可惜你跟我都没有他妈修来和中堂那样的好命……"

伍宏超听到这里,顿然又奋起了精神,引起来愤怒,心说:听这人说的话,这些箱里的东西,一定都是要运到京里去送给和珅的呀!大概不是金银,便是珠宝,一定是河南的什么官,替和珅刮来的地皮。好大的胆!他们还竟敢这样的嚷嚷?这箱里的东西不定是多少老百姓的血汗与眼泪……想到这里,他忿然地回到屋里,也对着惨黯的灯发呆了半天,又看了看炕上放着的那口冷森森的宝剑,而白大爷却还在呻吟、喘吁。

这时店伙把店掌柜的给带来了,这位店掌柜为人非常的和蔼,可是仿佛有什么事情似的,把伍宏超不住地看,又不住地细细地盘问。伍宏超虽然对他很是疑惑,可也爽直地就说出来:自己的名字叫伍宏超,与这患病的老人不过是朋友,在这里还要等候一个人,三天两天之后,才能够动身。

店掌柜连连点头,带笑拱手说:"伍大爷对朋友这样的关照,可真是一位仁义的君子!我看您也不像做买卖的,更不像那些跑江湖的人,一定是一位世家公子呀!据我看,躺着的这位老先生,病可算不轻呀!现在又出门在外,真是,真是……叫我们开店的人遇着这种事,看着都很发愁。此地地方小,也请不来好大夫;有好大夫,也没地方去买那上等的地道的好药,这里往西不远,就是顺德府,那儿可倒是有几位出名的大夫跟大药铺呀!"

伍宏超一听,不由得又气了,因为这店掌柜也分明是到这屋下逐客令来了,就强忍着气说:"我们原是要往江南去,走不到顺德府。我这个朋友,他虽是老,虽是病,可是这样也非一日了;他也不能够说死就死,便是死了,我也立时就想法子去埋,不能够耽误了你宝号的买卖……"

店掌柜连连地摆手,说:"不是!不是!我不是这意思,开店的是住各地的客人，客人里难道就没有生病的？再说一句不好听的话，难道开一辈子店，店里就永远不死一个人？去年，我这店里死了一个穷人，不但欠我的两个多月的店钱我都不要啦，药钱都是我给开的；我还替他买的棺材，雇了人去把他家里的人找来。我送的盘缠，才把灵运走。这是真事，您可以出门打听去，只是，伍大爷……得请您维持小号这个生意，因为我在这里也是一大家子的人，万一我要是受了点儿牵连……"伍宏超听到这里，倒不由十分惊愕起来。

这店掌柜却一面把旁边站着的一个伙计给支走，一面又扒着门向外边看了看，外边这时还喊着嚷着的往屋里抬那些大木箱。这店掌柜探着头低声向伍宏超来说："您看见了吧？现在院子的那些东西，那是有差官跟镖头押护着，那都是些送给北京和中堂的东西。因为我这店是开设在城里热闹的街上，比在城外的那些家店妥当，所以向来，每一个月总有一两回，这些买卖是住在我这店里。那么别的客人当时我也就不能收啦，已经住下的，他们也要逼着我给立刻撵走。这也难怪，万一出了点什么事，谁能够担得起？大爷你自然不是没来历的人呀！可是刚才，你们才一进店的时候，就有两位好像是当官差的人到柜房直向我们打听，还叫我们留心着你们，现在那两个官人大概还在店门口，没有走呢！"

伍宏超听着，就不禁吃了一惊，心说：和珅可真是厉害，原来到处全都有他的人！这样看来，我们这些人自从离开了凌万江惨死的那个地方——甜水井街，早就有人在暗中跟着我们了。可是，白大爷是由慎刑司衙里逃出来的罪犯，我是曾经数次大闹和珅府，他们为什么不立时向我们下手捉拿呢？有什么值得投鼠忌器的呢？这可真令人不明白！

店掌柜的又说："我这可是一番好意！"

伍宏超拱拱手说："我都知道，你是一番美意。我伍某要是什么江洋大盗、身犯重罪的人，也绝不好意思住在这里，使你受累，我却全都不是。我是走江湖、交朋友、除恶人、扶孤弱……"店掌柜赶紧接声说："我也看出来您是一位侠义英雄！"伍宏超说："我们只不过是将和珅得罪过就是了！"

店掌柜吓得脸更白,说话的声儿更小,连连地说:"这就不行啊!伍大爷,您难道不知道和中堂是当朝一品,位极人臣,万岁的女儿是他的儿媳妇?各地的督抚府道,哪一个不是他手底下的?哪一个上了任,不得对他年年送礼、月月问安?现在我们店里住的,那不就是河南巡抚派来的有名的大班头双斧太保龙宗璧,还有大镖师矮罗汉唐清和宽背虎卢泰吗?这都是了不得的有大本事的人,每年至少要在我这店里住两回,都是往京里给和中堂送礼的。你要是跟和中堂有了什么过不去的事,叫别人知道了还好,要叫他们三个人看出来,可真……我是好意,我伍大爷你快些带着这位生病的老先生,走吧……"

伍宏超摆手说:"你不用替我发愁!我也不能跟他们在这里打架,他们也不能立时就来捉我,即使有事,我也连累不着你。你看我这位年老的朋友,他病得已经起不来了,你就放心吧,我绝不能够把他扔下,我一人跑了。我既不跑,那么什么事情,自有我来担当,绝不致连累了你做生意的。"

店掌柜听了,仍然是紧皱着眉发愁。伍宏超倒是微微地笑着,表示一点也不介意的样子,并说:"我因为朋友病了,弄得我的心里也很是烦恼,门外附近有酒铺吧?掌柜的,我请你去喝酒好不好?"

店掌柜的却摇头说:"我不喝,我为今天住了你们这么两个客人,我连晚饭都吃不下去啦!得啦,我的话也都说完了,您不走,我也没有法子,我也不能往外撵您,叫我得罪人。不过我还得有两句话,人要是病死在这儿,那没有法子,可是万一有人来捉您,或是矮罗汉、宽背虎都亮出家伙来,要跟您在我这店里拼命,那时候您应当怎么样?"

伍宏超说:"这事你倒尽管放心,我要打,同他们到外边去打;要斗,同他们到街上,或是到城外去斗,绝不能够把血溅到你这店里!"

店掌柜皱着眉点头说:"这就行啦!咱们就看面子吧!"遂就无精打采地转身出屋去了。

伍宏超也明白这店掌柜人家并非是过虑,他开店多年的人有经验,已经看出来了。总之,自己和白大爷在这里,虽似是与人无争无扰,其实已经是危机四伏,怔了一会儿。他对眼前的这些事,倒是并不畏惧,只是白大爷病得这样的重,顾画儿又还不来,确实是使他发愁。但又想:发愁也是无济于事,反正我就是永远这样老老实实地服侍着白大爷,等到和珅手下的人来捉拿我的时候,我们也得分散。何况又快没钱了,哪里再去找一件衣裳可卖?白大爷的医药,都要费许多的钱,这可真非得从河南巡抚送给和珅的赃银里取用一些不可了。这样一想,他就把心一横,遂即叫来店伙,托付着给看照白大爷。他遂就手拿着青锋剑,出了店房。

这时已天黑如墨,满空中稠密的星光,风倒很暖,院里刚才搬箱子的那些人,连车夫们,也全都出去找酒馆喝酒去了。十字街口这时仍然很是繁华,酒馆有不少家,但最大的一家酒楼,字号是叫"鼎春坊",楼上楼下的灯光照耀得真和白昼一般,里边的客人乱乱哄哄,也不晓得有多少。伍宏超就手提着宝剑,站在这门前徘徊着,他先向两边去看,但也没有见什么人注意他,或许是在暗中跟随着了。他又在心里斟酌了一下,腰间带着的钱是不是足够到楼上去饮酒,并且想了想:假如楼上有和珅手下的人,见了我就要来跟我动手,我又应当如何?只因为有白大爷那一个人使他顾虑,所以他还有些犹豫未定。

这时忽见有一个人,竟从他的身旁一撞就撞过去了,这人正是刚才在店里嚷嚷了半天的那宽背虎卢泰,这人就装作是没看见伍宏超似的,大摇大摆地进了"鼎春坊",上楼去了。伍宏超又有一股气涌在胸上,暗想:他们已经向我来挑战了!我纵想躲避已是不可能。他们江湖人纵使凶恶,也许还懂得一点道理,要打要拼叫他们向着我来,或者我同着他们到北京去,只是得叫他们应允不可惊扰白大爷,否则我要乱杀一气的。于是他忿然地也进了这"鼎春坊",就提着宝剑咚咚地向楼上走去。

楼上点着许多只大灯,光亮刺着他的眼睛发花。他只看出是有三四十个人——当然不是一起的——分踞着各张桌子,有的在互相劝酒,有的在大声豁拳,酒气菜香都扑到鼻里,烟云蒸气都绕在眼前。但是伍宏超并没有看清谁是什么模样,他只是持着宝剑站在楼梯口,瞪大了眼睛,酒保向他招呼说:"大爷!请这边坐吧!"他也不理。

在这时,突然在靠近窗户那边,有一个人却以为伍宏超是已经看见他了,当时就慌张起来,赶紧站起了身,招着手说:"来!来!到这边来吧!真巧,咱们又在这儿遇见了!"

伍宏超赶紧细看这个人,却正是在束鹿县双堂镇,花了二两银子买去他的那小夹袄的姓汪的人。今天,这个人的来历可没法子再隐瞒着了,原来现在此人正是和宽背虎卢泰、矮罗汉唐清,另外还有三名官人,正围着一张桌子在大吃大喝。伍宏超当时发起怒来了,姓汪的却赶忙过来,笑着说:"请在一块儿吧!没有外人,全都是朋友!"

现在伍宏超已经明白了,这姓汪的人原来也是和珅的手下;他那一次买我的小夹袄,也不过是为探一探我,只是为什么要这样呢?我孤身只剑,又有什么可怕的呢?他们不即时下手来捉拿我,反倒这样的畏畏缩缩,却又可疑了。

姓汪的人此时好像有点害怕伍宏超手里的这口宝剑,所以还不敢近前来用手拉,但在那边靠窗坐着的宽背虎与矮罗汉便齐都瞪大了眼睛向他来看。而那边的三名官人之中,有一个脸上有麻子、身子很壮的中年人,却也很客气,站起来也露着笑,高声地来招呼说:"不必客气啦!快请这边来,我们一块儿热闹热闹吧!"

伍宏超并不认识此人,所以心里更是生疑,就想:莫非是他们知道我一定要来,才在这里安排好了,预备着捉拿我?他心里先是犹豫,但旋即鼓起了勇气,微微冷笑,点点头,跟着这姓汪的朝那边就走。

此时楼上的一些酒客齐都扭着头,伸着脖子,还有特意站起来的,都在看他。宽背虎卢泰大喊了一声:"全坐下!看什么?"那些酒客们听了这一声喊,立时就全都又坐下了。因此伍宏超就更为惊讶,这些人也都是来饮酒吃饭的,为什么这样怕他?竟没有一个人敢还言呢?可见这里有不少的也都是姓汪的手下的人,总之全都是和珅的奴才。我如今已是身陷重围,只好跟他们拼了吧,于是手中紧握宝剑,昂然走到了那边。

姓汪的还笑着,指着伍宏超说:"这位的姓名我也不必向各位提说了,你们已是久仰得很啦!"

那有麻子的官人也说:"还提什么?我们也都知道他是干什么的。他——这位伍老兄更是久走江湖,阅历深,眼睛亮,咱们全是些什么人,如今是怎么一回事儿,我想他也不是不明白。得啦!现在大家是什么话也不用提,只是先饮酒,然后再叙交情。"说着就拿起来了一个大酒杯,还叫人用水给冲洗得干净了,这才斟了满满的一杯"老白干",送到伍宏超的面前,说:"伍老兄请饮这一杯,以后请你多关照。兄弟我名叫龙宗璧,金臂飞侠那也是我的老朋友!"

伍宏超听人提到了金臂飞侠,他就不由得又是一阵心酸,同时知道了这客人就是河南巡抚手下的大班头,在北方极有名的"双斧太保",这实在不是一个好惹的人,笑里藏刀。他又直说:"请伍老兄多多关照吧!"这话似乎话里有话,别是就叫跟着他乖乖地到北京去打官司吧?可是在和珅的府里闹出的那些事,似乎他又管不着。

伍宏超一手提剑,一手就接住了酒杯,依然微微地笑着。突然那矮罗汉唐清自腰间拔出短刀,乓地向桌上一插,短刀相当的快,插进了桌子有一寸。他又把眼一瞪,拍着胸脯说:"我唐清,这次保的是官家的镖,往京去走的是和中堂的门子,江湖上的朋友谁要是瞧着我不服气,谁就自管来!宝剑咱也见过、斗过,小白脸更唬不住咱们……"龙宗璧按他坐下说:"你就别说啦!"伍宏超却拿着一只盛着酒的大杯,真想要向他头上去打。但是伍宏超终又忍住气了,酒杯没有飞出去。又见姓汪的悄声说:"全是自家朋友,会到一块了,应当客气;矮罗汉是喝醉了,大家都别理他。伍老兄你也必然明白,我们这些日都对你老兄客气得很!"

伍宏超听了这话,也就冷笑着说:"这些日我也是懒得与你们往还,所以,也像是很对不起似的。再说,你们应当也知道,我现在有事,我的朋友白大爷病了一路……"

姓汪的说:"那没有什么!我们要想找他,也早就找他去了。现在不单不找他,也不问他是由哪儿来的啦,将来还想要给他治治病;他要没有钱,我还帮钱!"

伍宏超摇头说:"那倒都用不着别人来管,他是一位义士、君子,我想自然没有人能欺负他,但倘若有人敢动他一动,我绝不能坐视。我在这里,实在说,并非是要跟你们见面,既不是想逃,也不是愿意和你们斗,我只是要在这里等候一位朋友!"

姓汪的笑着说:"我也早就看出来了!"说着,又转头向龙宗璧低声说了几句话,伍宏超也没有听清楚。这姓汪的又说:"伍老兄!咱们也别净斗口舌,我索性说开了吧!兄弟姓汪,名叫汪进宝,排行第七,人都称我为汪七爷。和中堂府的总管事汪四爷,那就是我的胞兄……"

伍宏超冷笑说:"我早已看出,你必是和珅家里的奴才!"

汪进宝说:"伍老兄你可不要这样开口骂人,咱们总也算是朋友。不错,我也是吃着和中堂的饭,你们夜闹中堂府的时候,我也正在那儿。可是如果没有中堂的命令,我虽也会一些武艺,却真不愿意多管闲事,因为我交朋友还怕交不上,岂能为吃那一碗饭得罪朋友?现今我实在是受了中堂大人的亲口托付。他要是叫我来捉你们,害你们,我也不干;他却是叫我来好意跟你们讲交情……"

伍宏超将酒杯吧地向桌上一摔,愤怒地说:"你说别的都可以,说要我跟和珅有交情,这跟辱骂我一样!我伍某明人不做暗事,实同你们说吧,我虽几次都未得手,但是早晚也要斩下和珅的头。现在我在这里等候朋友,也为的就是这件事,我跟和珅的仇恨,是永远也解开不了!"

汪进宝的面色立时变了,冷笑着说:"伍老兄要总是这样说话,那我可也就没办法啦!"

伍宏超说:"我要是怕你们,现在我也绝不能来!我本想去找和珅,犯不上跟你们缠搅,可是因为刚才我在店里一看,和珅的罪恶太大了,居然有河南巡抚派人整车的给他去送赃银,给他保护那些赃银的镖头又全都这么凶横!"

矮罗汉唐清撇着嘴,也冷笑说:"你说我凶?嘿!你还不知道哩!这次北来,在咱这口短刀下,就杀死了有四五个了!那都是我看着不顺眼的,他们都好像想要沾一沾车上的那些沉东西,我矮罗汉就不吃这个。我保着的镖,不许别人多看一眼,因这,我就给他一个杀呀!你说我凶也罢,横也罢,反正老子保着这么大的镖,有和中堂给我撑腰,漫说杀个倒霉的人不算事,就是现在把你宰了,这儿虽说有的是当官差的老爷们,可是他们还能抓了我去吗?叫我偿命吗?哼!"

宽背虎也瞪着眼睛说:"姓伍的你快老实着点!别跟我们叫字号,你懂得吧?别吃眼前亏,现在要是不叫你活,你就不能活!"

伍宏超愤恨地说:"好万恶的和珅,纵容你们这些人!我现在要去杀他,就不只是为报当年他害死我的父亲那件私仇了!也是为人间除这首恶!"

旁边双斧太保龙宗璧听了,立时显出来了惊讶,赶紧问说:"令尊是哪一位?"

伍宏超却不回答,只仍气愤着说:"本来我店里有病人,我不愿当时就跟你们拼命,现在我实在是忍不住。你们想怎样,咱们就怎样,叫我同着你们到北京,咱们也当时就走,我伍某绝不含糊,可是只有一样,我的宝剑不能撒手,除非你们能胜得了我!"

那矮罗汉当时就将插在桌上的那短刀拔出来,说:"好!我倒要看你有多大的本事?"

宽背虎也捋着袖子,跳起来嚷:"外边干去!离开这鼎春坊干去,这儿的人多,地方又窄!"

眼看就要打起来,吓得旁边的一些酒客们,有的壶还没干,有的菜还没上齐,可就纷纷地赶紧离座,匆忙地另付酒饭钱,就往楼下跑去。楼梯咚咚咚不住地响,连一些伙计们全都跑下楼去了。只有几个没跑的,看那样子都是双斧太保龙宗璧带来的官人,可也当时显出来紧张,掏锁链、抽短刀,亮出来梢子棍,都站起身来,就要向伍宏超下手来捉拿。伍宏超却蹬在一个凳子上,唰地将冷森森的青锋剑使了一个"大鹏展翅"。

那双斧太保龙宗璧却大声嚷嚷说:"这是为什么?这也未免都太小气啦!用不着这样,说仇没有仇;说官司,我们既不是地面的,又不是北京派来的;说赌气,本来是初次见面,大家都很好;说比武,这县城又太小,谁赢了谁,也传不出名去;说拼命,谁跟谁都犯不上,因为我们现在保的是镖车,你又没来劫我们的镖车。再说我们是河南抚台派来的,你跟和中堂是怎样回事,将来要怎么样,也跟我们无干,来!老兄!还是喝酒吧!"

他又向那汪进宝说:"老七!这可都是你的事儿,要没有你跟我们在一块喝,这位伍老兄,也许不能够向我们来捣麻烦!"

因为龙宗璧的这些话,把一些人的暴怒仿佛都压下去了,那矮罗汉、宽背虎两名镖头嘴里虽还不住地骂骂咧咧,眼睛虽还是瞪着,可是又都坐下喝酒吃菜。只有汪进宝的一张胖脸上不禁一阵发青,又一阵发白。

因为刚才大家曾经一度翻脸,虽没有打起来,可是也把那些酒客们吓跑了不少,现在一些座位多半空闲着。汪进宝就过来,低声地、和婉地要请伍宏超到那边谈几句话。伍宏超点头说:"可以!你叫我同你无论到什么地方去说话也行!"当下手提宝剑,离开了座位。

汪进宝在隔着三四张桌子的地方,刚要同伍宏超谈几句话,不想矮罗汉等几个人也都追过来了。矮罗汉唐清此时更喝醉了,所以更为蛮横,晃动着手里的刀说:"你们背着我谈什么?敢是骂我?"汪进宝直着急,说:"这是哪儿的话?唐镖头你先躲一躲,我要跟伍爷谈几句背着人的话,因为这是和中堂叫我来跟伍爷说的。"

伍宏超也觉着可疑,更是十分的不耐烦,就说:"和珅还有什么话,要叫你来转告我?"

汪进宝点头说:"这是真的!要不然……"说到这里,又假笑了笑,说:"要不然,咱们就是有交情,我就是明知捉拿不住你,可也早下手啦,还用得着花二两银子买你的那件小夹袄吗?"又正色地说:"这都是和中堂的意旨,因为中堂求贤若渴,爱才好士!"

伍宏超不禁冷笑了笑,心说:难道和珅是嘱咐他对我要用软手段,笼络我也给他去做奴才吗?于是越发气愤。

汪进宝又往下低声地说:"咱们都是朋友,我现在就索性跟你说实话吧!现在跟你们作对的,只是铁爪蛟龙一人。中堂对你实在没有什么,也知道你武艺高强,与别的江湖人不一样。他身为宰相二十多年,哪能够一个人也没得罪过？所以想着或许是早先与你有一点儿仇隙，可是那他也愿意从此解开。他不但想要给你找一个好差使，提拔提拔你，并且，如夫人卿怜跟你的事情，他也略略晓得了，他也愿意不耽误了卿怜的青春，叫她下堂，由你领走……"

伍宏超听了这话，气得又不住地冷笑，不过又想：自己跟卿怜的事情，他们竟然也知道了，这确实可惊，更可以看出他们的厉害，遂就说："我做事光明磊落！我确实认识吴卿怜，那就因为她原是我的乡亲……"

汪进宝摆手说："这件事关系着中堂的脸面，不要再说了，不过由此可以看出中堂对你是有多么海涵。还有白大爷的事，那更不算一回事，中堂捉他干吗？那也都是铁爪蛟龙弄的。中堂只是留心上了一个人，我不说大概你也明白，就是你老兄现在所要等候的那位快要来的顾姑娘！"

伍宏超愤怒地将剑提起，旁边矮罗汉、宽背虎等人立时又舞起兵刃来，将他围住。汪进宝反倒摆手说："不要伤他！千万不要伤他！给他今天一夜的工夫，叫他回到店里再细想一想。他要是肯答应着跟咱们到京里去见中堂，可是得连那顾画儿都得去见见中堂，那，中堂必定降阶相迎，一切旧事不提，以后伍宏超高官得做；顾画儿也可以穿绸着缎，成为一品如夫人；白大爷更不用说了，他还能再受罪吗？若是不肯，那中堂可就要真恼了，我也白费心对他伍宏超这样关照了；咱们这些个人，随时可以拴住他，姓白的跟顾画儿也绝逃不开和中堂的手心。干脆叫他姓伍的详细斟酌一下，他是愿意趋吉避凶？还是甘心自走死路？明天听他的回话，"说完了，就不再言语了。

伍宏超气得面色发白，这才晓得，原来和珅那老贼竟把顾画儿也看上了！可谓痴人多梦，可谓不识生死。于是他就冷冷一笑，说："和珅真是发昏了，可怜他当了这多年的奸臣，竟没有这么一点见识。你们这些人也可谓双目尽盲，不看一看我伍宏超是个怎样的人？顾家姑娘又岂是平凡人物？由和珅到你们，全都是错打了算盘！我也不愿对你们再说什么，只是，现在由着你们办，要叫我同那姑娘去见和珅也行，反正早晚我们也是要去找他的，但须要他把首级先拿来！"又冷笑着对矮罗汉等人说:"我再告诉你们,千万要小心!河南巡抚送给和珅的那些赃银,我可要把它留下,我要拿它去行侠仗义!"

矮罗汉唐清、宽背虎卢泰等人一听这话,立时又抡刀舞棍向着他前来,伍宏超将剑东迎西挡,铛铛磕回去了许多兵刃。他又踢翻了凳子,跳到了一张八仙桌上,居高临下,挥剑铛铛地又同这几个人来打。

汪进宝早已跑到了一旁,大声地说:"伍宏超你可不要这样!我对你已经讲够了面子啦!你要再不识抬举,我可立时就叫人把你抓起来!不用说你旁的罪名,就拿你的那件血衣,已经到我手里了,那就是证据,那就能把你问成个斩立决!"

伍宏超站在桌上紧紧地挥剑,同时更愤愤地说:"你还提起那件衣裳?那上面沾的就是我的朋友金臂飞侠义士的鲜血!我不但是为我父雪恨,我更要替顾昆杰,替凌万江,替一切受过奸臣和珅害的人复仇索债!我现在就先要你们这些恶奴的性命,给我留下那笔奸臣的赃,我散发完了,就要同着顾侠女到北京,叫和珅立时遭受报应!"

汪进宝躲在墙角又大声嚷嚷,说:"叫你那顾侠女快些到北京去做中堂的小老婆吧!那有多么享福!你也就能够跟着阔起来啦!现在眼前放着好事儿你不要,反而要找死,真是一个大傻蛋!"

伍宏超忿然自桌上向下去跃,抡剑就要去砍汪进宝,身后矮罗汉又举刀向他背上就扎。伍宏超回身唰的一剑,矮罗汉赶紧就蜷腿缩头,躲过去了。宽背龙同着三个人扬刀飞腿又向他来攻,伍宏超剑若旋风,嗖嗖地往来还击,杀得宽背龙、矮罗汉等人齐都往后去退。

那河南的大班头双斧太保龙宗璧,在一旁本来是伪装镇定,还在独自饮酒,向着这边好像是"坐山观虎斗",可是如今看见了伍宏超竟是这样的骁勇,剑法如此的高强,他就不由得大怒;更觉出这时他要是再不说话,他的人可就要吃亏了,于是他也嚯地站起身来,大声吼叫着说:"算啦!你们全都住手吧!我算是认识了他姓伍的啦!"矮罗汉等人听了这话,一齐向后,都退到了那楼梯口;虽然都已住了手,可还是举刀摇棍的,显示出来十分威风。

伍宏超却微微地冷笑,向着龙宗璧说:"你虽认识我了,我却还不认识你,你有什么方法,快些使出来吧!"

双斧太保龙宗璧却不住地哈哈大笑,说:"要跟你使方法,那还不容易?朋友,我也知道你的武艺是有两下子,可是我只要说出来一句话,当时纵使抓不住你,那姓白的老头子他还能跑得了吗?逃得开吗?我龙宗璧就是不愿那样办。一来我是管不着这些事,犯不上为人出力而得罪朋友;二来我们还要给和中堂想要娶的那一位——我可没有见过她的面,只听说她的模样儿跟武艺全都不离。真的,我还得给那位将来的中堂如夫人,留着点脸呢!你姓伍的不过是:'秃子跟着月亮走',借点光就是啦!"

伍宏超听了这话,当时又扑到他的桌旁,抡剑就砍。龙宗璧却急忙抄起一只凳子来相迎,就将剑挡住了,他又冷笑着说:"不必立时就动手!我的双斧现在没带着,要拿别的东西将你打死,我怕玷污了我的外号。你既是有胆子的,并且想要留下我们的银箱,这就好办。明天上午我们就动身,由这里到北京,差不多还有一千里地,你要有本事,你就在路上截我们或是杀我们;你要没本事呢,就在这儿等着当大舅子吧!"那边的矮罗汉、宽背虎等人一听了这话,也齐都不住地哈哈大笑起来。

伍宏超也不明白他说的"等着当大舅子"到底是怎么一句话,到底怎么讲,可是龙宗璧既然说出来"你有本事就在路上截我们",也好,这倒得跟他们干一干;并不是为赌口气,为逞什么强,却是那一笔贪官献给和珅的赃银,绝不能就叫他们平安地送到北京,去给那老贼享受。于是他就点点头说:"好!那么就到路上去再看吧!现在你们有什么法子,还尽管去使,只是不准动白大爷一点,否则我的宝剑可不依!"说时,转身就走。

矮罗汉等人还抡刀横棍,要在楼梯口拦住他,那边双斧太保龙宗璧却大怒地拍着桌子说:"不准拦他!叫他走吧!反正路上见!我姓龙的有两三年没跟人较量武艺了,现在我到底要看看是他的宝剑快,还是我的双斧沉!大概明天,我们准能够见一个高低,遇见这么一个敢跟我碰碰的人,倒也不错!"

在墙角的汪进宝却又说:"等上一半天,胡大师父也就快来了,等到那时咱们再跟他斗,好不好?"

龙宗璧却又冷笑着说:"我用得着等铁爪蛟龙吗?我这条龙难道不如他那条龙吗?我的一双板斧,就不如他那一杆飞钢鞭吗?从今后,我连他也看不起啦!不是吹,我龙宗璧要是前几天在北京,要是我给中堂护着院,我就绝不能叫这小子今天还能到这儿来说这狂话,逞这威风!好啦,现在都不提啦!伍宏超!咱们就路上见吧!"

龙宗璧依旧坐下饮酒,伍宏超却走到楼梯口将剑一挥,矮罗汉等人都赶快向旁一躲,并向他怒视,他就咚咚咚地走下了楼。这鼎春坊酒楼,楼上虽没有真的大杀大砍起来,可是连楼下的喝酒吃饭的人,也早就都吓得跑光了。掌柜的是早已藏躲起来。酒保们看见伍宏超手提宝剑,简直是飞下了楼梯,吓得他们要撒尿。

伍宏超挟着气愤,回到了店中,到了屋里,却见灯光愈黯,白大爷病得简直呼吸都已短促了。伍宏超就不禁更加着急,更加生气,心中埋怨着顾画儿:她怎么还不来呀?来了好叫她带着她的干爹走呀!我这里遇着了这事,哪里还能专心伺候着这白大爷?咳……

他心里着急,恨不得顾画儿当时就来到,所以在屋里坐不安,待不住。他就又到门前,向那十字街去看。这时街上,行人渐渐少了,铺户也多半关上了门板,鼎春坊酒楼上那双斧太保龙宗璧这一些人,也许都又喝了不少气闷的酒,更许又在一块儿为对付伍宏超的方法,商量了半天,现在全都走出来了。

那姓汪的,汪进宝,原本是住在附近另一家店里。现在也许他是怕他一个人住在那儿,到半夜里伍宏超能够拿着宝剑前去找他,所以他就赶紧搬来和龙宗璧这些人搭伴儿。他把他的一匹马和两只包袱,还有跟着他的四个人,也都带有马匹和行李,一齐都搬到这店里来,只为求龙宗璧等人的庇护。龙宗璧却相当沉得住气,看见伍宏超站在店门前,他连看也不看;矮罗汉等人却又都气愤愤地向空抡拳,往旁撇嘴。汪进宝是低着头,跟随着给他牵着马的人,自伍宏超的身旁就溜了进来。

店中顿然又增加了几匹马,添来了这几个客人,所以倒更显着热闹了。他们这些人本来有的是自北跟着伍宏超来的,有的是自南压护着银箱到的,因为在此恰巧相遇,又都跟伍宏超成了敌对,所以他们倒结成一帮了;住也住在一起,谈也谈的大概全是要对付伍宏超的事。似乎他们现在又出了新的主意,潜藏着毒辣的手段。

伍宏超却仍然是孤单的,站了半天,也不见顾画儿的影子。天是越来越黑,夜越来越深,他不由得有些灰了心了。回到屋中,又对着白大爷不住暗叹,心说:我现在真没有法子再看护您这位老人了!不过,说起来这可算是一种耻辱,因为和珅惦记着要得到顾画儿,他们还许暂时不能够对您怎么样吧……

一想到了顾画儿,那英爽的明丽的娇姿又如浮现在眼前,更想到了顾画儿的贫穷、多难,以及洁身自爱、坚忍操劳,她只是一个居处在乡间的民女。和珅那个贼大约是在北箭亭试武的那一天就已经看上了她,送银利诱不成,继而要以势强逼;知道强逼也无用,所以他们如今又要用计谋。和珅可真是昏了心,他难道就不怕顾画儿去割他的脑袋吗?这真是奸臣妄想,色胆包天。

顾画儿若真能够将计就计,倒可以立报父仇,但画儿是刚烈的性格,不是会忍屈含辱以达成志愿的人,这么,恐怕她要吃亏了!我又不能再跟着她,帮助她,唯有盼她能够快些走到江南。可是她就是来了这里,恐怕她们往江南去的盘缠也不够用了吧?因为她在西陵的那个家,哪会有什么钱能叫她带出来呀?我实在应当为她想个办法,截住献给和珅的赃银,留下一点,以便转交画儿作为盘缠。这种事情她必不喜,然而我却不怕;我又不想叫她嫁我,我只是要助她们成行,并给奸臣及贪官一个教训……

伍宏超决定了要这么办,于是就关门就寝。他身着单绸小褂,到半夜里仍然是觉着寒冷,并且在这店里住的那些人全是他的对头,他如何能够放心睡觉?更时时担心的是,怕说不定什么时候,白大爷就能在他的身旁边断了气,所以一夜屡次惊醒。

这寂寂的客店里,似乎充满了可惊可疑的气氛,好不容易才挨到了天明,他起来细看一看,躺着的白大爷还睁着两只凝滞无神的眼睛,可是不能够说话。伍宏超就说:"请老义士在这里稍等一等,我要去办一件惩戒权奸、压抑强梁、爽快豪侠的事情。你放心吧!我还能够回来的。画儿姑娘昨天没有来,我料她今天准能来到,暂时叫这店里的伙计照应你,我这就要走了!"只见白大爷睁着眼睛,似乎要点头表示,可又实在无力气动弹一点,但他也充满了待死的坚决,而愿意伍宏超去任意地仗义行侠,不要来管他。

带着这一种悲壮的情绪,伍宏超就出了屋,回手带上门,他手提宝剑,绕过了院中停放着的几辆车,就去硬牵了一匹马。那汪进宝正在屋里漱口刷牙,隔着窗一眼看见了,就大喊着说:"喂!喂!你别牵走我的马呀!咱们昨晚上并没抓破了脸呀!还得算是朋友啦,等顾姑娘来了,我还要跟她当面谈谈呢……"

伍宏超却怒骂道:"浑蛋!"又说:"我暂且借你这匹马一用,现在我就要出城!"又高喊一声:"龙宗璧听着!现在我就往路上等着你们去了,你敢去,你便不愧是双斧太保;你要是不敢,或是车上不敢放银箱……"

这时那龙宗璧光着脊背,手拿着湿毛巾胰子,由屋中忿然而出,点头说:"好!你先走吧,待会儿见面!我要是少走一辆车,少带一箱银,我就不是英雄!永不当官差,永不走江湖,银子也都叫你拿去,算我是强盗,好啦!见面再说……"此时矮罗汉,宽背虎等一些人,又都拿刀抡棍地纷纷自屋中走出,龙宗璧却说:"别拦他!由他去!他骑着马乘此潜逃,咱们连追也不追;反正他在这儿押着一个白老头。那是顾画儿的干爹,比他值得多,就叫他走吧!"

伍宏超牵马出门,随即上了马,将手中的宝剑一挥,又向门里喊了声:"快点!"当时他就催马转过了这十字街,蹄声嘚嘚,一直出北门去了。

街上只有一些挑担子卖早晨小吃的小贩,见了他,赶紧都向旁躲避,也没有人拦他,他就出了北门。北门以外,朝阳照着遍地禾黍的旷野,伍宏超就又向正北去望,他希望这时能看见顾画儿骑着驴来到,以便就叫她去保护她的干爹,可是所见的只有春风吹着漫天的尘土和大道上往来着稀稀的车辆,哪里有顾画儿的影子呀?顾画儿办事可真是缓慢呀……

　　伍宏超就又催马往北走去,走出有三里多地,看见大道的左近有一片密密的松林,这虽然没有西陵的森林那样密,可是所占的面积也不算小。阳光越高升,天气也越觉着热了,伍宏超就到了树林旁,下了马,想要凉快凉快。同时他忽又想起:龙宗璧现在必定防范得甚严,带着的人还许要加多,我虽决定拼命去换,但也不可不先用点智谋。当下他将马也牵到树林里,外边大道上过往的人谁也不能看见这里有人有马了。这片松林原是个墓地,有断碣、残碑,古冢之上落着乌鸦。虽然天热,但此时还没到中午,所以除了伍宏超之外,也没有人来这里歇腿、乘凉。

　　等了有一个多时辰,就见尘烟滚滚,不住地随着东南风向这边刮来,又听见辘辘的车声、嘚嘚的马蹄声,很是乱杂,由南面渐渐地自远而近了。伍宏超疾忙自林中向外去看,就见果然从南面来了一大行车马,大车共有五六辆,上面都是贴着封条的大木箱;车辕上斜插着很长的竹竿,上面随风招展着"河南同利镖局"的显赫的镖旗。

　　镖车前后跟着有二十多匹马,在最前边的"先锋官",就是那宽背虎卢泰。他头虽小,膀却宽,精神十分充足,嗓子特别的洪亮,喝着:"快点走!只要走出十里地,看不见姓伍的小子,那就算是他栽在咱们手里啦!快走!快些走!"他骑在马上不住东张西望,手中持的是一杆很长的家伙,跟枪的样子差不多,这大概就是三国时张翼德所使的那种"丈八蛇矛",然而他的威仪不够,并已经显出来是有点儿慌张。矮罗汉唐清是傍着车走,手持一柄象鼻子样式的大砍刀,也骑着马。

　　最后面的一匹黑马上就是头戴红缨帽、全身利便的官服的龙宗璧。他的手中可拿着一张弹弓,望见了一片树林,他就拉开了弓,吧吧吧一连打来三颗都是泥土和铁砂捏成的弹丸,全都击在树枝上了;击得树叶纷落,乌鸦喜鹊都乱叫着惊飞四散。伍宏超只是微微地笑,依然在林里,并不往外露头。

林外的车马都走过去了，伍宏超安心等待着，故意放他们往北多走出有二三里地。他见县城那边没有再来什么大帮的客贩或官差，他这才出林上了马，而放开了马缰一股烟似的再向北去追。追，紧紧地追，一霎时便又望见了前边走的那一行车马，离着尚有一箭之远，他就高声地呼叫说："前面的镖车！站住！"

前面那些人本来都正向前面和左右两边去看，并没料到伍宏超却自身后追来了，当时就不由得全都吃了一惊。龙宗璧是先收住了马，他回头一看，便立时挽弓按弹，要用弹丸来打。可是他忽然又把弓弦放松了，冷冷地笑了一笑，说："伍宏超！我要用暗器伤你，那就显见得我不是英雄！现在你既来到，没别的说的，我们只好要较量较量了，你不要胆怯，就自管到近处来吧！"

当下伍宏超奋然不顾一切地催马扬剑，就往前进逼。龙宗璧已经将弹弓交给了他手下的人，而换了一双沉重的发亮的双板斧，勇悍地就要来与伍宏超拼斗。不料，宽背虎与矮罗汉，一个直握着丈八蛇矛，一个猛抡着象鼻子大砍刀，都怒声喊说："什么他妈的伍宏超？这用不着龙大哥跟他动手，交给我们来吧！"于是一拥而迎到了近前，伍宏超就要挥青锋剑力斗三雄。

第十六回　剑起孤鸿单身施绝技
　　　　　人如双璧连夜走风尘

　　这个地方极为空旷,道旁附近不见人家,也没有林木,风吹马跑,尘土扬起了很高。五六辆镖车全都停在道旁,一些赶车的人和同利镖局的伙计,还有双斧太保龙宗璧带来的几名官人,在那里都很高兴地看热闹,没有一个显出害怕的样子。因为他们的人多,而且他们信任"龙大班头"双斧太保,如今来了这么一个单身找死的年轻人,算得了什么呀?

　　宽背虎卢泰要显一显能耐,先回首向他的伙伴唐清说:"你歇一会儿!跟这么一个无名小辈来打,用得着两个人齐上手吗?那倒叫这小子笑话咱们啦!"说时,他真像当年的猛张飞,催马拧矛,向伍宏超的当胸猛刺。

　　伍宏超在马上斜身探剑,挡住了长矛,反手纵马又斜扑宽背虎,剑若疾风,就向卢泰的腹部去扫。宽背虎卢泰抽矛斜拦,马向旁跃,再低头按矛去取伍宏超的右胯。伍宏超将剑喀的一声剁向了长矛,蛇矛的杆儿虽说没有折断,可是把宽背虎震得也手痛。旁边的矮罗汉也不管什么叫人笑话了,他的大砍刀如半扇门似的抡起来就向伍宏超来砍;伍宏超就缩身抽剑,随势就跃下了马,马惊跃着向旁跑了。伍宏超反倒由步下进逼,跃起身来先一剑刺到卢泰骑的马脖子上,马痛得一尥蹶子,整个把卢泰摔将下来了。

伍宏超回身舞剑又抵唐清,唐清急抡大刀,喊说:"好小子你要用毒手吗?"大刀盖头砍下,伍宏超疾向旁闪,斜耸一步,乘着宽背虎还没有爬起来,他就一剑刺去。宽背虎却也机灵,手抱着蛇矛,就身向旁滚,躲开了剑,矮罗汉唐清的大刀太笨,抡得稍一迟缓。

此时那边的龙宗璧惊喊说:"不好!姓伍的小子厉害!"他当时舞动双斧,自马上跳下,向伍宏超背后来取,伍宏超不得不翻身舞剑去迎,这才侥幸活了矮罗汉唐清的一命。那宽背虎也已滚身而起,再挺蛇矛来刺伍宏超。龙宗璧却右斧敌住伍宏超的剑,左斧向他们去拦,急喝声:"算了吧!"

这时龙宗璧的一张麻脸满布怒容,由双目中溢出了凶焰,先向宽背虎卢泰、矮罗汉唐清二人说:"你们白吃饭啦?真他妈的丢人!使着那么长的家伙,离开马,你们怎能还抡得开?姓伍的小子有心计,他要叫你们都下了马,他再以灵活的宝剑要你们两人的命!快闪开!让我来会会这姓伍的小子!"

伍宏超却也愤怒着说:"你不可以开口骂人!告诉你吧!若非我在城里,还有那位正在病中的朋友,我还有所顾忌,现在我的剑上早就染了血啦!"

龙宗璧点头说:"我知道,朋友!这也用不着你再吹啦,我已经看出来,你这小子倒是有两下子,不愧你胆敢大闹和中堂府。可是,我现在倒有点可怜你小小的年纪,会这么两手儿宝剑,现今遇到了我这双斧,可怕你有点儿吃不开了。我要叫你死在斧下吧,一定叫人说我没有怜才之心;要是饶了你吧,我双斧太保可向来也没受过这样的轻视!"随说着,随手握着双斧向伍宏超发着冷笑。

伍宏超却说:"你不必废话!过来,较量较量就是了,反正,今天除非我败在你手,不然,你就得把送往和珅的那些赃银给我留下!"

龙宗璧又哈哈地狂笑说:"好小辈!你要发财也不是这么容易的,你就先来尝尝龙老爷的双板斧吧!"说时,将身一跃,沉重的双斧就向伍宏超盖顶劈来;伍宏超却一面避斧,闪身斜耸,将青锋剑的剑尖直取对方的上腕。龙宗璧双手劈了个空,伍宏超的剑却又挽半花,随身而回转，以"丹凤朝阳"之式，剑自高处落下，龙宗璧疾忙以右斧去迎。伍宏超却又抽剑变式，乘势翻腕向下进取，龙宗璧再伸左斧去磕，伍宏超身躯一转，却又避开了。

龙宗璧奋起了勇力，双斧舞动若车轮，呼呼地向伍宏超来砍，并说："你要是好小子，就不准躲！"然而，伍宏超却躲避着他这一股浑力气，仍然沉着，眼视剑锋，不与对方双斧去力抵，反更巧妙地运用着，手足相应，剑法翻新，跳跃耸腾。连环地反斫，处处用虚取实，摸、撩、抽、刺，剑剑加紧，只十余回合，便将双斧太保龙宗璧累得满头大汗、气喘吁吁。

那边的宽背虎卢泰急得大声喊说："龙大哥！你的两把斧子太沉，使着不上算，来！给你这杆蛇矛吧！"他跑过来，要将矛交给龙宗璧。龙宗璧却怒喊说："谁也不许来帮助我，我要不把这小子劈成肉泥，我就不姓龙了！"气得他把头上的红缨帽也甩了，丢在了一边，双斧抡得更猛；然而他总是捞不着伍宏超，并且伍宏超一剑一剑地戳来，真使他防不胜防。

那矮罗汉唐清忍不住了，摇动着象鼻子大砍刀又来扑奔伍宏超。伍宏超孤剑抵二人，他就越发谨慎。他先让过了龙宗璧的双斧，急用"曲尺玄武争锋"剑法，转身向右，宝剑自上向下，迅若风雷，喀的一声，正斫到了矮罗汉的大腿；矮罗汉唐清立刻就扑倒在地，把大刀也扔了。其时快极，龙宗璧的双斧又向伍宏超背后砍来，间不容发；伍宏超却迅速地闪避，如"叶底惊鸾"，但又不容对方的双斧变式，立即扬剑跃起，手似风环，剑如匹练，挟气而飞，唰的一声，横击敌颈。龙宗璧虽然受伤出血，却仍双斧不停，伍宏超又向他的背上斫了一剑。这时宽背虎反曳着长矛而逃，龙宗璧就咕咚一声跌倒，把两只斧子扔掉了一只，他大声喊说："快护住了咱们的镖车！"

这时风刮得更大，土起得更高，那边的一些同利镖局的伙计，和几名官人，虽然齐都持刀扬棍，护住了那几辆镖车，可是脸色全都吓得变了，以为伍宏超是一个最凶猛的强盗。

伍宏超本来倒是想要过去就挥剑劈开那些只大箱子，将里面的金银完全抖散出来,自己只拿少许救穷,给白大爷治病,并做往南方去的路费,其余的尽皆施给这附近一些贫寒人家及孤苦老弱。又想:这虽是应当做的,河南巡抚刮地皮献给和珅的钱财,其实也就是和珅叫人替他害民得来的,原应当这样办。可是自己也要用这些钱,就有点不对了,这种行为,必是顾画儿所瞧不起的。我虽也没希望她瞧得起我,但是这样的事,自己实在没干过……

因此,他犹豫了一会儿,便暗暗叹气,心说:由着他们去吧!反正我已把龙宗璧等这几个凶汉惩戒了,和珅闻之,不能不胆寒,将来再给和珅从头到尾一个报应吧!现在我且回去看看白大爷,等候顾画儿,以便叫他们往江南去,我自回北京,也许这些赃银还没有送到和珅府,我就已与和贼定出了生死。

当下伍宏超就改变了主意,不理那几辆镖车。龙宗璧受伤躺在地下,还狠狠地说:"姓伍的,朋友!你再说一说吧!将来咱们在哪儿再见?"

伍宏超说:"在北京去见好了!不久我就要回北京去了,但我并不是找你,你已不值得一找了,我要找的还是和珅,叫他千万防备着一点,还有那铁爪蛟龙,我也誓为我的朋友凌万江报仇,迟早必去要他的性命!"

说时,一眼看见刚才他骑来的那匹马现在已跑到西边,在很远之处低着头啃地下的青草了。伍宏超手提宝剑走向那边,将马牵住,遂就骑上,一直回了束鹿县城里。

伍宏超现在干的这件事,自己起初还觉着非常痛快,但细又一想,也觉着无聊。像龙宗璧、矮罗汉、宽背虎那样的人原多得很,伤了他们,未必就能使和珅稍改恶行,不过是与江湖人结怨更深了。自己的武艺,由此又得到了一个实证,并不是不行,只是和珅太为奸狡,铁爪蛟龙又凶猛异常。自己与顾画儿——尤其如今凌万江已死,所以更显得是人单力弱了,难以由那深深的宅第之中抓住和珅。这又似乎应该往江南去访郝燕翎,请他指点武艺在其次,请他助一臂之力,实在是必要的。

他当下骑着马又回到了十字街,见他住的那家店门前站着两名头戴红缨帽挎着刀的官人。他就觉出事情又有变了，那汪进宝必是邀来了本地的官人，要来当一个"案"办。好！我看他们是问我追截镖车、杀伤龙宗璧等人之事，还是要把我送到北京，去交和珅。

于是他就昂然地来到店门前，偏腿下了马，宝剑依然不离手，就向那名官人说："这匹马是那汪进宝的，现在我不用了，交给你们吧！"两名官人却都向旁一躲，一个说："别交给我们，我们管不着！"另一个却十分和蔼地说："伍爷，你快进里边看一看吧！跟你在一块儿的那个老头儿，可咽了气啦，是刚才死的！"

这句话使伍宏超吃了一大惊，他立时急忙走进去。到了屋内，只见白大爷确实已躺在炕上死了，那瘦弱的身体直直地挺着，两眼上翻，仿佛死仍不能瞑目。伍宏超心如刀割，低着头将死人的周身仔细地看了一番，倒见并无伤痕，屋里也没有什么可疑的情形，倒不像是被谁害死的；大概是因为白大爷本来就已病入膏肓，气息奄奄，在伍宏超出城与龙宗璧等人去厮杀的这一会儿的时间以内，也许他是又一着急，就死了。咳！他死的时候竟没有一个人在他的眼前啊……伍宏超不由得流了几点泪。

这时店掌柜的和伙计又都进屋来，问他说："伍爷！现在这事，怎么办呀？"伍宏超沉着脸问："我走之后，有没有人又进这屋里来？"店掌柜的说："只有我们这个伙计，他进屋来扫地，一看，炕上的人早就僵了！这您千万可别疑惑，绝没有人把他害死，要不然您可以报官相验。"

伍宏超又问："在你们这个店里住的那个汪进宝，他还在这里吗？"

正在说着，就见刚才在门口站着的很和蔼的那官人，忽然推门进了屋，说："伍爷！你是要问汪七爷上哪儿去了不是？他可真是一位好人！他因为不知道你还回来不回来……"伍宏超说："我为什么不回来？"这官人仍然笑着说："我们还都以为您是追着这双斧太保往北京去了！这位老者死了，汪七爷觉着很是可怜，他也知道您没有什么钱，他就出去给看棺材去啦。"

伍宏超不禁愤愤地说："我的朋友死了，为什么要叫他给买棺材？为什么要受他的恩惠？"店掌柜的在旁赶紧说："汪七爷也是一番好意呀！您要是有钱，等到棺材抬来自己再给，也没有什么的呀？"

伍宏超只好闷闷不语，但眼望着白大爷的尸身，自己的心里实在难过。明知道那汪进宝不能算是什么好心，他是和珅的豪奴，他的钱，也就是和珅的不义之财，怎可用那不义之财给白大爷买棺木？何况他们原是为图谋骗走顾画儿，这样白大爷之死，更是不能瞑目了。可是若叫自己现在发葬这位死友，惭愧，我想劫那镖车，结果没劫，一个钱也没有，真真地买不起一口棺材！

他暗暗地叹息，坐在炕头，那官人却用眼色将店掌柜伙计全都支出了屋，对他悄声地说："伍爷！咱们可并不认识，更是无冤无仇，我不过在这里县衙当一份差使。伍爷你在北京弄出的那一些事，我也都不知道。不过现在汪七爷汪进宝的意思，我也看出来了，他就为的是等候着一个人来，那个人多半是一个女的；他也是奉的命，反正无论花多少钱，或用软手段，或用硬办法，他总要把那女的得到手。因为他嘱咐过我们了，到了翻脸的时候，就叫我们拿人；说是拿住姓伍的拿不住姓伍的，都不要紧，只是千万别放走了那女的，那个叫什么顾画儿的，也许是古画儿？"

伍宏超听了更不由得生气，冷笑了笑，便说："你们当的是差，我不能够跟你们说什么。待会儿，如果到了汪进宝所说的翻脸的时候，你们若是下手捉我，我绝不恼，我也不逃；可是无论是谁，若敢侵犯顾画儿姑娘一点，我的这剑就绝不容情！"

说得这官人把神色也变了，又笑了笑说："可是依着我说，伍爷！人在外头自然得讲究义气，可是也不能够有路不走，自甘当那大傻瓜。伍爷你在北京得罪了和中堂，那就跟冲撞了太岁一样，也就如同是惊了皇上的御驾，他要叫你在什么地方死，你就得在什么地方死……"

伍宏超愤愤地说："我要叫他死，他也得死！"

这官人又向后退步，摆着手说："没有我什么事，你别跟我发脾气！我只是说，汪七爷那个人不错，他很讲面子，懂得外场，你要是跟他说两句好话……其实你到时连话也用不着说，你只是别管闲事儿就行啦，到时汪七爷他绝不能够为难你，一定要放一条路叫你走，还许给你点儿盘缠。你在北京冲撞了和中堂那件弥天大罪,他一两句话就全都能够勾销,因为本来都由他一个人办嘛,他回去见了中堂说什么,中堂就信什么。反正,你得要想开了,你跟和中堂斗,是绝对斗不过;和中堂要想得那张古画儿(顾画儿),画儿也飞不了。识时务者为俊杰,好汉得随机应变,不能吃眼前亏!"说毕话,他转身就出了屋,气得伍宏超几乎要抢着宝剑追出去。

这时可就听见院中有很多的人齐声大喊:"捉住他!别叫他跑了!他是强盗,想要劫镖车,在城外把龙宗璧大班头和那二位镖师全都用剑伤了!别放他走!"

伍宏超就知道是那跟着镖车的一些人,或许是双斧太保的手下,或许是河南同利镖店的那些伙计,现在都又跑回城里,威风又都陡振起,前来捉拿。当下伍宏超也不出屋,只在炕旁——在白大爷的死尸旁边横剑一站,专等待着那些人进屋来。可是外边只管瞎嚷,当然是已经将这店房围住了,将这屋门都堵住了,可是还没有一个人敢闯进这屋。

忽然又听见是那汪进宝的声音,发着脾气地喊着:"你们这是怎么回事儿?这不是胡闹吗?人家既然没劫镖车,怎能说是强盗?龙大班头比武受了伤,那没法子,那将来再叫龙大班头自己去报仇,你们瞎闹,这可不对。来!棺材来啦,快躲开!"

原来人都怕棺材,也许是嫌丧气,所以大概都躲闪开了,也都不再大嚷了。又听见当啷当啷清脆的"响尺"的声音——这是北方的习俗,"响尺"原是一种极坚硬的木头做的两根短棍,由棺材铺里的"头儿"敲打着,发出清脆响亮的声音,据说这声音能够引魂。同时也是向几个抬着棺材的人发暗号,轻敲就是叫他们慢慢地抬,重敲就是叫他们快着点走,或是叫他们"小心门槛""放下放下"。

伍宏超这时才手提宝剑走出了屋,就见果然有八个人由外面抬进来一口很好的棺材,很多的人都站在旁边看。这些人,有的是头戴红缨帽的官人,有的像是同利镖局的伙计,有的是本客店的人,有的还是特来看热闹的邻人和在街上走路的人。那汪进宝倒真像是一位热心的人,对伍宏超表现出胸中毫无芥蒂的样子,只说:"伍老兄!你看看这口棺材怎么样？这是真正的松木十三圆呀！我也知道老兄你手头不方便，可是白大爷当过'掌稿'，吃过皇上家的俸禄，他也算是一个官；何况又是一个汉军旗人，都是皇上家的臣仆，跟和中堂是一样。"

伍宏超当时又忿然地说："你不要这样说！白大爷是位义士，和珅却是个老奸臣！"

汪进宝说："咳！你在这儿说什么都不要紧，反正这儿离着北京远，和中堂也听不见，不过我告诉你，我买的这口棺材，全用的是中堂给我的钱。中堂如果在这儿，他也得叫我这么办，跟白大爷的事情那另说，何况人已死，还能记仇儿吗？也都别问他是怎么由慎刑司里逃出来的啦。现在就是全都冲着伍老兄你的面子，因为咱们是朋友，他又是你的朋友，更是冲着那位顾姑娘的面子……"

伍宏超听他说了这些话，简直觉着这是一种奇耻大辱，顾画儿若是在这里，也是不能忍受，遂就瞪着眼将剑一抡，大声地说："滚走！连棺材也都抬走！我们不认识你！"

汪进宝摆手说："何必这样？我买来了棺材，还能够又退回吗？现在先把死人入殓，停灵的地方也有，就在城东极乐寺。抬走了人，那时顾姑娘大概也就来啦，铁爪蛟龙胡大师傅也快来啦，你有什么话，我还有什么话，咱们到那时候再说再讲！"说着，又不住地微微笑。

他叫那几个人把棺材放在地下，就要进屋去抬死人。但伍宏超手挺宝剑将屋门口挡住，那些人谁也不敢向前来走。当时这个店房里可更热闹了，挤进来看热闹的人更多了，大家纷纷地乱说话，有一些人还愤愤地说："一齐进屋，把他捆起来就得啦！凭他一个人，能有多大的本事？"

那店掌柜却又进前哀求着说："伍爷！别给我这店里添麻烦呀？别管是谁给买来的棺材，可到底是一口棺材呀，人既死了，就得装棺材呀！"

那汪进宝却坐在院中的一条板凳上，抽起他的烟袋锅儿来了，自由自在地说："这倒也不必忙，等着那位顾姑娘来了，看着她的干爹入殓，也好。反正我够朋友，我已经把棺材买来啦，入殓不入殓由人家，因为我不是孤哀子……"

伍宏超这时又回到屋里去了，院中和门外的一些人可还都不散，而且越聚越多。这件事都认为是一件奇闻，当日，束鹿县城里城外的人全都知道了，很多胆子大的人就特意来到这里看热闹，胆子小的人却连这十字街也不敢走了。

伍宏超就被这些人围困着，他在屋里伴着一个死人，此时能够帮助他的只有手中的一口宝剑。然而他不能够拼命地往外去闯，因为他虽不愿将白大爷的尸体安放在用仇人的钱给买的棺材之内，但也必须运走而葬埋。他现在连屋子也不能出，钱更是没有，所以只有干着急而没法子走。此外，他还有一个不能走的原因，就是还要在这里等候顾画儿呀！

由上午直到下午，院中的一些人总是不散，伍宏超也没有吃午饭。他只提着宝剑愤愤地出屋，去了一趟厕所，他望见院中的那些人，真有心要过去再杀伤几个。但是汪进宝已不在这里，那说话和蔼的官人又向他说："伍爷！你何必要这样儿呢？死人停在屋里时间若长了，可招苍蝇，也能够臭了！因为现在天气热了，放着这么好的棺材，为什么不装在里边呢？这一样，你可太不近人情，顾姑娘来了，也不能就说你办得对。"

伍宏超仍不言语，又走进屋里，但是仍然没有办法。院中的人仿佛更多了，虽然还都没有亮出来家伙，可也一定都有准备。并听外面在说："铁爪蛟龙带来的人已经来了！他带来的是北京城一些位最有名的英雄，为的是帮助他替他的徒弟来报仇，并为和中堂捉拿大案贼，铁爪蛟龙胡腾雨本人是随后就到……"

伍宏超在屋中听了，心中就越发的气，越发的紧，自觉已经到了生死的关头。待一会儿，铁爪蛟龙带来的人一定不少，汪进宝一定要领着他们来；若是见不着顾画儿，就必要来捉拿我。好，我就等候着同他们拼一拼吧！我若是武艺高，就可以再剪除几个助和珅为恶的凶汉；若是抵不过他们，那也没什么，我甘愿与义士白大爷同殉于此地……倒希望顾画儿不必到这里来了。

伍宏超就这样地把心一横,专待胡腾雨,可是不觉得天色渐渐晚了。已经到了薄暮黄昏之时,忽然就听见院中有女人高声地说话,正是侠女顾画儿的声音,就听顾画儿在院中愤愤地说:"你们这些人,挤着看什么?都走开!"

又听见汪进宝的语声说:"顾姑娘,你难道不认得我吗?上次你到京城里去送鞋底子,我就正在那鞋铺的柜上闲坐着谈天,咱们原是见过面的。这次我追着姑娘你,请着姑娘你,可真费了大事啦!钱也花了不少啦!白大老爷死了,连棺材都是我给买的,只是伍宏超他不叫入殓。现在我劝顾姑娘也不要再难过啦!事情都好说,好办,中堂是十分看得重您……"

此时顾画儿本是已经生气了,只是气得她虽难受,却还不如她陡闻到义父白大爷之已病死,这种悲痛憾着她的心,确实是难过已极,她的小驴儿和行李还在店门外,冷森森的金刚玉宝剑她已自鞘里锵的一声抽了出来,她不禁悲泪直流。惨淡的天边晚霞,映着她悲哀愤恨的容颜,她依然穿着破衣、补丁的裤子。她窈窕的身体不住地抽搐发抖。

这时伍宏超也自那屋中走了出来,高声说着:"顾姑娘你怎么今天才来?这时候才来?——可是你既然来了,也就不必说什么了,白大爷已于今日上午因病而死,他未得见着你,他到现在还没有瞑目。我也没有敢将他入殓,这院中虽有一口空棺材,但那是和珅的家奴汪进宝给买来的,我怎肯将白大爷的遗体放在那里边,受他们的这种侮辱?顾姑娘,自我们分手以后,事情很多,此时我也没有工夫细告诉你,就请你先快些进屋里来,看一看你的义父吧!"

顾画儿抬头把伍宏超先看了一看,并不说什么,忽然她反倒转身又要向外走。这时汪进宝已叫一个人把她的那头驴牵着进来了,画儿姑娘走过去将宝剑一扬,那牵驴的人吓得回身就跑。汪进宝是叫四五个来保护着他,他还说:"我叫人把您的驴牵进来,也是好意。因为这店里已经给姑娘准备下一间房子了,姑娘先歇一会儿,随后咱们就把白大爷入殓,烧点纸,要想请僧道来念经超度,现在就能够请来,以后,还有好些事，我要跟姑娘商量呢。连那伍宏超伍老弟，我们要捉他，也早就下手啦，只是因为看着姑娘的面……"

画儿姑娘听了他这紧紧的可厌的言语，只是沉着脸，一句话也不说。她这次来，在驴背上放着有被褥卷儿，她就去亲手解下来。汪进宝看着，还不住地点头，表示赞叹，更露出来巴结的样子，说："这对！这才对！我正发愁，也没有一份衣裳就把死人放在棺材里，也不大对呀！我本想叫人连寿衣都给办一份来，钱我也早就预备好啦，只是我不敢再碰钉子啦！因为那位伍朋友的脾气古怪，连棺材他都不收，我还敢给预备别的东西吗？姑娘自己带来了衣裳这更好，快把棺材垫平了，好叫死人在里边躺下。要我们帮忙吗？"画儿姑娘却仍是不言语，把那被卷拿着，另一只手提着宝剑，就往那屋里去走。

伍宏超也转身走进去了，院中的汪进宝等人却都直瞪着两眼，表示出来惊疑，可是都不敢也跟着人家进那屋。

伍宏超到屋里，只见顾画儿姑娘看见了她干爹的死尸，越发地流泪不止，但她并不因心中悲伤而动作稍缓，她就很敏捷地解开了那被卷，用被褥将她干爹的尸体紧紧地裹了起来。伍宏超反倒不明白，就向她悄声地问说："我们现在打算怎么办呢？"

顾画儿悲愤地说："刚才的事，伍大叔办得对，我干爹怎能用和珅家奴给买的棺材？"

伍宏超说："他们现在还有更可恶的想头，听说铁爪蛟龙不久就要来的！"

顾画儿说："那不怕他！我也很对不起我干爹跟伍大叔，我这次回到西陵就耽误了两三天的工夫，可是也是出于不得已，因为我得把我干妈安顿好了。我送她老人家到我们的一个最相好的邻人家中，就是常在我们那儿帮忙的那名叫铁儿的小孩的家，但是人家也是很穷。我费了两天的时间，才把我干爹的那些书籍变卖了，因为我们只有那些书还值一点钱呀！我留下一半钱做我义母半年的衣食之用，其余的我带出来做咱们往江南去的盘费。在路上我还直赶紧地走，没想到来到这里已经见不着我的干爹了……"说着就不住地痛哭。

伍宏超劝慰着说:"现在哭也无益。"

顾画儿点头说:"我知道,现在咱们就赶快走吧!"

伍宏超指指窗外,说:"那些人已将这座店围得密不透风,他们由那汪进宝领头,有县衙官人和铁爪蛟龙由北京邀来的一些人帮助,咱们要是想走,恐怕只有跟他们交手!"

顾画儿说:"这事交给我!伍大叔只将我干爹的尸体护住就行啦,走到别处再将他老人家掩埋,宁可水葬,或是火葬,也绝不能沾和珅的一点好处。"

伍宏超说:"我那凌老哥金臂飞侠的尸身就是我给背了去掩埋了的。如今,白大爷是我的长者,是我的知己,我更能够将他的遗体背走,送往一片干净的地方,使他长眠。"

顾画儿点头说:"好啦!不必再说什么啦,现在咱们就走吧。"

当下,伍宏超就将裹着白大爷尸体的这被卷拿起来扛在肩上,这可比凌万江的那尸体轻得多了。他的心里很难过,一手持着青锋宝剑,向顾画儿看了看。画儿姑娘此时反倒收住了眼泪,手挺"金刚玉"先走出了屋。

院中的人更多了,汪进宝仍在几个拿刀持棍的人的保护之下,说着他的那些无味的话,催着说:"快入殓吧!快入殓吧!白大爷得了这么个收场总是好,这总比死在慎刑司狱里,或是在菜市口身受国法,强得多了。这以后顾姑娘若是受了和中堂的恩典,或是当了中堂的眷属,或是给府里当了女护院的,那时白大爷的家里还许能领些钱呢!中堂原是一位待人宽厚的人,好吧!大家帮助一点,快些入殓吧……"

可是顾画儿姑娘听了这话,只是忍怒而不睬,急匆匆地去牵了她的驴。有两个人就要去拦,顾画儿当时就举起来金刚玉宝剑,喝声:"快躲开!我已经忍了又忍!我不理你们,我们要走,但是你们要是敢来拦阻,那可就是来找死!"这两个人吓得赶紧跑到了一边。

这时却另有四个人飞跃到了近前,每个人的手中全都拿着钢刀。顾画儿刚牵了驴,伍宏超刚扛着白大爷的尸体要向外走,就被这四个人一齐横刀拦住。四个人全都凶悍异常,自道姓名和外号,他们的姓名,伍宏超听来觉得生疏得很,但是他们的外号在京城中却是颇为有名,一个叫"紫面狼",一个叫"钢头太岁",一个叫"赛瘟神",一个叫"黄袍怪"。这几个有的是保镖的,有的是护院的,有的是北京街头有名的光棍,他们倒都确实是自京城被约而来的。

那紫面狼就说:"朋友们!还想走吗?你们也不睁眼看看风势,我们等了你们有多半天啦,还能够就叫你们这么大模大样地走了吗?"

黄袍怪却说:"我们铁爪蛟龙胡大哥他随后就到,不等着他来,你们就跑,可显见你们是怕他!"

顾画儿却挥动了宝剑,厉声说:"谁理你们!快些躲开!可别找死!"

铜头太岁却笑着说:"声音真好听!可是顾大姑娘,您别上了姓伍的这个小子的当呀!他是一个穷鬼,是一个无来历的人,又在京城闯下了大祸,我们现在不与他一般见识,可是早晚也叫他逃不开。他这小子要借着大姑娘你当他的护身符……"

话才说到这里,顾画儿就已抡剑奔过来。黄袍怪就急用刀来迎,当时铛铛地刀剑相磕,紫面狼与赛瘟神也一齐抡刀来助战。那铜头太岁闪在一旁仍然说:"顾大姑娘可千万别上姓伍的小子的当!他要拐跑了你,还要拐跑你干爹的死尸。他活不了多少日啦,和中堂绝不能饶他,你却是早就叫中堂看上啦!中堂想娶你……"嘴唇还在动,可是被画儿姑娘的"金刚玉"一挥,他当时就"铜头"滚落,尸体横斜,血水四溅。

这样一来,他们都慌乱起来,许多人都在大喊:"不好!姓顾的这姑娘把人杀死啦!出了人命啦!"

那边的汪进宝急气得不住地顿脚说:"这就叫'给脸不要脸'!没旁的说的啦,下手拿人吧!不给他们留面子啦!"

当时,一些同利镖店宽背虎、矮罗汉带来的伙计,一些龙宗璧由河南带来的差官,一些本县衙门派来的人,齐都抡舞着刀枪棍棒、铜钩铁尺,就扑向了伍宏超与顾画儿。尤其是紫面狼等三个人,因为他们的同伴死了一个,所以就都更凶,闪闪的钢刀齐逼近来。

顾画儿就飞舞起金刚玉宝剑,只听得当啷当啷劈啦劈啦,这锐利的钢锋将那些刀棍棒钩等等尽皆纷纷地削断,真如严霜之拂秋草,碰之便折。那些人也真没有想到遇着这样快的家伙，当时吓得全都丢了魂，向四下逃跑，都说："好厉害！好厉害的宝剑！"汪进宝是早就躲进屋子里去了。

伍宏超已趁乱牵到了一匹马，顾画儿牵她自己的驴，就一齐闯出了这店门，同上坐骑，绕过了十字街，向南就走。伍宏超带着白大爷的尸体催马在前，顾画儿骑驴紧随，手握金刚玉宝剑，还不住地回头去望。

后边那些人可就追赶来了，有的是已经换了家伙，有的却仍然抡着半截的刀和已经折成了两截的枪。他们虽然追来了，可还都不敢往近处走，只是在后边跟着乱嚷嚷："拦住他们！那骑马的带着死人的小子是强盗！那骑驴的女的也是贼！可要小心，她的宝剑可厉害呀！快截住他们，捉住！这是和中堂严令捉拿的大案贼，别放走了啊！"街上的人却都慌慌张张地往两旁去躲。

伍宏超与顾画儿急急地催着坐骑，在这黄昏暮色之中，蹄声嘚嘚，小驴跟马跑得一样快，眨眼之间，就来到了这束鹿县的南门门脸。这里的城门已经关闭了半扇，可是还有稀稀的车马行人出入着。守城门的几个差官突然看见这一匹马和一头驴飞驰来到，后边且有那些个人大喊着追来了，他们也不知道是怎么回事，就赶紧过来要拦伍宏超。伍宏超却将剑一抡，同时催马，从那半扇门缝就闯出了城，并回首高声叫着说："顾姑娘快走！"顾画儿也在驴上又挥动着金刚玉宝剑，闪烁的剑光，确实惊人。

守城门的人刚要抽出腰刀，后面追来的一些人有的就大喊说："可要小心她的宝剑呀！"又有人喊着："只要拦住她也就行啦！胡大师傅是眼看着就到啦！"这些人一边嚷着，一边就往近处来扑，来拦挡。但顾画儿挥动了宝剑，又斩断了两三件兵器，她的小驴就载着她也冲出了这城门口，赶紧追上了伍宏超的马。他们连头也不回，就一同飞驰出了南关，往南而去。

走出了有半里多地，伍宏超因为马上带着白大爷的尸体，觉着太不方便了，而且已经死了的人，何必再在马上受这样的颠扑？现在这大道的两边,处处是墓地,一座座坟头罩在暮色里,晚风吹动着坟前的青草,有的磷光隐显,似幽灵已走出了坟墓。伍宏超就收住了马,回首向顾画儿说:"我们在这里找一个地方,就先将他老人家的遗体掩埋了吧?暂且也不必要坟头,只留下一个标记也就行了。等到将来我们杀了和珅,报完了大仇,将他老人家和凌老英雄先后启灵,再为安葬,那时也不晚。"

顾画儿却微微地叹息,说:"我们往下再走一会儿再说吧!这时哪有工夫?后边,眼看着铁爪蛟龙又要追赶咱们来啦!"伍宏超听了这话,却又不由得愤怒陡起,说:"我们岂真怕那铁爪蛟龙?顾姑娘!你自己走吧!我要在这里暂将白大爷葬埋,而后我还要斗斗铁爪蛟龙,并要回北京去杀和珅!"顾画儿听了这话,便一声也不言语,沉默着。在深深的暮色里,虽然看不清楚她的模样、神情,但可以想见,她这时的心里必是更难过。

在这时,就见由北边飞驰来了许多追骑,嘚嘚嘚的马蹄声震荡着,就如怒潮似的汹涌奔来。那些马上还带着许多只灯笼,灯光映着闪烁的刀枪的影子。伍宏超就兴奋地喊着说:"这一定是铁爪蛟龙那些人来了!咱们迎上去吧!"顾画儿却着急地说:"何必要惹这气?他们又不是和珅本人,把他们全都杀了又有什么用?一点也伤损不到和珅的身上。还是快走吧!跟他们斗什么?"说着,就将驴赶到伍宏超的马旁,她就伸手用力地来拉伍宏超。伍宏超也见后面追来的人是太多了,自己又带着这具尸体;顾画儿的"金刚玉"虽然厉害,可是究竟两个人难敌众手,他于是只好忍怒催马,同着顾画儿,一马一驴,又向南紧走。

暮色愈深,天更昏黑,星斗愈显得多而明亮。后边众多的追骑渐渐地就追到了,那些人齐声声地大喊:"伍宏超!小辈!顾画儿!贱女!你们快些站住!抓住你们还许饶了你们的命,不然,把你们可要当时杀死……"又听有巨大的咆哮的声音,说:"我铁爪蛟龙又来啦!一对狗男女,你们还敢跟我较量较量吗?"

伍宏超听了这话,就忿然地要拨马去迎战,可是顾画儿仍然紧紧地说:"快走!快走!"于是他二人的一马一驴再向前奔。那刀光、枪影、灯笼和群马的蹄声在后又追得更急，铁爪蛟龙更大声地喊："伍宏超！你原来是这样的胆怯呀！顾丫头，你竟是这样的无能呀……"那紫面狼、赛瘟神等一些人也一面追赶，一面齐声地喊叫："顾丫头！快些给我们的朋友偿命！要不然送你到北京，去给和中堂当个姨奶奶吧！"顾画儿一怒，便将驴收住。

此时眼前是一座高原，高原上树林郁郁，有一道坡，要想再往前去，就必须向坡上去走，是很吃力的。伍宏超也收住了马，气愤愤地说："我们不必再跑啦，索性迎上去，再跟他们拼一场吧！不把他们都杀回去，咱们就走不了！"说时，不待顾画儿答应，他就先下了马，手挺着青锋剑就向那些追骑去迎。

铁爪蛟龙率领的有二十余骑，呼啦一声，也就都来到临近了。只见那些晃晃摇摇的灯笼的光亮，照着长面孔，一脸凶恶的黑肉、丛生着胡须，双目迸发着怒焰的铁爪蛟龙胡腾雨。他骑着大马，现时手使的是一杆长枪。与他并马而行的却是一个老者，长得也很是凶恶，面上有数处刀疤，并且堆满了皱纹，看那样子有六七十岁了。这人手使的是一只"杆棒"，这种杆棒当中是木头的，两头却全是钢的，擦得很亮。

铁爪蛟龙本要立时就拧枪来刺伍宏超，这老人却摆手说："先让我来跟他们说几句话吧！"遂就催马往近处走了几步，并叫人将灯笼都高高地举起。他就先仔细地打量伍宏超，露出了微笑，说："好个年轻的人！我要一杆棒将你打死，确实又有点可惜，因为我最小的儿子也比你还年长。你小小的人，走在束鹿县竟不打听打听？我就是本地的阎王爷，外号叫花面阎罗。我就在本地住，你来了，我知道，昨晚你在鼎春坊酒楼发狂话，今天早晨你在城北截镖车，杀伤了双斧太保等人，我就想要会会你。可是我老啦，我又觉着我三个儿子全都死在江湖，我应当积一些德，不必跟你这样年轻的人过不去啦。刚才是铁爪蛟龙胡师傅找的我，他说你在北京任意胡为，私通和中堂的宠妾……"

伍宏超听到这里，就不由得涨红了脸，立时用剑指着说："你先住口！你把事情得打听明白了之后再说！"

花脸阎罗冷笑着说："我还去打听什么？你现在又要拐走了人家姓

顾的姑娘,这就是证据,可见你为人素日做事不端。我今天虽是应胡腾雨之约,可倒并不是为帮助他,我只是为要除一个淫贼!"

伍宏超大怒说:"你胡说八道!"遂就一跃上前,抡剑就砍。花面阎罗舞杆棒相迎。顾画儿却也跳下驴来,挺剑跃起,去刺胡腾雨。那铁爪蛟龙胡腾雨在马上却抖动了长枪,一面急急地狠扎猛戳,一面却小心躲避,不使金刚玉宝剑损伤了他的枪杆。当时这四个人就恶斗了起来。

胡腾雨带来的那些人骑着马围绕了一个圈子,就把伍宏超与顾画儿困在垓心,他们此时纵使插翅,恐怕也难以脱逃。在这荒郊高原之下,夜色沉沉,星光闪烁,附近也没有什么人家,这正好成了他们的战场。跟随铁爪蛟龙前来的那些人,还都骑在马上,虽然因为插不上手,不敢上前帮助来打,可是都在四边喊着助威,并齐将灯笼高举。

火光照着生龙活虎一般的伍宏超,他真是剑法高强,差一点的人,实在抵他不住。而不幸的是,现时他遇着了"花面阎罗"。这位不独在这束鹿县,并在黄河以北,也是颇为有名的老豪杰,他的杆棒就如一条巨蛇似的,随着他的手乱舞,呼呼地带着风声。他由马上跃下来,与伍宏超同在地下相拼,更显得他虽老而健康,并且身手矫捷,棍法毒辣。伍宏超先还可以与他打一个平手,但在六七合之后,就显出有些招架慌乱,剑法难伸;他被对方的杆棒逼着,只是不住地后退。可是后面那些举着灯笼的人,喊得更厉害,并且都伸家伙要来乘他之危,要他的性命。

顾画儿是"金刚玉"舞在手中,有如一股白气,纤躯耸跃,敏速绝伦,兵刃只要碰到她的宝剑之上,便必折断。可是铁爪蛟龙现在有准备,他的长扎枪,比他早先使的那飞钢鞭又轻便得多,枪头乱颠,对方的宝剑虽然锐利,却削不着他,他并随时地乘势来扎。

四面围着的人,一看他们这边要占上风,便就都更高兴起来,喊得更厉害了,骂着:"伍宏超!顾画儿!你们一对狗男女!"气得伍宏超拼起命来,也不管什么剑法,更不顾对方的兵器有多么凶了,他只将剑猛抡乱舞,因此反倒逼得花面阎罗棍法松缓,而不住地向后去退。

那边的"金刚玉"喀的一声,终究将铁爪蛟龙手中的枪削断了。铁爪蛟龙却并不畏惧,只将马退后了一步,及至顾画儿抢剑飞跃过来之时,他又由旁边人的手中接到了一杆兵器;依然是长扎枪,照旧抖成了枪花,狠毒地来刺并嘿嘿冷笑,狂傲地说:"我今天倒要拼出十杆八杆的枪,叫你的剑来砍!结果我要不把你一枪戳倒,夺过你这宝剑,挟着你回京去交给中堂大人,我胡某以后就不再叫铁爪蛟龙!"说时,枪抖得更急了。

另一旁,"花面阎罗"的杆棒也舞得更凶,那老家伙并且向四周围的人怒骂起来,说:"你们就白在旁边看着吗?也不来帮助帮助?妈的,只是叫你们来打灯笼的吗?"他这话一经说出,那铁爪蛟龙也吩咐道:"动手!"当时他带来的这些人之中,有紫面狼、赛瘟神、黄袍怪等,有在马上的,有在步下的,就纷纷顺着灯光所照之处,刀枪杆棒的齐舞,就都向着伍宏超顾画儿二人来打。

二人各以剑光护身,如此又是七八合,但都是只能暂时遮护得住自己,却不能相顾,也不能杀出这重围。当时刀光枪影,马跳人飞,杀成一团;尘土腾起,仿佛弥漫起来了一层大雾,几乎将星光都遮住了。在这时,伍宏超气喘吁吁,顾画儿也是危悬一发,二人纵有真勇气、好剑法,无奈对方的势大人多。伍宏超怒喊了一声:"胡腾雨,你这算是什么英雄?你们住手!要见和珅,我随着你们去见!"

铁爪蛟龙却得意地狂笑着说:"好小辈,真没有阅历!说这话好像孩子,你竟还想去见中堂?妈的,你的鬼魂也见不着!那和大人虽说很想顾丫头,可是我今天也改了主意啦,我要割下那丫头的头,再叫中堂去看……"他得意忘形,枪法来得更狠。

可是不知自哪里射来了一支短箭,正射中他的腮帮子,痛得他咧嘴怪喊,连哎哟也喊不出来了,马也不由得往后去退。

斯时,那飞来的短箭嗖嗖地又一连射来了几支,原来就是自上面的高原射下来的。黄袍怪已经中箭落了马,顾画儿乘势又用剑砍断了几件兵刃,刺倒了几个人;伍宏超一剑就将花面阎罗戳倒了,当时一些人都纷纷后退,有的把灯笼也扔了。

铁爪蛟龙胡腾雨的左耳上又中了一支短箭,痛得他几乎摔下马来。他知道此时在暗处有人正帮助顾画儿和伍宏超,而且这种短箭他曾在北京中堂的府里挨过,所以他惊得不得了,急忙拨马向北惊逃。顾画儿与伍宏超倒是全不去追击,只是也都不禁觉着骇异。

第十七回　河畔烧骨灰永思仇恨
　　　　　雨中访侠客倍起猜疑

　　这时，有人在高原上向伍宏超大声地呼叫说："你们快走吧……"这呼声是尖锐的，但却沉重有力，伍宏超当时就听出是谁了。斯时，就见由对面的高原上飞跳下来了一匹大概是铁青色的健马，马上的人是既矮且胖，头上似乎包裹着一大块布，模样儿不能看得十分清，可是连顾画儿也知道来者是一个女子。

　　这就是奸臣和珅府中的胖丫头绣球。她身负绝技，遭遇贫苦，但她愤恨和珅误国害民、贪污淫佚、欺压善良、钳制义侠，所以她慨然地假作卖身，在豪门中充一下贱的婢女，她的目的是想要趁机杀死和珅，为国家除害。只因为和珅太为狡猾了，防范得极严，更有胡腾雨一些恶奴助纣为虐，因此她才不得下手。她只能暂在那里保护着吴卿怜，那个被损害的柔弱可怜之人，她完全是出于一种女性相助、见义勇为、济困扶危的侠义肝胆。

　　当下，她催马下了高原，来到了近前，就笑着说："先让我来看看顾侠女吧！"

　　她的身上带有一个油纸的折子，用火点着了，在手中一晃，当时就火光闪动了一下；她把顾画儿的模样儿看清楚了，她就表现出来一种敬仰的样子，笑了一笑，可是并没有说什么话。顾画儿也只看了一看她，似乎对于她的来历完全明白了，所以也没有说什么话。

火光当时就熄灭了,伍宏超却说:"你来帮助我们是很好的,可是卿怜一个人在那里,不至于出什么事情吗?"

绣球笑着说:"她哪会出什么事?她长得那么好,要叫和珅这时候杀她,和珅也一定还舍不得,再说她又不愿离开那高楼大厦。我这次离开北京就为的是紧跟着'铁爪蛟龙',帮助你们来对付他,怕你们敌他不过。我原也想着就把卿怜带了出来,我也跟她说过,可是她还是不肯;她说她要离开那里,至少还得等到一年以后……"

伍宏超到此时就忍不住地问:"到底是为什么缘故呢?她在和珅的家中受那样的凌辱、苛待、损害,她可还非得等到一年之后,才能离开那个地方,是什么原因呢?"说这话的时候,伍宏超心里是真觉着憋闷得慌,又着急又十分的惭愧,因为顾画儿这时在旁边已经听得清清楚楚的了。她本来就知道吴卿怜是怎样一个人,她可是还不知道自己跟卿怜的关系,现在要是叫她晓得了,自己跟和珅的那个宠妾,有那种不清楚的事情。她,顾画儿,一定要把我看得一钱不值了!伍宏超发着窘,愧得无地自容似的,真恐怕绣球再往下详细地说。

绣球可也倒再没有说什么话,她只说:"现在把铁爪蛟龙打跑了,他们一定是又回北京去了,我也得赶紧回去,要不然,卿怜那儿可真许出事了!"

伍宏超也说:"好!你就赶快回去吧!叫卿怜放心我,同时叫卿怜也急速设法离开和珅的那个家,离开那个罪恶的深渊吧!因为她与我是同乡,并且是幼小时的邻居,我不能不对她有些关心。"

绣球答应了一声,又说:"你们将来自然还都得回北京去啦?"

伍宏超说:"我现在是同着顾侠女往江南找郝燕翎去。你是知道的,和珅府中防备得那样森严,铁爪蛟龙那些人又都凶横。不是我们没有胆子马上去报仇……反正我们早晚得把和珅剪除,早晚还得与铁爪蛟龙那些人去拼命,但是,我们现在得去请一个帮手,就是江南的大侠郝燕翎,那是顾姑娘的师父。"

绣球却说:"要去找郝燕翎?我听说他武艺虽高,可向来不大爱管闲事,他是空有侠义之名,不大做侠义之事,真不如往汉中府去找冲天侠,那才是一位英雄呢!比郝燕翎的武艺也不弱,可是慷慨豪爽得多!"

伍宏超当时就怔了一怔,心里确实有一些犹豫,又怕顾画儿听人批评了她师父郝燕翎的短处,她要生气的,但是又想:冲天侠也是她的师父呀,最好把她的这两位有大本领的师父全都找一找……

此时绣球又说:"这次胡腾雨回去,一定更得为和珅招兵买马了,把他那座中堂府护得更得跟铁桶儿一般了,以后咱们下手恐怕更难!"

伍宏超却愤慨地说:"无论和珅再想什么办法,在三个月以内,我们一定要回京去割他的首级!这不但是我们与他有杀父之仇,而是必须为国除奸,为民除害;连铁爪蛟龙胡腾雨,带他的家奴汪四、汪进宝那些人,我也一个不能饶!"

绣球说:"好吧!你们快走吧,后会有期……顾侠女,再会!再会!"说着,她就转马向北飞驰,发出一阵连串的嗒嗒声,在深深的夜色之下,顷刻之间,便没有了踪影。顾画儿多时沉默不语,绣球走后,她还是没说什么。伍宏超当着这位姑娘,被人揭露了他跟卿怜的事,仍然不禁脸上发热。

现在的地下还躺着趴着几个受了伤的,都是刚才铁爪蛟龙带来的人,他们也全不管不理了。伍宏超只去牵了马匹,画儿又把她的那头驴找着,并将她干爹白大爷的死尸抱起,她现在不再累伍宏超扛这死人了。她自己给抱在驴背上,拿着她的金刚玉宝剑,上了驴,向伍宏超说一声:"咱们走吧!"于是伍宏超又骑上了马,紧紧地随着她,再往南走去。

夜色越显得深沉,天气也很热,他们往下又走了三十多里地,便来到滏阳河畔。只见大水茫茫,发着白亮的颜色,驴跟马都不敢再往前走了;四下里又是空旷无人,天上的星光也都为浮云所遮蔽。到了这里,二人就都下了坐骑,将那用被卷裹着的义士白大爷的尸身,平放在河畔的沙地上。

顾画儿叫伍宏超帮助她到附近的树林里去砍柴,二人用剑砍了一大堆树干和树枝,拿回来摆好,将白大爷的尸身平放在柴上。顾画儿沉痛地说:"我干爹活着的时候就对我说过,将来他要是死了,他愿意火葬;因为既省得费一口棺材,又干净,不必弄一个坟头占一块地。他那个人在生前就是这样的旷达,想得开,他虽然死了,他却相信咱们一定能够剪除和珅,为民除害。如今把他火葬,我想他老人家是瞑目的。"

伍宏超听了,心里倒很是难过,就点头说:"火葬也好,可是哪儿来的火呀?"

顾画儿却从她那小小的行李卷里取出来火石、火镰、火线等等,就打着了火。她先将包着尸身的被卷引着,渐渐地再燃着了柴,借着河面上吹来的风,越吹火势燃烧得越旺,呼呼地响。火光照耀着沙岸,顾画儿就跪倒哭叫着干爹,悲痛地说:"干爹干爹!你等一等,至多了在三年以内,我一定要为你报仇!杀和珅,遂了你的愿,为你报仇……"伍宏超在旁边低着头站着,也不禁鼻酸落泪。

等到火光渐灭,义士白大爷的尸骨已烧成了灰,顾画儿将尸灰尽皆撮起来,扬洒在河中,顺着那滚滚茫茫的河水流去,流得不知去向了,她这才擦了擦眼泪。天色都快明了,她就说:"伍大叔!咱们走吧!"

伍宏超一听,到现在她仍然叫自己为"大叔",不但没有一点"亲近"的表示,更连普通的友谊也好像是没有;金刚玉宝剑她也不再换回来啦,白大爷生前的那番意思,"换剑订婚",那只是一种幻想罢了。当然现在也不能跟顾画儿提说什么,或暗示什么,而且更得跟人家客气着了。只是他心里却有一点惆怅,不过又因为自己与卿怜的事情,觉得这样也好,省得为卿怜的事,倒跟她抱愧。现在的事情很干净,彼此没甚相干,只要快些一同到江南,只要找着了郝燕翎,就完了,能够再一同北返,除恶复仇,就再在一块儿;若是不能,就分手,各自去干各的,倒好,谁要有本事,谁就先杀了奸贼和珅。

主意已定,伍宏超心里倒觉着坦然了,同着顾画儿,一驴一马,顺着河岸,向东去走。少时天色就发晓了,看见在一个渡口上,有一只摆渡船,于是二人连同坐骑,全都乘船渡过了河,再往南去。沿路上他们不大谈话,同时也都没有什么钱。他们白天买着"锅饼"吃,夜晚不是宿在坟地的森林里,便是找古庙栖息;简直像是没有准巢的鸟儿一样地漂泊,可是路上的人还似乎都很艳羡他们,以为他们是一对年轻的夫妇哩。

由直隶省河北进入山东境界,顺着运粮河的堤岸往南,就快到了苏北地面了。这一路,他们看见了许多的灾民,还听见了民间的不少冤抑之事。原来这时各省的督、抚、司、道大小官员,几乎没有一个不是和珅所用的人。这些贪官若不给和珅送礼,官就做不住,一旦犯了法,朝中也无人奥援,所以就越发不顾一切地刮地皮、吸民脂,一半用以肥己,一半,还得是多一半,去贿赂和珅,这才能够做得住官。可是老百姓全都苦极了,处处的饥民,遍野的怨声,那些贪官手下的爪牙,更都是无恶不作。

伍宏超看见了许多凄惨之事,这些事,推其主因,都是在朝中当权的奸相和珅所造成。他不禁气极了,就勒住了马,向顾画儿叫着说:"顾姑娘!咱们为什么还要往江南去呢?和珅活在世上一日,老百姓就都不能活了。咱们不如赶快回去,拼出命去也得将他除掉!"

画儿却仍然皱着眉说:"不是因为有铁爪蛟龙保护着和珅吗?"

伍宏超说:"咳!难道咱们两人就真拼不过他们?何况还有绣球也能够帮助咱们呀?"

顾画儿却说:"要是真能办得到,我姑父凌万江也就不致被他们打死啦!铁爪蛟龙一个人就能抵得住咱们两人而有余,他的那些徒弟,伙计,还有和珅后来招去的那些护院的人,武艺也都不错,咱们若是去了,不但不能得手,反倒要吃亏,那何必呀?要是只为逞能,我也不这么耐烦等到今天啦。这也不是我的胆子小,是真不行,怔办真无用,既要再入和府,就得杀了和珅,不能又白去一趟;那不但无济于事,还倒叫他加倍小心了,那可图的是什么?"

伍宏超一细想,觉着画儿这话也有道理。本来么,我倒是往和珅的家里去过了好几趟,又办了些什么事?还不是只跟和珅的宠妾添了些可羞的暧昧的柔情吗?又真把和珅杀死了吗?咳!确实是因为我们武艺不高,确实是先得找郝燕翎去再学一学……

于是,二人就又往南去走。又数日后,就过了长江,天气阴雨连绵,南方的草长得都比人还高。顾画儿是初次到江南,她觉着一切的事物,仿佛全都很新奇。而当地的人看见她骑的小驴,也觉着有趣,尤其顾画儿的装束,一看就知她是北方来的女子,更因为她的衣裤都是有补丁的。伍宏超的衣服更脏,胡子也长了很长。他们既穷,可又都带着宝剑,因此大受人的注意;路上往来的有些当官差的人,更都用怀疑的眼光来盯他们。

顾画儿的小驴儿轻轻地越阡度陌,自自然然地走着,似乎她什么都不怕。然而伍宏超可是有些忧虑,觉得既被人疑惑了,恐怕就要出事了。幸亏过了江只走了一天多,便到了常州府武进县,这里就是名侠郝燕翎的故乡。

郝燕翎的大名,在江南说起来真是无人不知,人们要是谈起来,他的事儿可多了。据说他最善打"六路拳""十段锦",身手高妙,所向无敌。并传说他擅长"碾步",在大树旁边碾起步来,能够使树枝树叶纷纷自落,如被大风所吹摇;若是在院中走起来,地上坚固的大块方砖,也能粉碎。

据说他曾用短短的一根木棍杀退过太湖二百余名强盗。但浙江巡抚王亶望活着的时候,曾差人送千两黄金延请他去,想要一观他的武艺,都被他所拒绝。他就是这样的一个人,可他也从来没有收过徒弟,他在北方传授顾画儿的武艺之事,外人不知;他并且有个毛病,就是闲事不管。

伍宏超于今年正月北上之前,曾经拜访过他;知道他很穷,住在武进县城内一条陋巷里,以织编蓑衣为生。但现在同着顾画儿到了这个地方一找,却又找不着他了。天上还落着雨,这小巷里,地下满是稀泥,两扇薄板的小门,极破极旧,上面连铜环子都没有。伍宏超就上前用手捶打了两下,里边有人问说:"找谁的呀?"伍宏超说:"我找郝燕翎郝老师!"里边的人说:"姓郝的不在这儿住啦!早就搬走啦!"伍宏超问:"搬到哪儿去啦?"里边的人却不再回答。

伍宏超与顾画儿面面相对,顾画儿倚着驴,很忧愁地说:"还得打听打听!咱们已经来啦,不找着他不行呀!"

伍宏超要进到门里去问,这时却由巷口外来了一个头戴草帽、身披蓑衣的老头儿,好像也是在这门里住的,把他们和他们牵来的驴马不住地看。伍宏超赶紧拱了拱手,说:"请问!郝燕翎郝老师真是不在这里住了吗?他搬往什么地方去了?"

这个老头儿却弯着腰说:"现在你不能够再叫他郝老师了,得叫他郝老爷啦!他早就搬到城隍庙旁边那条侯家巷去了,一进巷口第三个门儿;现在那条巷已经改了名字,叫郝家巷了。我身上披的这件蓑衣,还是早先他编的,现在你可不能再在这城里说他的出身了!"伍宏超诧异地问说:"这是因为什么?"这老头儿却摆着手,并不住地摇晃着脑袋,连连地说:"别提!别提!"说着,就走进门去了,并且将两扇门掩得很紧。

伍宏超这时惊异得已经说不出话来,他回首又望了望顾画儿,顾画儿却说:"咱们就到那里再去找一找他吧!据我想,我师父无论到什么地步,他也不能因为财帛、利禄就失掉了他的人格。好在我们去,只是求他帮助,或是求他再指点指点我们的武艺,并不想跟他求钱,他现在是穷是富,都与我们不相干!伍大叔!咱们快走吧!雨越下越大了!"

伍宏超却心里依然不住地纳闷,因为觉着这件事情太奇怪了。今年正月间,郝燕翎还是一个以织蓑衣为生的穷人,但谈起他来,谁不钦佩?这才几个月,他竟变成这样的阔了,然而他的旧邻人、旧友们可都怕提他了。这倒得去看一看,他的财是怎么发的?发了财之后的江南名侠郝燕翎,是不是还跟早先一样?

于是二人各牵坐骑,离开了这小巷,在烟雨里,他们来到了大街。伍宏超是到这地方来过的,所以他对于街道还熟,不多时就找着了城隍庙旁的那条很宽大的胡同侯家巷,不,现在这巷口已经立上了新的木头牌坊,牌坊上写着很大的字,被雨水洗得有点模糊了,却是郝家巷,并有几个较小的字,是"车马禁止通过"。伍宏超心中更为惊诧,暗道:"好气派!"

但是那几个小字,大概也是瞎说,或者是有官势的车马可以例外,因为这时,巷里边正有两辆肥骡子挽着的簇新的"官气"的大鞍车,车上都罩着油布,从里面走出来;咕噜噜,咕噜噜,车轮子溅起来许多泥浆，也不管是不是能够溅到行路人的衣裳上。伍宏超赶紧拉马往旁边闪避了一下，他于此时，可正看见巷里路西的第三个门儿是豪阔的光亮大门；那洁净的高石阶上，送客出来的主人还没有回去，正在阶上眺望着雨景，有个仆人为他撑着雨伞，伍宏超认得，这不就是郝燕翎吗？

这时顾画儿赶紧牵着驴往巷里去跑，惊喜地高声叫着："师父！师父！郝师父！"

那郝燕翎身体文弱，可是脸色精神，胡须跟头发都已惨白，两只眼睛却同点着火的灯笼一样亮。他扭脸向着顾画儿一看，也不禁惊讶地说："啊！你果真来了！快进来吧！连驴儿也牵进来吧……"并且似乎特别注意驴旁挂着的那口金刚玉宝剑。

由门洞里走出来两个仆人，就将驴牵到门里。顾画儿已经上了台阶，拿手擦着头发上的雨水，喘吁吁地刚要说话，郝燕翎却似乎没有工夫去听。他又望见了伍宏超，伍宏超也走到台阶下，向他拱手说："郝老师！几个月没见，原来你搬到这儿来啦？我同顾姑娘是在北京认识的，如今是特地到江南来拜会你……"

郝燕翎也不等到他把话说完，只说："你先走吧！可以到街上那何家小铺去等候我，我就派人去和你谈，你快走！恕我不往家里让你了！"说着便推顾画儿进了他这大门，而令仆人也全随着他进去，并吩咐着："关上门！关上门！"咕咚咕咚就把门紧紧地闭上了，雨下得更大了。

伍宏超真气得了不得，心说：好个郝燕翎！你阔起来了，就不再认识我。我的武艺固然不如你，名也没有你的名大，交情更也谈不到，然而究竟我们是认识的，你竟这样拒我于门外，太骄傲了……可是转又一想：或者我们还没来到这里的时候，在北京、在束鹿县，我们做的那些事，与和珅成了对头的事，就已经传到这里来了？他已经知道了，所以才这样谨慎小心……

他怔了一怔，就转马又出了巷口。在街上向雨中的行人打听了半天，方才找着那个何家小铺。这个铺子可真小，卖的不过是一些蓑衣、草帽、草绳等等不大值钱的东西。屋子里的光线很暗，也没有顾客，只有一个年轻的伙计，在个小竹凳上坐着，好像是要打盹。

伍宏超就将马系在门外,他走进去,问说:"这就是何家小铺吗?"伙计仍然在凳上坐着,点点头说:"就是,怎么你是要买蓑衣呢?还是想买个草帽?"伍宏超摇了摇头,说:"我不是想买东西,因为我刚才见过了郝老师郝燕翎,他叫我在这儿等着他。"

这伙计听了这话,立时就站起身来,悄声地说:"你怎么会和郝老师认识呢?"伍宏超说:"我们两个人原是朋友。"这伙计又惊讶地说:"你是他的朋友,他为什么现在还认识你呢?"

伍宏超说:"你说的这话真奇怪,他为什么不认识朋友了呢?"

这伙计向外边看了看,又悄声说:"原来你还都不知道!大概你是才从别处来的吧?谁不知道郝老师……不,他现在叫人称呼他为郝老爷了,自从今年三月,跟本地的郎知府拜了把兄弟……"

伍宏超倾耳去听,这伙计就往下说:"郝燕翎他早先虽闯过江湖,前几年听说还到北京去了一趟,认识的朋友也不少,可是他一辈子也没有做过官、当过差,也没发财;所交的全是穷朋友,有钱的人他不但不理,还恨。这两年他也混得很穷,老娘八十多岁了,儿女还都没有成人,他的老婆又死了,也没有续弦,因为续不起;他专仗着编蓑衣养家,还时常的挨饿,可是他绝不受人的一点好处。

"可到了今年三月,本处来了郎知府,那原是北京城和中堂的外甥,虽是一个贪官,人可有眼力。他一到任就先拜访郝燕翎,天天请客,郝燕翎要是不去,他就亲派他的两位小姐央求着去请;时常送金银,郝燕翎要是不收,他就叫他的官太太出马,求着郝燕翎的母亲收下。因这,就打动了郝燕翎的心,答应得跟他结为把兄弟交成好朋友了。可是这么一来,郝燕翎就把旧日的亲友全都不认了,谁去找他,他也不见。郎知府并给他置了大房子,雇了许多的仆婢,他一家人的吃穿享受,现在简直跟知府一样,并且把那条胡同改成了郝家巷。你看,那郝家巷现在平常的人都不敢走啦!到底是有本事的人有办法,一步登了天。还听说再过两年,郝燕翎的老娘要是一死,儿女再长大一点,人家就上北京去了,那时候,和中堂和大人真许给他一个大官做……

"他还能见你吗?他还没忘了我们这小铺?叫你在这儿等着他,是有好事,还是有坏事呀?老哥!你可先打定主意。他不像前半年了,现在他是这里知府的人,也就是京里和中堂的人啦,连总督、巡抚,怕也惹不起他啦……"

伍宏超握拳愤恨,心说:和珅呀!和珅呀!你竟是这样的奸诈多谋,到处搜找有本领的人,笼络收买,为给你效劳,为助你为恶。我到天边,也好像逃不开你的手心,也看得见你的劣迹、恶行,如今竟连清白的郝燕翎也堕入了你的圈套。好!你就能从此安然无忧吗?我伍宏超就永远也杀不了你了吗?他发呆地想着,又不禁十分地忧虑:这可真糟糕了!和珅可真厉害,他要把郝燕翎请到北京,给他护院,那可就无论多大本事的人,也休想再敢瞪那和贼一眼了……

伍宏超低着头,万分地发愁,又想:现在连顾画儿带那口金刚玉宝剑,都到郝燕翎的家里去了,也就算全都间接属于和珅所有了,这可怎么办?这可怎么办?

第十八回　夜发悲歌尔岂真侠士
　　　　　重归故里谁识旧邻娃

　　雨还不断地纷纷落着,街上为生计而奔波的人仍在往来着,多半是连头带身子都那么叫雨淋着;这小铺里有廉价的草帽、蓑衣,可全都没有人来买,可见人都穷呀!民脂民膏都叫和珅直接间接地给搜刮了去了!

　　这个伙计又说:"自从郝老师当了郝老爷,他那金脚玉腿也不再到我们这小铺来了。他已经六亲不认,还能够认得你这朋友吗?我想他现在学了不少的官派头,这一定是敷衍你吧?把你支在这儿,叫你傻等着他;恐怕等一辈子,他也不来啦!"

　　伍宏超说:"他就是不亲自来,也得派人给我回个话,不然我还是能去找他!"

　　这伙计说:"你要再去找他,那可就要惹出祸来了。你跟他是有什么事情要办呀?"

　　伍宏超欲语复止,越想越生气,越想越发愁,并且感觉到有一种凛然的恐惧。这是在和珅府里大闹,在束鹿县境大杀,从来所没有觉出来的,现在是真有点害怕,好像身在虎口,那已被奸贼和珅收买了的郝燕翎就如一只恶虎,他的猛勇将无人能敌。

　　待了一会儿,来了这何家小铺的掌柜的,原来就是郝燕翎早先同院住的,刚才在那小巷里跟他还说过几句话的那个老头儿,这何老头儿更是叹息,说:"郝燕翎变了!早先浙江巡抚王亶望,拿一千两金子都请他不动,那时谁不钦佩他?现在他可阔了,可是人也完了!他不认识老亲旧友,老亲旧友可也都不愿意理他啦!叫他给郎知府、给和珅当那狗腿子去吧!"

这位何老掌柜的也劝伍宏超不要再在这儿等着了,说:"白等!没有用!顶多他派个人来送你三百五百的钱,还得嘱咐你,威吓你,不准你再来找他。你要是真没有钱用,可以由我这儿拿两件蓑衣去卖,咱们交一个朋友。"伍宏超却把头摇了摇,又拱了拱手,他就出了这小铺。

他牵着他的马,在雨中无精打采地走,然而,他还不愿立时就离开此地。郝燕翎虽不必再见面了,更休要幻想请他帮助去剪除和珅了;但是顾画儿已到了他的家,这不行,不能叫顾画儿那样清白的姑娘也沾染上奸臣、贪官、卑鄙的小人、变节"侠客"的污垢;我得去和她说明,不能叫她受郝燕翎的骗,其实就是受和珅的骗!

于是,伍宏超突然又振作起来了勇气,他决定今晚要私入郝燕翎的家宅,去找顾画儿,并且明知这是"老虎嘴里拔毛",郝燕翎是干什么的?"鲁班门前弄大斧""孔子门口卖三字经",深夜去往他的家,必定比往和珅的府还难上加难,险中又险,可是不行!非得去一趟不行!

伍宏超就在这街上找了一家店,先叫店家去喂马,他自己也把饭吃得很饱。这时候,他才想起来身边已经没了分文,可是又想:到明天再说吧!今夜我也许就要死在郝燕翎的手里……不过那样我可不甘心,我还要跟他这江南大侠客斗上一斗!杀了他,也算为和珅剪除了个——虽说还没为他效过力,可是将来一定是最厉害的——爪牙。

此时天色还没有黑,他睡了一个觉,醒来大约就已是二更天了。外面还有雨声响,他抽出了青锋剑,悄悄地到院中去一看,各屋里全都没有灯光,他就一耸身上了房。房上有青苔、雨水,很是滑脚,他十分谨慎地踏着,走过了几座房屋,就跳下到了大街。

街上凄清无人,雨下得虽微却不停,地下的泥浆愈深。他疾疾地走着,找到了"郝家巷"那个木牌坊前。他愤怒地想要挥剑将牌坊斩倒,但是不敢,来到这里得特别的谨慎,郝燕翎就许已经知道我要来了,他若徒手使起他的"六路拳""十段绵",就怕我虽有宝剑也难敌他。可是,只要我能够进到他的家,踏碎他的一块房瓦,我就是死了,也算英雄!

伍宏超边走边想着,就来到了大门前。这大门好像自从顾画儿一进去,关上了,就没有再开,郝燕翎一面吃着和珅,花着和珅,一面还肯收留和珅的仇家之女,这还算不错;不过他的胆量可也太小了,光天化日之下就把大门关上了。因为想到郝燕翎的胆子小,自己的胆子就更壮起来了,他嗖的一声蹿上了墙头,一翻身就轻轻地落于院里。院里种着许多花木,在雨下,簌簌的,响声特别的大,更使他的脚步声显不出来。

看看那大门洞的门房里和外院各屋,全都黑乎乎的,可见屋里的人全都睡了,他便放开了胆子,手提宝剑,直往里院去走。原来这里的院落不深,一进了"垂花门"便是正院,东、西、北三合房,各屋中的灯光全都很暗,只有北房的东屋里面,窗上的灯光还明亮些,并时时浮动着模糊的人影。

伍宏轻轻地向着那窗户走去,来到窗外,就听屋里正是顾画儿的声音在跟人说话,只隐隐听她说:"……日子虽长,可是我也能忍耐地等着,只是……"又听是一个老太婆的声音,说:"……我快点死,我的孙子孙女们都长大,就好啦!"又听有人在旁,好像就是郝燕翎的叹息之声。

伍宏超不大弄得明白,心说:他们聚在一块,天到这个时候还都不睡,谈什么哩?谈家常话哩?

忽然又听见顾画儿的啜泣之声,她继续地哭着说:"都是我不好,我无能!我爸爸死了这么多年,我姑父也死了,我干爹也死了,这都是仇,我都不能去报!"

郝燕翎大声说:"这怪我当初没有将你的武艺教好!当初我只是为到西陵去看这口金刚玉宝剑……"说着,大概是用手指铓铓地弹了几下宝剑,声音清亮,真若龙吟虎啸。又听他说:"我实在没有安心把武艺将你教好,因为那时我是想:你是一个旗人家的干闺女,我教好你武艺,又有什么用?我虽不幸生在这个清朝,可是绝不甘心做它的子民。

你的干爹白大爷人虽不错，无奈他也是一个入了旗的汉军，所以我不愿与他深交做友……"

老太婆又着急地说："你快不要说这反叛话吧！叫人听见，把你告了，那时恐怕连郎知府跟和中堂也护不住你……"郝燕翎当时就不再言语了，顾画儿却仍在哭着。窗外的伍宏超听了这几句话，倒是不住地由心里发生钦佩。

可是又听郝燕翎说："要叫我这时候就到北京去杀和珅，我可不能够去，因为他无论如何是当朝的宰相，皇帝的儿女亲家；杀了他，必定要兴起大狱，那时得要牵连多少无辜的人呀！所以我的武艺再高，我也是不能现在就去。我半生隐名埋姓，别人说我的名头大，但那不是我自己愿意有的，我只因为自知不能够去杀和珅；既不能杀和珅，还佩称得起是什么侠客吗？"窗外的伍宏超这时听了，不由暗暗地点头，心说：这话也对！

又听窗里的郝燕翎接着说："我更怕为他所用……"伍宏超又暗暗地冷笑，心说：可是现在你吃的喝的，住的这大房子，都是和珅的呀！郝燕翎又在说："如今，我们不要再提这些事情了！顾姑娘你就安心在我这里住着，可是连这里院也不要出，外人更都别见，那伍宏超……"

伍宏超这时把耳朵赶紧贴在窗上，细听，只听郝燕翎接着说："……是不行的，他年纪轻轻的，太没阅历。他的父亲伍御史，是叫和珅给毒死的。他离开了家十来年，学习武艺，立志报仇，也倒还可以钦佩。不过他的武艺本来就没学成，不中用；他应当再去学学，最好去拜冲天侠为师，再有十年，或者还能对付。这几次他到和珅的家，没有送了命，是他侥幸。我又听说那个人的品行不好，你以后休要理他！明天我再叫人去打听打听，他要是仍旧住在店里，还没有走，我可要就强逼着叫他走了！在这里，他能够给咱们招事……"说着，又用手指铛铛地弹着宝剑，喜悦地说："这口金刚玉，太好了！天下的豪杰都不如你的父亲顾昆杰，不然这口宝剑如何能单到你的父亲的手里？……好！娘，睡吧！天不早了，顾姑娘你也去睡吧！这口剑先交给我拿着！"说着，就见窗上的人影又晃动起来了，是郝燕翎要往屋外走来。

外面的伍宏超便将身一耸，像狸猫一样的轻捷，就上了房，他将身伏着，往下去看，就见郝燕翎已经由屋里大踏步地走了出来。房上的伍宏超心里非常紧张，又因为刚才听那话而生气，恨不得抢剑下房，跟郝燕翎拼上一拼，叫他看我的武艺到底中用不中用？至少也得跟他理论理论，问他为什么说我的品行不好？可是，他又害怕，怕这时就瞒不住这位江南名侠的眼睛；他那么大的本领的人，还能够不知道现在我是趴在房上了吗？

细雨霏霏，随着风儿到处飘洒，郝燕翎手里擎着闪烁的金刚玉宝剑，站在庭中，仰面望着阴沉沉的长天。天空也一闪一闪地发亮，有如剑光飞舞——这是闪电——闪过之后，便是咕隆隆的雷声。"雨还要下大呀！"郝燕翎这样说了一句，就移步要向东屋去走，随走随弹剑高歌："闪电发兮沉雷动，天暗暗兮虫不鸣，将大雨兮刮狂风，得此利剑兮锄不平！"歌毕，他走往东屋里，大概是睡觉去了。

房上的伍宏超却在暗暗地发着冷笑，心说：郝燕翎的武艺未必怎样胜强于我，不然为什么我在房上看着他，他会一点儿也不觉得？可见他才真正不中用，徒有虚名，只会吹！他仗着个当知府的把兄弟，不做事，吃着和珅的饭，他还吹什么锄不平？他只为跟顾画儿骗去那口"金刚玉"罢了。我今夜索性要斗一斗他，我得把"金刚玉"拿走，那是白大爷应许跟我换的，至少我还得换回，画儿既不要那口宝剑了，我就得拿走，不能够便宜了他这只会吹牛的假侠客！

他如此想着，胆气就更壮，决定要这样去办。在这时，这也不过一会儿的工夫，他凝着神，想了一想，没有留心下边的屋里是否有人走出来。忽然觉着身后有人用脚轻轻地来踢他的腿，他不由大吃一惊，急忙翻身立起，青锋剑向后就斩，同时抬头一望，就见有一个人，正是顾画儿。可不知她是什么时候由下边屋里出来，又从后房蹿上来的。伍宏超既惊又喜，又幸亏这一剑没把人家砍着。大概也根本砍不着人家。

顾画儿的身躯伶便，早就闪开了，也没有生气，只向他点了点头，就轻身落到这房后的一个小院里。伍宏超也跟着跳下了房，先急急地说："姑娘你为什么要把'金刚玉'给了他？他已经不是以前那个可敬可佩的侠义郝燕翎了，他也快要去当和珅的家奴了！快跟胡腾雨一个样了！"

顾画儿却说："你千万别胡说我师父！"伍宏超却说："我劝你赶快跟他断绝情义，不要再认这卑鄙的师父了！"顾画儿说："你是不知道。"

伍宏超冷笑着说："我怎么不知道？他一家人都叫什么郎知府养活着，还不跟叫和珅养活着一样？"

顾画儿说："他叫我再跟他学学武艺，至快还得一年。"伍宏超叹了声，说："咳！你怎么也说至快还得一年？一年、八年都由你，我是要独身回北京去的，我一个人也要杀和珅，看我中用不中用！"顾画儿似乎又流下泪来了，悲哀地说："难道你就不能够再等一等吗？为我等一等吗？"

伍宏超这时不由得心有点软了，可是更坚决地摇着头说："不行！我倒是想等着你再学学武艺，可是我的父亲、你的父亲，跟你干爹，跟我那朋友金臂飞侠凌老英雄的英灵，与天下二十余年来蒙灾受害、死于和珅及他的奴才之手的那些无辜之人的冤魂厉鬼，他们都叫我不能再等了！叫我立时去杀死和珅，杀死铁爪蛟龙、杀死汪四、汪老虎、汪进宝和那一群奴才、恶棍，也许我将来还要杀死那好虚名、贪小利的姓郝的假侠客！"

顾画儿十分发愁地说："你原是个明白人，怎么现在糊涂起来了？"

伍宏超忿然地说："不说这些废话了！你就在这儿吧！你把'金刚玉'给了郝燕翎，叫他拿着去给和珅看家，我也不管！我也不怕！我走啦！"说着，便将身一耸，又蹿上了房。

可是这时的房上已经站着一人，正是郝燕翎，他手执着金刚玉宝剑，愤怒地说："刚才我就没有理你，以为你自觉得没趣，一定也就走了。你应当自己去想个法子，最好去拜冲天侠为师，跟他再学上十年八年的武艺……"

伍宏超这时也更是生气，将青锋剑挥起来，大声说："用不着你来教训我！别以为有本领的人只有你和冲天侠，我一个人也能够去杀了和珅！"

郝燕翎冷笑着说："你去杀他什么？哼！别以为我不知道你是怎么一个人？你在和珅府里弄的那些事，我全都晓得，你还在这里跟我的女弟子啰唆什么，快些滚去吧！"说着，他就把金刚玉宝剑高举起来。

伍宏超气得在房上就跺脚，说："你不能侮辱我，你信口胡说！你是什么侠客？你只是和珅的奴才郎知府豢养的人罢了！"说时，迎面一剑斩去。

郝燕翎摇身进步，金刚玉宝剑闪动着寒光，势如疾风，就向他的手腕削来，并且趁势上取咽喉，以虚转实，弄得伍宏超立时就抵御不住。房下后院站着的顾画儿急声地说："师父放他走吧！不要伤他！"郝燕翎冷笑着，将剑尖凝住，未向前去点。

这时伍宏超倒缓过手来，把剑抡起，滚撒带摸，有如车轮乱转，直逼郝燕翎。郝燕翎却灵活地抽剑，以刚变柔，将实转虚，令伍宏超捉摸不透，两口剑并不相碰在一起。郝燕翎似含蓄着千钧之力，但因为房下顾画儿不住在劝，他有些未忍得使用出来。伍宏超如今却就把郝燕翎当作了铁爪蛟龙、飞鞭赵、滚刀徐那一类的人了，他就唰唰唰无情地挥剑，一剑比一剑砍得狠。但使他觉着奇怪，无论怎样也是砍不着郝燕翎，可是也不见郝燕翎躲闪，是见人家躲闪得疾速，连他的眼睛都跟不上。

郝燕翎此时也忍不住气了，就将"金刚玉"随身一晃，他的浑身全都绕着白光，搅得伍宏超更觉得眼花缭乱，头晕手软，身子似乎不由己了，他的身子好像被郝燕翎给托起来了，举得高高的。顾画儿在下面急得直嚷："师傅放下他吧！别伤了他！"这只是极为短暂的一会儿，只听郝燕翎说："年轻人，你回去再学几年武艺吧！"说着，吧嚓一声，竟把伍宏超从房上扔了下来。所幸郝燕翎用的力量不重，而伍宏超也毕竟是练过武艺的人，他就顺势双脚一蹬，轻轻落地，身上倒是一点也没有摔着。

伍宏超心里却不由怒火燃烧，心想：有点本领的人，就这么骄横！和珅的阴谋诡计也太毒狠了，连郝燕翎这样有本领的人，也被他网罗、收买了。以后他还可能到北京去保护和珅，做和珅的护院，那样一来，报仇的事就更没指望了。自己学艺十年,决心报仇,如今不但报仇无望,和吴卿怜的一段私情却弄得尽人皆知,郝燕翎说我品行不好,顾画儿不定多么瞧不起我呢!又想:我不如趁着郝燕翎尚未去北京,铁爪蛟龙又新负了伤,大概还好下手,我就再回北京潜入和府;但绝不再理那吴卿怜,只求绣球姑娘暗中帮助,设法杀死和珅。然后再返江南,将头送给郝燕翎,也叫顾画儿看看,我是不是英雄?

主意已定,壮气倍增,他回到店里连觉也睡不着了。一夜雨声风声,直到第二天也还不住。他应该离开这里了,可是倒发了愁,发愁的是身边仍旧连一文钱也没有,怎么能够开发这笔店钱、饭钱和马的草料钱?他把店掌柜请过来,算清了账,然后就脸红说明了:"我是一个钱也没有,情愿把我那匹马留在这里,作为押账!"

店掌柜却说:"这干什么?钱又不多,在外的人,哪能不交朋友?你自管牵着马走吧!将来几时你再路过这里,有了富余钱的时候,再给我送来。这不算什么,咱们交了朋友啦!"店家这样的慷慨,更令伍宏超觉着难为情,他只得说声:"对不起了!再见吧!"他就离开店房,牵着马走去。他觉得在江湖上风尘间,这些日子处处受小民小商的恩惠,帮助过我的是像绣球那样卑贱的人。真正的达官富豪,却尽是害人者,像江进宝那是犬豚、豺狼;郝燕翎是艺高人无品;连顾画儿也是个执拗、寡情的人!

当下伍宏超冒着雨,携剑骑马,离开了武进县。他往东去,因为他得先回苏州故乡,看看他的母亲,还想由家里要一点钱,好作为他再往北京去的路费。他连饭也不吃,因为没有钱,急急紧紧地去走。当日天色黄昏的时候,他就进了苏州城,到了葑门里,他的故居的门首。

他回到家里,被称呼为"三少爷",但是他的家所余的老仆仅有一二人,连饭都由他两位嫂嫂自己做,家道已衰落。他的大哥是一个文人,作诗在本城里最为有名,写字也比得上颜、柳,只是不会做事;因为他父亲是被和珅所害,他就立志不做官。二哥是"弃儒学商",开了一个"纸行",买卖还可以维持得住店中的开销及家中俭省的用费。

他的母亲已经白发满头,见他回来,就哭着拦他,说:"超儿!你怎么又是这个样子回来啦?"她又恐惧地悄声地说:"你千万别再走啦!你爸爸已经死去了那么些年,什么仇吧恨吧,也就都别再提啦!这儿的知府换了一个,还是和珅的人,比前任刮得更厉害,更惹不得!你现在回来得好,快点把那宝剑收起来吧!把衣裳也换换!在家里待着,别多出门。过两个月还是把你舅母给你做的那个媒答应了吧!跟着你二哥去做做买卖,就这么样儿活着吧……"

　　伍宏超听了母亲的这些话,不由得更是愤恨,当时一句话也没有说,眼泪止不住地往下流。他换了衣裳,并刮了刮脸,就要出门去访问那吴卿怜家是不是还有人存在。

第十九回　炼狱三年磨煞豪杰骨
　　　　金刚又闪惊见伊人来

　　人文富丽、风景优美的苏州，在伍宏超的眼里却觉得是凄惨而又愁黯的，他打听不出来吴卿怜是否在这里还有家——她的娘家。
　　在家里歇了一夜之后，第二天他又出门去找，听说卿怜的母亲还活着，可是不知道在哪儿住。他现在向邻人们去打听，甚至说明了，卿怜就是十二年前在这条街上住的一个女孩子，十几岁时，就卖给做过浙江巡抚，因贪赃被降罪在苏州正法的那个王亶望，做妾了；长得很好看，左眉尖上有一粒红痣的女子，她叫卿怜，姓吴，这儿是她的娘家。就是这样详细地打听，人也都摇头说："不知道！"或是说："想不起来啦。"
　　这也因为这条葑门大街十余年来也就像"沧海桑田"，不住地在变化。在和珅所任用的那些府官儿、县官儿的苛政之下，人多已流散、迁徙，所以旧邻居已经没有两三家了，富者变为穷，壮者变为老，老者又都死掉了；再说人都各自奔忙于生计，谁还能记得十二年前在这条街上住过的一个女孩子？
　　但是苏州城里，美丽的女孩子至今仍多，提着篮儿卖菱角的、卖瓜子的，都是长得那么秀气的小女孩，个个都像是卿怜昔日的缩影，只是很难得寻出有谁的眉尖上又有一粒红痣。当年恨不相逢，而今又悔相识，十二年呀！卿怜是飘零的身世，而我是抱着血海的深仇，和珅！仇人呀……

这街上往来着还有不少的高车骏马,横冲直撞,路人侧目,这都是仗着贿赂和珅才做了官,和珅所养的那些奴才。伍宏超看见了这些府衙里的官人,更是不住地生气。他在街上转了半天,才回到家里,就叫他的二哥设法为他筹出点路费,他说他还要到北京去"找事"。他的二哥却说:"算了吧!你不是才从北京回来吗?连行李都给弄丢啦,衣服也弄得那么破烂,可见北京那地方找事难。再说和珅在那里当朝掌权,咱们是他的仇人,他能够叫你找事?找不着事,倒许找出祸来。依着我说,你就好好地在这儿帮助我,学着点做买卖,别再到北京去啦!"伍宏超却决然地说:"北京我还是非去一趟不可!二哥,你不肯给我办路费,我也能够自己去的。"

他整天在家里着急,坐立不安。家里倒是还有一些古玩字书等值一些钱的东西,他想也不跟母亲、兄长言明,就拿出几件卖了,作为往北京去的盘缠,可是又想:那不就跟偷是一样了吗?我自小就离开了家,回来一趟,就得拿走些个钱,虽然我为的是给父亲去报仇,但仇也没能报,我只算是一个败家之子了!因此,他也不愿意由家里拿东西去变钱。可是除这以外,又没有一点法子,既不认识一个人,亲戚们因多年不见面,也都生疏了,简直没地方去借。可是他又恨不得当时就离开家再北上,当时就去与和珅拼才好,只愁的是路费毫无,寸步也难挪动!他就在家里发愁、着急。

到第三天,清晨黎明之时,他还没有起床,突然间,先是外面咚咚地有人叫门。后来有许多的人索性打开了门,一拥而闯进来了,这些人,个个都戴着红缨帽,穿着官衣,有的拿单刀,有的拿铁链。这原来都是知府衙门派来的一些捕役,领班的一个名叫"薛头儿",此人大声地说:"都不许乱来!别惊吓着人家的老太太!伍三少爷伍宏超!你是好朋友,我们府台大人派我们来,请你到衙门里去一趟,有点事情要跟你商量商量。没别的,只好劳动你走一趟,给我们哥儿几个点儿面子,别叫我们麻烦,捧我们一场。咱们都是老世交,我敢保处处都能够照应你,这是差事,三少爷你就陪我们走一趟吧!"

这时伍宏超在屋里本来已经穿好了衣裳,并且愤怒地拿起了青锋剑，可是又一想：不行！这是在我的家里，我要是再惹出更大的祸事，我的全家、我母亲、我的两个兄嫂，连亲友恐怕都要受累，我又何忍呢？于是他就又将宝剑放下了，自向自冷笑了一声，就说："好！"遂即挺身走出了屋，向一些官人说："你们都是和珅派来的吗？……"话还没有说完，早有两名官人提着铁链来锁他。

他紧握着拳头，就要挥起，又见他的大哥、二哥全都惊惊慌慌面无人色；他母亲是倚在北屋的门旁，老泪纵横，颤颤地说："超儿呀！你在外边闯下什么祸啦？你就是冤枉，也得跟着人家去一趟呀！可别给家里再惹……"边说边哭着，好像都要跌倒了。所以，伍宏超被人锁上，他一点也不敢抵抗。众官人们把他推着，揪着出去，招得大街上有不少的人都跟着看，他就这样被捉进了府衙。

当日就过堂，由知府亲自审讯，问他为什么胆敢在京都私入和中堂府，盗去了珠宝，杀死了人，还勾结大盗，意图不轨？伍宏超却只是冷笑，一句话也不说。当时，知府命人把他拉下去，打了四十大板；可是他觉着奇怪，不知道是有谁在照应着他，打得不算很痛。知府又命把他拉上堂来，叫他承认"在和中堂府中曾杀过人，并盗过珠宝"，还逼着他画押。

他只是哈哈大笑，说："要杀要剐就随你们好了！把我解到北京，能够叫我再去见见和珅狗奸贼，我就更谢谢你们！要叫我承认杀人，就算和珅的奴才、铁爪蛟龙的徒弟是我杀的吧，这可以。盗珠宝的事我可不能认，因为我从来也没想要过他家的那些赃银珠宝、民脂民膏，我想要的倒是他的脑袋！"这话把堂上的知府都给吓糊涂啦。因为这案情太大，弄得连问也不敢多问了，就命人把伍宏超先押在牢里。

这知府衙门里的监牢狱，四面都是高有三丈的石头墙壁，砌得又厚又结实，墙头上都铺着很厚的荆棘；假定犯人要越狱，爬到墙上就得先扎烂了手。狱门是熟铁做的，没有窗户，透进来的光线极少，狱里真跟阴曹地府一样凄惨恐怖，臭气熏人，又湿又潮，四壁不断地爬着蜈蚣、蝎子和咬人的大蚂蚁。一间狱里就关着二三十名犯人，个个须长发乱，都已经没有了人的模样，病的是在呻吟，受了刑伤的是在呼号，老实的人是在哭泣,叫着菩萨祖宗,强悍的是在大骂。

伍宏超刚一进来,很受老犯人的欺负、凌辱,有一个犯盗案的老囚徒,竟好像要吃他的肉。其实伍宏超也并没招惹着谁。及至,大家一问他的案由,知道他是因为在北京城得罪了和珅,立时大家就都对他敬佩起来,亲热起来,还有的向他抱怨着说:"你为什么武艺没练成,就去找和珅呢?弄得你没有杀成他,反坐了监狱。你想你,现在既掉在他的手里了,还能够活吗?咳!这都是因为年轻,办事太不前思后想呀!"

那最凶的盗案老囚徒,竟向伍宏超论起朋友来了,说:"我也是叫和珅逼的害的,等着吧……"扒在他的耳朵上说:"有朝一日咱们要能够离开这儿,妈的,把和珅那些狗官全都杀尽!还得叫他这"大清国"塌了台!那才叫高兴……"

这夏天,监狱里热得像一个火笼,想要喝点冷水都难。看监的狱卒凶得都像铁爪蛟龙,势力似乎比和珅还大。可是,当日就有一个人来探监,是特地来看伍宏超的。隔着铁门上的方孔,伍宏超一看,不由得愤怒之极,并且明白了自己是被谁捉到这里来的。这个人原来就是和珅的家奴、汪四之弟汪进宝,是和珅派来一路上专盯着伍宏超和顾画儿的。在束鹿县一别,想不到他又跟到这里来,看狱卒对他都是既敬且怕的样子,就可知他的势力恐怕比这里的知府还要大。

汪进宝穿着白绸子的大褂,摇着小折扇,脸越发的发福。他笑着说:"伍老弟!你落到这田地,可别怨我呀!我维护你也维护不来。不过,你要能够答应着到北京去给中堂赔罪,以后给中堂效劳,再把那位顾姑娘也送到和府。我知道只有你才说得动那位姑娘,她是听你的,她跟你的那些事儿,哈哈!我还能够不知道?你们两人的心一转,就不但没有罪,你还必能升官发财,她也就当了中堂最宠爱的姨太太了……"

伍宏超怒声说:"滚开!恨我那天在束鹿县没有杀了你!"

汪进宝依然微笑着说:"我劝你别再这么耍脾气啦!你已经是小命儿难长久了。其实和中堂府里现在有的是豪杰、壮士,用不着你,不过我是很可怜你年纪轻轻,怎好就这么死了?顾画儿现在哪儿,我也知道。中堂是真喜欢她,想她,劝一劝她,她也不能够不乐意。只是这句话，我不能找她去提，郝燕翎恐怕也不能跟她去提，只有你能向她去劝，因为你们两人好。还有，她要是进了和府，你还照旧能够跟她见面，到那时我担保给你想法子……"

伍宏超气得几乎要将铁门踹开，他哐哐哐地用手上戴着的手铐不住地向铁门去砸，怒骂道："滚蛋！凭你来杀来剐，这些做梦的话休来胡喷！你去告诉和珅，只要我能够再到北京，别管是我这个人还是我的鬼，也得要他的命，也得叫你们这些恶奴尽皆死掉！"汪进宝的脸都吓黄了，勉强地发着冷笑，说："好！那我可就救不了你啦！"便气哼哼地回身走了。

狱卒又过来埋怨伍宏超说："你这是图什么，怎好把他也得罪了？他现在是说叫你死你就死，说把你放了，知府也就能放。你在苏州有家呀！你们老太太都快要哭瞎啦！你的哥哥要把纸行兑出去，给你打点人情，你可还把这么一条能够活命的道儿，都给堵死啦！"

伍宏超却又大骂和珅，大骂刚才走的汪进宝，大骂本地的知府。他最恨的就是手中没有金刚玉宝剑，不然，劈破了铁门杀出去，由这苏州府衙杀到北京"三座桥"和珅的府里。

他唯一的盼望就是顾画儿能够知道他在这里了，就手执金刚玉宝剑前来救他。所以，夜里他就睡不着觉，时时惊觉着，好像是顾画儿来了，但哪里有顾画儿的影子？她恐怕在武进县郝家巷，也甘心乐意、丧志忘仇地吃上了和珅间接养活郝燕翎的饭！宝剑无光，像凌万江、白大爷那样的豪杰义士都已死了，和珅奸贼更在狂笑了吧……吴卿怜怎么样了呢？咳！更不能想！

伍宏超在监狱里，大概是他的二哥花了不少钱，由知府贿赂到狱卒，所以使他比较着还没受什么苦。又因为那汪进宝大概也使了钱了，所以也没有把他往北京去解，只把他押在这里，也不问也不杀。汪进宝一定是回京里去了，这案子既重大，知府不敢自行处置，就这么搁置下去了。

天气是由夏而秋，而冬，转过了一年，再过了一年；铁窗里的岁月是冗长的，白天跟黑夜一样。伍宏超的铁骨钢筋，被折磨得又瘦又弱，头发、胡子长得跟个鬼一般,说是怪物恐怕更相像。虫蝥蚤咬,都已习惯。狱中的老犯人都成了他的莫逆之交,死的更不少了,连狱卒都好像由中年变成了老年。铁门外常趴着的一只狗,早先是个小狗,现在变成了大狗,现在也死了。

光阴荏苒,不觉过了三年,伍宏超在狱里还不知道。此时正是戊午年(公元一七九八年)。伍宏超刚关在狱里的那时还是"乾隆年间"。乾隆皇帝是和珅的儿子的老丈人,做了整整六十年的皇上,下了六次江南,游山玩水,写字作诗;各地的官员们为接驾,花费老百姓的钱无数万万。同时他宠用和珅,和珅又用了不少的贪官污吏,以致逼出了"白莲教"的"民变",几乎把他的宝座推翻。

到了乙卯年,那时伍宏超正在狱里,这乾隆皇帝就把帝位让给了他的儿子颙琰,改年号为"嘉庆"。乾隆他自己却做了太上皇,号称为"十全老人",在宫里享他的晚年之福。没事时,就写他那一笔跟汉人学来的"赵体字",令人到处建亭立碑。民间的血迹未干,老百姓在刀兵烽烟里依然流离失所;和珅倚仗太上皇的关照,依然当着宰相,并且贪得更厉害,狠得也更厉害,权势更是了不起,为所欲为。

伍宏超在苏州监狱中,对京里的事情他虽然不能够知道,可是也听狱卒说过,是换了皇上啦;这个新皇上,按理说还是和珅的"亲家儿子",他儿子的"大舅子"。这,以伍宏超来想,觉得今后的和珅一定更要权势增大,超过了皇上,所以心中越发的愤愤,就越发的急躁。自身被囚在这地狱一般的监牢里,杀又不杀,剐又不剐,永久没有出狱之日,没有报仇、除奸的机缘了,这岂不令人忧心如焚,怒气如火,而握拳长叹。

这一天,是他在狱中第三年的一个秋天,中秋节才过,月轮尚圆。晚间,远处已交过了四更,梆梆梆梆,这声音因为被那么高的墙阻挡着,十分模糊不清,而阵阵的秋风吹到铁门里,越发凄凉。别的囚犯都跟死了一般地躺在地下睡着了,他却睡不着,他就站在铁门的方孔旁边,看那方孔外惨黯的月色,就觉着心里越发的难过。他更不知这三年来,吴卿怜在和珅府里的景况如何。月光照在这里,跟照在和珅府中的

"迷楼"上,恐怕是一样,然而自己被这扇铁门所阻,今生今世是难再见着她了……

伍宏超更觉着的身上挂着的铁锁、腿上戴着的脚镣十分的沉重,压得自己的身体好像已经受不了;几年来被镣磨得脚上的皮肉都破了,掉了结了几次的伤疤,天一凉,风一吹,更显得疼痛。他自入狱以来,虽听狱卒说,他家中的人不断地在外边打点,可是从来没有人来看过他,当然是因为他这案情过于重大,恐怕连累了他的家人,可是也不知家中是否还是那样?白发的老母,此时还在世吗?想到这些,他的眼泪就不住地簌簌地往下流。

眼泪流在脸上,他觉出自己的眼泪还是热的,是!自己的胸头热血也还在滚,义愤、恩仇也并没忘,更没有销,日日积累。数年以来,伍宏超与和珅的仇更深,对吴卿怜的相思更重。咚咚咚,他愤怒得不住用力捶打了几下铁门,可是铁门纹丝不动,依旧向他板着严肃的、残酷的、无情的面孔。门外的月色越发凄清,风刮得枯叶在地下滴溜溜地打旋,可没有人声,狱卒们倒真是都舒服,他们酒足饭饱之后,有的去回家,有的在班房里大概已经酣睡了。知府在内宅一定是娇妻美妾地正在狂欢,或是又将搜刮的民脂分出那最大的"份儿"来,准备给和珅去送贿赂……在这夜深天寒之际,又有谁能知道伍宏超这万丈高的怒气、一片义烈的肝胆与两行热泪呢?

他倚在铁门里长叹了多时,动也不动,好像就站在这里睡着了。半天之后,他才转了转身,可是披戴着这么重的"手镯"跟铁链,转身都觉得困难已极,脚上钉着"镣",一步更移动不了半寸,他又以"咳"地一声长叹。这时,忽然就听见外面有人动这铁门。他吃了一惊,立时显得精神十分的兴奋,就问说:"外边的人是谁?"

外边没有人回答,他心里就明白了,这不定又是哪一个狱卒趁着半夜里,又来找哪个家里有点钱的囚犯加以勒索,当时就更生气。可是忽然间听得哧哧的,好像是用钢锯锯什么东西发出的那一种声音,这更使他吃惊;他瞪大了眼,扭头去看,就见自那铁门上留着的小小方孔,自外向里探进来一口冷森森、光芒芒的宝剑。他不禁心中暗叫一声:"啊……"又见这口宝剑就像裁纸似的,把这厚铁门上的方孔越割越大,并有人向里面叫着说:"伍大叔!快快出来!"

啊呀!这语声久违了!但灌在耳里仍觉着很熟,这正是顾画儿!她拿的正是金刚玉宝剑!这剑果然是锋利无比,一霎时就将这方孔割成了一个大洞,如同是大铁门上新开了一个小门。伍宏超这时候心里紧张得一句话也说不出来,顾画儿就从这洞走进了狱中。

她一手执剑,一手将个火折子一晃,黄中发青的火光突突突地腾起,照彻了这阴沉的监狱。许多的囚犯全都惊醒,有的爬了起来,有的倒吓得大叫。顾画儿赶紧先割断了伍宏超身上的铁链、腕上的手铐和脚上的脚镣。她又要去救别的囚犯,可是时间已经来不及了,因为班房的狱卒已经听见声音惊醒了,要出来捉人。旁的院里,连这府衙的内宅,似乎都已经有了什么警觉,所以梆梆梆、铛铛铛梆锣之声,自各处腾起。

伍宏超身上虽觉着轻了,可是两条腿依然迈不动,他着急地说:"这可怎么办好?我的腿走不了啊!"顾画儿却急忙掐灭了火折子,就把他揪了出来。到了外边,那班房里的几个狱卒已经各持刀棒走出屋,高声喊着:"快拿!有人要劫牢反狱!"顾画儿却匆忙将伍宏超背在背上,紧跑几步,嗖的一声就飞上了那很高很高的墙。由墙上在月光下,秋风里,她又一闪身,顷刻之间,连她带伍宏超,全都没有踪影了。

伍宏超被顾画儿背着,真觉着惭愧,又觉出顾画儿比以前力气更大,身体更强。在这寂静无人的深夜,她踏着霜一般的月光,履屋登墙,行走似电。仿佛是没有多时,就来到了一个处所,伍宏超细一看,这原来是葑门里,他自己的家。

顾画儿来到他家好像已有好几天了,可是只有伍宏超的大哥大嫂晓得这事,当时顾画儿就把伍宏超搀到他的大嫂的屋里。夜这样的静,家里本来没住着什么外人,何况人都已经在沉睡之中,大嫂却叫顾画儿仍然将门紧紧地掩上,灯光都不敢亮一点,说话也尽量小声。他的大哥,这位苏州城内有名的书法家、诗人,却也慌里慌张。顾画儿摆着手说:"你们不要害怕!绝不要紧,那知府绝不敢怎么样,除非他真不要性命了!"于是,她就叫伍宏超先躺在床上休息。

这时他的大哥就说:"你在监狱里三年多啦!家里倒没有什么事,只是为你这官司,暗暗地真花了不少的钱,不然怕你早就被解到京里去了!可是咱们家里连房子都典出去了,过了明年正月,就得给人腾房了;纸行也倒闭啦,你二哥躲债也往安徽去了,可是还救不出来你。衙门里的人都说:你这案子,恐怕要在监里押一辈子了,我真着急!幸亏前天来了这位顾姑娘,说跟你是早先的江湖同道,现在特意来救你。这件事,我怕叫别人知道,就请顾姑娘进里院来,在你大嫂屋里住,连娘都不敢叫知道!现在,这位顾姑娘既是把你救出来了,明天你们就赶紧,赶快地走吧!我这里给你们预备了一点盘缠,你同着顾姑娘明天就走才好。记住了,千万到北京去割下和珅的头!若再出什么事,我愿意担当杀头、受剐的罪!"

他的大哥一向是个文绉绉的人,想不到脾气也变成这样了,大嫂也说:"这位顾姑娘,既有这么大的能耐,能把宏超从监狱里救出来,自然就能带着宏超去杀和珅。咱们家里的仇恨还不说,这些年,谁不叫和珅叫那些贼官害得家败人亡?现在该叫恶人遭报了!"

顾画儿却仍然说:"不用忙!也不用着急!伍宏超在狱里住了三年,身体已经这么坏了,他也得歇一两天,然后才能够跟着我去上路。"看来,顾画儿还是这样细心谨慎。

伍宏超躺在床上,心里想着:三年多了,也不知她是干了些什么?她的脾气,还是那样不大爱着急。此时微弱的灯光照着她,仍然是梳着辫子,可见没有结婚;个子虽似较前稍高,且更康健,脸儿可还是很瘦。她穿的是青布的紧瘦的小夹袄,浅灰色的布单裤,倒都没有补丁;下面是黑布鞋,跟男子穿的一样。她还是那么温文,坐了一会儿,便同着大嫂往里屋睡觉去了。窗上的月色渐渐退去,过了一会儿,鸡就啼了。

伍宏超在这屋里躺了两天,连家中的老仆全都不知道,顾画儿也不常出那屋;她像没事人似的,还帮助伍宏超的大嫂做些针线活。金刚玉宝剑就放在伍宏超躺着的床上,那被褥的底下,好像是她又借此机会,将宝剑换过来了,难道她还要实现她的干爹生前那"换剑订婚"的主张吗？伍宏超可不敢再那样想了。他只急着要急速地离开家里，一来免得知府又派人来这里搜拿，连累了家中的人；二来是愿意立时就往北京去杀和珅，以报十五年来的冤仇，而申三年狱中的怨气。

但也奇怪，监狱里出了那么大的事情，伍宏超被人救出来了，可至今竟不见那知府再派官人来他家里搜查、拿问，知府难道是聋子、瞎子？府衙里的那些捕快班头，也一点不管事吗？

他的大哥每天要到街上去探听，回来就说："街上一点什么事也没有！府衙监狱发生的那事，简直好像就没有人知道，衙门里平平安安的，捕快班头们闲得好像全都手痒痒。知府可是有三天没有坐堂问案了，也不知到底是怎么回事？"伍宏超对此都想不出是什么理由来。顾画儿却一句话也不说，一点神色也不动，似乎她心里全都明白。

伍宏超在家里休养了四天，身体、精神渐渐恢复，手脚也都灵活了，就决定走。回到家里这几天，他还没有见着他的母亲，如今大哥、大嫂领着他到北房里一见，原来母亲已经双目失明，看不见她最小的儿子了，但性情却仿佛变为刚强。她切切地嘱咐着说："你不必惦记着家里了！以后外边若是有路，也不必回来啦！你趁着这个时候，赶快去找和珅，请那顾姑娘帮助你，将那奸贼除掉！因为现在连皇上都换啦，千万别叫那贼，那毒死你爸爸，那害尽了天下好人，那万恶的奸臣得了善终！你快去报仇吧，我在这儿瞎着两眼等着看你了……"

伍宏超悲痛地落了几点眼泪，但立刻就咬着牙将热泪忍回，遂即找出了青锋剑，自己还要把"金刚玉"交给画儿使用。可是顾画儿脸红着摆了摆手，说："谁用那一口，还不是都一样？"于是，两口剑就又换过来了。

家里还有一匹马，伍宏超就自己去备好。顾画儿的驴原来也在这儿了，还是三年前从北方骑来的那一匹驴，可是这驴也显出老得多了。伍宏超又将胡子都刮光了，收束好了行李，带上了盘缠，他就别了他的母亲和兄嫂，与顾画儿一同出门。这时正是吃晚饭的时候，他们走在街上，也没被人注意，一驴一马，各携宝剑，就离开了苏州府。往西，秋风里晚稻新收，明月照着处处汪洋的水田，他们就连夜而去。

二人先到了武进县,三年前,伍宏超曾在这里欠下过店钱,现在他就赶紧去给还了。那店掌柜的把这件事情全都忘了,不过既有人来还账,钱虽不多,可这总是一个君子人,所以十分感激,还执意地要让伍宏超到柜房里去喝茶。伍宏超却谦恭地说:"我们还到别处有事。"这店掌柜看见顾画儿一点也不认识,由此可见,顾画儿虽在武进城里住了三年多,大概她真是永远住在郝燕翎的家里,没有出门到街上来过一次。

这店掌柜突然看见他们全都带着宝剑,不禁吓了一跳,赶紧拉了伍宏超一把。他回首看了看,院里没有别的人,就悄声地说:"你们快把这铁家伙收起来吧!叫衙门的人要是看见了,可真了不得。你难道不知道,这一年多来,这武进城、镇江、南京,连个敢使拳棒在街上卖艺的人全都没有啦!因为衙门里是见了会武艺的人就抓,把一些教拳为生的老师们,吓得也全都改了行啦!"

伍宏超听了这话,不由得十分诧异,说:"会使刀剑的人,也不见得就是犯法!"

店掌柜又探头低声、指手画脚的,把这事的原因详细地告诉了伍宏超,他说:"老朋友!大概你这两年没在江南这一带吧?要不怎么这些事儿你竟一点也不知道?难道你就没听人说?江南大织造——皇上派来的最阔的官,是中堂和珅的姑表亲,在他的公馆里,半夜里就丢了头;总督因为太贪了,去年的一天,半夜里被人在他睡觉的床帐里,用宝剑斩去了一只手;本府的郎知府,忽然一夜被人吓死了,新府官儿到现在还没有敢上任……因为这些事,江南的一些大小官儿,全都日夜胆战心惊。连江南的七八岁的小孩,也都晓得这两年,江南是出了一位'无影奇侠',可是谁可也没看见这'奇侠'是怎样的一个人,只弄得人人不敢携刀,都不敢说是会武艺的了,都怕被人疑惑上是那位连作大案的无影奇侠;真是,倒不要紧,假是,可就糟了!你们还敢带着宝剑哩?连这城里的郝燕翎老师也早就不练武啦,也大概有两年多在家里不大出来啦……"

伍宏超听到了这里,不禁更为惊异,转头看了看,却见顾画儿神色如恒,态度淡淡的,一点也没有因为这些事、这些话显出来什么诧异。伍宏超心里就突然明白了,他笑了笑,向这店掌柜的说:"不要紧!我们两人带着宝剑,是不会使人疑惑的,因为我们不配当那'无影奇侠',好!多承你关照了!再会!再会!"

当下,他同顾画儿走出了这店房,怀着十分兴奋的心情,再往郝家巷,三会郝燕翎。

第二十回　织布编蓑隐身行侠义
　　　　　长江小镇把盏待豪雄

　　现在伍宏超对于郝燕翎的为人,已经略略地明白了,可是心里还有一点不服气。同着顾画儿到那郝家巷前,一看,牌坊仍在,可是上面写的那字,已经脱落模糊。巷里第三个门儿那高台阶,已长了青苔,像是不常有人扫,门前也没有车轮留下的痕迹,双门紧闭,景象萧条,郝燕翎并不似以前与本地郎知府相交之时,那样的煊赫了。

　　顾画儿上前把门叩了半天,才有一个十五六岁的男孩子将门开了,笑着问说:"姐姐回来啦!这位就是伍大叔吧!"伍宏超看这男孩子长得很像郝燕翎,身体十分的强壮,经顾画儿给介绍,知道这果然是郝燕翎的大儿子,名叫"郝云飞"。

　　这郝云飞接过了驴和马匹,牵进了大门,随即将门闭上。大门里更是寂静得很,院落还是那么大,可是已经没有了一个仆人。由里院的北房又走出来一个年有十二三岁的男孩,顾画儿说:"他叫郝云佩。"另有一个八九岁的女孩,名叫郝云飘;这都是郝燕翎的子女,三年前还都幼小,现在已都渐渐长大了。他们都那么注意地看着伍宏超,跟他并不显生疏,好像平日之间,这里就常常提说伍宏超的名字,如今来了,所以就都争着要看他一看。

　　郝燕翎在屋里发出来咳嗽声,可是并没有出来相迎。顾画儿让伍宏超进屋,伍宏超一看,屋子空得连一张桌子也没有,大概是把家具都卖了,过日子花了。郝燕翎自里间走出来,穿着黑布的夹袄夹裤,摆摆手说:"我的母亲现在正病着,正在睡着,你们到西屋里去等着我吧!"说时直注意着伍宏超腰间佩着的金刚玉宝剑,就正色地说:"这宝剑现在又给了你了吧?可见我并不是想要它!"说时还似乎气愤愤的,旧日的误会,在他的胸头并未消释。

伍宏超觉着很难为情,别后三年多,才一见面,郝燕翎就又像要打架的样子,这还跟他谈什么?还在这儿待着有什么意思?所以心里也不由得很是生气,脸色也变了。但同时,又见郝燕翎的身体更显得弱了,背都驼了,胡子也都白了,一脸的病容,只是两眼可更显得有光,伍宏超对他倒仿佛有些可怜,遂就没说什么,只是淡笑了笑,便同着顾画儿往那西屋去了。云飞、云佩、云飘也都依然跟着到了这屋里。

这屋里摆着一架织布的木机,地下还有一大堆干草,旁边扔着织成了的粗布,编好了的蓑衣与草帽。云飞来到这屋里,当时就轧轧地织布,云佩、云飘就都坐在小板凳上去编蓑衣,笑着说着话,都是很高兴、很习惯的样子。

伍宏超一看倒不由得发了怔,因为看这样子,这三年来,郝燕翎并不像因为那郎知府的照应,享受了什么庸福;也像是没给和珅去护院,发了什么财,大概还保持着他的一点清高,没有失掉了他"侠客"的人格。顾画儿说:"你不要以为我郝师父是坏人,他是忍辱负苦,这几年真不容易!"伍宏超没有言语,心里还是不服气。

这时候,郝燕翎就大踏步急急地也到了这屋里,他先叫云飞停止住织布,云佩、云飘都不要再说话,然后就向伍宏超正色地——几乎跟厉声质问是一样了——说:"伍宏超!你当初以为我是仗着郎知府养活,要给和珅去效力,是什么好虚名、贪小利的假侠客,当时我也不和你辩驳;这三年来你可看明白了我到底是个怎样的人了吧?"

伍宏超摇头说:"我还是没看清楚你是个怎么样的人,因为这三年我是被苏州的知府给关在狱里。"

郝燕翎瞪着眼问说:"那你也应当听人说过了,两年前,江南织造陈某,他是和珅的表弟,贪赃枉法,作恶多端,是哪个侠客半夜里去割下了他的首级？"

伍宏超说："这也不算什么，杀个小小的织造也无济于事。"

郝燕翎又说："两江总督是和珅的亲信，搜刮民财，横行霸道……"

伍宏超说："我知道了，是你去斩下了他的一只手。要说总督的官儿可是不小，夜入他的衙中，在他睡觉的床帐里削去他一只手，也确实是别人做不了的事；可是在你并不算难，总督短少了一只手，也照旧可以刮地皮，这件事，我看倒不用夸耀！"

郝燕翎更加愤怒地说："你不要以为我同本地郎知府拜为把兄弟，他给了我这宅子，并把胡同改为郝家巷，就能买住了我的心，我不过借此以使人觉着我没什么志气了，其实我是借此，在这三年以来将我的儿女抚养成人，将顾画儿的武艺教得更好，将将贪官污吏多杀几个，他们还疑惑不到是我。我更有一次要去杀那郎知府，没想到我的宝剑还没有落在他的脖子上，他就先吓死了。"

伍宏超点点头说："你也算不错！可是你这些年吃的、穿的、住的，难道还不是来自郎知府？还不是间接地来自和珅？"

郝燕翎摇头说："不是！"他指了指屋里的织布机和织编的一些蓑衣草帽，说："你看，顾画儿来到这里三年，她还不是一边帮助我去除灭贪官，跟随着我学习武艺，一边又克勤克俭，自谋衣食？连我的孩子们也都不吃闲饭。郎知府确实送给我不少的钱，和珅送给我一次礼物，我也收下了，但是我转手就叫顾画儿都去周济了贫困，此事可以对天盟誓！"

伍宏超摆手说："你不用再说了！我已经明白了你。可是在这城里，你的那些老邻居、旧朋友们还都在恨你，他们说你自从结交了郎知府，巴结上了高枝儿，便都不认识他们了！"

郝燕翎说："那是因我怕他们受我的连累，所以才故意与他们疏远……"他叹息了一声，又说："我并不是自夸！我一生学得的武艺，在江湖间，恐怕只有冲天侠一人堪称是我的敌手，其余的在我的眼中尽如草芥。我也知道，我们的名头是太大了，和珅对我们必不能够放过，他定会遣人用种种的手段与恩惠来笼络我们。郎知府与我结交，全是听从和珅的旨意;他并不是爱才、好客,却是要用我们抵制那些侠义之人。我一生清高自守,是绝不能够给他去干的。可是三年前,我就已经知道冲天侠已为他收买了……"

伍宏超与顾画儿听到这里,不由都显出了惊愕的样子。

郝燕翎又说:"冲天侠是陕南、楚北、豫西一带的第一好汉,出身绿林,行事也颇慷慨,可也有些毛病。此人不大爱财,但喜美色。当年我往西陵去传授顾画儿的武艺,实在是为看那口金刚玉宝剑,可是冲天侠却另有居心;若不是他晓得画儿也是我郝燕翎的弟子,不但剑必被他拿去,画儿也必被他所辱。因此,画儿投到我这里来,我必须费三年的工夫,将她的武艺教成,不然她将来还是不能够自保。这些事,我存在心里,对画儿都没有提过。三年以来,和珅因为晓得光凭铁爪蛟龙那些人保不住他,所以收买了我和冲天侠。我这里是以老母在世,不能远游为名,才至今没到北京去,那冲天侠却是早就叫和珅给接了去了。冲天侠也是个明白的人,江南出的这些织造被杀、总督断手、知府丧命的大案子,他不能猜不出来是谁干的;我想他一定也知道,画儿是在我这里了,可是他并没有敢多事,可见他还是顾忌着我。"

说完了这些话,郝燕翎又是叹息不止,又是拈髯自矜。顾画儿却气得不得了,因为她从来也没有想到,她的那另一个老师"冲天侠",竟是那么个人,早就给和珅当了走狗啦!所以气得她的脸都白了,何况又听说那个坏老师很是好色呢!

伍宏超这时倒是心平气和了,就向郝燕翎说:"我都明白啦!当初是因为我年轻浮燥,没看出你是存着这么深的心。我现在才明白,我在苏州府衙的狱里三年多,你不是不晓得,可是直到最近才派了顾画儿姑娘将我救出来;大概是你觉着早把我救出来也没有用,我倒许成事不足,败事有余。这些都不必多说了!三年以来,顾画儿姑娘的武艺一定更高,我的那点武艺倒许全都忘了,可是我武艺虽忘,仇却未忘,我在监狱里也是时时刻刻地想要去杀和珅!这三年多,尤其有冲天侠在那里助纣为虐,和珅的罪恶不知又增加多少,你能够等这三年,我现在可是一刻也不能够等!别说画儿姑娘现在还愿意与我一同去,她就是不去,我也得一个人再去找和珅拼一拼。还有那冲天侠,我不但久闻他的大名,我在陕南从师学艺的时候,还见过他的。并且在三年前那天,我深夜里来到这里见郝老师,我记得你还说过,最好叫我去拜冲天侠为师,再学上十年八年的武艺……"

郝燕翎说:"我当初说那话时,一半也是气话。那时我就知道冲天侠已经为和珅所收买了,我为他惋惜,因为他的武艺实不弱于我,在北方,他的名声比我在南方还大。我原想是也将武艺再传授你几年,那时候我实在有这个心,可是你与和珅在表面上结的仇太深了,是人都知道,我才不敢留你在家里住,而必须将你逼走。那时我想要叫你去找冲天侠,或者你与他去斗斗,或者他为你的至诚所感,就收你为徒了,而他也就不去再帮助和珅了;因为我想着,冲天侠大概还不至于良心丧尽。"

伍宏超冷笑了笑,说:"你们想的事情倒真容易,幸而我还没有由着你们摆来摆去。我伍宏超的武艺自然比你们差得多,可是我不认识你们的时候,从我小的时候就已经跟和珅为仇作对了。我已经三次进过他那中堂府,有冲天侠在那里,我照旧敢去!顾姑娘愿同我去,咱们这就走;师父你尚有老母在堂,也不必同着我们去冒这次危险,咱们只好后会有期。"

郝燕翎只是不住地冷笑,他的儿女云飞、云佩、云飘此时全都扭着头看着他,最后,郝燕翎就点了点头,说:"你们走吧!"

伍宏超倒是想和郝燕翎再谈一谈,因为觉着他既是这样的一个人,可也值得钦佩。冲天侠现在在北京给和珅保镖,若没有他去,恐怕我们勇气虽有,但难免会有波折……他想来想去,觉着自己说的话虽然很硬,但是对冲天侠还真有一点畏惧;最好是再等一等,用话激一激郝燕翎,叫他自告奋勇,帮助我们去杀和珅,那可就好了。

于是伍宏超虽然都已经跟人家告别了,他可并不立即走去。顾画儿却心里很急,她匆匆地去向郝燕翎的老母亲辞了行,出来牵着驴就走。郝燕翎这时也进东屋里去了,伍宏超只好牵马携剑,同着顾画儿出了大门。那云飞、云佩、云飘兄妹三人,都欢跃着到了门前,站在台阶上相送。

顾画儿这时是什么也不管了，看她这样子，仿佛恨不得一下子就去将和珅的首级割到手才好；难得她在此住了三年多，如今才算武艺学成，磨砺而待用了。她跟伍宏超虽又换过了宝剑，又在一路同行，叫旁边的人看见了他们，说他们不是夫妇，也得是兄妹。可是她倒跟伍宏超显得越发疏远了。伍宏超看得出来，这倒并不是她故意的矜持端架子，而是她报仇的心急，好像连说一句话的工夫都没有了。

二人急急地行走，渡过了长江，已是江北泰兴地面。这时候已经傍晚，江水发着金红的颜色，岸旁芦苇萧萧，秋风瑟瑟。两个人还都没有用晚饭，驴马更都要喝水，尤其顾画儿骑的这个驴，因为太老了，已经没有了当年的精力，现在竟仿佛要趴下了。

临着这渡口，有一个小小的镇市，二人就牵着驴马，走进了镇街。这街上只有一两家小店，稀稀的一些住户，景况萧寥，更因在这薄暮的时候，街上的人更少。他们正向前走着，忽见一家小店里跑出来三个孩子，都拍手跳着，说："你们倒来晚啦！哈哈！你们先出的门儿，倒现在才来，我们可都来了大半天啦……"

伍宏超非常惊愕，因为看见这正是刚才在武进城里分手，分手时他们还都在家里，现在居然这么快的就先来到了的郝燕翎的儿女云飞、云佩、云飘。顾画儿倒并不怎样感觉诧异，只十分的喜欢，笑着说："郝老师也来了吧？"云飘替她拉着驴，笑说："不但全都来了，还办了不少的事，都办完了才来的。"说着就一同进了店房。这时伍宏超反倒觉着有些害怕了，因为由此证明郝燕翎的武艺已练到飘忽莫测的境地，也许因为他对于这一带的地理精熟之故，而他的儿女们年虽都小，可是武艺一定也是全都精绝。

郝燕翎正在这店里的小屋内用晚饭，不过预备得很多，筷箸就预备了六份，是因他料到伍宏超跟顾画儿必到这里来。他此时的态度有些骄傲，拈着白髯微微地冷笑，脸上虽然还像是带着病，但因为喝下了酒，所以脸色发红，双目瞪得更大。

他就说："刚才你们走后，我便先将我的老母寄托在开小铺的何家。那何家老头,原与我是多年的邻居,后来因为我要与郎知府假意接近,故此也跟他们假意疏远。三年前有一天,我曾叫你在他那小铺等着我,后来我去了,你也走了,外面又下着雨,我便跟他将我的真心说明;所以这些年,我独跟他家还有一点来往。今天将我的老母寄在他家里,他绝不能错待,也绝不致连累了他们。我本想是效法古时的专诸,老母在堂,己身不敢轻率,否则我不能等到今天才去找和珅,现在却顾不得啦!趁着我还有这两膀力气,一副身手,我倒要去和冲天侠见一高低,因为我想我不去不行,光你们去还是没用!"

伍宏超听了他这种侠情壮志,自然是不胜钦佩,可是又听他说"光你们去还是没用",不由得心里又恼了,觉得郝燕翎太轻视人了。虽说我武艺不如你,但就没有去杀和珅去斗冲天侠的胆量吗? 他心里愤愤的,可是没言语。

郝燕翎持杯,只是喝酒。云飞身体健壮,吃的饭很多;云佩虽只有十二岁,但身材跟他的哥哥高矮竟差不多,他的腰间都带着锋利的匕首,现在就放在饭碗旁。云飘小姑娘生得很好看,虽只八九岁,但谈吐流利、明白,那份坚强豪侠的神态,竟如同大人。顾画儿却仍是忧郁的,只是吃饭,不大说话。伍宏超只看着他们,自己倒不是拘束,而是跟郝燕翎这样的人仿佛不知说什么话才对;既不能奉承他,又不能轻视他,摸不着他是什么脾气。

郝燕翎一向是拘谨的,织蓑衣、受苦,跟普通的穷苦人无别。现在也许是因为他暮年重走江湖,风尘寻觅恩怨,千里去惩权奸,一身别无他顾,很有"壮士一去兮不复还"之慨,他就敲着酒杯,高唱起来:"世莽莽兮仇何深?壮士回首兮泪满襟。云满山兮雾满江,仗利剑兮走远方。"他长叹一声,喝了一杯酒,又唱道:"屈辱十年兮鬓已苍,忧兮愤兮不能忘。血已凝兮剑复光,向彼和珅兮把怨偿!"

连伍宏超听了,都不禁打了一个冷战,想要回手将屋门带严,却又怕那样显出自己太胆小了。云飞、云佩、云飘听他们的爸爸唱着,齐都十分的高兴、欢乐,而顾画儿此时也正襟危坐,停了箸,咬着嘴唇。

郝燕翎用掌吧吧地击着桌子,又高声唱道:"有侠客兮踏江来,会彼'冲天'兮驽劣材。夜将深兮月将昏,风瑟瑟兮天沉沉。慰众民兮剡贼心,锄权奸兮捉贼魂。妄号'冲天'者兮非侠之伦,愿与之搏斗兮死生分。彼'冲天侠'兮胡不远来,来与两剑对剑兮亦雄哉!"

伍宏超听了大惊,因为听他这么一唱,好像是他已经知道那冲天侠就在眼前,就在临近了。

第二十一回　屡斗冲天侠画儿恼怒
　　　　　　相逢扬州府老少齐欢

　　伍宏超坐的这个位儿,身后边就是敞着的屋门。门外,小店的院落很小,木桩上系着驴跟马,但也只是两匹,好像这店里住的客人就不多。别的屋子里虽然也有灯光,可是门都闭着,听不见有说话的声音,院里虽有人往来着,可那只是店里的伙计。

　　吃毕饭,郝燕翎仍是谈话不休,他酒喝得不少,却全无醉意,精神兴奋,似面临着大敌。伍宏超倒想跟他说明,冲天侠要是真来了,自己一定助他一臂之力,并愿把金刚玉宝剑借给他使用,免得他吃亏。可是听郝燕翎说的一些话,全都是夸述自己的"当年之勇",豪言壮语,又似乎没把那冲天侠放在眼中,伍宏超也就不敢再说什么了。顾画儿是坐在旁边,面带愁容,一言不发。那三个小孩却仍高兴地嬉笑玩耍,像没有什么事一样。

　　郝燕翎今天来这店里时,就订了三间屋子:一间给伍宏超住,一间他自己带着两个男孩住,另一间叫顾画儿带着云飘姑娘住。饭后,各人回屋里休息,伍宏超心想:看郝燕翎那兴奋的样子,也许他知道有人今夜能找他来,自己也应该准备着点。熄了灯,他和衣而卧,把金刚玉宝剑放在手边。夜静悄悄的,月光透过纸窗,屋内并不很黑,他躺在床上,睁着眼静听着,半晌却什么声音也没有;实在是战胜不了一天的旅途疲劳,也就渐渐地昏昏睡去。

约莫三更时分,他猛然惊醒,似乎隔壁顾画儿住的屋里有开门的声音。他赶紧起来开门去看,就见那两间屋子的门都虚掩着;他推开郝燕翎的屋子进去一看,竟空无一人,顾画儿的屋内也是如此。他吓了一跳,急急回屋取了金刚玉宝剑,飞身上房。由房上向下一看,见这房后是一片菜地,再远处有一片树林,林外就是夜色茫茫的田野,既听不到人声,也看不到人影;估计一定是刚才来了歹人,他们大家都追出去了。

他跳下房来,四面去找,高声叫着:"郝老师!"又叫:"顾姑娘,你们在哪儿呀?"店家也都惊醒了,直问:"出了什么事?"伍宏超也顾不得答话,就提着金刚玉宝剑跑到外面。

街面上倒还是很安静,他们那么多人,一定是打到江边去了。于是他就往江边紧走,随走随大声地叫喊着:"冲天侠!大概你也还能够想得起来我,我名叫伍宏超!武艺是自陕南紫阳学来的,咱们原是一家人!"又喊说:"你是有名的侠客!我料想你也不能甘心给奸臣和珅为奴,郝老师是你的同道,顾画儿又是你的门生,有什么话不好说?何必这样的为仇作对?"

他就这样自己跟自己大声地说着,也不知道有人听见没有。凛冽的西风自旷野吹来,好像往他的脸上、脖子里直灌凉水,他持着剑的手,都有一些发僵。

他又走了几步,就听见了哗哗的江水澎湃之声。长江沉沉,夜色苍莽,而在这时,就见对面有几个人走来了。伍宏超赶紧追奔过去一看,不由得更惊,原来是那冲天侠已经逃匿,不知去向,顾画儿帮助郝云飞抬着受了伤的小姑娘云飘。细看时,云飘的伤倒是不重,只是被冲天侠踢了一脚,踢得她手脚都不能够动了,云佩是在恨恨地骂着:"冲天侠,那忘八蛋!他竟敢踢伤了我的妹妹。爸爸,咱们还得找他去,杀了他,给我妹妹报仇!"

郝燕翎这时却全不说一句话,也看不出他的脸色是什么样子,只觉着他那佝偻的腰,此时已经完全直挺起来了。他走得很快,并催着别人也都跟着他快走,不多时,就都回到了店房。这店里的人也都自相惊搅了半天，郝燕翎劝大家都去睡觉，他只把他的小女儿抱起来，到了屋里，连灯也不点，也不细看看小女儿的伤。

伍宏超觉着很不平，就拿着金刚玉宝剑进了屋，说："郝老师！你不要难过了，今天所以未能将冲天侠捉住，致使你小女儿受了伤，是因为你手里没有好兵器。现在我拿的这就是金刚玉宝剑，顾姑娘交给了我，其实我真不配使它，不如交给了你；等到冲天侠再来的时候，凭你的武艺一定比他高，宝剑再比他的好，那就一定能够获胜了！"

郝燕翎却摆着手说："不用！不用！宝剑还是你使着吧！我与冲天侠原是二十年来的慕名之交，同时也是没有面对面较量过的对头。我早就知道，我所做的那些侠义行为，全都瞒不了他，而他必已在暗中监视着我许久了。这次我北上去寻和珅，在我们离家的时候他就知道了，所以我料定他必要来斗斗我，不想果然未出我之所料。刚才我一与他交手，才知道冲天侠果然名不虚传，同时他也一定晓得我郝燕翎不是个好欺负的了，他更晓得和珅的头已经一半握在我的手中了。至于我小女儿这伤，倒不算什么，是因为刚才在江边我与冲天侠决斗之时，别人都不敢近前，唯这小女儿上前去帮助我，所以冲天侠才用脚踢了她一下；但我也知道冲天侠的脚下是有分寸的，不然我这小女儿，我不能活着将她抱回来。"

伍宏超愤愤地说："无论冲天侠的武艺怎样强，但他没品行！他在奸臣府里卖身投靠，助纣为虐，就是个恶人。金刚玉宝剑这么锋利的兵器，正是要那奸臣恶人的命的！"

郝燕翎却说："你可以用这宝剑去跟他斗，去杀他，我却不能！我郝燕翎要杀死冲天侠，最好是徒手，凭拳脚，其次是论刀枪，用凡铁，不要好家伙。若是徒凭出色的兵刃占上风，那他死了也不服我，所以我用不着这金刚玉宝剑。"伍宏超一听他是这样的一个"见解"，自己也就不能执拗地非得叫他使用这好宝剑了。

他叹息了一声，回到自己住的那屋内。后半夜他更睡不着了，手中紧紧握着宝剑，心里愤愤地说：冲天侠若敢再来，我就单独跟他去拼，先杀了这和珅的走狗！先给云飘小姑娘报仇……后半夜倒是没有什么动静。一到了天明,顾画儿又来催着他走了。

顾画儿现在已收拾得很干净,头发是用布帕罩着,面色更显得忧郁,并添上了一层急躁。她牵着她那头老驴,带着那口青锋剑,行于这晓色苍茫之间。店里的鸡才在叫,她就要"伍大叔"跟着她,立时就走。伍宏超说:"姑娘!再等一会儿好不好?等着郝老师起来,看看云飘小姑娘的伤重不重?能不能够一同走……"

顾画儿说:"我已经看过了,我郝老师叫咱们先走。他们还要在这儿歇一天,可是至多一两日,他们一定能往北赶得上咱们,因为咱们走得慢,他们走得快。"

伍宏超笑着说:"咱们有驴又有马,倒比他们慢?"

顾画儿说:"这就是因为功夫有深浅,得啦,咱们别磨烦啦!快点儿走吧!郝老师还嘱咐我,说咱们在往北的路上,可要提防着冲天侠。咳!我真想不到,他也是我的老师,他怎么竟变成了这么一个人……"她又惋惜又生气,更仿佛很难过。

伍宏超一听说往北京走,又有遇见冲天侠的可能,当时就兴奋起来,连说:"好,好!这就走!"于是连脸也不洗——店钱自然是等着郝燕翎一起付给了——他就手携"金刚玉",去牵马,同着顾画儿出了店门,就向北去走。晨风凄冷,秋叶飘零,他们离开了这条镇街,就往西北走去;这是郝燕翎刚才向顾画儿指示的路径,令他们先到扬州府,然后再沿着运粮河一直北上。

顾画儿这时的心绪比火还急,她急急地鞭打着她的老驴,一口气就走出了有三十多里。太阳已经很高了,伍宏超连他坐下那匹马全都满身是汗,他就勒住马说:"顾姑娘,你也歇一歇吧!你看你骑的那个驴,它简直走不动了!"

顾画儿却说:"不快些走还行?老这么磨烦着,耽误着,来到江南以后又等了三年多啦!都等到改了朝换了代啦!难道还想等着叫和珅寿终吗?"她说着话,悲愤的眼泪又不住簌簌地落下。

伍宏超说:"和珅也是害死我父亲的仇人,十余年来我是一心想为父报仇!但我在苏州,经过三年狱中的熬炼,我见那些负屈含冤的犯人,也都是为和珅的贪婪与虐政所害;但给和珅做爪牙的,还有不少的酷吏、贪官,更有不少的豪绅、恶霸,他们全都欺负人、害人,所以光是杀死和珅也不行,我们还要剪除尽天下的强梁恶霸才对!"

顾画儿说:"据你这么说,和珅就可以不剪除了吗?"伍宏超摇头说:"不是,我们不杀和珅,绝不甘心,誓不为人!但清朝的皇上,却也不应当容许他存在!"说到这话之时,他不禁扭头向四下看了看,因为这是"大逆不道"的话呀,被人听见了,告发了,不但全都要被砍头,还得"夷灭九族",不是闹着玩的事。可是顾画儿听了,面上并不稍露惊诧之色,只是微笑了笑,说:"别说了!快点走吧!"

她依然催着她的驴向前去走,但是她的这个驴,这早先就驮着她常来常往于北京、西陵之间,取鞋底子、送鞋底子,她在路上还打了些不平,不知往返了多少趟。这个驴健而擅走,比马还有力气。可是来到了江南以后,顾画儿在郝燕翎的家里住着,就不怎么出门,所以也不骑它,这驴三年以来,不大动弹,年齿既增,又闲了一身的病,如今骤登远道,它哪里受得住?顾画儿又这么一直催它、策鞭它,所以它就更受不住了,越走越没有劲儿。顾画儿也觉着不好,就下了驴,牵着它走,可是这个驴已经是实在不成了,又走了二里地,它便躺在地下起不来了,拉它也不起,扶它也不起,如此就是半天,这驴终于呜呼气绝,就死在了路旁。

顾画儿忍着悲泪,连看也不忍得多看,解下驴身上的东西,这个死驴,她就给扔在路旁不管了,只又催着伍宏超快走。她既已经没有了驴,伍宏超也不好意思自己骑着马,所以就也牵着马走。这样一来人是"因忙反迟",走得更慢了,顾画儿就更显得神情忧郁,脾气急躁。午间找了一个小镇,二人用了午饭,再往西北去走;本想赶到扬州,可是来到了"大桥驿"这地方,天色就已黑了,并且潇潇地落下秋雨来。二人只好冒着雨,前去投店。

这镇上的几个店,早就全都住满了人,找了好半天,才找着一间小屋子。伍宏超觉着两个人住在一个屋里,不大合适,所以就说:"还是到别的店里再问一问去吧?能够有两个单间儿才好。"

顾画儿却把眉毛一皱,说:"这算什么?将就一点好不好!我就不信那些'男女授受不亲'的酸秀才话!"

这话叫伍宏超听了,倒好半天没有说出什么来。因为顾画儿说的这话是太为爽快,而且光明磊落,弄得他倒不好意思了,又想起"换剑订婚"之说,不禁在心里油然地又涌起了深情。可是又想:壮志未遂,要家何用?而且我要是真想成个家,也应当设法将吴卿怜救出来,娶她,不应当又娶顾画儿呀!可是顾画儿又实在比卿怜好得多,要与我将来成了夫妇,杀完了和珅,再一同去浪迹江湖;行侠仗义,打尽人间之不平,助天下之孤弱,救贫困不幸之人,才不负这一生,才不枉学会这一点武艺!但是哪里行?顾画儿对我是若有情,又若无情;说是有缘,也怕没有缘。这可怎么好?将来怎么才能够割舍、分散……

伍宏超想了半天,越想越烦,吃了一点饭,就点了一盏灯,在灯旁看;见顾画儿已经躺在床上,连鞋也没有脱,已经沉沉地睡去了。他突然又想起了冲天侠,心里当时就又一阵的惊讶凛然,他赶紧站起来,将门关严,插关插上,锁头挂好,然后用金刚玉宝剑将灯焰压灭。屋里黑了,他就靠墙一坐,躲开画儿远些,先是打盹儿,后来就半卧半坐地睡着了。

秋雨还在下着,秋风挟着雨点时时往窗纸上吹,不住地沙沙地响。雷声倒不大,闪电也不太亮,只是屋里虽然黑,倒还隐隐地能够看得见人。本来倒是没有什么异样的声音,可是忽然伍宏超自己惊醒了,他睁开两眼一看,不由得更为骇异;只见有一人已经进了屋,就坐在床旁边,正在用手轻轻抚摸着顾画儿的头发,显出一种怜爱之情。

顾画儿虽然还没有醒,伍宏超却实在忍不住气了,当时急挥动了金刚玉宝剑向着这人就砍。而这个人身轻如燕子,嗖的一声就飞出了屋。伍宏超仗剑追出,大骂道:"冲天侠!你是个什么东西!真给江湖上的侠客丢人、泄气!你既给和珅当了家奴,今夜却又来调戏你的女徒弟!你是个什么东西!猪狗不如!卑鄙小人!无耻之尤!"

伍宏超一边骂着,一边向房上就追,只见冲天侠正在房上等着他,他便挥剑去砍。冲天侠用剑相迎,这道寒光来势疾急,又像是一股冷气吹在他的脖子上了。伍宏超便用"分身步"在房上立稳,横着金刚玉宝剑去迎,心说:你敢碰一碰?我就先斩断了你的宝剑,而后斩断了你的头!

但冲天侠抽剑换步,翻身重展剑式,以"白鹤亮翅"斜击而来,此时来得更为疾快,伍宏超简直有点难于招架。这时就见顾画儿掌剑,也自房下蹿上,来帮助他,伍宏超就说:"姑娘你不要认他是师父了,这东西不是好人……""好人"这两个字还没有说得太清楚,就觉着冲天侠向他的脸上击了一掌,这一掌正打中了他的脸,他躲也躲不开,顾画儿也没法救了。他就觉着有什么堵住了他的鼻子,堵住了他的气,呼吸不过来,头一阵发沉发晕,身子就再也站立不稳了,当时就连剑带人,当啷咕咚齐都掉下了房去。

伍宏超心里原是明白的,本想来一个"鲤鱼打挺",再挺起身来,却不料不容他这么办,冲天侠的这一掌打得真沉,他就连挺起腰也不能,当时整个的将后脑勺撞在地面上,他可真的立时就晕过去了。此时雨还在落,房上的顾画儿和冲天侠还在打,伍宏超可什么都不知道了。

他昏晕了多时,后来略略地苏醒,身子已经躺在屋里的床上,灯也点上了。他斜眼看了看,见金刚玉宝剑和顾画儿还都在他的身旁,他就知道是顾画儿把他救到屋里来的,那冲天侠已经走了。

伍宏超忍着脑后的伤痛,翻身坐起,他几乎要跳起来,愤愤地说:"什么冲天侠?我今天才算认识他了!好啦,他大概也没走远,路上不见,到京里也能够见;不除掉这恶贼,这凶恶的假侠客,我就誓不为人!"

顾画儿却说:"还大声嚷嚷什么?总算我们的命运不济就是了!"伍宏超更忿然地说:"什么叫作命运?命运那是瞎说!也不论什么武艺,只凭着正气、肝胆,我就相信和珅跟冲天侠都得在我们的剑下丧命!"顾画儿又微微地叹息,说:"这时候要能够到北京就好了!"

伍宏超说:"明天就快快地走!我愿意再会着冲天侠,我跟他一路斗一路去,我看他绝拦不住我们去杀和珅!"说着话,他手中紧紧握着宝剑,仿佛最好冲天侠能够再来,就再厮杀一场才好。

顾画儿坐在床边,沉思不语,看她这样子,刚才她和冲天侠交手,大概未容分出来胜负,那冲天侠就遁去,而她想去追,也追不着了。冲天侠对她实在是怀有一种戏耍之意,使她羞愤;那冲天侠又本来传授过她的武艺,如今竟成了对头,这也使她伤心。她在江南从郝燕翎又学了三年武艺,满以为技已学成,北上除和珅当无阻碍,却没想到又有冲天侠帮助和珅,成了他们的劲敌,所以她又十分的忧虑。再加上她与伍宏超之间,感情不能说没有,然而怎样说呢?将来是怎样的结果呢⋯⋯

她低着头沉思,莹莹欲泪,伍宏超倒是呼噜呼噜地睡着了,她可依然坐着不眠,灯也不熄。窗外的雨淅淅沥沥的,倒是越下越欢,直到天明之时方才渐渐停止。鸡叫了,院中走着的人可还撑着雨伞,趿拉着雨鞋,有的客人是已经走了。

伍宏超醒来了,他又急忙催着顾画儿跟着他走。按理说,昨夜他叫冲天侠打得那一掌并不轻,鼻子和脸全都浮肿了,后脑痛得更厉害,血都粘住了头发;可是他不但不想休养休养,反倒当时就要走,心情比顾画儿还要急,并愤愤地说:"我非得在路上再会一会冲天侠不可!"他这样的勇敢,使得顾画儿也很钦佩。

他付清了店钱,牵着马就走。出了店门,他一定要叫顾画儿骑上马,他宁可忍着伤痛,步行相随。顾画儿也没有法子太为推辞,就只好骑上马。伍宏超腰挂着金刚玉宝剑,肩背着小包袱,在泥泞里随着马往前去走。

细雨还在若断若续地下着,雁群从长空哀鸣着飞了过去,路上的行人并不多。他们走到近午之时,就到了扬州府。这里虽也下了一夜的雨,可是繁华热闹实在与别处不同,顾画儿也喜欢了,就高兴地说:"伍大叔!咱们赶快到码头上去看看吧!我郝老师一定都先来了!"

伍宏超说:"他们哪能够这样快?"

二人到了码头一看,这里停泊着的大船,真数不出来有多少只,桅杆密密层层的,真像树林似的,跳板上往来着人,码头上堆着小山一般的货物。有"脚行"在那里使着劲地呼喊着:"哎唷唷!哎唷唷!"将沉重的东西向船上去搬。又有官船上的官员们,站在船头悠闲地看热闹。

顾画儿来到这里下了马,她仰着脸,直着眼睛,向这许多船上各处去找,伍宏超只好跟着她来回地走;官船上当然不会有郝燕翎,可是在商船上也看不见他们。伍宏超心说:他们哪会这么快就来呢?他们既没有马匹,那郝云飘小姑娘且负了伤。我只挨了冲天侠一掌,我还是一个强壮的大汉,到现在痛得我还直要晕哩,云飘那小姑娘挨了那一脚,她哪能吃得住?所以,他们不会来的。他就想向顾画儿说:算了吧!不必瞎找他们了,他们不会反倒比咱们先来到这儿。我想我们就在这附近找个地方等着他们,或者我们赶旱路,他们就搭船,自己走自己的吧……

他想要这样说,可是还没有说,因为四周乱嘈嘈的,顾画儿又只管向各船上乱找,跟她说什么,她也是听不见的,挤来挤去就挤进了人群。人群中还有些卖煮肉、卖稀饭的小贩,全都在地下放着担子,热气腾腾,遮挡得人连脚步也不能迈了。

忽然看见有个穿着花夹袄小姑娘拉了顾画儿一下,说:"姐姐!你们怎么才来呀?"这时连伍宏超也惊愕住了,原来这个小姑娘正是郝云飘!她跳跳跃跃的,仿佛前夜她所受的那一脚的踢伤,已经完全好了。

当下她就带领着顾画儿与伍宏超找着了他们那只船。这是一只大货船,高高的桅杆上挂着小旗子,帆蓬都快要挂起来了,船都快开了。郝燕翎和云飞、云佩全都站在船头,招呼着他们说:"快上来!连马也牵上来吧!船这就要开了!"伍宏超、顾画儿,连那一匹马,遂就跟着郝云飘,都到了这货船上。

这船上的人同郝燕翎都很熟识,也都称呼他为"郝老师"。伍宏超就问:"小姑娘的伤全都好了吗?"郝燕翎微笑着说:"好了,她早就好了,冲天侠还能够真把她踢死吗?我想着就不会的。"

伍宏超本来也想要把昨夜冲天侠打了他一掌,把他摔晕的事情说出来,可是不用他自己说,云佩跟云飘早就指着他的脸,笑着说:"伍大叔,你的脸怎么胖了?"伍宏超不由得一阵面红,本想去和郝燕翎详谈昨晚遇着冲天侠的事情,可郝燕翎这时在同船上的艄公们谈话,并不大来招呼他们。

云佩、云飘只拉着伍宏超跟顾画儿的手乱嚷嚷,指指岸上,指指河里,仿佛他们对什么都觉得新奇。因为他们虽都也有很好的武艺,可是这是头一次出远门呀。船身已经移动了,高高的帆篷已经扯起来了,风呼呼地吹着,河水汩汩地流着,就离开了那些邻舟,一直向北;把热闹繁华的扬州府,渐渐抛在了背后。驶船的人一边摇着桨,一边"嘿唷呀,嘿唷呀"地喊将起来。

第二十二回　匕首投桅杆豪强坠水
　　　　　　青锋刺轿舆奸相丢魂

　　船往北走着,天边有点阴,两岸也没有什么风景可看,伍宏超吃完了饭就到后舱里去躺着,因为脑后疼痛,脸也发胀,他想睡也睡不着。他倒是很惦记顾画儿的,更想把昨夜的事对郝燕翎去详谈一谈,告诉他们还得提防着冲天侠那小子,可是郝燕翎等人全都在大舱里了。这虽然只是咫尺之远,他却因伤不能走动。这伤,说不重可也不轻,躺着难受,坐着也难受,加以这船晃晃悠悠的,他简直发晕了,觉得天地好像都在旋转。

　　如此整整走了一天,也不知道走到什么地方了,只觉着舱窗外的天色已黑。船泊在了一个地方,两旁并无邻舟,伍宏超心里就想:奇怪!为什么单要在这个荒僻的河边儿停泊呢?这一定又是郝燕翎的主意,不知道他是在这里躲避着冲天侠呢?还是要在这儿等着冲天侠?

　　他吃了一些干粮,喝些白水,依旧在后舱里躺着,伤处虽痛,他却提着精神准备战斗。天越来越黑,在船上也听不见更鼓,约莫快到半夜了,他就手提着金刚玉宝剑出了后舱,夜晚的秋风一吹,脑后的伤处像刀割一般的痛。

　　天阴,没有星星,两岸上的枯柳,影子模模糊糊,倒好像是有人站在那里,其实不是的。这时连船上烧火的小孩全都睡着了,舱里黑乎乎的,更没有一点光亮。伍宏超就想到左边船舷上去看看那匹马,心说:

这船上未必预备着草料,也不知道他们把马喂了没有?马现在虽没有用,可是到了北京还用得着,将来剪除了和珅之后,我还要骑着那匹马去闯江湖呢!

伍宏超手提宝剑,深一脚浅一脚地往左船舷去走。他走得很慢,因为船上堆着不少大篓大捆的货物,十分碍路,他从船头绕过去,差一点就失足掉在河里。才到了左船舷,还没有找着他的马,就忽然听见有人在冷笑,他不由得陡然兴奋起来,急忙执剑,顺着这冷笑的声音去寻。就见原来那大舱的窗户外,站着黑魆魆的一个人,他正与窗里的人在剑对剑地相持,各不相下,互相不服气,所以才都嘿嘿地发着冷笑。伍宏超晓得这站在窗外的必定就是冲天侠,他气愤地想:我要不趁着这时候,把这胜过了铁爪蛟龙的,和珅手下最凶恶最顽强的走狗除掉,还等到何时?

他压着脚步向前去走,眼看着来到近前,这时就听郝燕翎在舱里边说:"我们二人在江湖争名三十余年,如今也应该分出个生死了!"

冲天侠冷笑着说:"我帮助和珅是瞎说,实在就是为跟你赌这一口气!"

郝燕翎嘿嘿地笑着说:"好!你把你自己卖了,把你的义气良心全都丧尽,只为与我郝某为难?好恶贼!我可要对你手下不留情了!"说时铛铛利剑相磕,声音特别的震耳,可见两个人所用的力量全都十分猛烈。

又听郝燕翎诃斥着说:"你们都好好地待着,不许乱上前!"这一定是在舱里的顾画儿和云飞等人都要帮助动手,可是郝燕翎不许。站在窗外的冲天侠凶悍地一剑紧一剑地向窗里进逼,身躯绝不稍退,伍宏超气极了,自他的背后抡动了金刚玉宝剑,唰的一声砍去。

冲天侠真没有料到身后有人,但是寒气逼近了他的身,他突地凛然觉到,疾忙翻身以剑相迎。两口剑磕在一处,只听铛的一声,他手中的剑便被金刚玉宝剑给削为两截;一半掉在船板上,一半依然拿在他的手中。冲天侠大惊,更为怒恼地说:"好东西!我昨天没想要你这剑,今天你反敢拿这剑来伤我?你想找死,并不太难!"

伍宏超却并不听他这些话，只趁着宝剑得势之时，蓦然又往前进，"金刚玉"再向下削，打算削断冲天侠的胳臂；冲天侠却以巧妙的手势，用半截剑将"金刚玉"拨开，蓄住力气。等待伍宏超再向前猛逼之时，冲天侠就急跃向前，制住了伍宏超，不许他反手，并要来抢夺他的宝剑。伍宏超赶紧将剑高举，身向旁撤，同时宝剑直砑下来，冲天侠就向后一缩步。

这时，大舱里的郝燕翎、顾画儿一齐持剑而出，郝云飞、郝云佩、郝云飘也各持寒光闪闪的匕首，跳出来就齐向冲天侠去劈。冲天侠哈哈一笑，说："你们的人多，就算有本事吗？"说时扔了他的半截剑，嗖的一声就攀上了桅杆，他顺着桅杆，哧哧地就爬上去了，越爬越高，一霎时他就爬到了桅杆顶。

这时候船上的艄公们也都惊醒了，都出来仰首向上面望着，说："有贼爬上去了吗？"

伍宏超说："这算什么？他难道就永远蹲在上面不下来啦？我一宝剑就能够将桅杆砍断，叫他摔下来！"

艄公们都摆手拦阻他，说："可千万别砍断了桅杆！"

顾画儿却高仰着脸，向上恳求着说："冲天侠师父，你下来吧！有什么话全都好说。何必这样，自己人跟自己人为难、作对？"

冲天侠坐在桅杆顶，向下冷笑着说："这件事与你们全都不相干，我只是要找郝燕翎！我们倒得看看是谁的武艺高，谁的武艺低？"

伍宏超在下边忿然地说："你给和珅当了走狗，你就别再饶舌！"

郝燕翎就摆了摆手，说："不用跟他多说了！"遂就由他的女儿云飘的手中要过了匕首，高声说："冲天侠！我现在要叫你傲气减消，要叫你良心发现，不得不给你个厉害的手段，你可要当心一些！"说时就将匕首向空中掷去。

只见上面的冲天侠，就像一只被箭射中了的鸟似的，飘然地落下了桅杆，接着扑通一声掉落在河里，把水溅起了多高。又听冲天侠在水里还愤愤地说："好！京里再见！咱们京里见……"他一定是已经负了伤，但这时要下水去捉他，可也绝对捉不着，他已经踏浪登波，逃遁而去。

　　郝燕翎在船板上拾着了刚才掷去的那只匕首,摸了摸,手觉着确实有些发黏;闻了闻,是带有一些血腥气味,他就把这匕首仍旧交还了云飘。他的大儿子云佩在旁说:"咱们这样一来,可就跟冲天侠更结下仇了!还不如刚才爸爸你多使一点力,就一下结果他的性命哩,也省得叫他再去帮助和珅!"

　　旁边的艄公们听了,却都向他们摆手,有的还东瞧西望的,有个艄公就说:"不要大声说话呀!什么和珅和珅的?今天幸亏咱们泊的这个地方儿僻静,要是有别的船,叫人听见了,好!你敢叫出和中堂的名字?这就得是死罪!"伍宏超听了这话,肺都要气炸了,顾画儿在旁边也愤恨不语。郝燕翎却催着众人说:"你们都快回舱里睡觉去吧!"

　　伍宏超就慷慨地对众艄公说:"诸位都是跟郝老师有交情的,现在更明白了我们是干什么的。和珅奸贼当朝二十余年,害得百姓好苦,刮得赃银无数,我们现在就是要去剪除他,烦劳各位送我们走这一趟!"

　　船上的几个年轻的听了这话,一齐拍着胸脯说:"好啦!你们既都是侠义英雄,我们船钱都可以不要,五六天就能够把你们送到北通州!和珅那坏家伙也该遭受恶报了!"

　　年老的艄公却仍然摇头摆手,说:"说话可要小声一点呀!叫人听见了可不得了啊!当今的太上皇,早先的'乾隆万岁爷'还是他的儿女亲家呀!他还有权有势呀!说叫谁死,谁就得死呀……"

　　众人先后都回到舱里去了,这时秋风吹着河水,乌云遮住长天,两旁枯柳萧萧,舱中的鼾声又起。不觉就天色发明,鸦鹊都乱噪起来。船上的人烧了饭,大家吃过,遂就又都使起力来,嗨哟嗨哟地拨着船走。郝云飞跟顾画儿全都帮助拉帆篷,伍宏超也帮助拨船。那云飘小姑娘坐在一个货垛上就曼声地唱,她原来跟她的爸爸一样的会唱,唱的都是她随口编的杀和珅、骂和珅的话。她又十分的机警,只要看见对面来了别的船,立时就不唱了。

　　这只船本是到北通州去卸货的,也没有什么商人跟着,更不在船多的地方停泊,风吹着帆,船随着水,休息的时候很少。过清江浦,过山东临河,又过了"直隶天津府"这几个大码头,全不多停;约五日,便抵达了北通州,这里是运粮河的尽北头。郝燕翎、顾画儿、伍宏超和三个孩子,就都在这里向舶公们道了谢,离开了船。只有伍宏超一个人牵着马,其余的全只各自携带着宝剑、匕首跟小包袱,他们就往西步行四十里,就到了京城。

这时候的北京城,仍然是满清帝及一些权臣贵族的天下。乾隆老头儿虽然让了位,当了太上皇,可是和珅的权势仍然炙手可热。新皇上虽然因为他大阔了,比皇上还阔,不由得有些恨他,但也奈何他不得。

和珅现在是钱更多,性更贪。他当了二十多年的宰相,贪污专横,可是没有人敢说一句话。在早先虽然有个御史名叫曹锡宝,上本弹劾过他家里的恶奴刘全,说是"借势招摇,家资丰厚"。其实刘全还不算是和珅家里的头等家奴,头等家奴应当算是汪四和汪四的兄弟汪进宝,他们笑里藏刀,万分奸诈险恶,被他们所害的不只是伍宏超一人,他们家里的"汪老虎"更是京西一带著名的土霸。但是汪四并没有人敢碰他一下,更不用说批评和珅;仅仅弹劾了刘全一下,曹锡宝便落得个"廷臣查勘,竟以闻风无据覆奏"的"妄言"之罪而被诘责。由此,更没有人敢用正眼看和珅一下了。其实他每逢出来,必是前呼后拥,保镖、侍卫常常多至一二百人,所过之处等于"净街",别人要看他一眼,是难上加难,虽然不敢正眼看他,却敢背地里恨他,连他府里的姬妾也都越来越恨他。

这天,和珅从他那建筑得极为严密的一间屋睡醒来,他新置的两个最宠爱的姬妾,像扶着粉捏的菩萨似的,把他轻轻地慢慢地扶起来——这得慢慢地扶,慢慢地搀,手要是一重,他就许散了架。他的两条"寒腿"已经跟没有骨头一样了,侍妾们得赶紧把两张新剥的还带着血带着热气儿的狗皮紧紧地缚在他的两个磕膝盖上;也许是心理作用,奢侈习惯的关系,他立时就觉着舒服了许多,于是脑子里又细细地算起账来。

他现在年纪已快到了六十,所以"自奉"倒是"不俭"了,叫人传话给楼上的厨房,嘱咐那碗燕窝要炖得烂一些,又问:"我那一匣燕窝怎么吃得那么快?那是十年前张巡抚送给我的,送了一百锦匣,叫虫咬去了一半;我只吃了一年多,怎么就快吃光了?莫不是谁给偷着吃啦?"

他新置的宠姬还不大明白他的脾气,就笑着说:"谁爱偷吃那东西呀?又不好吃。库里装了有半库啦,足够大人你吃到一万年的,你就放心地吃吧!"

和珅说:"不是,我知道咱府里有些人真馋得很,她们都老说喝粥喝不饱,其实我叫人给她们熬的那是八宝玉米粥呀!又叫她们也可吃点馒头,她们可还都不知足。我这个家,上下这些人的吃穿嚼用,全是我手下的那些官孝敬的,我本来没什么钱。人家说我家里的那几座库里堆着有满满的大元宝,那都是财迷的话,我是清官,我怎么能够发财? 就因为外边的那些谣言,弄得江湖一些小人都与我作对……"

他说着话是真有些发愁,这是他心里永远结着的一个大疙瘩,他素来不怕言官,不怕御史,只怕那些"江湖小人"。他记得有一个叫伍宏超,还有一个叫顾画儿的,倘若把那伍宏超认为义子,给他个小官儿做也行呀!把顾画儿纳为宠姬,那可还得叫个人时时防护着她,不然我可不放心,总之,若把那两个"小人"收买,或是除掉,那可就好了,我将高枕无忧矣……

他于是叫人唤进来汪进宝,问说:"你这小子!净花我的钱,吃我的饭,你倒长得越来越比我还胖,你家里的小老婆听说比我的还多,你到底给我办了什么事啦? 那些江湖小人,你倒是给我除净了没有呀?"

汪进宝说:"回禀中堂,我给你除净啦!"

和珅说:"除净了?你把那伍宏超的脑袋给我拿来,给我看一看!"

这话汪进宝可真没有法子回答,他不能说,三年之前他陷害了伍宏超,因为伍家花了钱,他跟苏州的知府全都使了贿赂,所以没把那"案子"往京里来解;他更不敢说,伍宏超现在已被侠客自狱中救走,而且那个侠客很厉害,在那一夜就先警告了苏州知府,大概谁要是再追究此事,那么谁的脑袋就许不保。所以现在汪进宝就磕磕绊绊地把嘴动了一动,说:"这是……这是因为……因为……"他总也没答复出来一句话。

和珅又说:"那个什么叫画儿的姑娘,怎么也不听见你们再提啦?是嫁了人啦?还是死啦?"

汪进宝的胖脸上笑一笑,说:"那都是一些草民,无名无姓的人,她又是一个姑娘,谁知道她这几年怎么样了?江湖上耍拳卖艺、踏软绳、跑马戏的娘儿们姑娘多得很,有的是,中堂怎么还记得她?"

和珅瞪着凶狠的小眼睛,说:"你净说多,你为什么不多给我办几个来?叫她们保护着我,省得我日夜睡不好觉!"

汪进宝说:"这三年多,府里不是一点事儿也没有吗?铁爪蛟龙胡大师傅、猛翼德韩进、病吕布刘灼、亚咬金郭扬、无敌卫士赵永才、狠窦墩常奉、推山虎焦定、短无霸庞飞,以及老雄信、黑存孝、金尉迟、银叔宝那一干给你护院的豪杰,还有双斧太保龙宗璧、宽背虎、矮罗汉、紫面狼、赛瘟神,留在这儿给咱们帮忙,也三年多啦……"

和珅听了这一大套人的名字,气得他,要不是腿软早就跳起来啦,他用手捶着小炕桌,嚷嚷着说:"你说的这些人,他们吃了我多少饭呀?三年来他们花了我多少钱呀?你也知道,我家里的开销、用费,向来是下官们承办,用不着我自己的一个钱;我这么些个姨太太,逢年到节,即使遇见我的生日,我也从来不给她们赏。可是除了铁爪蛟龙,那是真给我出过力的,脾气大一点我也能够包涵他,其余的那些个死镖头,名义是给我护院,其实一点事也不管,只会整天地吃肉喝酒支银子!我这里除了河南巡抚送来了一笔钱,但那也不够养活他们这三年的呀?我赔了本儿啦!我上了当啦!"

汪进宝说:"中堂也别这么说,也多亏有他们镇压着,才不致江湖歹人再来乱搅这座府。譬如冲天侠……"

和珅说:"对啦!你又说那冲天侠啦,那个人倒没有开过条子向我支钱,可是他什么时候来的,什么时候走的,我连知道也不知道,我连见也没见过呀?"

汪进宝说:"他是个有名的侠客,脾气自然大,要叫他整天在这儿看着门,自然他不肯干。不过这就跟江南的郝燕翎是一样,那郝燕翎,怎么请他也不来,你看他的架子有多大?可是他不来也行,只要他们不跟咱们这儿作对就行。因为我前三年奉了你的命,出外去对付伍宏超跟顾画儿那一对男女,我到了外面一阅历才知道,原来最有名最有本事的,南方只有郝燕翎,北方独推冲天侠。因此我才赶紧派人带回来我的建议,叫你无论如何也得把这两个人设法笼络着。这三年来因为有他们……"

和珅就说:"有他们便怎么样?江南织造死了一个;两江总督掉了一只手;我的亲戚在武进知府任上,还不知道是怎么死的哩!郝燕翎又有什么鸟用?"

汪进宝说:"这就算是郝燕翎知道了中堂大人待他的恩厚!不然呀,那些事这三年来也不会只出在江南啦,也许就出在咱们这府里了!"

和珅一听了这话,不禁吓了一身冷汗,半天也没有言语,因为这是他心里最害怕的事情,他又怕又恨那些所谓的江湖侠客。那些人还真不少,他们都是些既无官又无禄,更没有钱的一些穷小子跟穷姑娘,可是他们真都不讲面子,真不管什么权势与贵人。他心想:他们大概也不管我有几座库的大元宝,不管我有多少舍不得的元宝和小老婆,他们更不可怜我这两条寒腿,他们还是能随时就来要我的命呀!因此愁得他连新熬的燕窝汤也喝不下去了。

他用毕了养身保寿的早餐,就叫他现在最认为是心腹的汪进宝,快去吩咐人预备车轿。不多时,车轿已经备齐,他被许多珠翠满头、脂粉满脸、绮罗满身的侍妾丫头搀上了那顶"绿呢大轿"。这"绿呢大轿"就自府内深院里给慢慢地托出去——这时他的府门口,三座桥这一带,早就禁止任何的人通行了——穿上了红漆的轿杆,由八个一般高的一样年轻俊美的一样头戴新官帽、身穿新衣履的轿夫抬起来。这都是经过严格训练的,轿子被抬起一点也不颠动,坐在里边跟坐在软床上似的,又像驾云似的;同时,铛铛铛地敲起威严的开道锣来。

前边是四匹"顶马",后面是四匹"跟骡",护卫的人无数,个个弓上弦刀出鞘。那双斧太保龙宗璧、赛瘟神、紫面狼、猛翼德、病吕布等人也全都穿着"侍卫"的官衣,挟带着各种锋利的兵刃,随轿保护。更有铁爪蛟龙胡腾雨的几个徒弟,在前面吧吧地挥动着吓人的皮鞭,用虎狼一般的吼声喝道:"走!走!快都滚开!"吓得街上抱着孩子的妇人乱跑,有的连孩子都跌倒了,有的哭叫。有些行路的人,就赶紧躲避到路旁的铺户里,胆子小的铺户也都赶紧关上了门。

他们所经过的街道,情形全都是这样,连飞鸟也似乎不敢向他这顶轿来窥一眼。和珅在轿里拈拈小胡子,威风又振起,觉着有这么些人保护着他,他还怕谁?他觉得:贿赂是应该多贪,小民们死不足惜,金银美妾,多多益善;权位永远保持,人言可不管它。太上皇跟前应当多说谄媚的话,新皇帝的驾前也得联络着,异己者杀,拍我者荣。害了小民,刮来地皮,多多孝敬我者,我提拔他官做,如此,如此。我多吃燕窝,永远不死;富贵无比,岂不快活?川楚"民变"(白莲教),离我太远,且有人剿;侠客义人,一个两个,又能奈我何……和珅如此的昏心妄想着,于是他又得意了,要上朝去了。

但是他的轿子还没有走到"神武门",突然由景山旁,红墙隐蔽之处,跃出来一个青年布衣女子,行走如飞,直扑轿前,手执青锋宝剑,向着轿里就狠狠地刺去。立时一些护卫的人全都惊得大喊:"有刺客!捉呀!捉这女刺客呀……"

宝剑哧的一声,已扎进了绿呢的轿围,和珅哆哆嗦嗦地喊了一声:"妈呀!"立时就匍匐在轿里了。外面一些护卫的人都刀斧齐抡,围住了那女刺客,想要当时就把这女刺客砍为肉泥血酱。不料这女刺客却比他们的武艺全都高得多,宝剑摇寒光,潜若游鱼,行若飞鸟,疾若追风,真是眼快、手快、步快。四面八方,那龙宗璧、紫面狼、赛瘟神等人已都赶到了,将她遮拦得无处可走,远处的官人、捕役们也齐都闻听了这事,嘚嘚嘚地骑着马都赶到了,都来帮助捉拿。

那猛翼德、病吕布一些人都认识这个女刺客,早就都大声地嚷嚷起来,说:"哎呀!这个就是顾画儿呀!是早先的金臂飞侠凌万江的内侄女呀!她的武艺比以前更高了,可要小心着她一点呀……"

此时顾画儿确实是很凶猛,她咬着牙,瞪着眼,头上蒙着黑布,手挥青锋剑,哧哧哧,平斫、立斫、顺斫、横斫、翻身斫、回马斫,一口剑上下翻飞。一霎时,她就将紫面狼的头颅砍落,并将猛翼德的胸膛戳穿;只可惜和珅的那顶绿呢轿早就被许多人给救走了,顾画儿想要急急去追,可是她又冲不出重围。

这时景山的附近,神武门外已经如同掀起了潮水,人乱极了,远处嗒嗒嗒嗒又不知来了多少官人,围得密不透风,来的人越来越多,刀枪如林,顾画儿纵使武艺再高,可也逃不出去了。其实她的剑法并没有乱,身躯步法也不稍呆滞,勇力也还有,可就是她的眼睛,被纷乱闪动的刀枪的光芒给搅花了,弄乱了。

她眼看着就要受伤,眼看着就要遭擒。但在这危悬一发之际,突然自北边飞跑来了一个人。这人的胡子也全都白了,可是勇悍无比,他手执利剑来到近前,就叫大家都闪开。这时龙宗璧就说:"好了,冲天侠老师傅来了!这位老师傅比我们武艺高得多,快来帮助我们捉这个女刺客吧!"

来的正是那冲天侠,他当下跑进了人丛,先伸手将顾画儿的宝剑夺在手中,然后就将顾画儿用臂挟起。龙宗璧等一些人齐喜欢地喊道:"捉住了!把女刺客捉住了!快来绑上吧……"不想那冲天侠反倒向他们翻了脸,挥剑就砍倒了两个官人,而后挟着顾画儿就跑,一直跑到了景山的红墙边。

这里一些人更惊慌发急,喊着说:"这是怎么回事?这老家伙也是贼呀?别叫他把女刺客救走,快捉住他!抓住他……"但这个冲天侠真似一只冲天的飞鸟,双手都拿着宝剑,还挟着尚在挣扎的顾画儿,他就自平地跃起,登上了景山外面高高的红墙,一霎时就跳到里面,踪影全无了。

景山即是煤山,明末时崇祯皇帝曾吊死在该处。当清廷霸占了中原后,就将那山加以修筑,成为五座山峰;每一山峰之上,筑上了一座琉璃瓦的很美观的亭子。山后建有寿皇殿,是供祭祀之用的,平时只有三五个年老的太监在看守;四周围的红墙很高,虽然有门,可是永远也不开,里面蒿草没胫,遍地是鸟粪,没有什么人来。

现在,冲天侠就把顾画儿救到这里边去了。等到一些官人、捕役、龙宗璧等那些和珅的家奴和那铁爪蛟龙胡腾雨等人气势汹汹地赶到门口,将门叫开,可是还都不敢贸然地进去;因为这也是皇上家的御地,怔走进去就能杀头,所以得等着禀奏。及至"里头"(即是宫里头)派了个大太监领着他们进去搜找,这时候天色可也快黑了,结果找得到什么呀?连个冲天侠跟顾画儿的脚印也没有找着。

第二十三回　铁爪蛟龙逞凶砸酒店
　　　　　　绣球侠女履险入深宫

　　这件事情当天就轰动了京城。绿呢轿将和珅抬回他的府中,他虽然没被刺伤,可已经吓得半死,两腿更软了。救命要紧,他不得不开库,又拿出了一些银子,分赏给胡腾雨和龙宗璧一些人,令他们由今日起,日夜加紧护院,还得特别防备着冲天侠呀!他原来也跟顾画儿是一边儿的。汪进宝是特别的着急,格外的害怕,东差西遣,分外的忙碌;和珅是早就藏在他的密室又密室的里边了。这一夜内,他的府里倒是没有什么事情发生。

　　本来郝燕翎、伍宏超、顾画儿、云飞、云佩、云飘一共六个人,是昨天进的京城,住在朝阳门内南小街一家店里。他们认为,要想依然跟早先似的,夜入和珅府去大闹,那未必有什么用。谁都晓得和珅的府里有迷楼,有密室,想要找着和珅是很难;他那府里护院的人又是那么多,纵使惊得他们骚扰一阵,或是杀伤几个人,也全无益处。

　　因此,他们六个人就仔细地商议了一番,各自都有打算。顾画儿是想做一个女中的荆轲,所以今天才去拦轿要刺和珅。这当然是一件鲁莽的事,郝燕翎当时也是这样说;可是顾画儿为对付一个权奸,为申她十多年的冤怨,她觉着只好这样以性命相拼。

　　郝燕翎却仍然觉着,要想杀和珅,必须先剪除掉他的爪牙冲天侠和铁爪蛟龙胡腾雨等;云飞、云佩、云飘全都听他们的爸爸,说什么他们都觉得对。

伍宏超自己却另有一种雄壮的志气。他现在认为和珅的专权固然是他的人坏,可也是乾隆皇帝把他纵庇而成,所有的皇帝没有好的,全都是屠杀百姓的刽子手；更因为他在苏州监狱里三年,受了一个囚犯的教导。所以他如今重到京城,却也不愿再往和珅府,因为那顶多是又见见吴卿怜；他更不愿去访旧友,如冯茂兴,因为他不愿意连累朋友,他的存心是想要深入宫禁,至少也得拿着那"金刚玉"去威吓威吓那太上皇,而后奸臣和珅就不愁不走向死路。

他们这样商议了,大家打算分头去做,可都没打算立时就去做,因为这一回他们做事必须要格外的稳重、谨慎、小心。连伍宏超也没有想到,今天顾画儿就在大街之上冒然地行刺和珅；更谁都没想到,她是被冲天侠给救走了,实际上就是给抢走了。伍宏超怒气填胸,他比谁都坐不安,立不安,因为他知道那冲天侠不是一个好东西,那是一个万恶无耻的老淫徒。

当日,云佩和云飘从外边打听了一些事,回来就说:"画儿姐姐被冲天侠抱着进了景山啦！许多的官人进去搜找,也没有找着。"又说:"和珅大概连伤也没受着！街上的官人可多极了,盘查得严极了,人都不敢说话,有人连街上也不敢去了！"

伍宏超听了,愤愤地说:"我这就要往景山里去找一找。"郝燕翎却不住地叹息,把他拦住,悄声地说:"你去也是无用的！那景山里与皇宫一样森严,就能容许你进去吗？"伍宏超愤愤地冷笑着说:"就是皇宫,我也要进去！"

郝燕翎说:"不可净说徒然快意的话,我们得从长计议。顾画儿此举,我也嫌她太鲁莽,白白地打草惊蛇。可是她现在失踪了,我没有什么不放心的,因为冲天侠也是她的老师,不会把她杀了的。"

伍宏超却不住地冷笑,心说:冲天侠虽然不致杀了画儿,可是他能够侮辱了她呀！

郝燕翎又说:"画儿这三年从我习武,技艺已较前高超十倍,纵使仍然不是冲天侠的对手,可也相差不了许多,所以我料定她不会怎么吃亏的。只是咱们如今既已来到都城,仇人和珅及胡腾雨、冲天侠,甚至连乾隆老头儿全都算上吧,他们全在眼前。我们要办得好,就如探囊取物,手到擒来,不但害民的巨恶得以剪除,你们的家仇也能得报;只是,要办得不好呢?你可要知道,我们现在已是身在虎口,官人捕役多得是,我们就算是会点武艺,也难免被人一网打尽!"

伍宏超听了郝燕翎的这些话,觉得他太絮絮叨叨,心里真不耐烦,真是心乱如麻。当日,因为连云飘小姑娘也拦住他,劝阻他,所以他倒是没有出门,闷在小店里,忧急欲死。

到了次日,一清早,他可就不顾一切地出门去了。他预先买了两匹布,用一个大包袱包着,就把金刚玉宝剑藏在里边。他穿的是青布短夹袄、夹裤,头戴新买的瓜皮小帽,跟个商贩是一样,他离开了南小街,就往皇城那边去走。他原想是看看景山,看那景山四面的围墙有多高,晚上还想跳进里面去看一看,因为他想着顾画儿必定还在里面。

他慢慢地走着,就来到了景山的附近。这一条石头铺着的平平的马路,就是官员们每日上朝、下朝的必经之路,自从昨天这地方出了拦轿行刺和中堂之事,好像往来的官员们的车轿也少了。官人戒备得不算十分森严,却有些流氓地痞之流往来闲晃,伍宏超猜出这些人必定是铁爪蛟龙的徒弟,或是双斧太保龙宗璧所率领的鹰犬。

伍宏超就像是个卖布的小贩,肩荷着沉重的长包袱这样走着,倒没有人注意。才走到景山的墙东,他察觉出这儿原来离着马神庙,即和珅儿媳的"公主府"所在地倒是很近的;又想起这离着沙滩,以前金臂飞侠的家,也不算远。他不禁回忆起三四年前初会顾画儿之时那种激昂侠烈的情景,更幻想着昨日这条道上的女荆轲,亦殊可钦可敬;宝剑虽未得手,却也使权奸胆寒,那顾画儿,可敬可爱的顾画儿呀!你现在究竟在哪里了?

他徘徊了一会儿,忽然见从这景山的北墙角转过来了一大帮的人,都是雄赳赳气昂昂地携带着刀枪斧棒,为首的就是铁爪蛟龙胡腾雨。这个凶家伙,因为在三年之前曾经屡次负有轻伤,肩膀都歪了,然而却更强壮,更硕胖,脸像紫肝似的,又肥又长,两眼露出凶火,穿着一身绸缎，身后有两个人替他抬着新铸的钢飞鞭。他今天像是有什么要紧的事，所以亲自出马；又像是他已经恼怒得疯狂了，自己要出来杀人，吃人。

胡腾雨的身后还跟着金尉迟、银叔宝、推山虎、短无霸那一些打手、凶汉，这些人都是曾和他会过面的，所以伍宏超怕被他们认出来，当时就能发生麻烦，赶紧转身躲开了；好在铁爪蛟龙等凶汉，这时都走得很快，都直着两眼，没有注意到这头戴瓜皮小帽、肩扛着包袱的小商贩的背影。不多时，伍宏超看见他们这些人都走往马神庙那条胡同里去了，心里就想：他们是往那里做什么去啦？寻什么仇人对头去啦？于是他就在后面远远地跟着，也往那边走去。

他走得慢了些，及至进了马神庙街，又走些时，到了那沙滩金臂飞侠凌万江故居之处不远，就看见有一个小酒店已经被铁爪蛟龙那些人堵住了门，噼噼啪啪的连门窗都给拆碎了，又听里边是哗啦哗啦乱响，把酒罐、酒杯、酒壶全都击碎了；桌子凳子也拉出来在街上劈，又向里边乱掷，还有人竟要放火烧房。幸亏有附近住的人在地下跪了一大片，磕头、求情，这些凶徒才没有放火。

然而他们个个仍如虎狼一般，大打大骂，铁爪蛟龙并向里面怒骂着说："狗老婆！叫你那男人凌万江还了魂，再和我们来斗！叫你那内侄女滚出来，再和老子干！"他带来的一些人也摇拳，踢腿，骂出的话，难听可恶至极。总之，他们拆了这小酒店的目的，就是要激顾画儿再出来，就是因为捉不住顾画儿，他们到这来出气。打完了，拆完了，他们一边怒骂着，就都扬长而去。旁边虽站着也有官人，可都只是瞧热闹，连管也不管。

这被拆、受祸的小酒店的女掌柜，刚才还只是在里边哭，现在她哭哭啼啼地走出来了。她是一个有三四十岁、细高身材水蛇腰的中年妇人，穿着极为朴素。她坐在扔着破窗、破板凳的门前，哭得死去活来，并且大声叨唠着说："不叫人活啦！来了这群强盗啊！死鬼，凌万江你为什么不出来打他们呀！画儿，你有志气的丫头，给我招了这祸，你得露面呀！哎呀，我的天呀！我的侄女呀！街坊邻舍们全都知道，我那老头子凌万江死了,我弄了一点钱回来,就又嫁了孙二,安分守己地开着这小酒店。我那侄女三年多没上我这儿来啦,她是死是活,我全都不知道。怎么今天突然天上降下了祸,说我的侄女刺了和中堂,要来跟我要人,不容分说就打我,把孙二也吓溜啦。他们就把我这些东西拆成了这样,哎呀!这简直没有了老天爷啦!街坊邻舍们,你们给评评理吧……"

街坊邻舍,连行路驻足看热闹的人,刚才还都有些不平,敢怒而不敢言,如今都听明白了,原是这么一回事,事情牵涉到了昨天的女刺客行刺和中堂,于是吓得都不敢说话了,而且立时就全都躲开了,溜走了。

伍宏超强捺了半天胸头膨胀难忍的怒火。他早已认出这被祸的不幸的妇人就是画儿的姑母,就是凌万江生前之妻二摆风,但二摆风这个不好听的有侮辱性的外号,实在不应以之再称呼这不幸的妇人,这被辱被侵害的无辜者。不过伍宏超也实在想不出应当叫她什么,便走过去,称呼了一声:"姑母!"

这姑母二摆风扬着泪眼,抬起头来一看,立时就惊讶着说:"哎呀,原来是你呀……"当时就站起来,拉着伍宏超的胳臂,疾忙地走进屋里,悄声地问说:"你是跟画儿一块儿来的吗?我们画儿,那叫我佩服的丫头,她真把万人皆恨万人皆骂的和珅真给杀了吗?……你快告诉我,我不怕,我侄女就是有剐罪,我也去担当!"

伍宏超恭敬地说:"姑母!这事也不必多问了!这时我没有工夫对你多说。姑母放心,我们不久就要为凌万江老英雄复仇,申今天所受的这口怨气。我现在有两匹布送给你,你暂时收拾收拾再谋生活吧!"他遂就将布都留下,而用那包袱独将金刚玉宝剑松松地包起,转身出了这酒店又走了。

他胸藏着更深的义愤,就在景山附近、皇宫附近徘徊了整整的一天。好在这些地方,除了每日有些官员们上朝、下朝和稀稀的几个老太监出来买东西,几乎没有什么人来往,既不是闹市,又在这深秋的时候,人迹更少。地又大、高墙古树又多,所以即使有一两个人在此徘徊、逡巡,比方这皇宫附近的乞丐就有好几个,也是不为人所注意的。

伍宏超只吃了晚饭,是在附近的一家茶馆里用的。他实在吃不下去，因为今晚他就打算要会会那纵庇和珅的主子，这是一件非常的事，是一件惊天动地的事。天色渐渐的黄昏了，夕阳照着那高高的古老的红墙，景山峰上松柏萧萧，如同涌上了潮水。伍宏超胸中的热血，也像怒潮一般地滚涌着。

乌鸦成群掠过了天空，呱呱呱地乱叫，像哀哭似的，御河里的寒水凄清，这是万民的血泪。那紫禁城上的雉堞间，已有巡城的官人，在远远的高处吆喝着什么，是"满洲话"，大概是说："天晚了！皇上要安眠了，守夜的人可要小心着呀！……"但是一会儿就走过去了，又往别处去吆喝了。这不过是一套"规矩"，这个人当的就是这份差使，天高城厚，地旷宫深，也没有人听得见。正如神武门外、紫禁城边也有不少挎着腰刀的守卫者，可是他们的刀，是不是能够抽得出来？锈得连杀鸡时杀得死杀不死，都只有他们自己晓得。反正他们当的也就是这份儿"差使"。领的钱粮米有限。他们没有什么精神，因为喝不着好茶；他们也没有什么心事，只关心养着的那个"百灵鸟"或是"蓝靛颏"，那虽然是个小东西，可是关系着他们的生活兴趣，简直就关系着他们腐朽的生命。

这些给皇上家看门的"官儿"，可比和珅府上那些如豺似虎的护院把式差得多了，由这一点看，主子还没有奴才阔。可也不然，这皇宫是有一种固有的屏障，就是城墙太高，宫门太厚，猫也爬不上去，老鼠也钻不进来，因此才有恃无恐。

天已黑了，星星都闪烁地出来了。伍宏超站在御河边，这河俗名叫桶子河，大概是形容它把一座宽长数方里的皇城，围得跟铁桶一般；四边没有人，背后就是景山。伍宏超此刻反倒犹豫不定了，心说：我是应当先往景山里呢？还是这就直接进入宫禁？往景山那边或者可寻着顾画儿，而进入宫禁寻着太上皇，或是寻着现在的皇上，我要指斥他们任用和珅之罪，也许就要挥动宝剑，割下他们的两颗"龙"头……

这种想法，他自己都觉着似乎是大逆不道了，但又自向自冷笑了一声，心说：我也没读过他那些科举书，没食过他的俸禄，我自十一岁就出来学武艺，见的只是被皇上、被贪官吸、剥、损害的百姓。我知道乾隆六次下江南，我知道他们在川楚大屠杀，我今夜就要伸天下之奇冤，雪汉族之大辱；管他什么宫不宫，皇上不皇上……

于是伍宏超就顺着御河的河墙，往宫门那边走去。这河墙是砖石筑的，有半人多高，很窄，墙的外边是甬道，墙的里边是深河。这时，伍宏超忽然看见有一个人就在这墙头，就在他的眼前飞快地走着。他真惊讶了，心说：这是什么人呢？给皇宫做护卫的人里，难道真有步法这样轻快、身手这样敏捷的人吗？他不由得止住了步，顺手抖开了包袱，亮出来金刚玉宝剑。突然又见这个人，顺着河墙又跑回来了，跳跃着，飞走着，也跌不下去，真是好功夫，就像一只松鼠。

伍宏超横剑怒声地问说："你是谁？干什么的？"

这个人扑哧一声就笑了。这笑声伍宏超就觉着很熟悉，他立时就知道这个人是谁了，这可称是帮过他多次忙的老朋友，那个他所钦佩的人，也就是那个小胖子，要饭花子的女儿，两吊钱卖给和珅府，假装患着"梦游病"，其实是潜身在那府内，时时在援救弱小，惩戒奸凶，短箭无敌，身手轻妙，一向保护着吴卿怜，还追到束鹿，帮过伍宏超跟顾画儿的忙，那胖丫头，那名字叫"绣球"的奇女子。伍宏超当时就和气地说："三年多没见面，你可好吗？"

绣球依然站在御河的墙头，调皮地说："你为什么不问卿怜现在好不好？"

这实在又叫伍宏超脸上发烧，三年来卿怜的情况如何，他不是不关心；那一粒美丽的眉梢红痣，他是永远也没忘，一回到北京，他更想起来了。如今见了绣球，他原是头一句话就想问，可是不好意思问，尤其是在这紧急之时他哪有工夫问？更觉着不应当先问她，伍宏超遂就作为没有听见，只说："绣球，你来得正好！你一定知道我现在为什么到这里来，我想要到哪个地方去……"

绣球点点头说："我还能猜不出来？白天我就看见你啦，你可是没有看见我。"

伍宏超愤愤地说："这三年来的事情大约你也都知道，你想和珅已经凶顽到何等的地步了！他的那些爪牙，比方今天铁爪蛟龙所做的事，该杀不该杀？乾隆皇帝纵庇着这一些权奸……"

绣球摆着手说："你不用在这儿瞎嚷嚷，你不是想找和珅的主子乾隆老头儿吗？好，你就快跟着我走！"说时她转身又在河墙头上飞跳。

她的意思是要叫伍宏超也这样飞跳着走，可是伍宏超真觉着不行，因为他要是这样的跳，就一定会掉到河里。绣球便拉着他的手，叫他跟着。伍宏超先是脚在墙外，后来不登上这河墙头也不行了，因此由河墙上，才跳到了那前面的一排"禁城侍卫军"所住的房子的房顶；又由这里，迂回地攀树、越脊，向那高高的禁城城墙之上去爬；多亏有绣球帮助，不然凭伍宏超一人，实在上不去。

第二十四回　御宫歌舞突惊短箭来
　　　　　高殿荒凉半宵群侠至

　　紫禁城的城墙上，路比街上的马路还宽。向里一看，是层层的宫殿，黑压压的，简直跟山岳一般，可是看不见什么东西跟人，伍宏超心说：皇上可在哪儿啦？

　　绣球拉着他下了城，就已经到了宫里。顺着甬路去走，真寂寞，连一声狗叫也听不见，处处是红色的高墙和钉着铜钉子闭得很严的大门，树也少见。此时，圆圆的月亮已自天际出现，淡淡的月华，自薄云间滤下，照着深宫，照着高大的殿宇。走了多时，伍宏超就觉出来了，这里面还分出许多的区域，每一区域占着几个院落，就算是"某某宫"，大概是分住着妃嫔；可是此时连个人影也看不见，更不闻什么车辇之声。

　　绣球真算有本事，她过去的行事也令人可疑，她一个要饭的"草底蛇"的女儿却对这"皇宫大内"路径很熟，好像她常到这儿来玩似的。伍宏超不但是转了向，两腿也发酸。他想叫绣球慢着点走，因为他实在跟不上。绣球却连头也不回，越脊蹬墙、忽高忽低飞快地走着，伍宏超只得努力地跟着她。

　　他们又越过了几重宫院，就见绣球的举动也缓慢了一些，显出谨慎的样子，然后就伏在琉璃瓦上。因为这些琉璃瓦跟琉璃一样的光滑，脚站不住，伍宏超只好找了一个瓦有残缺的檐头上蹲着。二人同时借月光向下去望，就见前面的殿宇房屋愈为豪华、壮丽，灯光也密如繁星一般,并有不少的人在那里往来。绣球就高兴地向伍宏超说:"你听,那边正在唱戏呢!"

伍宏超侧耳一听,果然由那边传来了一阵隐隐的丝竹管弦之音,还听见铛铛地有节奏地敲着大锣。绣球带着他下了这墙头,再越过了一重院落,二人都趴伏在屋脊的后面,探着头向下去瞧。就见这座宫确实比其他的宫院显得宽敞幽深,廊子曲曲折折的,都挂着宫灯。当中有一座华丽的"看戏厅",厅的对面建有三层高的戏台,每层都是画栋雕梁,装金饰宝,四边悬挂着灯;每层戏台上都在同时演着戏。

绣球仿佛贪着要看戏似的,她就带着伍宏超索性爬到了廊子顶儿上,这里有一棵松树遮蔽着他们,他们从松枝的隙处向戏台上看得更清楚。三层戏台上同时演的原是一出戏,上层布置出神话中天宫的情景,中间是山岳,有"花果山",下层是"海底龙宫"。饰"孙悟空"的那个人正在跳跃着,唱着"昆腔"。这一切的"灯彩"全都用的是精制的"砌末子"(即旧时舞台上象形的用木头和布做的,加以彩绘而成的各种道具),演员一律是太监,是属于清廷"南府",即"升平署"的专唱戏的太监,敲锣的、打鼓的、吹笛的及往来侍应的,伺候"御驾"的许多的人,也全都是太监。

"太上皇乾隆"老头儿坐在看戏厅里,头顶着金边的"碧玺"(一种贵重的玉器)的顶儿的小帽,胡子眉毛全都白了,在"龙椅"上已有些瞌睡了;因为没奉到旨意,神怪荒唐、乱闹乱跳的这出《西游记》的戏,可还是不能不往下去演。

这位"十全老人"(乾隆帝)是个瘦子,脸作三角形,身材相当的高。他是满洲人,可是羡慕汉族的文化。做了六十年的皇帝,虽然屡次到江南去玩,他可仍然觉着不舒服;因为在物质享受上,他可尽情满足,在精神上他却是十分的痛苦。他的太太孝贤皇后常跟他闹别扭,据说他和他太太的娘家嫂子有点"爱情",所以皇后才屡次"醋海兴波"。有一次皇后随着他"巡幸江南"归来,坐船顺着运河走在直隶省境内,两口子为这件事又在船上吵了起来。孝贤皇后把这"老头子"挖苦得简直不像个皇帝了。他就大怒,逼着皇后跳河淹死了,回到北京却说是"中途病殂"。并叫一位汪学士撰了一篇碑文,说是什么:"忆昔宫廷相对之日,适当慧贤定谥之初,后忽哽咽以陈词,朕为欷歔而耸听。……兴怀及此,悲叹如何!……"一大套的瞎话。第二个皇后纳兰氏,又跑到杭州庙里当尼姑去了,后来死了,他不准"葬以厚礼",说:"无发之人,岂可母仪天下哉?"所以,他一生在婚姻上是很失意的,女性始终和他反抗。

在他做皇帝的第三年"贵州苗叛",第十二年"大金川事起",三十一年"金川复乱",第三十六年"小金川复反",第四十六年"甘肃回乱",第五十一年"台湾林爽文叛"。第五十八年更厉害了,"官逼民反",白莲教的势力已蔓延达于河南、湖北、四川、陕西、甘肃各省,直到现在也平灭不了。同时,贵州铜山的苗民又反了,动摇着他的大清,江山岌岌可危。他这"太上皇"的心里实在太不舒服,且时时在恐惧。

他好玩乐,好跟口齿伶俐的人"谈天",和珅就是这么得到他的宠幸的;这些神奇鬼怪的荒唐戏,都是和珅给他排的,他看着倒很开心。可惜和珅也老了,腿又有毛病,昨天还险些被人刺死。他觉着和珅倒霉,他对和珅——那是他的"亲家老儿"呀!——非常地牵挂。

现在他看着戏,直打盹儿,可还断断续续地想着这些……突然,竟听得咻咻地有冷箭射来了。当时"御驾"大惊,太监们都慌作了一团,戏台上演的戏也立时就停止了,有的太监赶忙去叫侍卫。可是这时,冷箭已经不再射了,绣球带着伍宏超登殿攀墙,又走了。

伍宏超觉得绣球的短箭射得很痛快,但他没看见短箭射中"龙椅"上坐的那个太上皇,觉着是白来了这一趟,他就问说:"你为什么不多射几支箭呢?"

绣球拿着她那小弓,笑着说:"射死他,也没有什么用,这不过警告警告他就是了。"伍宏超摇摇头,总觉着今夜冒险入深宫,只这么就算完了,太不甘心。绣球却催着说:"快走吧!那边还有要紧的事等着去办哩!"

伍宏超诧异地问说:"哪边?咱们还要往什么地方去?"

绣球就说:"不要多问!你就老老实实地跟着我走吧!"

这时候大约才二更天,深宫之中虽然发生了"惊驾"之事,一些宫监、侍卫自然都很慌乱,警备也立时加严,可是因为这个地方的面积太大了,院落太多了,也显不出来人多,所以伍宏超就由绣球带领着,帮助着,得以从容地爬出了紫禁城。

过了御河,于朦胧的月光下,又望见了那高高的景山了。伍宏超就说:"我们这就到景山里,找一找顾画儿去吧?"

绣球不理他这话,只说:"你就跟着我走吧!"

伍宏超就又跟着她走,往西走了不远,就看见一所既像是宫殿又像是大庙似的一处地方。这里与景山相隔只有一条马路,也有红垣、高阙、宏伟的牌楼,还有两座建筑得奇巧的俗名为"七十二条脊"的亭子。伍宏超倒晓得这里名叫"大高殿"。早先听说过,这里是皇上祈雨的地方,平时里边也不大有人。

当下,绣球就领着他越过了高墙,又进到这里边来了。伍宏超觉着很纳闷,心说:这是个没有人来的地方,是奢侈的帝王浪费民财,强征民力,建筑得这么一所坟墓似的院落和房屋,可又终朝又紧关倒锁。这里边,月光照着荒榛乱草,蟋蟀好像都冻死了,也没有一点虫叫声;人更是没有,灯火在这里更加难寻。石阶倒还干净,伍宏超就坐下了,心说:我先在这儿歇一歇吧!

绣球却拉他起来,说:"喂!你先别歇着!现在还有要紧的事情等着你给办哩,正要用那口金刚玉宝剑使一使哩!"她遂就拉着伍宏超,走到了西边的那"七十二条脊"的亭子。

这亭子四周都有楠木雕刻得精细而又坚固的窗棂,门也是极结实的,由外面用大铁锁锁着,也不知道里边还有什么东西没有。这时候,绣球就将金刚玉宝剑要了过去,铛铛地向着那铁锁连砍了两下。

伍宏超很诧异,猜不出她开这个锁是要做什么。突然,听见这亭子里,隔着门,里边就有人发出了急怒的声音,说:"你快把门开开让我走!我真恨我为什么管你叫过师父,你哪配称什么冲天侠?你是个万恶的盗贼!"伍宏超大惊,因为听出这是顾画儿的语声。他刚要答言,绣球已将这锁头连门都劈开了,只见顾画儿就自里边一跃而出。

顾画儿还以为是冲天侠来了,她跃起身来,抡拳就要打;忽借月光一看,她才看出来是伍宏超。

伍宏超就问说:"顾姑娘你怎么来到这儿了?"

顾画儿说:"我没刺死和珅,倒被那些官人围住了,冲天侠救我出来,先到了景山,由景山又把我送到这个地方。他救我,我以为他是好意……"往下的话,她好像不能再说了,只说:"我虽能跟他交手,可还不如他的武艺,他竟将我的剑也夺去了,锁我在这里。我因为没有剑也没有刀,没法子砍破这坚硬的窗户。……咳!我应当再去学三年武艺才好!"

绣球走上前来说:"顾侠女!我昨天就知道你是在这儿了,因为冲天侠在景山里是藏不住你的,他就一定把你藏在这儿,我也来过一趟,可是也开不开那么结实的铁锁。今天我才找着伍宏超,用他这宝剑……顾侠女!你在江南练了三年的武艺,我可也在和珅的后花园,每夜不断偷偷地下功夫,也练了三年的武艺,现在咱们应当彼此帮忙,赶快再去找和珅算总账去吧!"说时,将金刚玉宝剑还给了画儿。

顾画儿将宝剑接到手中,她刚要跟伍宏超说话,却忽见自高墙外飞跃进来了一人,似被什么人把他追赶来的。他手使的就是那青锋宝剑,穿一身青布短衣裤,胡子虽然不长,可是同那天边的月光是一样的颜色惨白。他一眼看见了这里的三个人,就怒吼一声说:"呔!谁敢把我的女徒弟放走?"

来的这人正是冲天侠,顾画儿恨他极了,当时越过去,手拧"金刚玉"向他刺去,他却抽剑闪身,敏捷地躲开。那边绣球哧哧射来两箭,一箭被他用剑拨开,一箭被他接在手里,嘿嘿地发出冷笑。

伍宏超举起一块石头来要向他砸,他冷笑说:"这更一点也没用!你们听我来说,我冲天侠也不是无名小辈。我来帮和珅,不是为他的钱,我也从来没吃过他一顿饭。我第一是要和那与我齐名的郝燕翎较量较量;第二是为找我这女弟子!因为当初,我们先后到西陵收她为徒,其实是各怀私心;郝燕翎贪图的是那口金刚玉,我是垂涎顾画儿生得美。那时我们二人虽没见面,却各自存着顾忌,我怕郝燕翎,我没敢向画儿说什么歹话;郝燕翎也大概是因为我,他才没敢染指那口金刚玉。我们俩是'麻秆儿打狼,两头儿害怕',相猜相恨又相忍这么许多年。最近在扬州才算碰头了,我现在就是才从郝燕翎那小店里搅闹了一番才来的。"说时,他还表现出来洋洋得意的样子。

伍宏超就上前两步,说:"冲天侠!你也这大年纪了,我们也都知道你非无名小辈。可是你既然不为和珅的利禄,也不是甘心要给和珅当奴才,那么我们的事情你就不要来搅,好不好?"

冲天侠点头说:"都行!只是要叫郝燕翎在我跟前服输,还得叫顾画儿由我带走!"

顾画儿听了这话又气得抡剑跃起,向他去斫,冲天侠展剑相迎;月光下双剑飞舞,虎跃鹰翻,师父与女徒撕破情面,就在这"大高殿"里决死拼斗起来。

顾画儿用剑颇有力,先将剑锋去撩冲天侠的手腕。冲天侠撒手翻腕,将剑向她来压,同时避免双剑交碰。画儿又换剑法,寒光自怀中穿出,正对敌心;冲天侠刚一退,她又左手一扬,剑身更进一步推进,依然是"毒蛇攒心"之式。冲天侠就笑了一声,说:"好狠剑!这就是郝燕翎传授给你的吧?"说时高高跳起,用"卷帘"姿态,横剑反取顾画儿。

画儿姑娘缩颈翻身,以退势转进,手似风环,两手撕开作猛禽的扑势,金刚玉宝剑锵锵锵连斫三下,连进三步。冲天侠却用虎口劲将剑倒提,随退随御,直说:"好徒弟!好厉害!"他哈哈大笑着,忽然又换式一剑向前,要斩顾画儿的手腕;顾画儿却缩手斜进足,低鬟伏身将剑撩下。冲天侠一跃飞起,竟蹿到画儿的背后了,不容画儿返身,剑力挟风,向背削来。画儿却斜身一蹲,剑随头转,往上去迎。

这时那边的绣球又咻咻地射来两箭。伍宏超咚的一声扔过来一块大石头,几乎砸着了冲天侠的脚,箭也差点就没躲开。冲天侠大怒,急急抡剑,扑上去就要先杀那空着手的伍宏超,顾画儿急又抡剑去救。

这时候,忽由墙外又跳进来了四个人,原来是郝燕翎带着云飞、云佩、云飘,追赶冲天侠也来到了这里。月光晦暗,寒风呼呼,众人相聚在一起,郝燕翎、顾画儿手中都持着利剑,云飞兄妹是三只匕首,伍宏超由地下拾石块扔,绣球的短箭又不住地发,就围困住了冲天侠一人。但冲天侠舞剑如飞,前遮后护,战了又五六合,威悍之气不灭,结果是他的右臂中了一支短箭,不得不将青锋剑扔在地下。

伍宏超赶紧跑过去弯身去拾,冲天侠趁机会要向伍宏超的头狠踹,郝燕翎此刻剑式向上,直扑他的咽喉,顾画儿的金刚玉宝剑也沉着地向他背间去取。冲天侠四面是敌,危在顷刻,但他忽然腾身而起,凌着月影,竟蹿上了那"七十二条脊"的亭子;他的身手敏捷,转瞬之间就不见了。

这里,郝燕翎才住了手,便说:"他一定是逃回和珅的府里去了,我们赶快再到那里去找他吧!索性一劳永逸,在今夜我们就把和珅、胡腾雨、龙宗璧及他的家奴汪四等人尽皆除掉,一下子全办完。走!你们这就跟着我走!"郝燕翎这时说话的声音意态十分坚决沉毅,大家都没有话说,就跟着他先后越出了这"大高殿"的高墙。

此时道路上益为凄清,月光更显得惨黯。郝燕翎一人在前,走得很快,仿佛从来没见他这样兴奋过。顾画儿是在后紧跟着,大概是自从昨天早晨行刺和珅,被冲天侠救了囚禁在那亭子里,到现在一天半了,她的嘴唇还没有沾着水米。可她依然精神很大,勇敢积极,手里擎着她拿着最合手的金刚玉宝剑,再也没有往日的那些顾虑和犹豫了。云飞兄妹是跟着她走,尤其是云飘,跳跳跃跃的,高兴得好像是要上什么好地方去玩的样子。

伍宏超是与绣球并行着,绣球倒像是要回家去,顺便走着,一点不兴奋,脚步可一步也不迟缓;处处显出她这三年以来练习得武艺益为精深。伍宏超这时也缓过力气来了,一边走,一边回忆着刚才深入皇宫的壮举,仿佛那是一件很得意的事情。他又斜着眼睛借月光瞧着顾画儿,心里很是喜欢,因为又得相逢了。这位女荆轲虽然行刺和珅没成功,可是英气不减,声价更非昔日可比。

如今是一干的英豪俱昂扬,慨慷齐往和珅府。走到地安门,只遇见了一大队举着灯笼、骑着马的官兵,蹄声嘚嘚嘚嘚,很紧急地往正南紫禁城皇宫那边去了。他们这七个人闪在一旁,略略躲避了一会儿,听得蹄声向南去远了,他们便都越过了这"黄城"(即紫禁城的外边的另一道围子)的高墙。此刻就望见了那边寒柳萧疏、池水宁静的什刹海了,他们就穿过这条更为荒凉的堤岸,踏着霜一般的月色,迎着呼呼的西北风走去。

走了不多时,眼前就望见了桥影模糊的"三座桥"了,伍宏超说:"快到了!"

郝燕翎就先停住了步,回首来向众人悄声地吩咐,他说:"咱们现在是'不入虎穴,焉得虎子',也就如同孤注一掷,事不成功,不要回去。和珅自经过昨日之事,他防范得一定更严;冲天侠此刻必定已经回去了,他必然要叫那里的人更得多加准备,所以我们都得分外小心,不可有一个人鲁莽……"

他又向绣球说:"这位侠女,我是知道你的,你的父亲草底蛇也是我的朋友。四年前他到江南去找我,也是要请我来帮助他除掉和珅,我们见面还盘桓了两天。因为那时我无意北来,他就走了,大概是往川楚之间去了;有人说他在那边与清兵对阵,可也不知是真是假。总之,你也是我的侄女,你既在和珅的府里潜居多年,他那府里的形势你必然晓得,你先回去吧!到时你要帮助我们。反正现在已经过了三更,我们办事至多用四个钟头,不能等到天亮。我们不应一拥而入,要分先后进他的宅子。"

绣球听了这话,就说:"那位伍宏超就先同着我走吧!"伍宏超倒看了看顾画儿,他发了怔,心想:要论到和珅的家里去,除了绣球,就得算我最熟了,我何必还要叫人带着去?但是绣球却又用力地拉着他,说:"快走!快走!你是到那个地方去过的,现在你应当去打头阵!"

当下伍宏超就跟着绣球在前面先走了。此时杨柳已枯,堤岸依旧,使他不禁想起来约在四年前,与卿怜订约的情景。

"三座桥"上,没见什么夜间来给和珅送礼的车轿,那大门口,铜钉铁叶、叩环发光的朱门紧闭着。门外横着带着铁蒺藜的"拦路木"(又名"拒马"),白天原是为阻挡车马通行的,因为挡得太严,现在却连一条狗也钻不过去。门外倒没有挂着什么灯笼,也没有人站岗守卫,可是院里面各处却不断地传出梆梆梆、梆梆梆的紧急的更声。伍宏超心说:这可怎么能够进得去呢？他的府里，这么多的人连气不断地敲着梆子，自然里面的人都时时警醒着，没有睡觉，我们这几个人纵使能够进去，可也不易得手啊！"

绣球却不容他逡巡，拉着他飞跃着过了那横在面前的"拦路木"，就向那条小胡同去走。这个地方，伍宏超觉着更熟了，记得这里有个通着花园的旁门，似乎是由卿怜的老仆王忠在那里看着。王忠那么大的年岁，如今未必还活着，卿怜可又怎么样了呢……

此时，绣球就领着他跳进墙内。这里正是那座后花园，不过房屋建筑仿佛比旧日更多，但景象凄凉，竟如一座鬼城；就连那些梆子声，仿佛也传不到这里来。伍宏超就停住脚步，向绣球说："你别胡带着我满处走了！这里的院落形势我全晓得，我只是找不着和珅的卧室，你快告诉我吧！或是你带着我去；只要找着和珅睡觉的屋子，那就行了。"

绣球却悄声地说："这几年来，我要能够找得着和珅藏着的地方，那就用不着你们今儿又来啦！找不着不要紧，放火把他这所宅子整个烧了，他那两条软腿，还能够逃得出去吗？可是你别忘了，这里还有一个跟你好过的人哪，吴卿怜，可怜她在这儿又等着你三年多啦！我就是因为受你的吩咐照应她，这三年我才没能到别处去。得啦！现在你既是来啦，两件事你就都得立刻办，这两件事很要紧，一件就是你们杀和珅，除铁爪蛟龙；一件就是，无论如何你也得这就去见见卿怜，还得今夜把她救走！"

这几句话真震撼了伍宏超的心，以往的事是又温馨，又令人悔恨，他作了难，心想：顾哪一样才好？怎么救她？把她救到哪里？我若只把和珅的一个宠妾救走而不帮助人家郝燕翎、顾画儿去杀和珅，这还算是什么人？

绣球却紧拉着他，又用力推着他，直说："快走！快走！你要是还有什么不愿意，等到见了她的面当面去说。反正，三年多你都没有管她，今儿来了又不见她，那可是不行。走！走！她在那儿等着你啦，因为我说是今天夜里一定能把你找来。"

伍宏超排除了心中的犹豫不决，点头说："好！我就先去见她一面！"

第二十五回　大闹和珅府恶奴授首
　　　　　　人坠翡翠楼美妾忏情

　　这次走的路,依旧是三年以前那条幽会的途径。绣球先攀着树上去了,伍宏超也抡剑将身一跃,又踏到了那段楼廊。月影横斜,树影与栏杆的影子全都模糊得很。绣球先进那屋里去了,伍宏超也跟着进去,就见里面黑得厉害,那"冰炸梅"的窗棂再也没有了淡紫色的灯光。此时绣球已然不见了,连她的脚步声也听不见了,也不知她往哪里去了。伍宏超就试探着,迈步往里去走。他用手摸着,轻轻地推开了屏风后边的那个小门,怔走了进去。

　　这屋里已没有了那些叽咕叽咕的笼中鸟,花香也闻不到了,大概那些鹦鹉、黄鹂全都死了,菊花、丹桂、各种盆木也俱枯萎了,这些都说明了三年来这屋里主人的悲惨生活与命运;只有那几条已破旧了的薄纱窗帘,被窗缝透进来的风吹得荡荡飘飘。

　　再往里边走,见那密室的门似乎未闭,淡淡的灯光自室里透出。这密室早先是吴卿怜的卧室,现在还是她住着吗?已经快四年了,她就住在这里,永远没有挪动一步吗?这可实在比我在监狱里更为可怜……他心里一紧,旧日的情思完全忆起,觉着卿怜这个人也实在应当见一见,更应当赶紧救出她,于是他就迈步走进了这室中。

　　这里室内的烛光倒很强烈,外屋还是昔日那些陈设,地下铺着的地毯还是很新,只是桌子上的座钟不摆动了,似已经多日没有人上弦;

古砚、玉笔架、金镇纸、宋瓷"哥窑"的墨水盂等等,已全不在了,这又说明了这里的人已有多日没有再写作那些诗篇了。

伍宏超走进了隔扇,到了里屋,就见吴卿怜已经匆匆地往外来迎;见了他还没说话,就先哭了,抽泣着好像站都站不住。伍宏超的心里也不由得发痛,就低声说:"卿怜!我们三年多没有见面,我不是忘了你,不是没有管你的事。我回到苏州的前两天,就各处去探访你的家,只是没有探听出来……"

卿怜摇着头,眼泪纷纷地往下落,更加哽咽地说:"别再提啦!我知道我家里的人大概全都死啦!因为不知道你的音信,我愁得想死,可是不再见见你,我死也……不甘心……"

伍宏超说:"这三年多,我都被和珅派的那汪进宝陷害在苏州的狱中,我的骨头、血肉都被那监狱给折磨坏了,可是他们折磨不掉我胸中的仇恨、怒火。我新近才被顾画儿姑娘救了出来,我们又来了。说实话,这次我来不是为你,我是要找和珅,找铁爪蛟龙,找这里的一切恶奴、恶霸,替天下人报仇!卿怜……"

他说到这里,就见卿怜一边哭着,一边倚着他的身。这卿怜,当年花一般美丽的吴卿怜,确已显得更为瘦削、柔弱。她的脸儿是那么苍白可怜,简直像是画画用的"宣纸",脸上的胭脂看得出来是新擦的,双螺髻也似是因为知道伍宏超要来,才特意地标致地挽就的。她的眼泪沾在睫毛上像是明珠,左眉尖上的那一粒极小的红痣,还是特别的清楚。绯色的缎袄裹着她的病体,伍宏超就低声叫着:"卿怜……"他怜惜着,留恋着,又为难着。

卿怜也低声说:"哥哥……"更哭泣着说:"我知道你是叫和珅害了,我没想到你还能活呢?我也……有几次我也真想要设法把和珅杀了,给你报仇!哥哥,你不信我能有那胆子吧?可是我真这样想过。我只是后悔,早先那时候我为什么不……跟着你走……"

伍宏超也想起了早先的事,就说:"对了,以前我要带着你离开这儿,你可是无论怎样也不肯走。你说是什么'还要在这里再住一年',我也不知道是为了什么,问你你也不肯说。现在可已经过了三年多了……"他本想说:"你还想再在这儿住一年吗?"这话他可没有说出,因为觉得这话太残忍。就见卿怜这时已表示出十分的懊悔,惭愧得深深地低下了头。

金烛台一共四座,倒有三座是完全点着,烛光明亮,照着绣着大朵白牡丹的床幔、锦被——这些东西似乎是伍宏超走后,她就收起来没有用,今天又特意取出来换上的,所以还是那样新——伍宏超就说:"把蜡快灭两支吧!不要使窗上这么亮,因为今天不是我一个人来的,我来也不是专为着你的事……"

卿怜却摇头说:"我不吹!我要借着这亮的烛光细细看看你,因为……"她又哭着说:"我想你想了三年多,病也病了三年多了,现在你来了,我更是谁也不怕了!"她的脾气似乎比早先倔强了,说话好像也什么都不考虑,她索性哽咽着把实情说了出来,她说:"早先我为什么说是要再待一年呢?原因是那时候我疑惑我有了身孕。我不敢跟你说,怕你生气,所以想瞒着你;想等着悄悄地生了,把小孩安置在别处,再跟着你走。可是我弄错了,不是那么回事,我原来是病,不是喜。我从那时候起,就一直病到如今……"

伍宏超听了这话,半晌也没有言语,只是叹息了一声,愤恨地说:"和珅真是万恶!"

卿怜擦了擦眼泪悄声地问:"今天同来的还有谁呀?这个府,这两夜可防备得更紧了!"

伍宏超摇了摇头说:"这你倒都不用管了,现在我也没有太多的工夫跟你谈话,只是你快说,你愿不愿意这时就跟着我走?"

卿怜决然地点头说:"我愿意!"

伍宏超又说:"可是我们为除权奸,为打不平,为很多的事……尤其是我,已经身犯了重罪。全城、各处,普天下清朝皇帝的官人、和珅豢养的那些奴才,都正在严拿我们……"

卿怜说:"那我也不怕!把我拿了去我也不怕!我只要嫁你!"

伍宏超说:"我没有一个钱,你要跟着我,也不能由这儿带走钱带走东西;和珅这些全是民脂民膏,我绝不沾染一点。"

卿怜说:"这些东西,叫我拿我也不拿呀!挨饿受穷我都愿意,我只要嫁你。因为我从小就梦想过要嫁你,后来我……直到我在这儿跟着和珅,我都不是自己愿意的。我也在恨,在想着报仇……哥哥,你就把我带走吧!你信我吧!我说的话全是真话,我是一颗真心,受苦到死我也没怨言。哥哥,你快救我走……"

伍宏超说:"绣球在哪里啦?托她先把你带走!你们先离开这儿。我还要帮助我的朋友去办事,我还得去找和珅……"于是他就赶紧去找那义侠胖丫头绣球。卿怜却又紧紧把他拉住,说:"你不能去!要是有别人看见你,那可怎么办?难道非托绣球不行吗?你自己就不能先救我走吗?"

伍宏超手提着青锋剑寻思着,而这时就听见这楼下梆梆梆、铛铛铛,梆声紧敲,锣声也响了起来,同时各处的梆声也乱响乱敲,如暴雨似的,骤然下得更大了。人声呐喊,沸腾起来。听着好似是铁爪蛟龙那粗暴的声音,说:"小子们!别怕!他们顶多能来几个人?还能都有六个脑袋吗?快上手!捉不着贼,你们就别再吃饭!"又用更凶恶的声音喊着:"这一定有刺客,有顾画儿,有伍宏超……快搜!快捉!忘八蛋,你们快上手!"

卿怜吓得哆嗦起来,赶紧去吹那几支蜡烛。伍宏超拦阻她说:"先不要吹!吹了倒不好!"可是卿怜在慌张中,已经将三支蜡烛倒吹灭了两支。窗上刚才照得很亮,此时突然一发暗,外面楼下的铁爪蛟龙一些人立刻就起了疑心。

这里,卿怜因为伍宏超不叫她吹灭蜡烛,可是她已经给吹灭了,她就慌慌张张地又想再给点上。伍宏超就摆着手说:"不用再点了!"同时手中紧握着宝剑,向窗外楼下去听。

楼下此时反倒忽然显出有点清静,铁爪蛟龙不再嚷嚷了,可是那外屋,即是早先养过花鸟的屋子,这时却发出了异样的声音。原来是铁爪蛟龙率领的几个人,有的自平地直接耸身上了楼,有的搭了梯子,一个接着一个地爬了上来,全都是从那几扇挂有纱帷的窗子钻进来的。

伍宏超察觉到了,赶紧说:"不好!有人上来了!咱们走吧!"卿怜更是惊慌,两人就拉着手,要由这密室前边那通着走廊,通着许多别的屋子的那个门去走。刚将这门推开,铁爪蛟龙等七八个人就各执鞭斧刀枪,如同一群猛虎似的从那边闯进了屋,当时地毯就被他们踢坏了,玲珑而精致的隔扇也被撞倒了。铁爪蛟龙就抡起了新铸的几十斤重的钢飞鞭,咕咚、哗啦,象牙雕刻的塔就给震得摔了下来,楼板都砸裂了。他那长面孔上的黑肉凸起,眼睛瞪得像是火球,斑白的连鬓胡子在腮下竖扎起来,好像是刺猬。

铁爪蛟龙的喊声像是塌了天,他叫道:"伍宏超!小子!你娘的还要往哪里去跑?我就知道早晚你要来的,因为有这个娘儿们在这儿,油锅你也得来闯一闯!这小娘儿们要不是和中堂还想要她,我也早就把她收拾啦。我等着你来,就是为报仇,有本事你再射来冷箭,你要想跑,可比登天还难!"说时就赶上来,又抡起了沉重的钢飞鞭,哗啦啦横扫过来。

卿怜惊得举着双臂,尖声地喊叫:"哎呀!"伍宏超一面向后去退,同时掩护住了卿怜,一面以青锋剑相迎。剑触钢鞭,当啷一声,这剑不是"金刚玉",未能将对方的钢鞭削断,反倒被震得几乎撒了手,剑也差点儿被鞭打弯了。他急忙退身,推着卿怜在前,出了这屋,进了那条昏暗无灯光的楼中走道,赶紧逃避。

铁爪蛟龙率领着滚刀徐、短无霸、银叔宝,还有他后来收下的几个徒弟圆眼虎、大肚牛、歪头蟹、六脚鳖等一干人,齐声抡着家伙大喊:"追!"并说:"小子!你趁早扔了娘儿们跪下来受绑,还许叫你少挨一刀,你要跑是休想了!"全都忽隆忽隆地紧追出来。

伍宏超一面谨慎地保护住了卿怜,一面奋勇地挥剑,向这些个人抵挡。他一手在背后拉着卿怜发颤的手,一手将剑唰唰地飞舞。铁爪蛟龙却不管他这一套,只铛铛地抡起了钢飞鞭,一鞭紧一鞭。滚刀徐、短无霸等一些人,短短长长的兵刃,也齐来向伍宏超进取,人挤得这窄窄的走道都容不下,好像是要塌。

伍宏超虚晃两剑,赶紧又拉着卿怜跑,铁爪蛟龙的钢鞭哗啦啦自身后飞到,差半寸就要把他两人全都砸为肉泥。伍宏超慌张得赶紧推开旁边的一扇门,先将卿怜推进去,他自己随着跳入;他刚要回手将屋门关上,可是嘭、哗啦的一声,门已被钢飞鞭砸烂了。这屋里桌上还有油灯,却不见一个人,室中陈设简陋,似是婆子、丫鬟们住的屋子。铁爪蛟龙一些人已经砸破了门,追进来了,伍宏超想要叫卿怜先藏起来,都已来不及了;此屋又不通别处,真是一条死路。

铁爪蛟龙挥鞭,其他的恶奴也全刀斧齐举,逼得伍宏超只好退到靠着外边的窗旁,他一面用孤单的青锋剑迎杀,一面不得不抱着卿怜一同上了窗台。窗户倒开着,窗台可很窄,下面就是……卿怜低头向外一看,哎呀一声,下面就是楼外,离着平地有四五丈高。

伍宏超左手抓着卿怜,可是卿怜哎呀哎呀地不住惊叫,脚在窗台上站也站不稳。他真着急极了,而铁爪蛟龙的钢鞭在他的身前半尺多远就又飞起来,就又猛狠地砸下,同时那些刀斧槊棒枪,各种的兵刃也丛集在他的身旁,离着他的身体仅有寸许的距离。在这万分危急之时,卿怜忽然松开了揪着伍宏超的手,另一只手也推开伍宏超挟着她的胳臂,娇柔软弱的身体就如落叶似的自楼上坠下去了。

伍宏超一惊疼,赶紧也将身向下跳去,想要急忙去救卿怜,但见卿怜已经头发蓬乱,凄惨地跌死在这楼下了。当时龙宗璧等一些人就将他围住了,他赶紧强忍悲痛,又振作着勇气挥剑向四面迎杀。而各楼上、各处此时也全都是喊声沸腾,郝燕翎父女四人已由楼里出来,与众恶奴杀在一起。

铁爪蛟龙手抡飞鞭也自楼上飞跃下来,哗啦啦地舞鞭又打,可不知这时自哪里射来了一支短箭,射得他的身子向前一栽。这时顾画儿也不知从哪里跑来了,金刚玉宝剑唰地一挥,当时就将铁爪蛟龙的人头斩落,颈血直溅,身子倒下,头滚在一边。一些人都大声惊喊:"胡师傅死啦……"此时郝燕翎又一剑把双斧太保龙宗璧刺死。云飞、云佩、云飘全都跳跃着,手持着锋利的匕首东扎西戳,就如几只苍鹰飞到了兔儿窝。和珅府里的一些家奴全都惊慌慌地叫着,能跑的都往四下里逃去。

郝燕翎大喊着:"谁说出和珅住在哪屋里,便饶谁的性命!"可是没人说得出。云飞也叹息着说:"那奸贼住的地方真找不着!"顾画儿就手挺"金刚玉",又跑进楼里搜去了。伍宏超回身想去找吴卿怜的尸体,却已经看不见了,不知道是被谁抬走了。他心痛如割,恨怒更起,提剑又闯进了楼;向各楼乱搜,并没有遇着什么人抵抗。

这些楼里室内,有的是空的,有的是只有姬妾跟婆子、丫鬟们在里面惊慌地藏躲,或是跪在地下求饶。伍宏超不但不忍下辣手,就连细搜也仿佛全都不能够了,看见云飞兄妹也进来了,就高声嘱咐说:"千万不可乱伤人!我们找的只是和珅,别的人全可以饶了!"这时顾画儿也与他们会在一起了。他们寻找到一间大屋子,这个门关得好像特别紧,用金刚玉与青锋剑连劈了十几下,方才将门劈开。他们闯了进去,就由床底下、桌子底下搜出来两个人,顾画儿认识其中的一个大烟鬼样子的人正是和珅手下头一个恶奴汪四,另一个伍宏超认识他,就是汪进宝。

顾画儿一剑先将恶奴汪四砍死在这屋里,那汪进宝被伍宏超狠狠地揪住,脸都吓白了。他哆哆嗦嗦地说:"伍老弟!别这样,咱们两人不但没仇,还有过交情。我在双堂镇买过你的一件小夹袄,我在钱财上帮过你的忙;在苏州府,我探过你的监……"

伍宏超冷笑着说:"你这时候还有什么话说呀?你应当快把和珅藏的地方说出来!"

汪进宝指着鼻子发誓说:"他藏的地方真连我也不知道!我倒是有个法子,你们先把我撒手,等到明天你们再来,我一定把和珅住的屋子告诉你们;我要是骗你们,我就不是东西,反正我也逃不出你们的手心!"

伍宏超听了这话,暂时真不愿杀他,因想:若是杀了他,更没法子问出和珅藏匿的地方了,捣平了这座府又有什么益处?心里拿不定主意,就向着画儿去瞧,画儿也犹豫未决。

汪进宝放下心了,以为他可以活命了。突然间,外面的梆锣又紧敲紧鸣起来,人声呐喊,又如滚涌起了海潮,不知是哪里又来了些保护和珅的人。此时郝燕翎手携宝剑匆忙地自外走入,说:"他们勾来了官人、快捕,来了恐怕有一千多人,已将这宅子围住了,咱们得快些走!"汪进宝一听当时就笑了,可是还没闭住嘴,伍宏超就一剑刺透了他的肚腹,血水横流,死尸斜倒。

郝燕翎、伍宏超、顾画儿、云飞、云佩与云飘各挺利刃,出了这屋又上了楼。他们仍然不死心,又在各屋各处搜找和珅,可是狡猾的和珅仍然无踪影;无论抓住什么人逼问,都说不出来,真不知他钻到哪个地缝儿里去了。

此刻外面的情势已十分紧急,官人至少也有数百人,灯笼火把、刀斧弓弩全都冲进来了。郝燕翎带着他们几个人赶紧走避,登上了房顶,一齐飞奔后花园。花园里官兵们也都布满了,都在喊着:"拿!拿呀……"顾画儿都觉着走不开了,郝燕翎却沉毅而又镇定地说:"你们都不要慌!跟着我来!"当下就由他带领着,众人于月斜星稀之下,离开了这和珅府。无数的官兵还在那里围喊、捉拿,他们却趁着天色未明,就一齐回到了南小街的小店。次日清晨,他们赶紧就搬走了。

京城中,自此夜起就缇骑满布,大街小巷、茶馆酒肆,到处都有衙门的捕役。这倒并不是完全为了和珅府中闹的那事,铁爪蛟龙、双斧太保、汪四与汪进宝那几个人都被杀死了;据说是因为有刺客曾深入皇宫,惊了太上皇的御驾。所以,这件事情严重极了,吓得居民百姓白天也不敢开门,日落时街上就不许有人走,处处风声鹤唳、蛇影杯弓。

天时是已经入了冬令,大雪纷飞,北风凛冽,全城的人都被寒冷与紧张的空气压得出不来一口气。又听说太上皇的御体自那夜受惊之后,就在病中。川楚的刀兵犹未息,全朝的官员俱忧虑,潜藏的壮士热血沸腾。

就在这次年,即嘉庆四年正月初三日,太上皇乾隆御驾崩,死了!一些当官的、食禄的人们就觉着仿佛天地皆变了,而权势重的、秉政二十年的奸相和珅,虽幸脱于侠客的利剑之下,这时可也到了倒霉的时候了。

第二十六回　和珅势败抄家且丧命
　　　　　　易水春寒搏虎复盟鸳

　　和珅的靠山乾隆一死,当时就有御史广兴给侍中广泰、王念孙等具章弹劾,历述和珅的种种劣迹。嘉庆皇帝是不顾恤这亲家的,就即日将和珅夺职下狱。这一回,和珅可在他那夹壁墙里藏不住了,软着腿就被抓到刑部;不到两天,就由皇上"隆旨"赐他自杀,一条白练,结束了他的生命。他死的时候,年纪还不到六十。

　　那些娇姬美妾、广厦高楼、貂皮锦缎、古玩珍品、字画陈设、良田店铺,以及各种的财宝与"夜明珠",人参燕窝等等补品,现在都已不属于他了;整库的、成山的一千两一个的大金元宝,还有说不清、数不尽的许多好东西,也已不属于他了;更有他对于小民百姓任意压榨、生杀予夺的那种权柄、那种淫威,现在这些都已不属于他了,连他自己的性命亦保不住了。

　　和珅死时,家产尽被查抄,先后查抄没收他的财产,编了厚厚的一册,共分一百〇九号,其中有二十六号可以估计出价钱,就已值白银二百二十三兆(一兆系按一百万计算)两还要多;未估计出价钱的有八十三号,若以比例算之,又有八百兆两有余,总计他的家财共有一千〇二十三万万两。甲午之战及庚子之役两次的赔款总额,若以和珅的家财去付讫,真用不了,还大大的有富余。又有人说:法国最富的皇帝是路易十四,他的私产也只有两千余万两,乘上四十倍,也没有和珅的钱多，所以和珅可称为旷古最大的豪门了。

和珅死后，他的那些姬妾皆被"籍没入官"，像什么长二姑、贾丽琼都是有点才学的，也交与"官媒"给卖了。有一些无聊文人就作了几首诗，冒充"和府姬人"之名发表，以博得一些酸溜溜的先生们的惋叹。于是，据说那长二姑曾有："坠楼空有偕亡志，望阙难陈替死书。"还说吴卿怜作了什么："村姬含笑不知贫，长袖轻裾带翠翚，三十六年秦女恨，卿怜犹是浅尝人。"其实这都是无聊文人代作的。卿怜早在和珅未败之时，就坠楼摔死了。

卿怜的坠楼并不是为和珅，而是因为那时伍宏超在被铁爪蛟龙所逼之时，没有拉住她而失足摔死的，她的死实在使伍宏超的心碎。那夜他们离开了和珅府，次晨为躲避冲天侠，在别处另找了房子搬去。过了两天，忽见那胖丫头绣球又找他们来了，她向伍宏超说："卿怜的尸身，我已经在那后花园把她掩埋了，人已死了，你就别再想她啦。我这儿给你带来了一个纪念物，这是她生前永远在腕子上戴着的一只白玉镯子，她死后，我把它摘下来，留给你吧！"

这只白玉镯，与三年前卿怜送给伍宏超的那一只，原是一对儿，据说是她妈给她的，总之这倒是干净的东西，不是王亶望、和珅非义所得。那另一只白玉镯，伍宏超在最穷困的时候也没有卖掉，回到苏州就放在家里。他被捕后，在狱中三年多，及至被顾画儿救出，回到家中一看，玉镯依然存在，这次他又带出来了，现今仍在他的小包袱里放着。只是，如今玉镯虽已成双，伊人却已惨死，留着它何用？徒然增添烦恼！因此，在没人看见的时候，他就将那只也取出来，凑成了一对，放在地下，全用青锋剑的钢剑镦崩崩吧吧地砸，将两只玉镯砸得粉碎。他自此成病，卧床不起，一切全由顾画儿服侍着他。

绣球不再回和珅府了，便也住在这儿。她几乎是天天都要出去的，她那样儿，虽然是很胖，可是脸也不洗，衣服越穿越破烂，她长得既不好看，精神也不充足，有时还携着个罐儿，简直像个要饭的，因此也没有人对她加以注意。郝燕翎等人全都不出门，外边的一切事情，全都是她给打听来的——太上皇乾隆怎么死了，和珅怎样赐自尽并被抄了家等等事情,都是她回来绘声绘影地给报告的。

郝燕翎听了这些事,就叹息着说:"我们到了这一趟北京,原想是手刃和珅,没想到只在他的府里白闹了一回;后来就因为外边太紧,都不敢出门了,白白度过了这么一冬,什么事也没干。如今竟叫和珅这样死了,总还是叫人心里不大痛快!"

伍宏超愤愤地说:"和珅家里的那些钱,全是民脂民膏,应当把它散发给受害的百姓才对,怎么可以叫嘉庆皇帝一个人独吞了?"他的病已渐好,而心情更加急躁,仿佛恨不得再多杀几个与和珅大小差不多的贪官,再做些轰轰烈烈的事情才好。

绣球却说,她的父亲草底蛇现正在川楚一带,杀贪官污吏,为百姓申冤。她说:"我这就要找我爸爸去了,你们谁愿意跟着我去?"当下伍宏超首先说:"我愿意跟着你去!"顾画儿也说:"我也去!"云飞、云佩、云飘也都高兴地说:"我们都去!"说这话时,并望着他们的父亲。

郝燕翎却微微地叹道:"我送你们一程。不过,我时刻也没忘的是冲天侠呀!这许多日,全没有他的下落,可是我和他,早晚也还要决一生死!"

因为和珅已死,太上皇也"晏了驾",所以城里也不那么紧张了。在这期间,他们就办了几件事。第一件是顾画儿与她的姑妈见了面。"二摆风"现在与早先大不相同了,尤其因为她的酒店曾被铁爪蛟龙率人砸毁,所以她把那些倚势欺人的恶霸、土棍恨入骨髓,她对她的侄女也喜爱了,佩服了。她的小酒店也恢复了,生意还很不错,并去给凌万江迁了坟。第二件事是伍宏超曾与顾画儿同到护国寺街的花厂里去看过冯茂兴。冯茂兴以为他们俩已经结婚了,高兴得特意叫来了上好的宴席,请他们吃了一顿,并说:"以后咱们可是亲戚啦!"

第三件事是绣球干的。和珅生前所用的一些恶奴——刘全闻已被吓死了,汪四及汪进宝俱已被杀,可是汪四还有一个侄子,外号叫"汪老虎",住在京西李各庄,简直是一方的大恶霸。和珅势败之后,他依然仗着有钱在那庄里横行,并且招去了和珅府里早先的那些护院人,其中还有铁爪蛟龙的徒弟,声言要为他的伯父汪四和叔父汪进宝报仇雪恨;最近又因为强抢村中民妇而打死了人家的丈夫。绣球知道了,就于一天深夜到了那李各庄,割去了汪老虎的首级。

　　第四件事倒不要紧,就是早先那在甜水井街开店的李二老实,他带着妻女到了山西一趟,后来同着一位山西的客商又到北京开了一个油盐店;买卖是合伙做的,生意相当不错。有一天他在街上遇见了伍宏超,知道了伍宏超的住址,他就特地派了个小伙计给送来了一篓酱油,以表他的心意。

　　顾画儿是跟伍宏超又把宝剑换过来了,她跟他的感情渐近,大仇已报,她也不再似往日那样的忧郁了。伍宏超也平复了因为吴卿怜之死所致的那颗受创的心,而与画儿日渐亲密。这一点,郝燕翎也看出来了,只是他并不表示他是否赞成,因为他好像顾不得关心这些事;他一心一意,时时刻刻做着准备,就是还想要斗一斗他的死对头冲天侠,然而冲天侠早已没有了踪影。

　　过了正月,是二月初旬,他们就离京西去,先回到顾画儿的"故乡"西陵。那里松柏萧萧,依旧似当年,但她的义母——白大爷的老妻,已于前年就病故了,那位白大爷之弟白二爷也死了。因为去年由京城传来了他的干侄女儿顾画儿拦轿行刺和珅的那件事,就把白二爷吓得了不得,本来前几年他的哥哥在"慎刑司"越狱的事情,他就几乎受了连累;谁都知道顾画儿是他哥哥给抚养大了的,跟他们自家的人一样,这次一定得连累了他,因此他一发愁,就跳井死了。这里发生的一些变故,使顾画儿的心里很是难受。她早日的邻居家里那个小孩,名叫"铁儿"的,现在倒长得很高了,以为人牧羊为生。这易州城西、西陵一带,本来山坡很多,最适于牧羊。自从三年以前,顾画儿将山上的几只狼杀了,就更平安了。牧羊的人越来越多,附近并开辟了羊市。

　　当下那铁儿坐在山坡上,四面都是正在啃草根的雪白的绵羊,有几百只。见了顾画儿,他咬着舌头叫说:"顾姑姑!你们走呀?几时再回来呀?"顾画儿向他笑着说:"我们将来一定要回来看你们。"铁儿又向伍宏超说:"姑父!你也走吗?"弄得伍宏超也不知道怎样回答才好,转头看了看顾画儿,见她的双颊已有点发红。这山上的庙里,还有顾画儿的干爹白大爷的好朋友——那位老和尚,但他们也无暇再去访问,当日就离了西陵。

这一带,因为有羊市的关系,境况已较前繁盛,大道上往来的车辆不绝。突然有一辆骡子车,看见了他们,特地赶着骡子追赶过来。这车上坐的赶车的高声叫说:"伍大爷!顾姑娘!少见你们呀!你们是几时回来的呀?现在还要走哪儿去呀?我的买卖这些日也不好,我还拉着你们去好不好?多远的路我也愿意去呀!"

伍宏超细细一看,认出这是三年前用车拉过他们的那小张三,也算是与他们曾在一起共过患难。不过这个人太机灵了,太贪钱,干事儿还有始无终,所以伍宏超不愿意再招惹他,只说:"我们只到南边,不远,用不着坐车。"说毕,就同着郝燕翎、顾画儿等人往南走去。

他们一共是七个人,但只有一匹马,就叫云佩、云飘兄妹两人轮流骑着,这兄妹嘻嘻笑笑的,倒非常高兴。可是郝燕翎却永远深锁着几乎全都白了的眉头,只要是听见身后有一点声音,就立时回首;他倒不是惊恐什么,而是时时在准备着与人决斗,拼生死。顾画儿就说:"郝师父,何必要这样儿呀?现在绝不会再有什么事了!"郝燕翎却微微地现出苦笑,傲然地直视着眼前白波滚滚的易水。

这条河又名沙河,据说战国时刺秦王的荆轲,便是在这地方与燕太子丹作别,又曾经唱过:"风萧萧兮易水寒,壮士一去兮不复还。"郝燕翎常常唱着的就是那种调子,如今他到了这古代侠客慷慨悲歌之地,不禁发了诗兴,于是又高声唱道:"挟剑风尘兮五十年,骨已老兮发成斑,除奸贼兮誓不还,望易水兮春风寒。有仇家兮在我身边,胡不速来兮血相溅!"

顾画儿心里又难过又着急,就说:"师父!师父!您干吗要唱这些个呀?谁又是您的仇家呀?谁又能够来与您血相溅呀?你岂不是要疯吗?"

郝燕翎只微笑着说:"你哪里知道!"

正在说着,已经来到了渡口。这易水古渡,现在已经荒凉了,因为在这东边又有了一个新码头,许多的摆渡船和来来往往的人全都在那边。这边的渡口本来不通着大道,只有一只小船在这儿摆着,是为便利附近住的人往来之用的；渡过一个人去，只用一文小制钱，倘若钱不方便，不给也行。在这儿撑着摆渡船的是一个老头儿。夕阳残照，古渡衰翁，令人疑惑当年荆轲过易水，就是这老头儿给渡过去的。这自然是一种幻想，然而现在郝燕翎实在就沉溺在这种幻想里了。因为他们几个总是在北京惹了些事，不得不避一避人，所以才走到这一条荒凉的小径，黄昏的古渡，然而却使得他不禁想起荆轲来了，就好像荆轲的鬼魂徘徊在他的身边。

在这渡口的北岸不远之处，盖着有两间茅草的小屋，围以土墙、柴扉，可是没有树，可见这房子盖成的日子并不多。郝燕翎这几个人才来到这里，忽然间，就见自那土墙柴扉里跑出来了一个人，牵着一匹黑马，手持一口宝剑。这人骑上了马，飞也似的就扑向他们来了，大喊着说："郝燕翎！我在这里等着你半年多了！知道你早晚要由这儿走过，好啦！现在你可来啦……"顾画儿等人一看，全都吃了一惊，原来这人正是冲天侠。

其实他跟郝燕翎的年岁老得都差不多了，两人也谈不上有什么深仇，可是一见了面，当时就都红了眼。郝燕翎也点头说："好！好！我也料到必定遇着你！"说着就抽出了宝剑，并跟云飘要过来那匹马。

冲天侠又冷笑着说："去年你们在和珅的家里大闹，我都没跟你们作对，可见我不是他的奴才！"

顾画儿赶过去说："既然这样，咱们有什么不能够说得开的呢？你干你的去，我们干我们的去，你也别管我们！"

冲天侠却又冷笑着，说："你说的这话倒容易！可是我和郝燕翎，我们几十年来名头相等，他虽没与我见过面，可是他处处压我，使我对他害怕，弄得我现在都老了！要不是因为他，画儿！我早就把你带走，教给你武艺，并叫你跟我享福去了！"

顾画儿听了这话，当时就气红了脸；云飞、云佩、云飘也齐都生气，抽出匕首，跳起来骂他："浑蛋！"伍宏超手持"金刚玉"就扑向前，说："冲天侠！你这夹缠不清的人，有话你不要找郝燕翎，你来找我说好不好？"冲天侠却大笑着说："我为什么要找你呀？"正说着，又听哧哧哧、由绣球那里一连射来了三支短箭,但都被冲天侠用手接住了。

郝燕翎上了马,挥剑向绣球、画儿、伍宏超,以及他的子女们大声地说:"不许你们帮助我!谁要是帮助我,我可就将他的好意当作恶意,我就从此也不认他,和他翻脸!"又向冲天侠说:"你在这里等着我,也很好,省得咱俩人的账永远也算不清;省得咱俩人的武艺、名头永远分不出来高低上下。现在咱们两人就走,谁要是叫人帮着、跟着,谁就不是英雄!"

当下,他和冲天侠两人全都骑着马,全都使着宝剑,全都是白髯飘飘,可也全都如凶煞附了体,两匹马就由此往北,蹄声嘚嘚,扬起了很高的尘土,顷刻之间就已去远,在这里全都看不见了。

四面已暮色低垂,顾画儿着急地说:"这不行呀!"绣球也说:"快追着去看看吧!"于是他们六个人便也往北紧跑,在各处都找遍了。这里是田野无边、高原、沙丘、低地坑坎不平,有疏疏的村落和破旧的庙宇。忽然听见了马嘶之声,就见冲天侠的那匹黑马,背上也没驮着什么东西,惊奔着过来了,他们便又顺这匹马跑来的方向去找。

这时夕阳晚霞俱已落在山后,东方的明月已升,在惨淡的月光下,他们就发现了在这旷野上躺卧着两个人。他们紧紧地"肉搏"在一起,每人的利剑都深扎在对方的胸间,流血很多;两人都已经死去了,可还都紧紧地互不撒手。这两人正是郝燕翎与冲天侠。

云飞、云佩、云飘一看他们的爸爸已经死了,都不住地放声大哭,顾画儿也落了许多的眼泪。然而伍宏超总觉着郝燕翎这样与冲天侠相拼而死,是死得有点不值,他们死得没有金臂飞侠凌万江壮烈。绣球在旁边也说:"他们这两个人倒都是侠客,可是都太糊涂,只知道赌气较高低、拼生死、争名头,却不知道真正的侠客只应当舍己助人,这样勇于私斗是不对的!"然而无论怎么说,郝燕翎与冲天侠是都已经死了,他们的两匹马也不知道跑到什么地方去了。只是那两口剑,顾画儿与伍宏超费了半天的事,才把他们各自的剑从对方的胸中拔了出来。

这时绣球跑出了很远,从人家里借来了镐头和铁锹。顾画儿、伍宏超一齐上手,就在这地下掘了两个深坑,将郝燕翎、冲天侠,连同他们的宝剑，各自分别掩埋；也堆起来两个坟头儿，让他们与距此不远的那个荆轲古墓做伴吧。当时绣球又去还了人家的镐头和铁锹，云佩、云飘小兄妹两人还是不住哭泣。

六个人赶紧再向南走，他们就又赶到了那古渡口。小摆渡船上的老头儿已在河边睡觉了，他们给唤醒来，就请他给渡过河去。这老头儿睡眼蒙眬的，真不大高兴，就说："我要不是看你们六个人，都是大姑娘、小媳妇和小孩儿，说真的，我才不管渡你们呢！"于是小摆渡船晃晃悠悠，天上明月浮云，他们就渡过了这春风萧萧的易水。

的确，他们除了伍宏超是个壮年的男子之外，云飞、云佩、云飘都算是小孩，绣球是一个粗笨的大胖丫头，而顾画儿则像是个小媳妇。顾画儿与伍宏超确实是俨若夫妇了。

过了易水往南，有时步行，有时搭车，数日后就来到了元氏县境内。坐在店房里，忽然由云飘小姑娘领头，说是一定要去买点布。顾画儿还以为他们是要去买白布缝孝衣，给他们的爸爸穿孝呢，当时就也没有注意，绣球也笑着跟着他们走了。

这里顾画儿与伍宏超是同在一间屋里，旁边放着他们的"金刚玉"与"青锋"两口宝剑。两人正在谈心，伍宏超还惭愧似的提到了吴卿怜，画儿就笑着要用手堵他的嘴，说："得啦！你就不用再提啦，人家已经死了……"

忽然间，绣球带着云飞、云佩、云飘，都笑着从门外闯进来。他们买来的布，原来是两长条子大红色的布，就把这布分向伍宏超与顾画儿的身上一围，当时伍宏超就成了新郎，画儿就成了新娘，绣球等人都哈哈大笑起来。

由此，伍宏超与顾画儿就成为了夫妻，他们与绣球、郝云飞、郝云佩、郝云飘等人，又同往川楚之间去行侠仗义。"金刚玉宝剑"全卷，至此告终。

附录一

为《王度庐武侠言情小说集》而作

张赣生

我第一次读度庐先生的作品,是四十多年前刚上中学的时候,做梦也想不到今天为《王度庐武侠言情小说集》写序。

度庐先生是民国通俗小说史上的大作家,他的小说创作以武侠为主,兼及社会、言情,一生著作等身。最为人乐道的,自然首推以《鹤惊昆仑》《宝剑金钗》《剑气珠光》《卧虎藏龙》《铁骑银瓶》构成的系列言情武侠巨著,但他的一些篇幅较小的武侠小说,如《绣带银镖》《洛阳豪客》《紫电青霜》等,也各具诱人的艺术魅力,较之"鹤—铁五部"并不逊色。

度庐先生以描写武侠的爱情悲剧见长。在他之前,武侠小说中涉及婚姻恋爱问题的并不少见,但或作为局部的点缀,或思想陈腐、格调低下,或武侠与爱情两相游离缺少内在联系,均未能做到侠与情浑然一体的境地。度庐先生的贡献正在于他创造了侠情小说的完善形态,他写的武侠不是对武术与侠义的表面描绘,而是使武侠精神化为人物的血液和灵魂;他写的爱情悲剧也不是一般的两情相悦、恶人作梗的俗套,而是从人物的性格中挖掘出深刻的根源,往往是由于长期受武德与侠道熏陶的结果。这种在复杂的背景下,由性格导致的自我毁灭式的武侠爱情悲剧,十分感人。其中包含着作者饱经忧患、洞达世情的深刻人生体验,若真若梦的刀光剑影、爱恨缠绵中,自有天道、人道在，常使人掩卷深思，品味不尽。

　　度庐先生是一位极富正义感的作家，这在他的社会言情小说中表现得格外鲜明。《风尘四杰》《香山侠女》中天桥艺人的血泪生活，《落絮飘香》《灵魂之锁》中纯真少女的落入陷阱，都是对黑暗社会的控诉，很能引起读者的共鸣。度庐先生自幼生活在北京，熟知当地风土民情，常常在小说中对古都风光作动情的描写，使他的作品更别具一种情趣。

　　度庐先生是经受过"五四"新文化运动洗礼的人，他内心深处所尊崇的实际上是新文艺小说，因而他本人或许更重视较贴近新文艺风格的言情小说和社会小说创作。但从中国文学史的全局来看，他的武侠言情小说大大超越了前人所达到的水平，而且对后起的港台武侠小说有极深远影响的，是他创造了武侠言情小说的完善形态，在这方面，他是开山立派的一代宗师。几十年来出版的中国现代文学史，无例外地排斥通俗小说，这种偏见不应再继续下去，现在是改写中国现代文学史的时候了。

附录二

已知王度庐小说目录

1926—1937

作品名称	始载时间	连载报刊/署名/备注
半瓶香水	1926.9之前	小小日报/王霄羽
黄色粉笔	1926.9之前	同上
红绫枕	1926.9	小小日报/王霄羽/同年报社出版单行本
残阳碎梦	1926.12	小小日报/王霄羽
侠义夫妻	1927.1	同上
琪花恨	1927.3	同上
孀母孤儿	1927.4	同上
飘泊花	1927.5	同上
红手腕	1927.8	同上
护花铃	1927.8	小小日报/霄羽
青衫剑客	1927.10	小小日报/王霄羽
蝶魂花骨	1928.3	同上
疑真疑假	1928.4	小小日报/葆祥
双凤随鸦录	1928.7	小小日报/王霄羽
战地情仇	1929.6	同上
自鸣钟	1930.4	同上
惊人秘柬	1930.4	同上
神獒捉鬼	1930.6	同上
空房怪事	1930.7	同上
绣帘垂	未详	同上
玉藕愁丝	1930.7	小小日报/香波馆主
烟霭纷纷	1930.7	同上
鳌汉海盗	1930.8	小小日报/霄羽
缠命丝	1931.8	小小日报/王霄羽
触目惊心	1931.8	同上
燕燕莺莺	1931.8	小小日报/香波馆主
黄河游侠传	1936.10	平报/霄羽
燕赵悲歌传	1937.4	同上
八侠夺珠记	1937.7	同上

1938—1949

作品名称	起止时间	连载报刊署名	出版时间、出版社/署名
河岳游侠传	1938.6–1938.11	青岛新民报 王度庐	
宝剑金钗记	1938.11–1939.7	青岛新民报 王度庐	1939年青岛新民报社，1948年上海励力出版社（改题《宝剑金钗》）/王度庐
落絮飘香	1939.4–1940.2	青岛新民报 霄羽	1948年上海励力出版社，分为四册：《落絮飘香》《琼楼春情》《朝露相思》《翠陌归人》/王度庐
剑气珠光录	1939.7–1940.4	青岛新民报 王度庐	1941年青岛新民报社，1947年上海励力出版社（改题《剑气珠光》）/王度庐
古城新月	1940.2–1941.4	青岛新民报 霄羽	1949–1950年上海励力出版社，分为四册：《朱门绮梦》《小巷娇梅》《碧海狂涛》《古城新月》/王度庐
舞鹤鸣鸾记	1940.4–1941.3	青岛新民报 王度庐	1941年（？）青岛新民报，1948年（？）上海励力出版社（改题《鹤惊昆仑》）/王度庐
风雨双龙剑	1940.8–1941.5	京报（南京） 王度庐	1941年南京京报社/王度庐，1948年上海育才书局/王度庐
卧虎藏龙传	1941.3–1942.3	青岛新民报 王度庐	1948年上海励力出版社（改题《卧虎藏龙》）/王度庐
海上虹霞	1941.4–1941.8	青岛新民报 霄羽	1949年上海励力出版社，分为二册：《海上虹霞》《灵魂之锁》/王度庐
彩凤银蛇传	1941.5–1942.3	京报（南京） 王度庐	
虞美人	1941.8–1943.10	青岛新民报 霄羽	1949年上海励力出版社，分为数册：《琴岛佳人》《少女飘零》《歌舞芳邻》等/王度庐
纤纤剑	1942.3–1942.10	京报（南京） 王度庐	
铁骑银瓶传	1942.3–1944.?	青岛新民报 王度庐	1948年上海励力出版社，改题《铁骑银瓶》/王度庐
舞剑飞花录	1943.1–1944.1	京报（南京） 王度庐	1949年上海励力出版社，改题《洛阳豪客》/王度庐
大漠双鸳谱	1944.1–1944.7	京报（南京） 王度庐	

（接上表）

寒梅曲	1943.10-？	青岛新民报 霄羽	1948年（？）上海励力出版社，分为数册：《暴雨惊鸳》等/王度庐
紫电青霜录	1944-1945	青岛新民报 王度庐	1948年上海励力出版社，改题《紫电青霜》/王度庐
春明小侠	1944.7-1945.4	京报（南京）王度庐	
琼楼双剑记	1945.4-1945（？）	京报（南京）王度庐	
锦绣豪雄传	1945.5-？	民民民 王度庐	
紫凤镖	1946.12-1947.7	青岛时报 鲁云	1949年重庆千秋书局/王度庐
太平天国情侠传	1947.5-？	民治报 鲁云	
清末侠客传	1947.4-1948.？	大中报 鲁云	1948年上海励力出版社，分为二册：《绣带银镖》《冷剑凄芳》/王度庐
晚香玉	1947.6-1948.1	青岛时报 绿芜	1948年上海励力出版社，分为二册：《绮市芳菲》《寒波玉蕊》/王度庐
雍正与年羹尧	1947.7-1948.4	青岛时报 鲁云	1948年上海励力出版社，改题《新血滴子》/王度庐
粉墨婵娟	1948.2-1948.7	青岛时报 绿芜	1948年元昌印书馆，分为二册：《粉墨婵娟》《霞梦离魂》/王度庐
风尘四杰	1948.2-？	岛声旬刊 佩侠	1949年上海励力出版社/王度庐
宝刀飞	1948.4-1948.9	青岛时报 鲁云	1949年上海励力出版社/王度庐
燕市侠伶	1948.7-1948.10	青岛时报 绿芜	1949年上海励力出版社/王度庐
金刚玉宝剑	1948.9-1949.2 1949.2-？	青岛公报 联青晚报 王度庐	1949年上海励力出版社/王度庐
香山侠女			1949年上海励力出版社/王度庐
春秋戟			1949年上海励力出版社/王度庐
龙虎铁连环	1948.9-1948.10	军民晚报 王度庐	1949年上海励力出版社/王度庐
玉佩金刀记	1949.1-1949.？	民治报 王度庐	

附录三

王度庐年表

徐斯年　顾迎新

说明：

1.本表曾在《西南大学学报》刊出，此为补订本，包括增补史料及其说明、考证，并订正了个别疏误。

2.本表包含许多新发现的资料，特别是在辽宁省实验中学档案室发现的王度庐档案，从而补正了徐斯年《王度庐评传》的一些误判和部分欠缺。

3."度庐"实为1938年启用的笔名，为了统一，本表用为表主正名。

4.由于史料不全，历年行状、著述依然详略不一，有待继续挖掘、补充史料。

5.表中所记日期，阳历用阿拉伯数字，清、民国年份及旧历日期用汉字。

6.表中所系年龄均为虚岁。

7.由于旧报缺失严重，所以连载作品肯定不全。表中所录者，始载时间和结束时间多难确认，一般仅记月份，有线索可资考证者在按语中加以说明。

1909年（清宣统元年，己酉）　1岁

正月，清帝爱新觉罗·溥仪改元"宣统"。清廷决定消除"旗""民"界限，旗人不再享受"俸禄"。是年七月廿九日（9月13日），王度庐生于北京

"后门里"司礼监胡同四号一户下层旗人家庭,原名葆祥(后曾改为葆翔),字霄羽。父亲"在清宫管理车马的机构里当小职员"。家庭成员除父母外还有一位姐姐、一位未嫁的姑母和一位叔祖父。一家六口,全靠父亲薪金维持生计。

按:后门即地安门,后门里位于地安门内,属镶黄旗驻地。司礼监胡同,得名于明代位于该地之司礼太监署;后改称"吉安所左巷",则得名于清代宫中嫔妃、宫女卒后停尸之"吉祥所"(后改"吉安所")。毛泽东青年时代曾租寓于本胡同8号。

关于父亲职务的记述引自王度庐手写简历,其父任职机构当系内务府下属之"上驷院"。内务府为管理皇家事务的机构,成员均为满洲上三旗(镶黄、正黄、正白)"从龙包衣"。"包衣",满语,意为"自家人",一定语境下也指"奴仆""世仆"。据此,王氏当属编入满洲镶黄旗的"汉姓人"(不同于"汉人""汉军"),这一族群不仅属于"旗族",而且也被承认为满族。

1912年(民国元年,壬子)　4岁

1月1日孙中山宣誓就任中华民国总统。2月2日,清宣统帝宣告退位。根据清室优待条件,宫内各执事人员照常留用,王度庐父亲依然可以领受部分薪金,家庭生计勉得维持。

1916年(民国五年,丙辰)　8岁

1月,王度庐父亲病故。2月,遗腹弟出生,名葆瑞,字探骊。家境日蹙,主要靠母亲为人缝补浆洗维持生计。

是年2月2日,王度庐夫人李丹荃生于陕西周至。

按:葆瑞出生时间据人民日报社1991年1月3日印发之《谭立同志生平》。葆瑞(即谭立)为遗腹子,由此可知其父当卒于1月份。周至,离西安甚近。

1918年(民国七年,戊午)　10岁

是年王度庐始入私塾读书。曾与姐、弟同染重症,母亲变卖家当为之治

疗，终得转危为安，而家庭经济更加贫困。

1919年（民国八年，己未）　　11岁

五四运动爆发。王度庐仍在私塾就读，至1920年。

1921年（民国十年，辛酉）　　13岁

是年王度庐入景山高等小学就读，至1924年。

1925年（民国十四年，乙丑）　　17岁

是年1月，宋心灯在北京创办《小小》日报（后改《小小日报》），自任社长、主笔。王度庐从景山高等小学毕业，先在精精眼镜店当学徒，后在《平报》和电报局任见习生，可能已经开始向《小小》日报投稿。

按：宋心灯（？—1949），字信生，原籍河北大兴（析津）。新闻专科学校毕业，也是北京早期足球运动和羽毛球运动的发起者之一。《小小》日报即注重刊载体坛信息，后来发展为综合性小报。

又按：辽宁实验中学所存退休人员档案中的王度庐登记表，"文化程度"一栏填为"九年"，当系虚数。

1926年（民国十五年，丙寅）　　18岁

是年《小小日报》先后刊载王度庐所撰侦探小说《半瓶香水》《黄色粉笔》和"实事小说"《红绫枕》，均署"王霄羽"。《小小日报》馆印行《红绫枕》单行本，标类改为"惨情小说"。12月，《小小日报》连载社会小说《残阳碎梦》，亦署"王霄羽"。12月24日，《小小日报》刊出宋信生所撰《本报改版宣言》，"将旧有之八小版易为四大版"。

按：由于存报缺失严重，《半瓶香水》《黄色粉笔》未见，不知确切发表时间。因《红绫枕》内文提及它们，故知连载于《红绫枕》之前。由此亦不排除其一已于上年开始见报的可能。又据李丹荃女士回忆，早期作品还有《绣帘垂》《浮白快》两种，均未见。《残阳碎梦》，现存第十次载于是年12月20日，由此推知当始载于12月1日；现存第三十三次载于次年1月21日，末注"（未完）"。

1927年（民国十六年，丁卯）　19岁

是年王度庐始在宽街夜授计民小学任职，先当会计，后任教员，直至1929年。同时继续卖稿和自学，包括到北京大学旁听，往三座门北京图书馆、鼓楼民众图书阅览室阅读。

1月，《小小日报》连载武侠小说《侠义夫妻》，署"王霄羽"。3月，《小小日报》始载社会小说《琪花恨》，署"王霄羽"。4月，《小小日报》连载社会小说《孀母孤儿》，署"王霄羽"。5月，《小小日报》连载社会小说《飘泊花》，署"王霄羽"。6月，《小小日报》连载侦探小说《红手腕》，署"王霄羽"。8月，《小小日报》连载侠情小说《护花铃》，署"霄羽"。10月，《小小日报》连载武侠小说《青衫剑客》，署"王霄羽"。

按：《侠义夫妻》，现存第八次载于1月31日，当始载于《残阳碎梦》结束后；连载结束时间当在《琪花很》始载之前。《孀母孤儿》仅存5月2日第十一次，由此推知始载时间在4月（《琪花梦》结束之后）。《飘泊花》，现存第六次载于5月30日。《红手腕》，现存第十一次载于7月9日，可知始载于6月末。《护花铃》仅存十四、十七次，载于9月2日、5日，是知始载于8月，标类"侠情小说"，写当时题材。《青衫剑客》，第四次载于10月9日，至11月9日犹未结束。

1928年（民国十七年，戊辰）　20岁

是年北京改称"北平"。3月，《小小日报》连载侦探小说《疑真疑假》，署"葆祥"。3月，《小小日报》连载社会小说《蝶魂花骨》，署"王霄羽"。5月，《小小日报》连载社会小说《揉碎桃花记》，署"王霄羽"。7月，《小小日报》连载"讽世小说"《双凤随鸦录》，署"王霄羽"。

按：《疑真疑假》，第四次载于3月12日，当始载于8日。《蝶魂花骨》，第三十四次载于4月11日，当始载于3月9日，与《疑真疑假》同时，故用两个笔名。《双凤随鸦录》，第四十二次载于8月21日。

本年存报缺失严重，当有不少连载作品至今未知。以下类似情况不再逐一说明。

1929年（民国十八年，己巳）　21岁

6月，《小小日报》连载社会小说《战地情仇》，署"王霄羽"。

按：《战地情仇》，仅存7月4日一次（序号未详）。本年几无存报。

1930年（民国十九年，庚午）　22岁

是年王度庐离开宽街夜授计民小学，改任家庭教师，不久认识李丹荃。

按：李丹荃在所遗手稿《王度庐小传》中说："我在北京读中学时，在一个同学家里认识了王度庐。那时，他正给我的同学的弟弟补习功课。记得他曾送过我两本书，一本是纳兰容若的《饮水词》，另一本是《浮生六记》。我不喜欢《浮生六记》，却很喜欢那本词，有些句子至今仍能记得，如'摇落尽，有发未全僧，风雨消磨生死别，似曾相识只孤灯；情在不能醒……''瘦狂那似肥痴好，任他肥痴好，笑他多病与长贫，不及衮衮诸公向风尘……'"（按文中所记纳兰词句与原作略有出入。）

3月，《小小日报》连载侦探小说《自鸣钟》，署"王霄羽"。

按：《自鸣钟》残存连载文本至三十一次告"全卷终"，次日接载《惊人秘柬》第一次。故暂系于3月。

是年，王度庐始用笔名"柳今"在《小小日报》开辟个人专栏"谈天"，每日发表短文一篇，纵论国事、民生、世态、人情、风习、学术、艺文等。"柳今"在这些短文里经常述及"自己"的"经历"，多属杜撰；但是，这位论说者的心态、性格、气质又与当时的王度庐十分相符。

按：因存报缺失，"谈天"开栏、终结时间未详。所载杂文均署"柳今"，以下不作逐篇标注。

4月1日，《小小日报》"谈天"栏刊出杂文《世态》。4月4日，《小小日报》"谈天"栏刊出杂文《荒芜的青年》。

按：4月2日、3日报纸缺失，或漏杂文两篇。以下类似情况不再加注按语。

4月5日，《小小日报》"谈天"栏刊出杂文《中等人》。4月6日，《小小日报》"谈天"栏刊出杂文《架子》。4月7日，《小小日报》"谈天"栏刊出杂文《性的广告》。4月8日，《小小日报》"谈天"栏刊出杂文《笑》。4月9日、10日，《小小日

报》"谈天"栏连续刊出杂文《永垂不朽》（一）（二）。4月11日，《小小日报》"谈天"栏刊出杂文《女性的教育与生育》。4月12日，《小小日报》"谈天"栏刊出杂文《一位平民文学家》，赞赏满族鼓词作者韩小窗。文中说："世界本来是平民的世界，尤其是文学家，更要有一种平民化的精神，他才能够用文学的力量，来转移风化，陶冶民情；否则琢句雕章，自以为是，至多不过只能得到少数的文蠹的几遍诵读罢了。"韩小窗"这人确实是位有天才、有词藻、有思想的文学家。他能把他这种才学，不去作八股，不去批试帖，而能用来编大鼓，他的平民思想可见了，他的环境可见了，而他的清高也可见了。"

  按：韩小窗（约1828—1890），辽宁开原人，满族，子弟书（即鼓词）作家。其代表作有《露泪缘》《宁武关》《长坂坡》《刺虎》《黛玉悲秋》《红梅阁》及影卷《谤可笑》《金石语》等。

  4月13日，《小小日报》"谈天"栏刊出杂文《绝顶聪明》。4月14、15日，《小小日报》"谈天"栏连续刊出杂文《道德》（一）（二）。

  4月17至23日，《小小日报》"谈天"栏连载杂文《伦理与中国》。全文分为五节：一、伦理的产生；二、伦理的优点；三、伦理被利用以后；四、伦理存亡与中国之存亡；五、伦理的蟊贼。

  4月25日，《小小日报》"谈天"栏刊出杂文《小难》。4月26日，《小小日报》"谈天"栏刊出杂文《女招待》。4月27日，《小小日报》"谈天"栏刊出杂文《落子馆》。4月29日，《小小日报》"谈天"栏刊出杂文《麻醉剂》。4月30日，《小小日报》"谈天"栏刊出杂文《万寿寺》。

  4月，《小小日报》连载侦探小说《惊人秘柬》，署"王霄羽"。

  按：《自鸣钟》残存连载文本至三十一次告"全卷终"，次日接载《惊人秘柬》第一次，具体日期均难考定。

  5月1日，《小小日报》"谈天"栏刊出杂文《赘泽品》。5月2日，《小小日报》"谈天"栏刊出杂文《童子军》。5月3日，《小小日报》"谈天"栏刊出杂文《女腿》。5月4日，《小小日报》"谈天"栏刊出杂文《颠倒雌雄》。5月5日，《小小日报》"谈天"栏刊出杂文《歌舞剧》。5月6日，《小小日报》"谈天"栏刊出杂文《招与待》。5月7日，《小小日报》"谈天"栏刊出杂文《恢复北京》。5月8日，《小小日报》"谈天"栏刊出杂文《野鸡》。5月9日，《小小日报》"谈天"栏刊出杂文《女招打》。5月13日,《小小日报》"谈天"栏刊出杂文《署名》。5月14日,《小小日报》"谈天"栏刊出杂文《迷》。5月15日,《小小日报》"谈天"栏刊出杂文《恶五月》。5月16日,《小小日报》"谈天"栏刊出杂文《送春》。5月17日,《小小日报》"谈天"栏刊出杂文《哭》。5月18日,《小小日报》"谈天"栏刊出杂文《雨天》。5月19日,《小小日报》"谈天"栏刊出杂文《名士派》。5月20日,《小小日报》"谈天"栏刊出杂文《小算盘》。5月21日,《小小日报》"谈天"栏刊出杂文《自行车》。5月22日,《小小日报》"谈天"栏刊出杂文《穷北京?》。5月23日,《小小日报》"谈天"栏刊出杂文《服从》。5月24日,《小小日报》"谈天"栏刊出杂文《奴隶性》。5月28日,《小小日报》"谈天"栏刊出杂文《澡堂里》。5月29日,《小小日报》"谈天"栏刊出杂文《安慰》。5月30日,《小小日报》"谈天"栏刊出杂文《中国剧》。5月31日,《小小日报》"谈天"栏刊出杂文《游民》。5月,《小小日报》连载侦探小说《触目惊心》,署"王霄羽"。

按:《触目惊心》未见,据《空房怪事》前言列入,连载时间在《神獒捉鬼》之前,故系入5月。

6月1日,《小小日报》"谈天"栏刊出杂文《端午节》。3日,《小小日报》"谈天"栏刊出杂文《打麻雀》。4日,《小小日报》"谈天"栏刊出杂文《谋事》。5日,《小小日报》"谈天"栏刊出杂文《无聊的北平》。6日,《小小日报》"谈天"栏刊出杂文《病》。同日开始连载侦探小说《神獒捉鬼》,署"王霄羽"。

按:《神獒捉鬼》共连载二十五次,当结束于6月30日(7月1日始载《空房怪事》,参见《空房怪事》引言)。

7日,《小小日报》"谈天"栏刊出杂文《造化儿子》。8日,《小小日报》"谈天"栏刊出杂文《疯人》。9日,《小小日报》"谈天"栏刊出杂文《阔事》。10日,《小小日报》"谈天"栏刊出杂文《骗术》。11日,《小小日报》"谈天"栏刊出杂文《财神　阎王》。12日,《小小日报》"谈天"栏刊出杂文《画中人》。13日,《小小日报》"谈天"栏刊出杂文《醉酒》。14日,《小小日报》"谈天"栏刊出杂文《夫妻间》。15日,《小小日报》"谈天"栏刊出杂文《不开壳》。16日,《小小日报》"谈天"栏刊出杂文《憔悴》。17日,《小小日报》"谈天"栏刊出杂文《伤心人》。18日,《小小日报》"谈天"栏刊出杂文《情书》。

19日,《小小日报》"谈天"栏刊出杂文《琴声里》。20日,《小小日报》"谈天"栏刊出杂文《❀》。21日,《小小日报》"谈天"栏刊出杂文《什刹海》。22日,《小小日报》"谈天"栏刊出杂文《凶杀案》。23日,《小小日报》"谈天"栏刊出杂文《关于裤子》。24日,《小小日报》"谈天"栏刊出杂文《三件痛快事》。25日,《小小日报》"谈天"栏刊出杂文《诗人》。26日、27日,《小小日报》"谈天"栏连续刊出杂文《贵族学校》(一)(二)。28日,《小小日报》"谈天"栏刊出杂文《穷　住》。29日,《小小日报》"谈天"栏刊出杂文《妙影》。30日,《小小日报》"谈天"栏刊出杂文《罪恶场中之未来者》。6月,《小小日报》连载社会小说《烟霭纷纷》,署"香波馆主"。

按:现存《烟霭纷纷》第三十六次连载文本复印件上有副刊"编余"一则,云"今天这版算作'七夕特刊'"。查1930年七夕为阳历8月30日,由此推知《烟霭纷纷》当始载于6月27日。

7月1日,《小小日报》"谈天"栏刊出杂文《吃饭问题》。5日,《小小日报》"谈天"栏刊出杂文《平民化》。6日,《小小日报》"谈天"栏刊出杂文《面子》。7日,《小小日报》"谈天"栏刊出杂文《醋　忌讳》。8日,《小小日报》"谈天"栏刊出杂文《文士与蚊士》。9日,《小小日报》"谈天"栏刊出杂文《人品与装饰》。12日,《小小日报》"谈天"栏刊出杂文《消夏》。13日,《小小日报》"谈天"栏刊出杂文《财神爷》。同日,《小小日报》始载惨情小说《玉藕愁丝》,署"香波馆主"。

按:《玉藕愁丝》始载日期据预告图片背面报头推知。

14日,《小小日报》"谈天"栏刊出杂文《妓女问题》。15日,《小小日报》"谈天"栏刊出杂文《杨耐梅　朱素云》。

按:杨耐梅,生于1904年,中国早期影星,曾出演《玉梨魂》《奇女子》《上海三女子》《空谷兰》等无声片。当时北平讹传她已"香消玉殒",作者故撰此文悼念。实则杨在1960年卒于台湾。朱素云,京剧小生演员朱沄之艺名,生于1872年,卒于1930年。

16日,《小小日报》"谈天"栏刊出杂文《难民返国》。17日,《小小日报》"谈天"栏刊出杂文《灯下人》。18日,《小小日报》"谈天"栏刊出杂文《捧》。19日,《小小日报》"谈天"栏刊出杂文《快乐人多?》。20日,《小小日报》"谈天"栏刊出杂文《西游记》。21日,《小小日报》"谈天"栏刊出杂文《火警》。22日,《小小日报》"谈天"栏刊出杂文《人体美》。23日,《小小日报》"谈天"栏刊出杂文《穷光蛋》。24日,《小小日报》"谈天"栏刊出杂文《抵抗力》。25日,《小小日报》"谈天"栏刊出杂文《香艳文章》。26日,《小小日报》"谈天"栏刊出杂文《雨夜柝声》。27日,《小小日报》"谈天"栏刊出杂文《爱河》。28日,《小小日报》"谈天"栏刊出杂文《调戏》。29日,《小小日报》"谈天"栏刊出杂文《"嫁"的问题》。30日,《小小日报》"谈天"栏刊出杂文《阎罗王》。31日,《小小日报》"谈天"栏刊出杂文《知音》。7月,《小小日报》连载侦探小说《空房怪事》,署"王霄羽"。

按:《空房怪事》共连载二十九次,残存文本图片均无报头,难以确认具体时间。(第一次疑载于7月3日,见图片背面;结束于第二十九次,当为8月1日。)

8月2日,《小小日报》"谈天"栏刊出杂文《战》。

3日,《小小日报》"谈天"栏刊出杂文《时髦》。4日,《小小日报》"谈天"栏刊出杂文《人逛人》。5日,《小小日报》"谈天"栏刊出杂文《跳舞场里》。6日,《小小日报》"谈天"栏刊出杂文《奸杀案》。7日,《小小日报》"谈天"栏刊出杂文《阴阳电》。8日,《小小日报》"谈天"栏刊出杂文《办白事》。9日,《小小日报》"谈天"栏刊出杂文《眼光》。10日,《小小日报》"谈天"栏刊出杂文《无与偶　莫能容》。11日,《小小日报》"谈天"栏刊出杂文《喜新厌旧》。12日,《小小日报》"谈天"栏刊出杂文《洋化的话》。13日,《小小日报》"谈天"栏刊出杂文《发财学》。14日,《小小日报》"谈天"栏刊出杂文《儿童　成人》。15日。《小小日报》"谈天"栏刊出杂文《英雄难过美人关》。16日,《小小日报》"谈天"栏刊出杂文《交际》。17日,《小小日报》"谈天"栏刊出杂文《呻吟》。18日,《小小日报》"谈天"栏刊出杂文《枇杷巷里》。19日,《小小日报》"谈天"栏刊出杂文《捕蝇》。20日,《小小日报》"谈天"栏刊出杂文《殉情》。21日,《小小日报》"谈天"栏刊出杂文《人死不值钱》。22日,《小小日报》"谈天"栏刊出杂文《癞蛤蟆　天鹅肉》。23日,《小小日报》"谈天"栏刊出杂文《作时评》。25日,《小小日报》"谈天"栏刊出杂文《马路》。26日,《小小日报》"谈天"栏刊出杂文《女朋友》。27日,《小小日报》"谈天"栏刊出杂文《跳楼者》。28日,《小小日报》"谈天"栏刊出杂文《蟋蟀》。29日,《小小日报》"谈天"栏刊出杂文《古城返照》。30日,《小小日报》"谈天"栏刊出杂文《惹气》。31日,《小小日报》"谈天"栏刊出杂文《活得弗耐烦》。8月,《小小日报》始载武侠小说《鳌汊海盗》,署"霄羽"。

  按:《鳌汊海盗》连载文本基本完整,但原件图片无报头,难以确认日期。共连载四十二次,当结束于9月间,时《烟霭纷纷》仍在连载。

  9月1日,《小小日报》"谈天"栏刊出杂文《由线订书说起》。2日、3日,《小小日报》"谈天"栏连续刊出杂文《"娶"的问题》(一)(二)。4日,《小小日报》"谈天"栏刊出杂文《罂粟味》。5日,《小小日报》"谈天"栏刊出杂文《忏悔》。6日,《小小日报》"谈天"栏刊出杂文《想当然耳》。7日,《小小日报》"谈天"栏刊出杂文《标奇与仿效》。8日,《小小日报》"谈天"栏刊出杂文《复古》。9日,《小小日报》"谈天"栏刊出杂文《野草闲花》。同日同报又载影评《看了〈故都春梦〉》,署"柳今投"。10日,《小小日报》"谈天"栏刊出杂文《倡门》。12日,《小小日报》"谈天"栏刊出杂文《乞丐》。13日,《小小日报》"谈天"栏刊出杂文《心》。9月15日,《小小日报》"谈天"栏刊出杂文《短　小　经济》。9月16日,《小小日报》"谈天"栏刊出杂文《性的文章》。9月17日,《小小日报》"谈天"栏刊出杂文《逢场作戏》。9月18日,《小小日报》"谈天"栏刊出杂文《浮云变幻》。9月19日,《小小日报》"谈天"栏刊出杂文《敲钗小语》。20日,《小小日报》"谈天"栏刊出杂文《俗礼》。21日,《小小日报》"谈天"栏刊出杂文《何不当初》。22日,《小小日报》"谈天"栏刊出杂文《醋的考证》。23日,《小小日报》"谈天"栏刊出杂文《劲秋》。28日,《小小日报》"谈天"栏刊出杂文《柴　米　油　盐　酱　醋　茶》。30日,《小小日报》"谈天"栏刊出杂文《烛边思绪》,叙述阅读《朝鲜义士安重根传》的感受,抒发爱国情怀及对国内现实的愤懑。

  10月1日,《小小日报》"谈天"栏刊出杂文《吵嘴》。29日,《小小日报》"哈哈镜"栏刊出杂文《团圞月照破碎国家》,署"柳今"。

1931年(民国二十年,辛未)　　23岁

  是年,王度庐应聘担任《小小日报》编辑员。5月,《小小日报》连载哀情

小说《缠命丝》,署"王霄羽"。同时连载社会小说《燕燕莺莺》,署"香波馆主"。9月18日,沈阳发生"九一八"事变,日本加紧侵华。

按:《缠命丝》仅存第九〇次,内文曰"全卷终",图片有"31, 8, 1"标注,据此倒推,当始载于5月;《燕燕莺莺》仅存第六二次,未完,图片注"31, 8"。

又按:耿小的在《我与〈小小日报〉》中说,自己进入《小小日报》任编辑是在"1933年后","之前似乎赵苍海编过很短时期",却未提及王霄羽。若其记忆无误,则王之去职,当在赵前。

1934年(民国二十三年,甲戌)　　26岁

是年,李丹荃随父亲离北平去西安。不久王度庐亦往西安,任陕西省教育厅编审室办事员,《民意报》编辑员。

3月10日,陕西省教育厅在西安民众教育馆举办西安中小学讲演竞赛会;28日、29日,又在西安民乐园举办西安中小学第二届唱歌比赛,均派王霄羽任记录。

3月20日,西安《民意报》"戏剧与电影周刊"第一期刊载《中国戏剧生命之革新》第一节"九一八后的中国戏剧界",署"柳今"。文中慨叹中国剧坛进步缓慢,以至"今日远东国际纠纷之病茵集于中国,而我国之戏剧仍然如沉睡,如枯死,反使他人——俄国——高呼曰:'怒吼吧中国!'"27日,"戏剧与电影周刊"第二期续载《中国戏剧生命之革新》第一节"九一八后的中国戏剧界",署"柳今"。文中续论中国戏剧的觉醒与"推翻""旧剧势力"之关系。同期又载《电影是应合大众所需要　真不容易利用它》,署"潇雨"。文中说:"艺术只要不是'自我'的而是'大众'的,那就当然要被利用成为一种工具。电影尤其要首先被人利用的,不过常常又见人们弄巧成拙,利用影片作某种宣传,结果倒被观众利用,"从而形成与国外影片亦步亦趋的种种题材热,当前已由伦理片、武侠侦探片演进为民生片。当局于"九一八"后号召影界多制作"关于唤起民族精神的片子"固然不错,但是"现在的民众,只是恐慌他们的经济穷困,生活惨淡,实在没有充分的力量去供给到民族上。或者,现在的电影也只走到了替穷人呼吁,次一步,才是民族精神"。

4月3日，西安《民意报》"戏剧与电影周刊"第三期未见，当续载《中国戏剧生命之革新》第二节"新旧戏剧之检讨"。10日，"戏剧与电影周刊"第四期续载《中国戏剧生命之革新》第二节"新旧戏剧之检讨"，署"柳今"。文中认为，"中国旧剧虽然不能追随时代，但确能利用科学，亦缘近代科学文明多供给于资产阶级之享乐，旧剧靡靡之音当愈适合于人之享乐。新剧□□□□，自难免在比较之下落后也"。（原件有四字无法辨认。）同期并载《伦敦公演〈彩楼配〉的问题》，署"潇雨"。文中认为，在伦敦由中国人与外国人用英语同演旧剧《彩楼配》，只能像《蝴蝶夫人》那样，迎合一部分外国人的扭曲了的东方观，"但是歪曲的东西在现代剧坛上实在没有它的地位，何况这《彩楼配》国际性质的公演"。

按：（1）王度庐档案中的履历表填："1934—1935年 西安民意报 编辑员"，"1935-1936年 陕西省教育厅 办事员"。而从文章刊出情况判断，任《民意报》编辑员应该在后（报馆编辑不可能受厅长派遣去任竞赛记录），或者同时兼任二职。

（2）西安《民意报》"戏剧与电影周刊"仅存一、二、四期，日期据打印稿说明（周刊第四期为4月10日）向前推算而得。4月3日报缺失，内容可据前后两期推知（不排除3日还有其他文章刊出）。4月10日以后报纸缺失，当有其他未知史料。

5月，《陕西教育月刊》第五期发表《陕西省教育厅举办西安中小学讲演竞赛会经过》和《陕西省教育厅举办西安中小学第二届唱歌比赛会经过》记录，均署"王霄羽"。

10月，《陕西教育旬刊》第二卷第廿九、卅、卅一期合刊"论著"栏刊出《民间歌谣之研究》，署"王霄羽"。全文五章：第一章"歌谣之史的发展"；第二章"歌谣的分类法"；第三章"歌谣价值的面面观"；第四章"歌谣技巧的研究"；第五章"结论"。文中有这样的论述："贵族化的文学在'五四'时就已被人打倒，现在一般人都提倡大众文学。真正的'大众文学'在哪里？我们离开了歌谣，恐怕再没有地方寻找了罢？"

1935年（民国二十四年，乙亥） 27岁

是年，王度庐与李丹荃在西安结婚。婚后李父卒于三原，王度庐前往料理丧事，曾遭歹徒劫持。

按：王度庐后来在《〈宝剑金钗〉序》中写及"频年饥驱远游，秦楚燕赵之间，跋涉殆遍"当有所夸张，实则未离陕西。

1936年（民国二十五年，丙子）　28岁

是年王度庐夫妇返回北平。10月13日，《平报》刊载《献于〈平报〉——十五周年》，署"王霄羽"。同日，《平报》开始连载武侠小说《黄河游侠传》，署"霄羽"。12月12日，发生"西安事变"。

按：李丹荃在遗稿中回忆返京前后的生活说："我有晕眩症，那时常犯，昏迷中常听到王叨念：'谢家有女偏怜小，自嫁黔娄万事乖……'后来我知道了这是元稹的悼亡诗。我就说：'你老叨念什么，我又没有死呀！'现在回想当时情景，如在目前。"

1937年（民国二十六年，丁丑）　29岁

是年春，王度庐夫妇应李丹荃二伯父伊筱农召，同赴青岛。4月17日，《平报》连载《黄河游侠传》结束。18日，《平报》开始连载武侠小说《燕赵悲歌传》，署"霄羽"。4月末，王度庐回北平料理"文债"，于端午节后返青岛。不久，弟探骊与北平进步青年同来青岛，王度庐夫妇送他们取道上海奔赴陕北参加革命。

按：李丹荃在所遗手稿中说："弟弟到了青岛，我们大家分析了当时的形势，都赞成他去内地找出路。他们兄弟一向感情很好，分手时不无留恋。最后王度庐慨然说：'你就放心走吧，我们以后会团聚的，母亲的生活，家里的一切，有我呢。'他把自己的怀表给了弟弟。"

7月7日，卢沟桥事变爆发。9日，《平报》连载《燕赵悲歌传》结束。10日，《平报》开始连载武侠小说《八侠夺珠记》，署"霄羽"。30日，北平、天津失守。

12月底，青岛守军撤离。

按：伊筱农（1870—1946?），广东法政及警察速成学校毕业。1912年

来青岛,创办《青岛白话报》(后改名《中国青岛报》),在当地颇有影响。"伊"为满族所冠汉姓,可知李丹荃家族亦有满族血统。

《八侠夺珠记》殆未载完。

1938年(民国二十七年,戊寅)　　30岁

1月10日,日寇全面占领青岛。伊筱农博平路宅第被日军作为"敌产"没收,王度庐夫妇与伯父同往宁波路4号租屋居住。生计陷入极度困难之时,王度庐偶遇在《青岛新民报》任副刊编辑的北平熟人关松海,应约向该报投稿。

5月30日、31日,《青岛新民报》发布《本报增刊武侠小说预告》,称"已征得名小说家王度庐先生之精心杰作长篇武侠小说《河岳游侠传》",即将刊出。是为"度庐"笔名首次见报。

按:《青岛新民报》和后来的《青岛大新民报》在刊出王度庐作品之前都先发布预告,下不一一列载。

6月1日,《青岛新民报》开始连载武侠小说《河岳游侠传》,署"王度庐"。2日,《青岛新民报》刊载散文《海滨忆写》,署"度庐"。

11月15日,《河岳游侠传》连载结束。共20回,未见单行本。16日,《青岛新民报》开始连载武侠悲情小说《宝剑金钗记》,署"王度庐"。配图:刘镜海。

按:刘镜海,时在海泊路23号开设"镜海美术社",除为王氏作品配插图外,在生活上与王度庐夫妇也经常互相照顾。

1939年(民国二十八年,己卯)　　31岁

是年春,王度庐长子生于青岛。4月24日,《青岛新民报》开始连载社会言情小说《落絮飘香》,署"霄羽"。配图:许清(刘镜海笔名)。7月29日,《宝剑金钗记》在《青岛新民报》载毕。30日,《青岛新民报》开始连载武侠悲情小说《剑气珠光录》。

是年,青岛新民报社印行《宝剑金钗记》单行本,前有王度庐自序,谓

"频年饥驱远游,秦楚燕赵之间跋涉殆遍,屡经坎坷,备尝世味,益感人间侠士之不可无。兼以情场爱迹,所见亦多,大都财色相欺,优柔自误。因是,又拟以任侠与爱情相并言之,庶使英雄肝胆亦有旖旎之思,儿女痴情不尽娇柔之态。此《宝剑金钗》之所由作也"。

按:《宝剑金钗记》自序仅见于青岛新民报版单行本,也是至今所见王度庐为自己著作所写申述创作意图的唯一自序(其他著作连载时虽或亦加引言,均系说明性文字,出版单行本时皆被删除)。

1940年(民国二十九年,庚辰) 32岁

2月2日,《落絮飘香》在《青岛新民报》载毕。3日,《青岛新民报》开始连载社会言情小说《古城新月》,署"霄羽",配图:许清。22日,《青岛新民报》刊载《〈落絮飘香〉读后》,作者傅珊琳系关松海之夫人。文中介绍霄羽"曩在北京主编《小小日报》时,以著侦探小说知名",并且透露"霄羽""度庐"实为一人。

4月5日,《剑气珠光录》载毕,随后亦由报社印行单行本。7日,《青岛新民报》开始连载《舞鹤鸣鸾记》,署"王度庐",配图:刘镜海。此日所载为该书"序言",出单行本时被删却,全文如下:"内家武当派之开山祖张三丰,本宋时武当山道士,曾以单身杀敌百余,因之威名大振。武当派讲的是强筋骨、运气功、静以制动、犯则立仆,比少林的打法为毒狠,所以有人说'学得内家一二,即足以胜少林。'此派自张三丰累传至王咸来,咸来弟子黄百家,又将秘传歌诀,加以注解,所以内家拳便渐渐学术化了。可是后因日久年深,歌诀虽在,真功夫反不得传。自清初至近代,武当派中的侠士实寥寥无几,有的,只是甘凤池、鹰爪王、江南鹤等。甘凤池系以剑术称,鹰爪王专长于点穴,惟有江南鹤,其拳剑及点穴不但高出于甘、王二人之上,且晚年行踪极为诡异,简直有如剑仙,在《宝剑金钗记》与《剑气珠光录》二书中,这位老侠只是个飘渺的人物,如神龙一般。而本书却是要以此人为主,详述他一生的事迹。又本书除江南鹤之外,尚有李慕白之父李凤杰,及其师纪广杰。所以若论起时代,则本书所述之事,当在李慕白出世之前数十年了。"

8月16日,南京《京报》开始连载《风雨双龙剑》,署"王度庐"。配图:

刘镜海。

　　按：南京《京报》为汪伪时期出版的四开小报，原系三日刊，1940年8月16日改为日报，终刊于1945年8月16日。该报约得王度庐文稿，当亦出诸关松海之绍介。

　　介绍王度庐去市立女中代课的是潘思祖，字颖舒，河北邢台人，1930年毕业于河北大学国文系，时在青岛市立女中任教。李丹荃在回忆手稿中说："潘先生常来我家，一坐就是半天。他善谈吐，知道的事情多，打开话匣子什么都说。""潘先生是王度庐那时唯一可以谈得来的人，只有和潘先生在一起，王度庐才肯毫无顾忌地说话。在有些言情小说里，故事情节也是取自潘先生的谈话资料。"王子久则在《王度庐和他的小说》（载于1988年1月9日《青岛日报》）中说，"下课后学生常常把他包围起来"，要求他别把《落絮飘香》《古城新月》里女主人公的下场写得太惨。

1941年（民国三十年，辛巳）　　33岁

　　是年王度庐任青岛圣功女中教员。3月15日，《舞鹤鸣鸾记》在《青岛新民报》载毕，随后亦由报社印行单行本。16日，《青岛新民报》开始连载《卧虎藏龙传》，配图：刘镜海。4月10日，《古城新月》在《青岛新民报》载毕。11日，《青岛新民报》开始连载《海上虹霞》，署"霄羽"。配图：许清。5月9日，《风雨双龙剑》在南京《京报》载毕，共17回。随后即由报社印行单行本。10日，南京《京报》开始连载《彩凤银蛇传》，署"度庐"。配图：刘镜海。8月27日，《海上虹霞》在《青岛新民报》载毕。28日，《青岛新民报》开始连载社会小说《虞美人》，署"霄羽"。配图：许清。

　　按：《风雨双龙剑》连载本与后来的上海育才书局重印本相比，在回目、内文上都略有差别，后者当经作者修订。

1942年（民国三十一年，壬午）　　34岁

　　是年王度庐曾任青岛市立女中代课教员一个多月。

　　按：青岛王铎先生之母当年为市立女中教员，他听母亲说，王度庐担任的是培训社会人员的课程，上课地点在市立女中附小（即位于朝城路5

号的今朝城路小学）。

　　3月1日，《彩凤银蛇传》在南京《京报》载毕，共13回。2日，南京《京报》开始连载《纤纤剑》，署"王度庐"。配图：刘镜海。3日,南京《京报》刊载读者傅佑民来信《关于〈彩凤银蛇传〉鲁彩娥之死》，对《彩凤银蛇传》女主人公因伤重死于中途而未见到自幼失散之生母的结局提出异议。该报副刊编辑在《编者谨按》中说："王先生写鲁彩娥之死，才正是脱去中国武侠小说的旧套……给读者一种'此恨绵绵无绝期'的尾巴……这才是全书的力量。""读者越是这样着急，气愤，越是著者的成功，越见王先生文笔感人之深。6日，《卧虎藏龙传》在《青岛新民报》载毕。同日，南京《京报》又载读者陈中来信，再次对《彩凤银蛇传》写鲁海娥之死提出商榷，以为固然"不必'大团圆'或带'回令'"，而"'见娘'似为必要"。信中还提及"某日路过平江府街，闻一擦皮鞋者与一少年，亦在津津然预测鲁海娥之未来"，可见读者关心之一斑。7日，《青岛新民报》开始连载《铁骑银瓶传》，署"王度庐"。配图：刘镜海。17日，南京《京报》再载读者王德孚来信，认为虽然鲁海娥之死写得好，但是还应加上一些交代后事、劝导爱人走正路的临终遗言。24日，南京《京报》刊出王度庐《关于鲁海娥之死》一文，回答读者批评，说明"在写该书的第一回之前，我就预备着末了是一幕悲剧。""向来'大团圆'的玩意儿总没有'缺陷美'令人留恋，而且人生本来是一杯苦酒，哪里来的那么些'完美'的事情？'福慧双修'的女子本来就很少，尤其是历史或小说里的'美人'。古人云：'自古美人如名将，不许人间见白头。'西施为千古美人，原因是她后来没有下落；林黛玉是读过了《红楼梦》的人一定惋惜的，原因也是她早死。近代的赛金花就不够'绝代佳人'的条件，她是不该后来又以老旦的扮相儿再登台。'好花不常开，好景不常在'，美与缺陷原是一个东西。本此种种理由，于是我更得叫我们的'粉鳞小蛟龙'死了。""因为这样的女人决不可叫她去与人'花好月圆'，度那庸俗的日子；尤其不能叫她跟十三妹一样去二妻一夫的给男子开心。"

　　10月31日，《纤纤剑》在南京《京报》载毕，共10回。

　　是年，《青岛新民报》与《大青岛报》合并，更名《青岛大新民报》。

1943年（民国三十二年，癸未）　35岁

是年王度庐曾任《治平月刊》编辑员一个多月。1月23日，南京《京报》开始连载《舞剑飞花录》，署"王度庐"。配图：刘镜海。

10月5日，《青岛大新民报》刊出《寒梅曲》广告，其中说："名小说家王霄羽先生自为本报撰《落絮飘香》《古城新月》《海上虹霞》《虞美人》等数篇之后，篇篇脍炙人口，远近交誉，百万读者每日争先竞读，投来赞誉之函件无数。盖王君文学湛深，复精研心理学，对于社会人情，观察最深；国内足迹又广，生活经验极为丰富；并以其妙笔，参合新旧写法，清俊流畅，细腻转宛；描写之人物，皆跃跃如生，令人留下深深印象。其所选之故事，又皆可悲可喜，新颖而近情合理，章法结构，亦极严谨，无懈可击。即以现刊之《虞美人》言，连刊二年余，若换他人之著作，恐早已令人生倦，然王君之文，日日有新的描写，故事有新的发展变幻，令人如食橄榄，越嚼其味越长；如观大海，久望而其波澜无尽。是以每日每人争相阅读，并常有向本社函电相询者。此均系事实，凡读者皆能信而不疑者也。故虽饱学之士，极富人生阅历之人，对王君之著作亦莫不称誉，谓之为当代第一流之小说家。今《虞美人》即将终篇，新作已由王君开始动笔，名曰《寒梅曲》。系由民国初年北京极繁华之时写起，先述女伶之生活，但与一般的俗流写法迥异；次叙一好学上进的女子，于艰苦环境之中不泯其志气，不失其天真。渐展为一段恋爱，男主角为一音乐家，于是《寒梅曲》遂写入本题矣。其后则此女主角遭境改变，如寒梅之遇风雪，花片纷落，然不失其皓洁。中间穿插许多新奇而合理之故事，出现许多面貌不同、心情各异之人物，但人物虽多而不杂乱，每个人又都是在前几篇中未见过的，可也就许是读者眼前常见的。写至中段，则情节极为紧张，能不下泪、不感动者恐少；斯时又写一洁身自爱、有为之少年人，排万难立其身，颇富伦理知识，且有教育意味。至篇末结束之时，写得尤为高超，读者到时自然赞佩。并且此书与前几篇不同，王君之作风稍加改变，简洁流丽，不作繁冗之藻饰，不用生涩的字句，更以悲哀与滑稽相衬而写，非但令人回肠荡气，有时亦令人喷饭。总之，王君之作品早已成熟，已至炉火纯青之候，已有挥洒自如之才力，此《寒梅曲》尤最，不待多加介绍也。" 6日，《虞美人》在《青岛大新民报》载毕。7日，《青

岛大新民报》开始连载《寒梅曲》,署"霄羽"。配图:许清。

按:因存报缺失,《寒梅曲》连载结束时间未详。

1944年（民国三十三年，甲申） 36岁

是年《铁骑银瓶传》在《青岛大新民报》载毕（具体月、日未详）。1月18日,《舞剑飞花录》在南京《京报》载毕,共19章。19日,南京《京报》开始连载《大漠双鸳谱》,标"侠情小说",署"王度庐"。配图:镜海。7月3日《大漠双鸳谱》载毕,共6章。4日,南京《京报》开始连载《春明小侠》,标"侠情小说",署"王度庐"。

按:《舞剑飞花录》后由上海励力出版社印行单行本,改题《洛阳豪客》,被压缩为16章。连载本之章题与单行本完全不同,文字出入也较大。

又,本年上海《戏世界》报曾刊出武侠小说《铁剑红绡记》,署"王度庐",现仅存4030、4031、4032、4033、4034、4035、4036、4038、4039、4040十期(即十段连载文本,分别属于第一、二章,时间为3月20日至30日)。待辨真伪。

1945年（民国三十四年，乙酉） 37岁

2月18日,王度庐之女生于青岛。25日,《春明小侠》载至第20章。5月1日,南京《京报》连载《琼楼双剑记》第二章,署"王度庐"。同日,青岛《民民民》月刊连载《锦绣豪雄传》,署"王度庐"。是年夏秋之际,《青岛大新民报》停刊。8月15日,日本正式宣布投降。10月25日,青岛举行日军受降典礼。《青岛时报》等老报复刊,《民治报》《民众日报》等新报创刊。

按:《春明小侠》于本年2月25日载至第二十章,改标"武侠小说",以下报纸缺失,连载结束时间当在4月末。《琼楼双剑记》亦因报纸缺失而不知始载时间;至5月27日,所载内容仍为第二章,以后殆未续载。《锦绣豪雄传》亦未载完。

1946年（民国三十五年，丙戌） 38岁

是年王度庐为维持生计,曾任赛马场办事员,于周日售马票。12月2日,

《青岛时报》开始连载王度庐所著武侠小说《紫凤镖》，署名"鲁云"。

1947年（民国三十六年，丁亥） 39岁

5月1日，青岛《民治报》开始连载王度庐所撰武侠小说《太平天国情侠传》，署"鲁云"。19日，青岛《大中报》开始连载王度庐所撰武侠小说《清末侠客传》，署"鲁云"。6月11日，《青岛时报》开始连载王度庐所撰社会言情小说《晚香玉》，署"绿芜"。7月18日，《紫凤镖》在《青岛时报》载毕。19日，《青岛时报》开始连载王度庐所撰武侠小说《雍正与年羹尧》，署"鲁云"。是年王度庐收到弟弟来信，得知中共即将获得全面胜利。

按：《太平天国情侠传》仅见一节，未知是否载毕。《雍正与年羹尧》《清末侠客传》当于次年载毕。

李丹荃在回忆文中说："1947年，我们忽然收到分离多年的弟弟的信，那信是经过几个人辗转捎来的。信中大意是：我在外买卖很好，我们不久即可团聚，望你们放心。信虽很短，但却是莫大喜讯。信中真实的含义，我们是明白的，知道多年的战争是将结束了。只是这时他们在北平的母亲已故去，没有来得及知道，是终身遗憾。"

1948年（民国三十七年，戊子） 40岁

是年王度庐曾任青岛摊商工会文牍。1月31日，《晚香玉》在《青岛时报》载毕。2月1日，《青岛时报》开始连载《粉墨婵娟》，署"绿芜"。4月29日，《青岛时报》开始连载武侠小说《宝刀飞》，署"鲁云"。6月，上海育才书局出版增订本《风雨双龙剑》。7月10日，《粉墨婵娟》在《青岛时报》载毕。15日，《青岛时报》开始连载侠情小说《燕市侠伶》，署"绿芜"。9月17日，《宝刀飞》在《青岛时报》载毕。9月20日，《青岛公报》开始连载武侠小说《金刚玉宝剑》，署"王度庐"。

按：《金刚玉宝剑》之"玉"字当系"王"字之误，参见丁福保主编之《佛学大辞典》：【金刚王宝剑】（譬喻）临济四喝之一，谓临济有时一喝，为切断一切情解葛藤之利剑也。《临济录》曰："师问僧：有时一喝如金刚王宝剑，有时一喝如踞地金毛狮子，有时一喝如探竿影草，有时一喝不

作一喝用,汝作么生会?僧拟议,师便喝。"《人天眼目》曰:"金刚王宝剑者,一刀挥断一切情解。"又:【金刚】(术语)梵语曰缚罗。……译言金刚,金中之精者,世所言之金刚石是也。……又(天名)持金刚杵之力士,谓之金刚。……【金刚王】(杂语)金刚中之最胜者,犹言牛中之最胜者为牛王也。……

9月24日,青岛《军民晚报》开始连载武侠小说《龙虎铁连环》,署"王度庐"。10月,上海励力出版社将《清末侠客传》分为两册印行,分别改题《绣带银镖》《冷剑凄芳》。11月,上海励力出版社出版《宝刀飞》。同年,上海励力出版社还出版或再版了王度庐的以下作品:《鹤惊昆仑》(即《舞鹤鸣鸾记》),《宝剑金钗》(即《宝剑金钗记》),《剑气珠光》(即《剑气珠光录》),《卧虎藏龙》(即《卧虎藏龙传》),《铁骑银瓶》(即《铁骑银瓶传》),《紫电青霜》,《新血滴子》(即《雍正与年羹尧》),《燕市侠伶》,《落絮飘香》《琼楼春情》《朝露相思》《翠陌归人》(此为《落絮飘香》连载本的四个分册),《暴雨惊鸳》(此为《寒梅曲》连载本的第一分册,以下分册未见),《绮市芳葩》《寒波玉蕊》(此为《晚香玉》连载本的两个分册),《粉墨婵娟》《霞梦离魂》(此为《粉墨婵娟》连载本的两个分册)。

按:《燕市侠伶》之后集为《梅花香手帕》。后集未见连载,励力版《燕市侠伶》亦未见,该版当不包括后集。

1949年(己丑)　　41岁

是年,王度庐之弟谭立(即王探骊)出任中共大连市委副书记。1月1日,青岛《民治报》开始连载《玉佩金刀记》,署"王度庐"。未完。2月,《金刚玉宝剑》改由《联青晚报》连载。4月,上海励力出版社出版《金刚玉宝剑》,共三册。6月29日,王度庐幼子生于青岛。

是年秋,王度庐夫妇携长子、女儿同由青岛迁往大连(幼子暂留青岛)。王度庐任旅大行政公署教育厅编审委员。李丹荃先在市教育局初教科任科员,后任教于英华坊小学和大同坊小学。

本年,重庆千秋书局出版《紫凤镖》。上海励力出版社还出版了王度庐的下列作品:《朱门绮梦》《小巷娇梅》《碧海狂涛》《古城新月》(此为《古城新月》连载本的三个分册),《海上虹霞》《灵魂之锁》(此为《海上虹霞》连载本的两个分册),《琴岛佳人》《少女飘零》《歌舞芳邻》(此为《虞美人》连载本的前四个分册,以下分册未见),《洛阳豪客》(即《舞剑飞花录》),《风尘四杰》,《香山侠女》,《春秋戟》,《龙虎铁连环》等。

1950年(庚寅) 42岁

王度庐在旅大行政公署教育厅任编审委员。

1951年(辛卯) 43岁

王度庐调入旅大师范专科学校任教员。

1953年(癸巳) 45岁

是年夏,王度庐调入沈阳东北实验学校(现辽宁省实验中学)任语文教员,李丹荃任该校舍务处职员。

1955年(乙未) 47岁

5月,《人民日报》公布《关于胡风反革命集团的材料》。在清查"胡风分子"时,王度庐曾经受到无端怀疑。

1956年(丙申) 48岁

1月13日,文化部发出《关于续发处理反动、淫秽、荒诞图书参考目录的通知(56)(文陈出密字第9号)》,其第二条称:"有一些人专门编写反动、淫秽、荒诞的图书,如徐訏、无名氏、仇章专门编写政治上反动的、描写特务间谍的小说,张竞生、王小逸(捉刀人)、蓝白黑、笑生、待燕楼主、冷如雁、田舍郎、桑旦华专门编写含有反动政治内容或淫秽、色情成分的'言情小说',朱贞木、郑证因、李寿民(还珠楼主)、王度庐、宫白羽、徐春羽专门编写含有反动政治内容或淫秽、色情成分的神怪、荒诞的'武侠小说'。为了肃清反动、淫秽、荒诞的图书,请各省市文化局在审读图书时,对于徐訏……徐春羽等二十一人编写的图书特别加以注意。但决定是否处理和如何处理,仍应按书籍内容而定。"(见中国出版科学研究所、中央档案馆编:《中华人民共和国出版史料》第8辑,中国书籍出版社,2002。)

同年,王度庐加入中国民主促进会,并任该会沈阳市第五届市委委员;又曾被选为皇姑区政协委员和沈阳市第六届人民代表大会代表。

按:以上政治身份据辽宁省实验中学所存退休人员登记表及李丹荃回忆文。加入民进当在本年,其他事项或在其后,因无法查实年份,姑均暂系于本年。

1957年(丁酉)　49岁

实验中学也掀起"反右"运动,王度庐没有受到大冲击。

1966年(丙午)　58岁

"文化大革命"爆发。王度庐受到冲击,被贬入"有问题的人学习班",接受"清队"审查。

1968年(戊申)　60岁

王度庐仍处于"逍遥"状态。

1969年(己酉)　61岁

王度庐当在是年被结束"审查",获得"解放",即被宣布没有查出问题,恢复原来的政治身份。

按:依照"文革"程序,"有问题的人"被"解放"之前,仍需召开一次表示"结案"的批判会。李丹荃在回忆文中写道:"……开了一个小型批判会。也不知从什么地方找来一本《小巷娇梅》,批判者念一段,批判一番……当批判者念到生动有趣处,听者笑了,王度庐也忍不住笑了,当然要招来申斥:'你还笑?你要端正态度!'批判者们又从我们家拿走了我们的一本相册,里面有两张全家照片。一张中有我抱着1949年初生的幼子;另一张是我穿着在旅大行政公署发的女干部服装,王度庐穿着他兄弟给他的呢子干部服装。批判者举着照片说：'你们穿得这么好，可见你们过去生活多么优越！你爱人还穿着裙子！'……对他的批判只是一种虚张声势的形式。那些老师并未认真对待。"

1970年（庚戌）　62岁

是年春，王度庐以退休人员身份，随李丹荃下放到辽宁省昌图县泉头公社大苇子大队，不久转到泉头大队。

按：王度庐幼子在一封信里这样回忆父母被"下放"的情景："……我在农村'接受再教育'，得知后立即赶回家。前往农村时，年迈的父母坐在卡车顶上，一路颠簸。爸爸当时身体就很不好，加上这一折腾，半路解手时，站了半天也解不出来。妈妈晕车，走一路吐一路。那情景我现在回忆起来都止不住要流泪。"

其女则曾在一封信里回忆到昌图看望父母的情景："听说他们下乡了，我很急，不久就请假找去了。他们一辈子住在城里，父亲更是年老体弱，手无缚鸡之力，忽然到了农村，借住在人家的半间小屋里，怎么生活？""我还没走到家，就远远地看见父亲坐在一棵繁茂的大树下（很像一幅中国山水画），我的心顿时平静下来了。他永远是那么心平气和，不知是怎么修炼的。""我女儿小时候跟我父母在农村住过。有一次闹觉（困了，不睡，哭闹），我很烦，可我父亲说：'世界多美好啊，她是舍不得去睡觉啊。'""有时，父亲用手比成一个取景框，东照一下，西照一下，对我的小孩说：'快来看，这边是一个景，那边也是一个景。'（父亲原本喜欢摄影，在小说《海上虹霞》中曾写到购买'莱卡'照相机，就颇内行。）他还常让母亲下地干活回来时带些野花野草。那时父亲走路已不太方便了。"

1972年（壬子）　64岁

王度庐在昌图。其幼子考入迁至铁岭的沈阳农学院农学系。

1974年（甲寅）　66岁

1月14日，长子突然亡故，王度庐夫妇不胜哀痛。

同年，幼子毕业于迁至铁岭的沈阳农学院农学系，留校任教。李丹荃于下放人员"落实政策"时也被安排退休。

1975年（乙卯） 67岁

王度庐夫妇迁往铁岭与幼子同住。

1977年（丁巳） 69岁

2月12日，王度庐因病卒于铁岭。

按：李丹荃在回忆手稿中这样记述丈夫逝世的情景："儿子工作的学校已放了寒假，这天正是旧历年末。晚上儿子去办公室值夜，女儿远在几千里外工作。我们住在一间很小的宿舍里，暖气不热，电灯不亮，风吹得屋外树枝簌簌地响，偶然能听得到远处一声声犬吠。他病已重危，该说的话早已说完，他静静地合上双眼去了。我不愿惊动他，也不想叫别人，坐在床前陪伴着他，送他安静地走完了人生最后的旅程，时年六十八（周）岁……我遵从他的遗嘱，没有通知很多人，没有举行一切世俗的仪式，没有哀乐，没有纸花，悄然地由他的儿子和几位热情的青年同事用担架（把他）抬到离我家很近的火葬场。"

（承张元卿博士协助查阅南京《京报》并发现、提供有关陕西教育月刊、旬刊资料，特此致谢！）

2016年1月修订

《王度庐作品大系》书目一览表

武侠卷第一辑（2015年7月已出版）
1.鹤惊昆仑（上、下） 2.宝剑金钗（上、下） 3.剑气珠光（上、下） 4.卧虎藏龙（上、下） 5.铁骑银瓶（上、中、下）

武侠卷第二辑（待出版）
1.风雨双龙剑 2.彩凤银蛇传 3.纤纤剑 4.洛阳豪客 5.大漠双鸳谱 6.紫电青霜 7.紫凤镖 8.绣带银镖 9.雍正与年羹尧 10.宝刀飞 11.金刚玉宝剑

社会言情卷（待出版）
1.落絮飘香 2.古城新月 3.海上虹霞 4.虞美人 5.晚香玉 6.粉墨婵娟 7.风尘四杰 8.香山侠女

早期小说与杂文卷（待出版）
1.杂文 2.早期小说：红绫枕 鳌汊海盗 黄河游侠传 3.散佚作品精选集：燕市侠伶 虞美人 春明小侠 春秋戟 寒梅曲